CAMINANDO CON LA MUERTE

CAMINANDO CON LA MUERTE

OBRA ANTOLÓGICA

Escrita por:

Keren Hapuc Jiménez Silva
Ricardo Moreno Buitrago
Emily Johanna González Ochoa
Carolina Garzón Chaves
Tatiana Paola Martínez Castellanos
Lucia Tatiana Vermaas Quintana
Brayan Yesid Castillo Mateus
Yazmín Andrea Rojas Duarte
Ana María Cano Moná
Olga Lucia Uribe Suárez
Yuleika M Marín T.
Sandra Lucía Fuertes Bravo
Vanessa Figueroa Restrepo
Antonio Osorio
Camila Rodríguez Bernal
María Fernanda Orozco Chávez
Edison Patiño Mazo
Luisa Fernanda Susunaga Hernández
María José Bermejo Peñate
Joël Rodríguez
María Paula Garzón Hernández
Gustavo Adolfo Chingual Ortiz

Yuber Steven Torres Castaño
Yatzury Colmenares
Heidy Gisselle López Baquero
Catalina Botero
Édgar Mauricio Cadena Flórez
María Camila Robayo Ríos
G Mileidy Acuña Hernández
David Alvarino Del Toro
Juan Camilo Gómez Palacio
Alejandra Molina
Julieta Hernández Zimbrón
Pedro Francisco Bernal Galvis
Julián Esteban López Beltrán
Gicela Sánchez
Natalia Londoño Cendales
Liyibeth Moreno Palomeque
Daniel Velásquez Calle
Anguie Cortés
Jorge Eduardo González Herrera
Ana Isabel Vélez Puerta
Jorge Mario Fernández Pizarro
María Fernanda Mendoza
Luz Marina Aristizábal García
Leonardo Fabio Benavides Castillo
Harlinson Hely Olea Arteaga
Lyda Rosa Muñoz Acosta
Leidy Lorena Arango Pérez
Laura José Almazo
Ana Isabel Vélez Puerta

Título: Caminando Con La Muerte
Publicado en el año: 2020
Número de páginas: 259
Editado en Colombia
Página web: www.itabooks.com
ISBN: 9798677571442
Sello: Independently published

Autores: ©Keren Hapuc Jiménez Silva, ©Ricardo Moreno Buitrago, © Emily Johanna González Ochoa, ©Carolina Garzón Chaves, ©Tatiana Paola Martínez Castellanos, ©Lucia Tatiana Vermaas Quintana, ©Brayan Yesid Castillo Mateus, ©Yazmín Andrea Rojas Duarte, ©Ana María Cano Moná, ©Olga Lucia Uribe Suárez, ©Yuleika M Marín T., ©Sandra Lucía Fuertes Bravo, ©Vanessa Figueroa Restrepo, ©Antonio Osorio, ©Camila Rodríguez Bernal, ©María Fernanda Orozco Chávez, ©Edison Patiño Mazo, ©Luisa Fernanda Susunaga Hernández, ©María José Bermejo Peñate, ©Joël Rodríguez, ©María Paula Garzón Hernández, ©Gustavo Adolfo Chingual Ortiz, ©Yuber Steven Torres Castaño, ©Yatzury Colmenares, ©Heidy Gisselle López Baquero, ©Catalina Botero, ©Édgar Mauricio Cadena Flórez, ©María Camila Robayo Ríos, ©G Mileidy Acuña Hernández, ©David Alvarino Del Toro, ©Juan Camilo Gómez Palacio, ©Alejandra Molina, ©Julieta Hernández Zimbrón, ©Pedro Francisco Bernal Galvis, ©Julián Esteban López Beltrán, ©Gicela Sánchez, ©Natalia Londoño Cendales, ©Liyibeth Moreno Palomeque, ©Daniel Velásquez Calle, ©Anguie Cortés, ©Jorge Eduardo González Herrera, ©Ana Isabel Vélez Puerta, ©Jorge Mario Fernández Pizarro, ©María Fernanda Mendoza, ©Luz Marina Aristizábal García, ©Leonardo Fabio Benavides Castillo, ©Harlinson Hely Olea Arteaga, ©Lyda Rosa Muñoz Acosta, ©Leidy Lorena Arango Pérez, ©Laura José Almazo, ©Ana Isabel Vélez Puerta

Diseño de portada: ©Editorial ITA S.A.S.
Ilustración de portada: ©Paul Skorupskas

Índice

Ella

Por Keren Hapuc Jiménez Silva

Agosto negro, en un extremo de la ciudad los perros ladran, en un hospital, personas lloran, en una pequeña cama un cuerpo se desvanece, un corazón deja de latir y muchos otros se rompen.

Ella deja que su cuerpo resbale, solo una pared la sostiene, las personas a su alrededor dejan de existir, todo es negro; mente, corazón y alma luchan por abandonar el cuerpo que los aguarda, está demasiado frío allí dentro, casi inerte, quien diría que alguien puede morir en vida.

Ausente en su presente, viaja al pasado, exactamente quince días atrás, aquella vez fue la última ocasión en que pudo ver aquellos ojos color ámbar, su boca decía `` Te amo`` y en sus ojos brillaba la esperanza, creía en la recuperación de su padre, pero él no hacía más que llorar, lo sabía, allí estaba la última imagen de la niña de sus ojos. El presente se llena de personas, la mayoría tienen algo en común, están en duelo, pero observando más detenidamente entre la multitud está ella, librando una batalla consigo misma, sus emociones amenazan romper aquella barrera que conduce al exterior, debe ser fuerte, después de todo la vida lleva obligándola a ello desde que tiene memoria; clava las uñas en sus palmas intentando cambiar la dirección de su dolor, no puede derrumbarse, no frente a la mujer que le impidió ver a su padre durante sus últimos días, logra devolver el dolor a lo profundo de su corazón mientras aquella mujer la mira con recelo.

Llegó el día, agosto se acaba y su padre es llevado a la profundidad de la tierra, el descenso es lento, siente como cada parte de su corazón se rompe, una fuerza la eclipsa, todo se derrumba, sus ojos estallan en lágrimas, ser fuerte le es imposible, en aquella elegante caja se va una parte de sí misma, la realidad la golpea con una fuerza abismal, su padre, el amor más incondicional, está muerto.

Los días pasan y todo es negro, la vida pierde un poco de sentido, la ausencia es compañera eterna, ella se siente como una espectadora de su propia vida, jamás se sintió tan frágil, tan rota, más nadie lo nota, el mundo sigue dando por hecho que es una chica fuerte, preparada para cuando su padre se fuera, a su alrededor ve como cada quien siguió con su vida, las personas continúan teniendo fe y en su cabeza solo se cruza una pregunta ¿Cómo creer, cuando la vida le arrebato lo que más amaba?.

Los meses pasan de largo, nada se siente igual de especial, pero entonces ella encuentra una carta, un simple papel le dio una vuelta de ciento ochenta grados a su ser, una mensaje escrito a su padre cuando tenía tan solo diez años le dio una gran respuesta ``*Papi seré grande por ti, gracias por hacerme la niña más fuerte del mundo*``, el mundo se alineó, volvió a ser la protagonista de su historia y entendió que a veces el dolor se convierte en un gran motor cuando de cumplir una promesa se trata.

El mausoleo de nuestro corazón

Por Ricardo Moreno Buitrago

En los tiempos prehispánicos, cuando la cultura Inca predominaba con gran esplendor en esta parte del continente, sucedió una historia que viejas tradiciones indígenas lograron conservar, para los hombres de nuestro tiempo. Tal historia puede ser hoy, un gran referente en esta sociedad que teme las consecuencias loables de una muerte inminente para parte de esta, y creo yo, que en estos momentos de gran estupor, la lección de vida de este cuento puede apaciguar la incertidumbre que muchos tenemos en nuestro corazón.

La historia narra, que en aquellos tiempos, en una tribu de este majestuoso imperio, Vivía el gran jefe Tupac Sinchi (Hijo de la Sabiduría) con su nieta Killari (luz de luna). La niña guardaba desde hace poco una cierta melancolía, pues su Madre Asiri (sonriente) había partido al valle de los espíritus. Este lugar era un mausoleo lleno de gran vegetación silvestre y colorido follaje; en donde, retornaban todos los espíritus que infundían luz y calor al corazón de los hombres, y habitaron un cuerpo en este mundo. Ellos, volvían nuevamente a la presencia del dios Inti (Sol) que era la fuente de todo lo viviente.

Tupac Sinchi tenía la edad de los cabellos plateados; lo cual, significaba, que su experiencia de vida eran un referente para todos en la aldea; debido a ello, Killari le expresó el dolor que sentía al no ver más a su mamá. El viejo escuchó pacientemente a su nieta, con la paz que solo trae la sabiduría que dan los años; Después, Tupac Sinchi, levantó la mirada al cielo e hizo una oración a los espíritus del Águila (Anca) y la Serpiente (Amaru), y le contestó: Mi pequeña niña, tú sabes que desde lo alto de este valle es visible gran parte de nuestra comarca y mucho más allá, por ello dime, ¿que ves en ese pequeño Bosque que ves allí? El viejo sabio señalaba el lugar; en donde, los despojos mortales de todos los que habían partido al valle de los Espíritus reposaban; y luego, por la acción del tiempo, estos cuerpos, hacían parte de los nutrientes que alimentaban la robustez de los árboles y la majestuosidad de toda flor del mausoleo.

La niña se asustó al observar el lugar en donde habían sepultado a su madre; y dijo a Tupac Sinchi, ¿pero allá llevaron a mi madre?, es cierto, respondió el viejo, ¿pero qué es lo que ves?

Killari tomó un tiempo para reflexionar y dijo: Veo árboles de diferentes tamaños, flores, y rosas de varios colores.

¡Tienes toda la razón, eso es lo que hay allí! contestó Tupac Sinchi. Después de eso, tomó a la niña de la mano y le señaló un lugar desértico y estéril, que también era visible desde lo alto del valle, y nuevamente le pregunto. ¿Que ves allí?

La niña contestó: Pues solo veo arena, piedras y nada de flores.

Correcto, eso es lo que hay allí. Ahora dime, ¿qué recuerdos tienes de tu madre? Ella, al escuchar la pregunta, se le aguaron los ojos, pero sacó valor y dijo: Recuerdo muchos sus caricias, sus consejos, las palabra de sabiduría que me decía, y todos los momentos felices que compartimos, cuando me cuidaba y estaba enferma. Pero también, recuerdo las veces en que le falle, cuando no le hacía caso, y muchas veces que la ignore, por estar ocupada en mis cosas. Cuando Tupac Sinchi término de escuchar a la niña, levantó la mirada al cielo y dijo: Los recuerdos de los hombres son como la tierra fértil de los sepulcros, y como tierra estéril de los desiertos, porque, cada vez, que nosotros alimentamos los recuerdos que nos causan tristeza, nuestro corazón comienza a llenarse de las arenas de las amarguras y las piedras del dolor.

Pero, cuando recordamos las cosas importantes que vivimos con nuestros seres queridos como, las alegrías, los consejos, los detalles de amor y demás actos que hicieron que nuestros seres queridos fueran felices. El corazón comienza a nutrirse, crecer y reverdecer, como los bosques de nuestros mausoleos; y aunque, tu madre, ya no está con nosotros en cuerpo presente, sus buenos recuerdos son el alimento que necesita nuestros corazón para florecer en el desierto, que a veces permitimos que se arraigue en nuestro interior.

La Campanella

Por Emily Johanna González Ochoa

¿Lo recuerda señor Martínez? ¿Esos días en que recién nos conocimos? recientemente decidí dejar mi camino en solitario en el que prefería contemplar los vacíos solo. No entendía su manera de hablar y aún muchos no la entienden; sus metáforas y sus enredadas analogías. Creo que ese lenguaje en clave, casi indescifrable fue lo que nos unió como hermanos. También ese martes en que hicimos honor a Baco y unas copas nos hicieron camaradas, al fin habíamos encontrado el motivo y las palabras sobraron, teníamos nuestro propio código, no hizo falta más para saber que todo estaría bien. Con el tiempo el vínculo fue más fuerte. ¿Sabe?, los paseos por aquella calle tan propia de sus peatones, mitad calle mitad centro cultural, me parecían interminables. Codo a codo con botella en mano o con risas infinitas en la mandíbula, embriagábamos las llagas y las cicatrices, así también salvábamos el clima. Y el clima...era increíble cuando llovía, ¿no? Cada vez que acontecía tal maravilla, usted y yo pasábamos por un proceso simplemente complejo de metamorfosis para ser niños de nuevo. Pensar a la lluvia ingenuos, sin miedo de empaparnos o de gritar palabras al vacío, así romper con la quietud, con el silencio y que la gente pensara: ¡Qué absurdo, qué locura!

Y acuérdese de ese número al que concurrimos y recurrimos: el 26, el número de la calle. Ése que nos acercaba a las estrellas aunque nunca nos dedicamos a eso. Lo nuestro fue siempre abandonar el mundo, alterar la temporalidad y pasar la existencia tirados en el prado verde del parque: ebrios o sobrios, hablando o balbuceando, riendo o llorando, quién sabe cuántos segundos, minutos, horas, días. A nosotros nos unía la soledad — tan solita que andaba ella — y para mi estaba bien ¿no cree? Así mismo, escogimos bien los días para nuestro ritual y hasta la banda sonora para los encuentros, que cada vez era distinta. Admito que especialmente en la música hemos sido disímiles pero era incontenible el mundo de sonidos que nos movían y que no tuvimos problema en compartirnos. ¡Es que qué obstáculo podemos encontrar nosotros, amantes de la música, para dejar de vivirla cuando algunos de los demás mortales nos ofrecen composiciones de otros mundos tan bellas para oír! Señor Martínez, usted sabe bien que la música es imprescindible y que nunca nos abandona.

Después una partícula insufrible se interpuso en nuestra libertad y acabó con las bellas sinfonías. Le agregó un toque macabro a nuestros días ceremoniales; los llenó de prohibiciones, de malos ratos, de la enfermedad de lo inseguro, de rutina y de lo predecible. Tiene que reconocerlo, eso nos llevó al tedio y sin embargo, con el tiempo pude asumirlo. Aunque debo admitir que cuantos más días pasaron, la cosa se me hizo más difícil e insoportable por eso decidí desaparecer temporalmente, ser del anonimato, que nadie siquiera me nombrara. Usted no tiene memoria de esos días porque al fin y al cabo me ausenté de su presencia, del mundo, del espacio y del tiempo. Cuando volví para nuestro siguiente encuentro, en ese estado en que mi mente se hizo huraña y ermitaña, ya no tenía ningún deseo de hacer gran cosa. Todo me pareció ser siempre lo mismo. Me había vuelto impasible, inmóvil; tal cual como lo encontré a usted. Ay, señor Martínez, lo bueno es que después de todo, usted y yo seguimos siendo compañeros, hermanos y buenos amigos. Por eso decidí que nos encontráramos aquí en este grandísimo café, que recordáramos el origen y la continuidad de nuestro vínculo para que así también pueda descifrar mis próximas decisiones y las suyas. Ahora, siendo apenas las diez de la mañana le confieso que es usted en quien más confío, tanto como para dejar mi vida o más bien, mi muerte en sus manos. No me vea con esa cara, lo que vine a pedirle es que defina el modo de mi muerte. Sí, que me mate.

Pero antes debo advertirle algunas cosas; todo debe salir tal cual como lo deseo. He elegido mi muerte y claro, el proceso para llevar a cabo tal labor. Además yo mismo no puedo hacerlo, no puedo concebir el suicidio. Así que aquí viene lo importante, quiero que me preste mucha atención. Hace varios días escucho ansioso una pieza musical hermosa, está inspirada en uno de los virtuosos del violín que con tan sólo un campanilleo dio a otro la idea de componer un sonido bestial que esta vez interpretan las teclas de un piano, justamente de marfil, que se vuelven casi como nuestros dientes mientras hablamos.

¿Qué por qué le digo estas cosas?, ¿no es lógico? Quiero que esa sea la pieza que me acompañe en la muerte o más bien, en la agonía. Por favor señor Martínez, escuche por primera vez la interpretación, ¿no le parece auténtica, incomparable? Le pido que se detenga en el ritmo, óigalo bien. Quiero que ejecute una muerte violenta, tan intensa como la canción. Pero no quiero ningún derrame, no quiero esa sangre escandalosa que espanta a los vivos. Prefiero algo discreto, si es que a la muerte se le puede definir con la discreción. Debe haber agitación de modo que mis latidos y mi respiración se armonicen con el espectáculo del campanilleo. Sé que no le costará aceptar y acceder, sé lo suficiente sobre usted y supongo que conoce las consecuencias, ¿verdad? Lo siguiente es decidir el cómo, pero eso guárdelo para usted, si me lo dice ya no tendrá la misma gracia. Mientras lo define cerraré mis ojos y guardaré silencio para dejar apreciar el sonido pianístico. Entonces usted procederá.

Ésas fueron sus últimas palabras para mí. — le confesé al juez — Decidí estrangularlo. En principio permaneció con los ojos cerrados. A los pocos segundos, mientras mis manos abrazaban su cuello, sentí las suyas frías sobre mis brazos como queriéndose liberar de mi fuerza, de repente sus ojos se abrieron grandes y me miraron fijo. Reconozco que eso no lo esperaba, su cuerpo se movía desesperadamente; podía sentir su respiración violenta, agitada. Parecía que con su mirada me comunicaba su arrepentimiento, como si intentara huir desesperadamente de la muerte. Pero yo ya había procedido, aquella melodía me llenó de ansiedad e hice mayor presión. En principio su rostro fue palideciendo hasta que sus movimientos cesaron y al fin me deshice de esa mirada perturbadora, sin embargo no dejé de apretar su cuello durante unos segundos más porque noté que aún respiraba. El proceso no demoró más de cinco minutos, casi al tiempo que se terminó el tema musical y la gente del café no se atrevió a intervenir, apenas miraban con horror y hasta parecía que sus mentes no conseguían escapar de la escena. En seguida me levanté de la mesa sin que me importara el hecho, la muerte es algo natural a fin de cuentas. Fui por un cigarro y llamé a la policía confesando el crimen, si es que así fue.

¡Y eso es todo señores! — dije, dirigiéndome esta vez al público —. Al levantar la mirada noté a la audiencia que estaba perpleja ante mi historia, el juez permaneció unos minutos en silencio como decidiendo mi condena y al final solo atinó a decir: ¡Qué absurdo, qué locura! ¡Espósenlo!, ordenó. Y con esas palabras me consideré un hombre libre.

La hermosa muerte

Por Carolina Garzón Chaves

«¿Por qué me produce tanto miedo la soledad?, tal vez sea el temor a sincerarme o a reconocer que nada de lo que vivo ahora es como alguna vez lo soñé; es frustrante, sobre todo cuando te das cuenta que ya no estás tan joven y que el tiempo pasa sin traer nada interesante.

Pero qué más da, no hay plan, he optado por no hacer planes, ¿para qué?, para qué volver a soñar si aterrizas sin querer y de la forma más dolorosa. Que aburrido pienso a veces, que aburrido ver pasar el tiempo esperando que algo ocurra por simple casualidad, que algo emocionante me sorprenda, o que algo toque mi puerta, porque ya no me atrevo a tocarlas yo.

¿Qué tengo?, nada, nada en absoluto, una vida vacía; me preocupa el hecho de que ya no me puedo emocionar con nada, y si algo me acelera el corazón solo es por unos instantes, no dura, dejé de sentir, de animarme, mis emociones aparecen y desaparecen como estrella fugaz, sé que nada es para siempre, pero esto es un poco exagerado. Solo tengo derecho a ilusionarme un par de horas o de días, y luego ¡pum! de nuevo a la realidad, hay un polo a tierra que me impide ser feliz, me hala a la tierra, al aburrimiento, a la rutina…

No sé si levantarme o seguir durmiendo, mis sueños son más interesantes que la realidad. Aunque, como saber lo que es real y lo que no, tal vez esto también es un sueño y aun no me entero»

— Bueno, se me va a hacer tarde, aunque el día está más oscuro que de costumbre, creo que va a llover, será mejor que lleve una sombrilla a la celebración.

Paulina se arregló rápidamente y salió de casa con prisa, no tenía muchas ganas de asistir pero conocía la importancia del evento.

Estaba conduciendo cuando sonó su celular…

— ¿Pau ya vienes en camino?

— Sí, hay un poco de tráfico pero no tardaré mucho.

— Aquí ya llegamos todos.

— ¿Y ya se maquillaron?, ¿ya llevaron los trajes?

— Nos estamos maquillando, los trajes están acá desde ayer. Que felicidad Pau tengo tanta envidia por Salomón.

— ¡Uh! créeme que yo lo envidio más… Ya nos vemos Sofí.

Aceleró lo más que pudo rogando que ningún agente de tránsito estuviera cerca; y tuvo suerte, pues nadie la detuvo, buscó rápido un lugar para parquear y bajó del carro corriendo al jardín de atrás dónde estaban todos preparándose.

— ¡Pau! ¡Pau! ¡Por aquí! –dijo Sofí moviendo sus brazos ansiosa—, tengo preparado tu vestido, ¿vas a maquillarte o usaras máscara?

Paulina corrió a buscar su vestido intentando no tropezar con los demás invitados que estaban haciendo sus últimos retoques.

— Sofí creo que ya no alcanzó a maquillarme, usaré mascara.

— Ok, Carlos las tiene.

Se aproximaba el medio día y ya todo estaba listo, el jardín lleno de flores de todos los colores, el cielo había despejado y el sol brillaba, el altar se encontraba dispuesto, con muchos globos de colores y en el centro se encontraba Salomón con un hermoso traje blanco acostado en su féretro.

Tan pronto sonó la primera campanada Carlos colocó la música, los 40 invitados rodeaban el altar aplaudiendo muy emocionados pues no tardaba en llegar, todos con sus hermosos trajes, algunos muy maquillados con escarchas y todo tipo de sombras. Otros con máscaras hechas especialmente para la ocasión, muy brillantes y vistosas.

Cuando terminó la canción, sonó la última campanada, por fin llegó el momento.

Justo al lado de Salomón una chispa dorada empezó a brotar, cada vez con más fuerza, fue formando un círculo luminoso demasiado hermoso para describirlo, y justo allí hizo su aparición la esplendorosa muerte, o como le llaman, la Hermosa Muerte. Nunca se podía ver su rostro, siempre cubierto por una máscara blanca sin ningún tipo de inscripción, completamente plana, su túnica dorada alumbraba todo el altar y en sus manos únicamente el famoso cofre dimensional, no cualquiera tenía la oportunidad de entrar.

Todos los asistentes miraban asombrados, emocionados por su visita, Paulina escondía sus lágrimas detrás de la máscara, no lloraba por la muerte de Salomón, lloraba porque era él quien se encontraba en el altar, donde ella tanto deseaba estar.

La Hermosa Muerte se asomó lentamente en el cajón de Salomón, y mencionó algunas palabras que nadie alcanza nunca a escuchar, colocó el cofre justo en el pecho de Salomón, todas las personas miraban a la expectativa y murmuraban:

— ¿Crees que sea digno?

— Yo creo que si puede viajar…

— No creo que lo logre.

— Dicen que las otras dimensiones son preciosas…

Todos tenían una opinión distinta, fuera cual fuera las emociones parecían salir del pecho de los asistentes, el cofre se abrió ante los ojos de asombro, liberando una hermosa luz blanca, que solo transmitía paz y tranquilidad, mientras todos los asistentes se tomaban de las manos, la Hermosa Muerte recolectaba algunas de las flores que habían dispuesto en el altar.

Paulina no quitaba sus ojos de la bella túnica dorada y a pesar de la sublime luz del cofre no se sentía mejor, era difícil salir de ese mundo oscuro en el que se encontraba sumergida.

La muerte volvió al ataúd, recogió su hermoso cofre y así como apareció en medio de chispas doradas, desapareció. Un enorme silencio se apoderó del lugar, todos se miraban entre sí pero nadie pronunciaba palabra.

Sofí, —quien era la mejor amiga de Salomón— debía acercarse al féretro, todos los asistentes le abrieron paso; Paulina se empinaba intentando ver un poco, quería ir al altar y comprobarlo ella misma, pero no era posible, solo los más cercanos tenían el honor de corroborar si la Hermosa Muerte lo había honrado, o si por el contrario había sido rechazado.

Sofí echó un vistazo rápido dentro del ataúd y se volteó enérgica:

— ¡Salomón no está!, ¡no está!

Todos se unieron en un solo grito, algunos saltaban y otros lloraban de emoción, Carlos corrió a colocar más música mientras se abrasaban unos a otros; todos excepto Paulina, ella solo miraba a lo lejos, escondía bajo su máscara un rostro de completa tristeza, afortunadamente nadie podía notarlo, nadie vio sus lágrimas, nadie identificó sus emociones falsas.

Mientras todos bailaban emocionados Paulina se sentó justo al lado de las margaritas, estaba exhausta, era ridículo pues ella no había preparado nada para el festejo, es más, no había bailado ni saltado desde su llegada, aun así la fatiga era su único dueño.

Carlos, estaba seleccionando unas buenas canciones para colocar, y justo en frente, muy al fondo había un brote de tristeza, era Paulina, a pesar de su máscara la desolación brotaba por sus poros, no necesitaba dejar ver su rostro para que se pudiera sentir. Él dejo la música sonando y decidió ir a hacerle compañía un rato.

— ¿Pau que ocurre?, mira a tu alrededor, esto que vivimos fue uno de los sucesos más hermosos que se puede presenciar, ¡Salomón fue elegido!, ¿sabes lo que significa?

— Si Carlos claro que lo sé, por fin pudo salir de esta dimensión, ha sido elegido y premiado.

— Entonces, ¿por qué esa cara larga?

— ¿Y cómo sabes que tengo una cara larga?, tengo esta mascara que me diste, así que eso no lo puedes saber.

— ¡Bah!, no tienes que quitarte la máscara para que nos demos cuenta de tu tristeza, eres la única que no baila, tu mirada al piso y esos ojos empapados. Con eso es suficiente para saber que algo no está bien.

— Carlos sabes bien lo que quiero, tú al igual que Sofí saben lo que ocurre.

— Pues yo lo que veo es que no puedes alegrarte por Salomón, ¡eres egoísta! —sacudió su cabeza como símbolo de desaprobación y se alejó de Paulina dándole la espalda.

«Bueno, creo que será mejor que me vaya antes de meterme en problemas, no quiero más reproches» pensó Paulina.

Arrancó algunas margaritas y se dirigió al parqueadero, lo suficientemente rápido para que nadie notara su ausencia. Subió su auto y boto la máscara en la silla de atrás, en su espejo retrovisor miro su rostro, manchado por las lágrimas derramadas y los ojos irritados, se limpió rápidamente y arrancó.

— Carlos, ¿viste donde se fue Paulina?, No la encuentro –mencionó Sofía.

— No lo sé, hace rato conversamos y después no la vi más, yo creo que se fue.

— Pero, ¿por qué?, ¿no la estaba pasando bien?, ¿sabes si continúa enferma?

— Lo que tiene enferma es su alma. –Se enojó y le dio la espalda a Sofí para colocar más música.

Mientras tanto, Paulina se encontraba nuevamente en su departamento, se despojó de su hermoso vestido y dejó que la ducha terminara de limpiar su rostro.

«Nunca vendrá por mí, viene por todos menos por mí, no entiendo el porqué, ya estoy cansada y estoy segura que lo sabe», se decía Paulina mientras lloraba bajo el agua.

— ¡Ya estoy agotada no es justo!

No eran lágrimas de tristeza, se encontraba invadida por la rabia y el rencor. Se desahogó, lloró por horas hasta el cansancio y justo cuando salía de la ducha su timbre sonó.

— ¿Quién es?, si buscan a Javier él ya no vive acá, se cambió hace dos meses.

— No Pauli, ¡soy yo, Rita! Sofí me pidió que viniera a verte.

— ¿Rita? —se asombró pues hace casi ocho años no sabía nada de la abuela Rita, le decían así de cariño, fue quien crio a Sofía y a Paulina en el orfanato.

Paulina se acomodó rápidamente su bata de baño, emocionada le quito los seguros a su puerta y la abrió de par en par.

— ¡Abuela Rita! ¿Qué haces aquí? —la cara de Paulina cambió completamente y una sonrisa se dibujó en su rostro.

— ¡Mi Pauli hermosa!, ¡mi niña especial! hace tanto que no te veía —abrazó con fuerza Paulina.

— ¡Abuela entra!, ¡entra!, no sabes la alegría que me da verte, ¡pasa!, ¡pasa!

La abuela Rita entró al departamento mientras detallaba el lugar, había ropa por todas partes, platos y vasos sucios, su cama completamente desordenada y algunas botellas de licor vacías en el piso. Mientras miraba para todos lados, Paulina apenada intentaba recoger un poco las cosas…

— Lo siento Abuela Rita, la verdad no tenía idea que tendría visitas, no quería que vieras esto, no creas que siempre tengo mi departamento así, es solo que estos últimos días han sido difíciles, casi no he tenido tiempo —decía mientras recogía toda su ropa sucia.

— Pauli, deja eso, ven siéntate conmigo. —Se acomodó a un lado de su cama.

Paulina respiró profundo, dejó su ropa sobre el tocador y se sentó junto a la abuela, atenta a escucharla.

— Pauli, vine porque Sofí me buscó preocupada, dice que casi no sales de aquí, que te alejaste de todos los chicos del orfanato y que no quieres hablar con nadie.

Paulina agachó su cabeza mientras pensaba como explicarle a su abuela, miró sus muñecas cortadas y lanzó un profundo suspiro…

— Es difícil de explicar abuela, te pido que me escuches y no me señales por favor.

— ¿Cuándo lo he hecho mi niña?

— Después de que cumplimos la mayoría de edad, con los chicos salimos a buscar una nueva historia, estos ocho años me dedique a estudiar e intentar ser una mejor persona, busqué un trabajo e intenté encontrar una pareja, un "príncipe gris" como nos decías tú abuela… Sé que nuestra razón de vivir en esta dimensión es el ser felices, y hacer felices a los demás, pero no logro conseguirlo, es absurdo. Siento que nada vale la pena, no consigo algo que en verdad me haga feliz abuela, quiero irme de esta dimensión, arrancar de ceros en otro lugar, probar suerte… Pero sigo acá encerrada, en esa vida vacía.

Cuando vi hoy a Salomón ahí acostado esperando la aprobación de la Hermosa Muerte, tuve mucha rabia, abuela tú sabes cómo fue su vida, ¿cómo es posible que él si pudiera irse?, ¿cómo es posible que ella lo eligiera?, ¡yo lo merecía más abuela y lo sabes! —no podía disimular su rabia.

— Mi Pauli, ¿en verdad crees que lo mereces? Mira a tu alrededor, mírate, dime sinceramente, ¿ves felicidad en este departamento?, ¿ves felicidad en tu vida?, ¿has hecho a otros felices?

Paulina miro a su alrededor, y vio sus cortinas cerradas, sus cosas en el piso, su soledad, agachó su cabeza y no pudo evitar llorar.

— Abuela yo intenté serlo, me he esforzado, ¿eso no es suficiente? la muerte no ha sabido valorarme, no ha comprendido mis sacrificios.

— Escúchame mi niña, la muerte visita solo y únicamente a quienes han comprendido el significado de la vida, aquellos que pudieron comprender el verdadero significado de la felicidad y de su importancia en la vida de las personas que lo rodean. Hasta tanto tu no comprendas ese significado, y puedas ser feliz de manera natural, ella no te erigirá y no vas a trascender.

— Pero abuela, tú conoces ese significado, tú siempre has sido feliz y nos has hecho felices a muchos, y aún estas aquí, ¿por qué ella no te ha permitido viajar? Si ves abuela, ella no nos valora.

— Ella vino por mí hace mucho tiempo, pero yo decidí quedarme y ella comprendió.

— ¿De qué hablas abuela?, ¿cuándo vino por ti? Tú siempre has sido muy sana.

— Tengo algo que confesarte mi niña… —tomo una gran bocanada de aire y suspiró— Cuando tenía tu edad me atacó una grave enfermedad, la verdad no había mucho que hacer, ya lo sabía. Mientras estuve hospitalizada ella me visitó, nunca pensé verla en otro lugar que no fueran las ceremonias que ya conoces, pero allí estaba justo frente a mi cama, con su hermosa bata dorada

— ¿Habló contigo abuela?

— No sé si llamarle hablar… La escuchaba en mi mente y yo le hablaba igual, no era necesario pronunciar palabra. Me dijo que deseaba mucho llevarme a una dimensión especial, donde podría aprender cosas inimaginables, pero que quería otorgarme la oportunidad de elegir, me pregunto si quería ir con ella o si deseaba quedarme aquí, me dijo que había hecho felices a muchos y que merecía la oportunidad de elegir.

— Pero, ¿por qué no te fuiste abuela? ¡Era una excelente oportunidad! Habrías conocido alguna dimensión distinta, ¡sin lugar a dudas maravillosa!

— Esta dimensión es hermosa Pauli, ese es tu problema, que aún no te has dado cuenta de lo que tienes a tu alrededor, de lo que puedes construir, de la cantidad de aprendizajes valiosos que existe en cada persona que conoces, en cada esquina que cruzas. Por eso decidí quedarme, debía abrir los ojos de personas como tú, que aún no comprenden el significado de esta vida.

— ¿La muerte te dejó entonces en esa dimensión?

— Así es, no sé por qué decidió preguntarme, tal vez después vendrá sin preguntar y me llevará a alguna de sus dimensiones, y me premiará con otra hermosa vida, podré arrancar de ceros como dices tú.

— No lo sé abuela, hoy cuando la vi con Salomón sentí tanta rabia, ¿por qué él sí pudo irse?

— Estuviste muy alejada de Salomón los últimos años mi niña, él tuvo un cambio asombroso. Sabías que estaba trabajando en el orfanato dictando clases de arte, hacía algunos seminarios de yoga y estaba tan contento… Hacía muy feliz a las personas que lo rodeaban… Ahora entiendes porque ella vino por él sin pensarlo.

— No sabía que había hecho tantos cambios… Sea como sea abuela, no me es posible ver esto como un paraíso, mira abuela esto es un completo muladar, yo no merecía esto.

— ¿Qué merecías?

— Abuela empezando porque merecía tener una familia, y me fue negada esa oportunidad desde que nací, tuve que estar sola en ese horrible lugar.

— ¿Sola Pauli?, ¿horrible lugar? ¿Quiénes somos, Sofí, Carlos, Salomón, y yo?, ¿no somos tu familia? Tuviste la oportunidad de encontrar una linda familia Pauli, cuando vas a verlo.

Paulina enojada se paró de la cama, se fue hacia la cocina y empezó a buscar un trago.

— Mira Rita, tú nunca entenderás porque no estás en mi situación, es muy fácil juzgarme pero no tienes idea de lo espantosa que es mi existencia, no puedo simplemente fingir y reír, ¿cómo voy a hacer a otros felices si ni yo misma se lo que es?

Encontró en la alacena un viejo escoces que había comprado en alguna tienda barata, se sirvió un vaso casi lleno y agregó un par de hielos.

— Escucha, creo que nadie va a entender lo que siento, y tú solo estas ahí sentada juzgándome, señalándome, estoy agotada de eso. Imagino que hablaste con Carlos y él te llenó la cabeza de cucarachas. Será mejor que te vayas, tenía planeado hacer algo y me interrumpiste.

La abuela Rita sacó de tu bolso una tirilla en papel, se encontraba un poco arrugada, la colocó sobre la cama de Paulina y se levantó.

— Creo que malinterpretas lo que te he dicho, todos te amamos y estamos preocupados por ti, somos tu familia aunque no nos veas de esa forma. Te dejaré sola y así podrás pensar.

La abuela salió del departamento mientras Paulina se tragaba un inmenso sorbo de escoses respirando agitada por la rabia, y una vez la abuela salió, cerró la puerta con llave y se asomó a la cama a recoger la tirilla de papel que la abuela le dejó.

"Hospital de San Lorenzo, 21 de noviembre de 1963, orden de salida de la paciente Rita McGregor"

Paulina arrugó la tirilla con rabia y la arrojó en el inodoro, se sirvió otro escoses y continuó embriagándose.

Frente a su edificio estaba Sofía, esperando que la abuela saliera del departamento.

— ¡Abuela, abuela!, ¡acá estoy! —le hacía señas desde el andén de enfrente, se cruzó rápidamente la calle esquivando los vehículos y beso a la abuela en la frente—. Cuéntame abuela ¿cómo te fue con Pau?, ¿la viste mejor?

— No mi Sofí, Pauli no está bien, y no quiere ayuda…

— ¿De qué hablas abuela?, ella te adora, siempre te escuchó, yo sé que ella es un poco terca pero siempre estaba atenta a tus consejos.

— Si así era, pero las cosas han cambiado, ella no está bien, su alma está completamente oscurecida, me entristeció escucharla.

— Abuela no podemos dejarla así, tenemos que hacer algo, piensa en algo...

La abuela pensó que tal vez entre todos podrían convencerla de recibir ayuda, así que le propuso a Sofí que reuniera a los demás muchachos del orfanato, aquellos más cercanos a Paulina, revisarían algunas opciones.

Pasaban los días y Paulina cumplía con remitir algunos artículos a la revista en la que trabajaba, los artículos cada vez eran más incoherentes y siempre abordaba el mismo tema: "la farsa de la Hermosa Muerte". Se encontraba borracha la mitad del día y la otra mitad acostada en su cama.

Mientras tanto en casa de Sofí se reunieron algunos compañeros de Paulina...

— ¡Hola chicos y chicas!, la abuela y yo quisimos invitarlos porque necesitamos su ayuda, o bueno no precisamente nosotras...

En ese momento Carlos se paró del sofá, interrumpió y gritó:

— ¡Si claro ustedes no!, debe ser Paulina nuevamente y ¡yo ya estoy cansado! ella no necesita ayuda, es más no quiere nuestra ayuda, tú lo sabes Sofí y yo ya estoy harto de ese tema...

En ese momento sonó el teléfono de Sofía interrumpiendo el reclamo, ella le hizo señas con sus manos para que la esperara mientras se dirigía a la cocina a contestar; la abuela aprovechó para explicarle un poco a Carlos lo que estaba sucediendo...

— Aló, dígame...

— ¿La Señorita Sofía Brown?

— Sí, soy yo.

— Estamos llamando del Hospital San Lorenzo, queremos comunicarle que la señorita Paulina Miller acaba de ingresar y se encuentra en estado crítico.

Sofía soltó la bocina y temblorosa llego corriendo a la sala, estaba pálida y su voz parecía no salir.

— ¿Linda que pasa? —dijo la abuela—, estas temblando ¿qué ocurre?

— Abu, abu, es Paulina... —Decía Sofía mientras las lágrimas caían de sus ojos.

— ¿Qué ocurre con Paulina? —dijo Carlos riendo—, ¿acaso se le acabó el vodka?, o tal vez ¡el whisky!

— Está en el hospital de San Lorenzo, dijeron que estaba muy mal...

La abuela se paró rápidamente de la silla, tomó su bolso y salió de allí, los demás amigos solo se miraban unos a otros confundidos, mientras que Carlos, se quedó allí de pie sin producir una sola palabra.

— Espérame abuela voy contigo, —dijo Sofía mientras tomaba su bolso para salir corriendo.

El viaje parecía eterno, Sofía conducía lo más rápido que podía mientras que la abuela pensaba en el error que habían cometido al dejarla sola, «debimos actuar inmediatamente» pensaba una y otra vez.

Sofía y la abuela Rita entraron al hospital corriendo y preguntaron en la recepción por el estado de Paulina, pero la enfermera prefirió no dar muchas explicaciones y las acompañó al consultorio del Doctor Ortega.

— Doctor, estas personas están preguntando por la paciente Paulina Miller.

— Si claro, sigan siéntense por favor.

— Doctor por favor díganos que fue lo que pasó —preguntaba Sofía insistente, mientras la abuela tomaba su mano para tranquilizarla.

— Quiero hablar con ustedes antes de que puedan entrar a verla, no sé qué tan enteradas se encuentren de los ingresos que tuvo Paulina anteriormente al hospital.

Sofía y la abuela se miraron y Sofía respondió:

—Yo si me encuentro enterada doctor.

La abuela no entendía de qué ingresos le hablaban y los miraba un poco confundida.

— Verán… Teniendo en cuenta que en este último año este es el tercer ingreso de Paulina por intento de suicidio, vamos a tener que remitirla a un hospital psiquiátrico. Claro, esto dependerá de su recuperación, en este momento su pronóstico es reservado, perdió mucha sangre.

— ¡Un momento doctor!, ¿cuáles ingresos?, ¿cómo así que intentos de suicidio?

— Escuche, en este último año Paulina ha ingresado varias veces al hospital, la primera vez se cortó las muñecas, otra vez por sobredosis de ansiolíticos, y hoy nuevamente sus muñecas... Al parecer su jefe fue a buscarla y la encontró en el baño, había perdido mucha sangre, no sabemos si resista. Lo lamento.

La abuela Rita no podía creer lo que escuchaba, y Sofía no hacía más que llorar.

— Si quieren pueden verla, síganme por aquí.

El doctor las llevo a lo largo de un solitario corredor blanco, mientras las dos seguían sus pasos en completo silencio. Al entrar a la habitación Paulina se encontraba conectada a algunas máquinas, completamente pálida con unas ojeras profundas y sus muñecas vendadas.

— Las dejo a solas —les dijo el médico cerrando la puerta.

Sofía no pronunciaba palabra, solo se dirigió a la cabecera de la cama y empezó a acariciar el cabello de Paulina muy suavemente. Mientras la abuela Rita tomaba su mano fría y rasposa…

— Mi Pauli, no has podido comprender, esta no es la manera correcta, así ella no vendrá por ti. Si lo que quieres es trascender escogiste la peor forma porque ella no te llevará. ¿Por qué nunca escuchas?, siempre debes ser tan terca... —decía con su voz entrecortada.

— Abuela, ¿a qué te refieres con eso?

— Paulina hace esto porque ansía que la Hermosa Muerte venga por ella y pueda por fin conocer otra de las dimensiones a las que la muerte tiene acceso. Pero ella nunca entendió que no se trata de eso… Le repetí mil veces que ella no se la llevará a menos que haya logrado aprender de esta dimensión lo necesario. Cuando ella sea feliz y haga feliz a otros la Hermosa Muerte permitirá su viaje…

— Eso nos lo enseñaste desde que estábamos pequeñas abuela, y todos lo sabemos, ella lo sabía —interrumpió Sofía.

— Si mi niña, pero Paulina nunca lo aceptó.

Mientras tanto la mente de Paulina solo repetía una frase:

"Si te rehúsas a aprender, solo estas condenada a repetir tú historia... Si te rehúsas a aprender, solo estas condenada a repetir tú historia..."

Esa misma noche, el corazón de Paulina dejó de latir, el hospital llamó a Sofía nuevamente a hacerle la notificación y para que realizara el papeleo correspondiente.

Esta celebración era distinta, Sofía y sus amigos prepararon la ceremonia en el mismo lugar en la que habían preparado la ceremonia de Salomón, todo se encontraba repleto de flores el altar con las bombas de colores, los vestidos y máscaras de los asistentes, Carlos tenía alguna música preparada. Aunque el ambiente gozaba de una extraña sombra, la incertidumbre... Ninguno sabía si la Hermosa Muerte haría su aparición, y si aparece... «Será que ella podrá trascender, desaparecerá una vez el cofre dimensional se abra en su pecho», pensaban todos aunque nadie decía nada.

La abuela Rita colocó en el altar algunos inciensos, como regalo especial para la Hermosa Muerte, justo frente al féretro de Paulina. En el fondo la abuela esperaba que de alguna forma si todo era perfecto, la muerte pudiera cambiar de opinión y le permitiera trascender.

Todos estaban listos, con los hermosos vestidos, los maquillajes coloridos, las máscaras todo dispuesto, así que colocaron la música mientras sonaban las 12 campanadas. Todos aplaudían a la expectativa, Sofía esperaba poder celebrar el viaje de su amiga y rogaba que la ceremonia fuera exitosa.

10 campanadas, 11 campanadas, 12 campanadas... Eran las 12 y un minuto, y nada pasó, la chispa nunca apareció, la Hermosa Muerte no llegó.

— Vamos señora Michels, puje fuerte, ¡ya está por salir!

— ¡Señora Michels es una niña! ¿Cómo dijo que quería llamarla? —Preguntó la enfermera con una sonrisa en su rostro.

— Usted ya sabe que yo no voy a criarla, pero quiero que se llame Paulina, se llamará Paulina... — dijo la madre fatigada y adolorida.

— Enfermera registre la hora de nacimiento, doce y un minuto.

La muerte no se ve solo en los huesos

Por Tatiana Paola Martínez Castellanos

Abrió los ojos y se dio cuenta de que el sol ya había salido, miró la hora desde su teléfono ya que no acostumbraba a usar solo relojes; 6:35 de la mañana, aún era muy temprano, así que decidió volver a cerrar los ojos y dormir solo unas cuantas horas más.

Volvió a despertar, solo había pasado un poco más de una hora, físicamente no se sentía cansada, pero sabía que aquello que quería su mente era seguir durmiendo. 10:30 de la mañana, tal vez ya era hora de levantarse, a pesar de ello, decidió dormir 30 minutos más ya que quizá ello no haría ninguna diferencia, pues ya se estaba acabando la mañana, así que tomó sus cobijas y las acomodó, a pesar de ya no ser más una niña, abrazó ese suave oso que tanto le gustaba, y suavemente volvió a cerrar sus ojos solo pensando en descansar un poco más. Despertó, 12:25 de la tarde, había pasado más tiempo de lo pensado, ella sabía lo que sucedía, sabía que no podía quedarse todo el día durmiendo sin razón, pero era como si su mente se lo pidiera, entonces, los próximos minutos se convirtieron en un horrible círculo vicioso, 12:35, 12:45, 1:05… Ella simplemente no quería levantarse y con todas sus fuerzas solo intentaba seguir durmiendo a pesar de lograr solo ciclos de 10 minutos. La habitación estaba más clara, era como si el sol quisiera entrar con todas sus fuerzas a través de las cortinas e iluminar todo el lugar, miró al suelo, recogió el oso que abrazaba cada noche y se levantó.

Ese fue el día en el que se dio cuenta de que algo estaba muriendo en ella, de que simplemente estaba huyendo; no era cansancio, no era domingo, tampoco había dormido hasta la madrugada la noche anterior, simplemente dentro de ella había algo que estaba a punto de morir.

Caminó hacia el baño, miró su blanco rostro en el espejo, y notó que estaba más pálida de lo normal, peinó su cabello con destellos rubios y cafés, el cual estaba siempre rizado y despeinado; Sus ojos marrones tenían una mirada que reflejaba una mezcla de emociones, se miró fijamente por unos segundos, y se dio cuenta de que lo único que deseaba era que llegara rápidamente la noche solo para seguir durmiendo.

Si, su corazón continuaba latiendo, su cuerpo aún se mantenía caliente gracias a los recorridos que hacía su sangre, tenía signos vitales, es decir, biológicamente aún seguía con vida, pero en su alma, todo era distinto. Pues la muerte es astuta, esta ataca de forma tangible e intangible, mató las horas que perdió todos los días en los que se ella se quedó lamentándose en su cama, mató el optimismo que tenía en su cabeza, ahogó su autoestima, se robó su tranquilidad, pues muerte no es aquello que se demuestra solo con la medicina y las ciencias, muerte, es la confianza que desapareció en alguien que acaba de ser traicionado, al igual que cuando alguien es maltratado diariamente, ahí está la muerte, ya que la tranquilidad de la víctima está muriendo a largo plazo. Así es como ella persigue, persigue diariamente, su fuerza es tan acechante que es capaz de producir un millón de emociones a la vez. Es dueña de sentimientos, pues ella se los lleva cuando quiere, es dueña de sueños y metas, es dueña de segundas oportunidades, estas también se las puede robar. Es casi un sinónimo de cambio, ya que su presencia suele cambiar el destino de aquellos a los que ella toca.

¿Cómo se puede afirmar que aún se está vivo, si ya se está muerto por dentro?

Ella estaba muerta, sus ojos cafés solo le hablaban de cansancio, tenía miedo, tenía la llama de su alma apagada. Al mismo tiempo tenía rencor en cada esquina de su cabeza, no existía la misericordia, había desaparecido el perdón. Las heridas mataron la persona que ella antes era.

Algunos la ven venir, otros olvidan que ella existe. Es tan silenciosa en algunos momentos, pero en otros, avisa su llegada gritando a kilómetros que ya se está aproximando. Unos la desean desesperadamente, otros le temen y solo buscan huirle. Todos saben de su existencia, todos dicen saber lo que es, pero en realidad nadie sabe cómo afrontarla cuando llega. Algunos dicen no haberla vivido jamás, pero todos la han visto en persona y en varias etapas de su vida. ¿Cómo? Pues un corazón roto es un amor que muere, una traición, es un sentimiento que llega a su final y el inicio de una etapa, es el final de otra que queda totalmente en el pasado.

Todos la culpan de llevarse cosas en su camino, pero nadie se da cuenta de que ella siempre deja algo a cambio.

Es la muerte, está condenada a ser juzgada y rechazada, pero ella solo sigue el ciclo natural de la vida, ¿Por qué elogiar solo a los nacimientos, y no agradecer el fin de una vida? Si nadie sabe qué sucede después de morir, ¿por qué criticar lo que no se conoce?

Inframundo

Por Lucia Tatiana Vermaas Quintana

La lengua es un acusador verídico contra los hombres llenos de vana soberbia. Esquilo

Rodando se ve el desliz de su existencia. En su redondez, se ve su forma redonda, jorobada y pecadora, alzando la bandera arqueada de su veneno. Él fruto va cayendo hacia la profundidad de los reinos. Este lugar, es gobernado por un alto hombre de túnica negra. Este, es un llamado a unas cadavéricas manos, llenas de perjuicio y olores podridos. El tallo se desprende y eleva el pecado al pensamiento. Está enrojecido de lamentos por azotes de una mano temblorosa y faltante de gracia. Adentrándose en la oscuridad de estos seres inmundos y de apariencia poca agraciada, una sombra, con aspecto de inquietud y soberbia en su belleza asquerosa del ser. A lo lejos, cubierta por el fétido olor de los encadenados por pena, se ve a una mujer anciana que estaba contando una historia de dos grandes aves a esos nauseabundos seres. –miro indiferentemente- ¿Por qué ese vocabulario? Veamos… algunos son honestos frente a las cosas que no les gustan. Continuando con el relato, esta vieja mujer, con cada palabra penetra en su vista y vuelve a sus ojos enrojecidos. Esta vestida, con un tejar blanco. Su cintura pequeña y chueca, es olvidada por el hedor del musgo y muerte. Se sentía el poder, envolvía la historia y retocaba cada frase como si fuera un pincel. Se podía imaginar y sentir, como iba pintando un ave de alas majestuosas con color plateado. — contaba con voz ronca- El ave blanca, iba colmando de bendiciones a los ojos humildes y otra ave volaba en el cielo oscuro atrayendo desgracias. Cuando su miraba se fue perdiendo. Todo lo irreal, cogió poder a lo jamás pensado. En sus entrelazos muertos y nauseabundos, el alma fue absorbida y guiada hacia un encuentro en un agujero de color violeta.

— Sigue cayendo el fruto del pecado- Algo en esa frase me incomodaba. Respiré profundo y me perdí en mi propia cordura. ¡Qué interesante paradero! ¿Será que algunos de estos demonios no van a querer conversar? Se asoma una sombra, la de un soldado. Las acciones de aquel ser eran extrañas; una sonrisa maligna con dientes chuecos y sucios lo hacían difícil olvidar. El ser marchaba con una pierna fantasmal, mientras la cara desfigurada mantenía la imagen de una bestia salvaje salida de cualquier cuento de hadas. Proseguía sigilosamente, acercarse con su PKM (ametralladora ligera). Cuanto más se aproximaba, su sonrisa causaba una fuerte impresión. Los dientes eran filosos como colmillos. Al poder estar con el sudor de su frente, se fue borrando la presencia. Apareció de pronto una manzana y esta bestia salvaje, se mordió el fruto y se dispuso a morder su mano, este acto de canibalismo ya no me sorprendía. La imagen se fue desvaneciendo, las últimas palabras dichas antes de su partida fueron un susurro a su pronta libertad. — Apuntando con su arma a mi cabeza — ¿Crees que voy a perder mi tiempo? la razón de mi aparición, es enseñar los demonios que todos tenemos. Todos tenemos una verdadera animalidad ¿crees que esto es el infierno? no has vivido lo suficiente para sentir el verdadero temor. Razona y verás que lo que estás viviendo es simplemente una canción de cuna.

Pude salirme de ese extraño túnel. Al salir, me encontré en otro extraño paradero. Mis ojos aún seguían impactados. No podía imaginarse que iba hacer invitado a una especie de exposición de lo abstracto y surreal. Este mundo, reflejaba las dos caras de estas bestias horrorosas. Se vio un espejismo de almas. Todos tenían caras desfiguradas y cuerpos incompletos. En una esquina del corazón de fruto, se veía comiendo una enorme boca. Me esfume y deje desplomar mi cuerpo al suelo. Como si estuviera en un coliseo, se ve como este se llenaba. La celebración de nidos de serpientes y arañas. –Botando en sus absurdas creencias- Se siente el ritmo de estos fenómenos, danzas y canciones. Tomados de la mano junto a Ponos, Hipnos y Tanatos canturreando a la orilla de desconsuelo. Admiraban a la luna roja cortejándola con gritos, llantos y ojos ensangrentados. El frío de la noche, no se puede comparar con el escalofrío de aquella canción profana. Las horas pasaban sin dar ninguna tregua. Cerré mis ojos un instante. Al abrirlo, Pandora con su sonrisa maléfica, llevaba su mano a su boca y como una invitación, me invito a sentarme en una espinosa piedra. -frotaban sus manos azuladas del frio- Pude viajar de una manera platónica aquella casa de verano de hace diez años de mi madre. Aun puedo recordar ese viejo árbol y me quedaba dormido en las piernas de mi madre. Pandora, me tomo del brazo y me lanzo al frente la hoguera. Levante mi mirada y un hombre de larga barba, comenzó hablar. — Se proclama con decisión- En una tarde clara y amplia como el hastío, cuando su lanza blande el tórrido verano, copiaban el fantasma de un grave sueño mío mil sombras en teoría, enhiestas sobre el llano. (Antonio Machado) Todo se esfumo en un susurro. Un rio estaba cerca de este evento. Con las pocas fuerzas que tenía, me lance sin ningún temor. Una roca golpeó mi cabeza y fui guiado por la corriente. Es ahí, que pude recordar todo. Hace una semana, me encontraba en un campamento. Desperté fuera de mi cabaña y todo el campamento estaba en llamas. Álvarez había muerto junto a su nuevo amigo. Catalina está llorando, y está apuntando su pistola hacia mi frente, pobre, no pudo apretar el gatillo. Creo que su amor por mí es o era bastante grande. Al fin puedo levantarme, mis piernas chorreaban sangre y todos me miran con odio. ¿Yo lo hice? Muy pocos quedaron vivos y otras están gravemente heridas. Logré levantarme, solamente quedaba huir del lugar; no sabía muy bien qué estaba pasando. Llegué a la orilla del lago, encontré un vórtice esperándome, no podía pensarlo, los sobrevivientes querían matarme. Así que decidí saltar. Mientras lo hacía, veía cómo los ojos acusantes de Catalina, dejaba escapar el dolor con cada lágrima, una tras otra. Su voz se fue mezclando con los llantos y las llamas, aun así, escuché fuerte y claro: —¿Por qué lo hiciste Charles… Man-son?

Al recordar todo, podía entender mi estadía en ese lugar. Estaba al frente de una puerta cubierta desangre y su decoración, tan modesta como acogida me sentía extrañamente en casa. Su perrilla de calavera era interesante. Al levantarme del suelo, con un fuerte dolor de cabeza, no podía creer que esto no fuera un sueño. Una mano delgada y pálida, se acercó lentamente hacia donde estaba. Al estar de pie fijo su mirada en mí. Con un tono de delicadeza y sumisión. -Muchacho, no vayas donde vuestra madre… quédate, por favor—. Despertó bruscamente, solo conmemoró. Mi cuerpo no respondía, seguía sorprendido de los acontecimientos que estaba viviendo. El reflejo de unas alas largas y polvorientas me acechaban. Poco a poco se acercaba con un vuelo rápido y atípico. Una señora de cabello negro, elevó su vestido con su elegante velo y dirigió su ataque hacia la cueva, donde no volvió a salir, el ave se escapó. Su mirada ciertamente era penetrante; dio pequeños pasos hacia donde estaba. — Si ves esos sublimes pájaros — dirigió la mirada hacia ese cielo grisáceo — verás… Algunos ven el pájaro negro antes que el blanco, debe ser porque en sus almas no hay bondad. Voy a contarte algo… No son unos simples pájaros, mantienen el equilibrio entre: desgracia, muerte, avaricia, alegría y felicidad. Toda oscuridad, comenzó con una pequeña luz. Antes de ser un reino de muertos era un pueblo normal, pero como en todo, las personas quieren sentirse superiores, engañando a la moral. Algunos tontos e insensatos decían que deben ser alguien, que deben ser respetados y nada mejor que la riqueza para eso. Capturaban al pájaro negro para conseguirlo y otros ignoraban al pájaro blanco ya que solo atraía virtudes. La peor decisión que alguien puede tomar. Muchas personas murieron. De pronto, su cabello se tornó negro y las pocas arrugas que poseía, fueron poco a poco desapareciendo, su piel, se transformó tan tersa y suave como un ángel. Pero, hasta lo más dulce se puede agriar; en unos segundos, todo se volvió oscuro. Fue como una escena de lucha, donde ya se decide el ganador. Me habían desgarrado… Salía sangre del pecho, mi corazón estaba desgarrado, casi no podía respirar y sentía, que ya no podía mantenerse de pie. Cuando vi, que mi esencia se estaba perdiendo, cerré los ojos y proclame a los cuatro vientos — Soy Charles Manson, el nuevo dueño del inframundo.

Historias cortas

Por Brayan Yesid Castillo Mateus

Sangre y vino

Querida Susan, eres la mejor amante que he tenido hasta el momento, en las diez mil noches de mi eterna soledad, tus rizos dorados, tus labios rosados y esa hermosa piel blanca sobre el terciopelo vino tinto, ahora duermes boca abajo, con una placentera sonrisa que ilumina tu rostro angelical y ese cuerpo delirante, por el cual iría al mismo infierno, tan solo por volver a tenerte entre mis brazos y sentir tu aroma. Y mientras tanto yo solo me siento frente al piano, enciendo los candelabros, me froto el rostro queriendo sacarme todos los demonios que dominan mis pensamientos y no me dejan dormir en paz, trato de componerte una nueva melodía para elogiarte, pero estoy vacío… Me recuesto en aquella silla victoriana de paño oscuro y bordados dorados, me rasco la cabeza, como si arrancara los malos recuerdos, y mis largos cabellos caen sobre mi torso desnudo como raíces buscado la tierra para adentrarse en ella.

Agotado, afligido, vagabundo dentro de mí mismo, me levanto, doy vueltas por la habitación, te vuelvo a ver, eres la más hermosa ninfa que he podido raptar del paraíso para saciar mi sed de sensualidad divina, para llenarme de tu calor pasional, pero después de tan devastante huracán de sentimientos me vuelvo a sentir frio como ayer; tomo una copa de cristal, la lleno del más fino vino de mi cava, extasiándome con su aroma y su color, que me hace recordar el vestido de seda carmesí que se deslizaba acariciando tu cuerpo sublime, mientras me sonreías varias horas antes en el café bar, y como me excitaba el saber que era la única prenda que tenías puesta, que él solo roce de ella con tu piel, te erizaba hasta el más lujurioso deseo, definitivamente adoro tu sonrisa sensual casi erótica…

Camino descalzo por la habitación para poder sentir el frio de la noche recorriéndome desde lo más profundo de mi ser y la brisa que abraza mi alma, si es que tengo alguna, deslizo mis dedos en la boca de la copa de vino, sintiendo el cristal húmedo, degusto un poco que se ha mezclado con la sangre de mis labios, mientras acaricio las teclas de mármol de aquel antiguo piano Alemán y las yemas de mi dedos se sienten inquietas, quieren saborearlo todo, quieren sentirlo todo, como si la sobredosis de caricias y sudor hubieran despertado en ellas el más enfermizo deseo de traducir todo el universo en un solo instante, sigo caminando lentamente sintiendo todo a mi alrededor y mientras cierro mis ojos suavemente, vienen a mi imágenes del bar, mientras cantaba y mi voz se fugaba directamente a tu subconsciente, de tus miradas, de mi sonrisa de placer al saber lo que pensabas, el retumbar de tu corazón queriendo estallar en un solo latido, los gritos en la mitad de la noche y suaves gemidos en mi oído, mientras extraía la última gota de sangre de tu cuerpo, durante tu más explosivo orgasmo…

Sí, eras una ninfa, la más bella de todo el paraíso, la más sensual y la más cálida amante, extraje todo de ti, pero aun así me siento frio, desnudo y melancólico frente al piano, otra vez…

Tantō

Camina de lado a lado, dando tumbos en su cabeza, queriendo no imaginar lo fácilmente imaginable, queriendo no sentir el frio de la noche en su espalda ni las voces en su cabeza, las dolorosas imágenes que no quiere ver, ese vacío en el pecho que le ha dejado el estarse desangrando poco a poco por tanto tiempo, a veces buscando la verdad a veces queriéndose engañar con sus propias mentiras, sin saber que creer, sin querer creer lo que en el fondo sabe, haciendo caso omiso a la razón, haciendo caso omiso a la intuición

¿Para qué?...

¿Para saborear por más tiempo las dulces mentiras, aunque sepa que son más amargas que la hiel?

Ha buscado en la fantasía, ha querido soñar, ha querido crear e inventar más de mil ilusiones de personas que no son lo que realmente son y en el fondo lo sabe, es consciente de todo ello, sabe que le gustan más sus creaciones que las personas que realmente son, pero también sabe que no son reales, que son más banales, falsas y vacías de lo que él quisiera que fueran.

Y aun así deja que todo fluya, se deja llevar por la musa, deja nacer una obra, un verso, un trazo o un pensamiento vago junto a una ventana gris y empañada, allí donde se escurre la lluvia como el frío que le recorre la espalda y le rasga el alma.

Parece que volver a soñar, volver a imaginar, volver a crear, volver a creer en una ilusión, le reconforta, le hace sentir bien antes del amanecer, para no sumirse en la oscuridad del averno cuando la noche se deja ver...

Y todo esto para no tener que escudriñar en la realidad sabiendo que, entre grietas, en el polvo, o enterrado a unos pocos centímetros de profundidad podría encontrar el Tantō1 de la verdad que le atravesaría el vientre de izquierda a derecha... Tan doloroso... Pero al menos honorable...

La danza de la muerte

Una canción de cuna, una cajita de música al fondo de la habitación, los recuerdos aparecen como hologramas a su alrededor, despliega sus brazos danzantes con ellos, acaricia sus rostros sonrientes y consumidos en el dolor, niños, ancianos, jóvenes, amor, odio, tristeza, sexo, venganza y compasión, todos danzando a su alrededor.

Persigue conejos blancos y se asombra con la sutil hermosura de las telarañas, imagina chelos, violines, clarinetes, tubas, trombones, pianos, clavicordios, xilófonos y coros que aparecen y desaparecen con las melodías en su cabeza.

Se mece en una esquina y corre como un niño, corre hacia la ventana para deleitarse con la lluvia, extiende su lánguida mano para sentir las gotas en su piel y si es posible atrapar alguna roca de hielo que del cielo ha de caer, la cual con grácil picardía ha de morder, mira al firmamento para llorar con la luna y sonreírle al sol, también.

Organiza su caos y vuelve caótico su orden, del ciclo, del vaivén, de lo lineal, de lo abstracto, de lo concreto y de lo real, de la magia, de lo etéreo, de lo tangible y de lo irreal… Sin preguntas, sin respuestas, solo la constante fascinación por lo perfecto y lo imperfecto, por el todo y por la nada, por lo general y por el más ínfimo detalle.

Los colores estallan por doquier, giran vuelan y hacen trazos en el aire, recuerdos en ocre, pasados grises, presentes oscuros, futuros coloridos, esperanzas pasteles, pasiones rojas, hermosura azul, naturaleza verde, paletas, pinceles, lienzos de suspiros, sueños rotos y anhelos latentes.

Danza, danza, danza una vez más, al vaivén de la mar, danza para jamás despertar, danza lúgubre y radiante de nunca acabar, danza con las aves, reposa en sus alas, levita en las nubes y sumérgete en lo más profundo del mar, regálale al viento un suspiro que jamás pueda olvidar, olores, colores, texturas, sabores y canciones a fresas, sandias y limón, a tierra húmeda y a corteza de árbol, a estrella fugaz, a rizos, a lizos, a castaños y rubios, de dulce algodón, de sudorosa piel, de lo popular, de la intimidad y del placer.

Se pierde en los ojos de los gatos y en las risas de los perros, en el cantar de las aves y el silencio de los peces, en la tranquilidad de las tortugas y la agilidad de los guepardos, en lo sublime del rayo y la fuerza del trueno, en la calma y la tormenta, en la eyaculación de un volcán y en el orgasmo de la tierra, en el correr de las cucarachas, en la piel escamosa de las serpientes, en el veneno de los escorpiones, en la exponencialidad de las garrapatas, en la compleja fealdad de los murciélagos, en la repulsión a los roedores, en los cuartos pequeños y las cavernas oscuras, en el miedo, el terror, las fobias y la fragilidad.

De lo bueno, de lo malo, de la belleza, la fealdad, lo profano y lo divino, sin lugar a dudas es una sinfonía, una danza inmortal, es algo extraño y difícil de explicar, la muerte está enamorada, locamente enamorada… De la vida.

1 el tantō es un arma blanca japonesa similar a una pequeña katana, de entre 15 y 30 cm, considerada un objeto ceremonial para el ritual del Seppuku o Harakiri

Caal

En un mundo oscuro y negro un ser extraño nació, su nombre era Caal, diferente a cualquier otro ser, el solo verlo causaba un tremendo horror, su cuerpo no era suave y etéreo como el del resto, pues era compacto y polvoroso, este ser no solo rompía toda ley natural de existencia, la naturaleza misma de su entorno deseaba romperlo y deshacer su creación, en este mundo de seres oscuros y ciegos solo se podían sentir la presencia, pero la de Caal causaba gran inquietud en todo aquel que lo percibiera.

Caal no tenía ni mente ni corazón, o no al menos como los de las sombras que lo rodeaban, tampoco podía ver a todos aquellos que huían de él, pero sabía que estaban allí; vagó muchos años recorriendo la nada donde todos flotaban, un día choco contra un gran objeto y una parte de su cuerpo se deshizo, quedando pintada con sus restos, no supo cómo llamarla pues tampoco podía verla, posó sus manos sobre ella, una superficie lisa y ortogonal, a medida que acariciaba la superficie noto que sus dedos se hacían más y más pequeños, su cuerpo quedaba grabado en todo aquello que tocara, Caal se detuvo, medito un momento, tomo un profundo respiro y empezó a escalar por este objeto sin forma.

Él, sin sentido alguno se dirigió hacia donde su naturaleza lo guio, procuró dar solo los pasos necesarios para no esfumarse antes de llegar a su destino. Al llegar a lo que parecía ser la cima de la nada, se detuvo nuevamente, vio su cuerpo, había perdido 7 dedos y los otros 3 solo eran un vestigio de lo que fueron, perdió parte de su codo derecho, una oreja, parte de la mandíbula y el pie izquierdo, volvió a meditar… Pudo notar cómo se fueron quedando poco a poco cada parte de sí mismo en el camino, irguió su cuerpo, sintió la fuerte brisa en su rostro, respiro profundo y se echó a volar…

Caal no tenía ojos, tampoco pulmones y mucho menos alas, su cuerpo sólido, se volvió etéreo, pero a diferencia del resto de seres de este mundo, no fue un ser oscuro, su ser pinto este negro mundo y a todos los que en el habitaban, dándoles, matices, volumen, luces y sombras, le dio los ojos a aquellos que jamás quisieron verlo, les dio pulmones a todos aquellos que no podían sentir el aire, le dio corazón a todos aquellos que le dieron la espalda y finalmente le dio alas a todos aquellos que a pesar de ser etéreos vivían encadenados a un mundo de tinieblas.

Desde entonces miles de Caal's vuelan por los aires y su ser etéreo se esparce en los salones de clases, mientras los niños aprender a volar y los profesores a encadenar…

Eternizar la vida en la muerte

Por Yazmín Andrea Rojas Duarte

A mi abuela Isabel, quien contaba los días del mes 12, con ansias de "año nuevo, vida nueva".

Capítulo 1

Para mañana es tarde

Soy de las personas que alguna vez ha pensado en que la vida es un suspiro; es tan corta, que te estas despertando en tu día de cumpleaños número 17 y cuando menos lo esperas, te encuentras soplando 30 velas en un pastel. Entonces, entre esos buenos deseos, regalos, llamadas, mensajes, abrazos y lo que nunca puede faltar, ese momento icónico en el que, mientras todos cantan: "que los sigas cumpliendo hasta el año 10.000", ni por un segundo pasaría por tu cabeza, la idea de pensar lo irreal que esto parece ser, o… ¿tal vez no?

Creo firmemente en que eternizar nuestra existencia es posible, pero como todos sabemos, nuestro cuerpo físico tiene un límite, ese momento final al que algunos temen, pues, hay quienes lo anhelan como la eterna paz, mientras que otros tienen la certeza de que sus preocupaciones habrán terminado porque al final, les espera "un paraíso", pero también, hay quienes ya saben lo doloroso que puede llegar a ser, y para otros, en cambio, es tan "normal", que alguna vez los hemos escuchando diciendo: "¡pues el día en el que me vaya a morir, pues me muero y ya!".

Hasta ahora, está claro, que es un hecho inevitable, es un momento definitivo, ¡es real!, tanto así, que no queda más remedio que aceptar. ¿Pero cómo? y más importante aún ¿cuándo? Mientras tanto, mejor, ni pensarlo. Tal vez, lo mejor será soplar más velas cada año, contestar mensajes, recibir abrazos y agradecer por cada buen deseo, hasta que un día, ya no habrá velas que soplar, no habrá más de esas tortas que nunca descubrimos cómo dividir cada porción en partes iguales y en definitiva, no habrá ese año 10.000, bueno, en realidad no lo tomemos tan literal, sí habrá todo esto y más, pero seguramente ya no habrá nada de nuestra existencia física para ese entonces.

Posiblemente, te habrás preguntado cómo prolongar la vida y mientras tanto, muchos apoyados en la ciencia, otros basados en prácticas ancestrales, creencias religiosas y hasta rituales espirituales, seguimos insistiendo en encontrar esa fórmula que pueda eternizarnos y perpetuarnos en el tiempo.

Pero, en realidad, más allá de prolongar nuestra existencia física, la cuestión de todo esto es ¿para qué? ¿Quizá para tener más tiempo de postergar nuestros planes? ¿Quizá para vivir aquello que en el tiempo de nuestra corta existencia aun no logramos? ¿Quizá para hacer aquello que no imaginamos hacer ahora, pero tal vez después? O ¿Quizá para no tener que ver partir a nuestros seres queridos?

Es muy poco lo que para el ser humano puede resultarle suficiente; pareciera como si de todo, se necesitara más y cuando se obtiene un poco más, se desea mucho más, entonces, se desea más tiempo, más años de existencia y más vida, pero también, hay quienes cada vez más y más, quitan el derecho a vivirla y a eso, sumamos vidas de seres maravillosos, que a través de los años pasan por el mundo quedando en el olvido.

Al final, lo que sí es claro en todo esto, es que por ahora, no será posible "cumplirlos hasta el año 10.000" y mientras eso pasa, solo nos queda replantearnos un poco sobre lo que estamos haciendo, sobre lo que queremos ser y hacer, y para ello, podrías hacerte algunas preguntas: ¿realmente necesito mucho más tiempo de vida para sentir la plenitud que deseo? ¿Realmente soy feliz con lo que hago y con lo que soy? ¿Qué es lo que quiero en realidad? ¿Cuál es el sentido de mi vida? ¿Cuál será mi legado?

Eternizarnos en nuestra existencia, puede ser una realidad; sin embargo, la cuestión para ello, empieza por definir cuál podría ser mi legado, cómo encuentro sentido a mi vida y así, trascender a través de mi esencia por medio de aquello que me permita vibrar y me permita sentir la autorrealización plena de mi ser. Entonces, si logro todo esto, para qué necesitar vivir tanto tiempo.

¿No tienes un plan? Pues bien, empieza a crear un plan, ¿tienes excusas y pretextos? Pues bien, empieza a priorizar y determinar qué es más importante, pero permite que tus sueños y tus planes fluyan. ¿Tienes miedo de que las cosas no salgan como esperas? Pues no lo sabrás si no lo haces, solo permítete, no te resistas.

¿Crees que ya es muy tarde para ti? Déjame decirte, que mañana sí será muy tarde, por eso, empieza hoy, ¡empieza ahora! a transformar desde tu interior todo lo necesario para que en esta vida que no llegará al año 10.000 encuentres eso que buscas allí afuera, pero no olvides que primero necesitas encontrarte a ti mismo y comprender el sentido de la vida, ¡el sentido de tu vida!

Capítulo 2
Elegimos cómo vivir

"La muerte como final de tiempo que se vive, solo puede causar pavor a quien no sabe llenar el tiempo que le es dado vivir". — Viktor Frankl

Vivimos a la espera de cuándo nos ocurrirá algo increíble, entonces ideamos ese momento en el que nos ganamos la gran lotería, sin si quiera comprar un solo billete, pensamos mucho, que alguna vez nos "enguacaremos" ya sea porque de la nada nos aparece un bulto de dinero o porque de repente alguien nos propone el negocio de nuestras vidas. Soñamos con el príncipe azul y el genio de la lámpara cargados de dinero para conceder todos nuestros caprichos.

Y seguimos esperando el día en que se nos alumbre una bombilla sobre la cabeza y cuando haga "¡Prin…!" de repente, aparezca una idea tan asombrosa como la de Mark Zuckerberg creyendo en que solo así, vamos a cumplir nuestros sueños, todavía mantenemos la idea de que de la nada y como por arte de magia, lo vamos a tener todo, pero mientras eso pasa, mejor se lo dejamos a la suerte.

Una cultura, con pensamientos como estos, muchas veces, cuando no somos claros con nosotros mismos respecto de lo que realmente importa, nos lleva al fracaso y en algunos casos a la ilegalidad, también, nos convierte en víctimas de estafas y nos empuja a darle un mayor valor a lo superficial y menos a lo que realmente somos en nuestra esencia.

Nos hace falta comprender que en realidad, no somos nosotros quienes debemos esperar a que la vida nos ofrezca la felicidad, la verdad, es que somos nosotros, quienes le debemos a la vida y es ella la que espera de nosotros, somos los únicos responsables de nuestros sueños, de nuestros propósitos y de construir nuestra propia felicidad.

Tal vez, no seremos Mark Zuckerberg o cualquier otro que admiramos, y aunque nadie tiene porqué decirnos quien o que podemos ser y hacer, en realidad no necesitamos ser otro ni ser como otro, solo necesitamos ser nosotros mismos y aceptarnos con todas nuestras cualidades, fortalezas, habilidades, valores, aprendizajes, experiencias, conocimientos, y hasta quedarme sin aire mencionando la infinidad de todos nuestros recursos internos, donde, la más poderosa de todas nuestras posesiones es nuestra capacidad de elegir.

"En busca de la felicidad", es una conmovedora pero muy alentadora historia que describe muy bien lo que te estoy hablando. Un hombre, que pese a las muchas dificultades en su vida, atravesando un momento de pobreza y de obligaciones familiares, toma algunas malas decisiones, pero a pesar de ello, tiene muy claro quién es, reconoce muy bien sus cualidades, sus capacidades y gracias a su perseverancia, enfoca su objetivo, hasta que encuentra la manera de sobreponerse ante tantas adversidades. Su dedicación al proceso y su paciencia a la espera de lograr su sueño, le permitió encontrar sentido a su vida.

Chirs Garder, el personaje protagonizado por Will Smith toma una decisión que transformó por completo su vida y la de su familia, dejándonos una icónica frase que todos recordamos: "¡Nunca dejes que nadie te diga que no puedes hacer algo!" y con esto, nos damos cuenta una vez más, sobre nuestra capacidad de elegir y lo responsables que somos respecto de la vida que queremos vivir.

Si bien es cierto, la realidad de cada ser humano es muy diferente y por supuesto es bastante difícil generalizar, pero elegir y decidir es una capacidad que todos los seres humanos poseemos e incluso, cuando no queremos decidir, estamos decidiendo y es que, nos podrán despojar de todo lo material, hasta de nuestra propia dignidad, pero ante todo esto, nada ni nadie podrá arrebatarnos el poder de elegir.

Muy sabio Viktor Frankl quien nos ha demostrado sobre el poder del ser humano para elegir y es que, siempre supo cómo hacernos saber que tener un propósito en nuestra vida se convierte en la razón suficiente para soportar, para sobreponernos, para seguir y para vivir, pues si bien es cierto, habrá mucho de la vida que no podemos controlar, seguramente no podemos elegir, en algunos casos, cómo ni cuándo morir, pero en definitiva, podemos elegir cómo vivir.

Capítulo 3

Ahora es cuándo

"Seguir esperando a que la vida me traiga aquello que me tiene preparado" y ¿cómo saber si esto sucederá? y ¿si tal vez, nunca suceda?

Definitivamente, eres tú quien elige que esto sea posible y es que, si todavía no conectas con tu propósito en la vida o si tal vez, tu motivación para vivir ya no está y se marchó por alguna razón, es porque seguramente así tenía que ser, y sin intentar buscar la razón lógica de la ausencia de esa motivación, solo puedo decirte que esa relación de dependencia con aquello que te impulsaba vivir, pero que ahora no está, te dice que es momento de que encuentres un nuevo propósito.

Vale la pena vivir y seguir viviendo, aun cuando parezca que no hay manera, aun cuando todo parece imposible. Más razón hay para vivir, cuando encuentras a quienes te hacen creer lo contrario. Es posible que estés atravesando una situación inimaginablemente dolorosa, pero puedo asegurarte, que por más gigantesca que parezca, solo es un momento en la vida y tarde o temprano pasará.

Vale la pena vivir porque siempre habrá una razón, nada puede ser más grande de lo que somos, nada puede ser más fuerte de lo que somos y es que, las circunstancias en la vida, muchas veces son, en la medida en que le damos el poder para ser. Elegimos hacernos más grandes o elegimos encogernos ante las situaciones, elegimos que las circunstancias nos ahoguen o elegimos transformarnos con ellas.

Estoy segura, de que a todos, en algún momento de nuestra vida cotidiana, nos ha sucedido que, nos hemos permitido contaminarnos por energías intensas, destructivas y oscuras, presentes en una situación determinada, entonces, al no saber qué hacer con lo que está sucediendo, optamos por cederle el trono a nuestras emociones y permitimos que nos gobiernen.

Justo en ese momento de mucha tensión emocional, pareciera que olvidamos por completo al ser racional al que acostumbramos, para transformarnos en un humano primitivo, desaforado de negatividad explosiva que solo nos hace creer que ya no hay solución, que no hay salida, que no existe otra opción, que ya todo está perdido, entonces, determinamos radicalmente que lo mejor es abandonarlo todo, dejarlo todo tirado, renunciar a todo, ¡renunciar a vivir!

Nos convertimos en un ser extremista, magnificando una situación y haciéndola más poderosa que nuestra capacidad de pensar, olvidando que, aunque la vida es una sola, las soluciones pueden ser muchas. ¡De verás! no vale la pena, negarnos la vida, solo porque en un momento, pensamos que al caer, ya no podríamos levantarnos.

Es comprensible que existan penas, a todos nos toca, unas más y otras menos, pero todas duelen, algunas de ellas son pasajeras, otras se prolongan en el tiempo y algunas en realidad, "ni siquiera vale la pena, llamarlas penas", pero, ¿qué hay de aquellas en las que no hay vuelta atrás?

Ver partir a un ser querido, por ejemplo, es un evento bastante trágico y muchas veces traumático. Pareciera que el sentir que nos despierta el morir de nuestros seres queridos, estuviera determinado por factores socio—culturales, religiosos e internos, donde el apego y el vínculo se conjugan con nuestras emociones y nuestros sentimientos, desatando intenso dolor y sufrimiento.

Y en cuanto a la existencia física, esa a la que nos aferramos tanto, esa a la que cuando ya no está, nos sumerge en un profundo vacío, nos inunda en una sensación de soledad, esa forma, que nos obliga a extrañarla con locura, nos aferramos tanto, al punto de negarnos la posibilidad de aceptar su ahora, eterna ausencia, aquella que nos cohíbe de su compañía y la que se ha llevado toda nuestra razón de existir. ¡Parece irreal, parece imposible, parece mentira! Todo es tan confuso, cómo podría ser posible diferenciar si en realidad es la presencia física o es la esencia del ser la que ha partido.

Los duelos, como la partida de un ser querido, así como todo, es un proceso que también nos transforma, es increíblemente doloroso. Nuestro ser amado siempre se eternizará en nuestro corazón y en nuestro pensamiento, aceptar su ausencia es el momento más crucial, ya que esto determinará la forma y el tiempo para poder aprender a vivir con su ausencia.

Cuando las personas nos expresan sus condolencias y nos desean fortaleza ante una perdida, realmente no están mintiendo; la fuerza, es lo que en realidad, nos ayuda a sobreponernos, pero el poder de elección es el que nos permite decidir avanzar o estancarnos en el sufrimiento. Aceptar nos permite comprender que nuestra vida debe continuar y que ahora, sobre esta triste realidad, no nos queda más, que aprender a seguir viviendo sin nuestro ser amado.

Generalmente la muerte, nos lleva a la idea de un momento plenamente espiritual, de un plano desconocido, aquel en el que nos preguntamos, ¿qué pasará después? Llama mucho mi atención la forma en cómo influyen las creencias y nuestras percepciones de la muerte, estas son determinantes en la manera de cómo vivimos la vida y a la vez, del tiempo en que tardamos para avanzar ante el duelo después de las pérdidas.

El budismo, por ejemplo, nos enseña, que en realidad, no hay un final de nuestra existencia y nos ayuda a comprender, que la única forma en la que apreciemos el valor y el sentido de la vida es a través de la muerte, por tanto, una vida plena, nos garantiza darle la bienvenida a la muerte, entonces, si aceptamos la muerte con tal tranquilidad, el dolor será innecesario y la partida se convierte en un trascender satisfactorio.

Por otra parte, para el hinduismo, la muerte no es el fin, sino un momento importante de liberación, por lo tanto, al morir, el alma individual se une al alma universal y trasciende a otra forma de existencia espiritual: la reencarnación.

El hinduismo cree firmemente que el alma vuelva a nacer en otro cuerpo y la ocupación de ese cuerpo dependerá de las acciones buenas o malas de su vida anterior, por tanto, el hinduismo nos permite comprender, nuevamente, lo importantes que son nuestras acciones a lo largo de la vida, ya que aquello que no hicimos en vida, en muerte, será muy tarde.

Asimismo, no podemos olvidar a nuestros amigos, los tibetanos ya que, nos permiten comprender a la muerte y el agonizar con naturalidad, para ellos, no existe el tabú como para muchos de nosotros y es que, ver a nuestros seres queridos agonizando o aceptar su partida, no nos resulta nada fácil, pero para los tibetanos, la muerte es vista como necesaria, porque la razón para que el ser humano pueda sacar el mayor provecho de su vida es saber que un día morirá y por tanto, la muerte no es una pérdida sino una ganancia. Sus creencia sobre la muerte, nos dejan una enorme enseñanza a ser más conscientes sobre nuestra existencia y sobre nuestro propósito en el aquí y en el ahora.

Alguna vez, Shakespeare dijo que "llorar es hacer menos profundo el duelo" y es que ¿quién nos dice cómo experimentar el duelo? hay quienes lo viven con profunda tristeza, pero en cambio, hay otros que logran transmutarlo más rápido. Culturas como México, Ghana e incluso Indonesia, hacen tributo a la muerte por medio de rituales y celebraciones que nos permiten darnos cuenta, lo hermosa que es la vida, cuando honramos a la muerte.

Realmente, la muerte no tiene porqué ser un tabú, no tenemos por qué hacerla más horrorosa o más trágica, ni tampoco habrá porqué resignarnos a muchas creencias que nos manipulan para hacernos pensar que si no hacemos esto o aquello entonces habrá un temible demonio que nos hará arder.

Qué sentido tiene vivir una vida en la que todo lo que hacemos o dejamos de hacer está supeditado para que no tengamos que arder en un infierno. Qué tanto nos cuesta ser conscientes de nuestros propios actos en vida y no determinarnos por lo que nos pueda pasar en la muerte. Si es que en vida también nuestros actos tienen consecuencias, de igual forma, qué sentido tiene, vivir una vida tan problemática y tormentosa para mí y para los otros, solo porque he elegido que así quiero vivirla ¿para qué?

Pues bueno, solo nos queda esperar a ver qué pasa después de la vida y ojalá que en verdad, no tengamos que arder, y darnos cuenta ya muy tarde, que tantas advertencias, en realidad si eran ciertas, sino que más bien, en el aquí y en el ahora, limpiemos nuestra consciencia, amemos y respetemos más la vida propia y la de todos los seres en la tierra, pero sobre todo, ¡vivir, vivir con sentido!

Capítulo 4

Reconectando al ser

Un día, en el que no necesitábamos demasiado para ser felices, no existían horarios que cumplir, ni deudas qué pagar, ni mucho menos un celular que comprar, ni tampoco habría a quien impresionar. Solo necesitábamos ir a un lugar, allí pudimos viajar, volar, sonreír, crear y en definitiva ¡ser! Porque en aquel lugar, todo era posible.

Y pensar que ese lugar increíble eras tú mismo, esa cabecita pequeña, que no paraba de imaginar lo inimaginable, creer en lo irreal y hacer que todo pudiera ser, en definitiva, la felicidad era posible con tan poco. Pero, ¿qué nos pasó? Dejamos atrás la fantasía, los sueños, la imaginación, las historias que amábamos escuchar una y otra vez, olvidamos dar vida a nuestras fantasías y lo más importante, ¿olvidamos quiénes éramos?

Recordaba una linda historia, tan única como Lewis Carroll pudo crearla y que quizá, ya muchos conocen "Alicia en el país de las maravillas", lo recuerdo mucho por todos sus particulares personajes, la gran cantidad de mensajes que evoca y porque todo en su relato es tan simbólico, tan abstracto, tan fantasioso y tan irreal que al final te das cuenta que todo tiene mucho sentido, aclaro, no es mi historia favorita, pero llama mucho mi atención, el personaje de la Oruga; Absolem es el símbolo de la sabiduría, la paciencia y de que tal vez, "la shisha pareciera bastante placentera".

Pero bueno, el punto, es que en la cotidianidad, la oruga es una criatura maravillosa, que para mí, representa una metáfora muy interesante en la vida; ese ser que espera paciente, cada día, mientras se desliza por las hojas de los árboles, alimentándose y buscando la forma de adaptarse en un entorno hostil de muchos depredadores, pero, cuando es el momento, sufre una maravillosa transformación que pareciera un verdadero espectáculo de libertad.

Este increíble ser es la forma mejor ilustrada de comprender que todo en la vida tiene un ciclo, que todo en la vida es un proceso orientado hacia un propósito y es que, en realidad, creo firmemente que todo, absolutamente todo, sucede y existe por una razón que se encuentra determinada de un "para qué". La mariposa, por ejemplo, sabe muy bien cuál es su razón de existir, ella transporta polen y con esto aporta al equilibrio de la cadena trófica de seres vivos, permitiendo que se produzca un equilibrio de los ecosistemas en los que habita y cuando cumple su ciclo, muere habiendo cumplido su objetivo.

Pero, ¿qué con todo esto de "Alicia en el país de las maravillas"? Solamente quiero compartirte un pequeño fragmento de la historia, en la que la Oruga azul y Alicia se miran un rato en silencio, hasta que la Oruga se saca el narguile de la boca y se dirige a Alicia con voz lánguida y soñolienta.

— ¿Quién eres *tú*? —preguntó.

No era un comienzo muy prometedor para una conversación y Alicia respondió con aire más bien tímido:

—Yo… no sé muy bien, señor, en este momento… al menos sé quién era cuando me levanté esta mañana, pero me parece que deben de haberme cambiado varias veces desde entonces.

— ¿Qué quieres decir con eso? —Siguió preguntando la Oruga con bastante severidad—. ¡Explícate!

—Me temo que no puedo explicarme, señor —dijo Alicia—, porque yo no soy yo misma, ¿entiende?

—No, no entiendo —dijo la Oruga.

—Mucho me temo que no puedo ser más clara —respondió Alicia con gran amabilidad— porque yo misma no entiendo nada, para empezar; y eso de pasar por tantos tamaños en un mismo día la confunde a una mucho.

—No es así —dijo la Oruga.

—Bueno, tal vez no le parezca por ahora —dijo Alicia—, pero cuando tenga que convertirse en crisálida (tarde o temprano le va a suceder, como usted sabrá) y después en mariposa tal vez se sienta un poquito raro, ¿no le parece? —En absoluto —dijo la Oruga.

—Bueno, es posible que no seamos de la misma manera de pensar —dijo Alicia—; lo que yo sé es que a mí sí que me haría sentir rara.

— ¡A ti! —Dijo la Oruga con desprecio—

¿Realmente recordamos quiénes éramos? ¿Realmente sabíamos lo que queríamos ser? ¿Sabemos lo que queremos ahora? ¿Cuáles es nuestro propósito? ¿Qué es lo que nos desvía de nuestra esencia? Seguramente, a través de los años nos hemos transformado, dejando atrás lo grandiosos que éramos en nuestras primeras etapas de vida, esas en las que posiblemente fuimos oruguitas tratando de aprender a ser crisálidas para volar tan alto y tan libres como mariposas o... ¿tal vez no?

Tal vez nos convertirnos en alguien a quien no reconocemos, olvidamos imaginar, olvidamos fantasear, olvidamos soñar y olvidamos maravillarnos, porque cuando somos niños, con cada cosa insignificante que veíamos nos transformábamos en unos locos y felices enamorados de todo lo que ahora, olvidamos que teníamos.

Hoy, nos sentimos raros, no comprendemos lo que sucede con nosotros, nos hemos desconectado de nuestra esencia y de nuestro ser. Ahora, dejamos de maravillarnos y ya poco nos importa disfrutar plenamente el proceso que el universo nos pone de frente para maravillarnos en él, pues olvidamos que la vida es un ciclo que llegará a su fin y entonces, empezamos a vivirla con prisa, con miedo y con cualquier otro propósito que nos hace sentir cada vez más insaciables, pero al mismo tiempo, cada vez más vacíos.

Seguro, ya es momento en que te fijes un poco más en el proceso y menos en el resultado, como la oruga, pues ella no saltará el proceso, porque sabe muy bien, que será una crisálida, antes que mariposa y es porque entiende de forma natural, que si el proceso va bien, el resultado irá bien. Posiblemente, ya es hora de que te des cuenta, de que no tienes que esperar a que sigan pasando más ciclos en tu vida, y es que, si el ciclo de la vida llega a su fin, ya no habrá vuelta atrás como para hacer aquello que realmente te dé un propósito; eso que te apasiona, que hace vibrar toda tu esencia y todo tu ser.

Ya no tienes que vivir con afán, con preocupación, con remordimiento, con culpa, no hay razón para el miedo, hoy no es el último día de tu vida como para que tengas que saltarte el proceso, disfruta ese proceso, porque es tuyo y nadie te lo va a quitar, vuelve a antes de aquello que te hizo olvidar ese chiquillo fantástico que eras y solo permite que regrese a ti.

El aquí y el ahora, es el momento preciso para que empieces a vivir la vida como ese primer día en el que te sientes maravillado, te sientes pleno, ese primer día en el que no tienes miedo de que el ciclo llegue a su fin, porque lo que importa, es el momento presente, que te permite imaginar, soñar, jugar y sonreír, es así, como vuelves a tu esencia, es así como te permites vivir siendo de nuevo tú.

Capítulo 5

Tejiendo el legado

En nuestras familias y por generaciones, nos enseñaron desde niños cosas como que "la letra con sangre entra", "que para poder cumplir los sueños se necesita sacrificarlo todo", "que en la vida solo se trabaja, ya que para eso tendremos mucho tiempo descansando después de morirnos" y todavía escuchamos a muchos diciendo cosas como "yo no paro, yo produzco" y el típico 31 de diciembre que sin "chillada", existan o no razones, si no se llora no es 31 de diciembre. En general, en culturas como la nuestra, nos enseñaron que la vida es dura y punto.

Siempre habrá situaciones en la vida y es que, entre más complejo y conflictivo sea aquello que nos sucede, mayor es nuestro aprendizaje y más nos transformamos con ello. Justo ahora, recuerdo a una persona especial que siempre utiliza un dicho y aunque me costó un poco aceptarlo, me permitió darme cuenta, lo innecesario que puede ser, en muchos casos, magnificar las circunstancias: *"Siempre habrá alguien que en este momento está peor que uno"*.

Con esto no quiero decir que no sea importante lo que pasa contigo, ¡claro que lo es! En especial, recuerda que tú eres importante, sin embargo, como para que puedas evaluar un poco mejor la situación, en relación con el dicho que te he compartido, sería útil que te preguntaras: ¿en realidad eso que está sucediendo necesita que le des tanta importancia? ¿Realmente eso que sucede merece que le des tu tiempo de sueño, tu inquietud, tu intranquilidad, tu angustia, tu preocupación, tu miedo, tus lágrimas y tanto de ti? ¿De verdad "eso que sucede" requiere que tengas que desgastar tanta energía física, mental y espiritual?

Pues bueno, a través de este pequeño libro que he elaborado como un regalo para ti y para tu vida, quiero que te lleves contigo, que mucho de lo que estamos creyendo sobre la forma en que vivimos y aceptamos la vida, tal vez, sea momento de replantearnos un poco de todo esto y recordar que la vida no nos debe nada, que la vida no tiene que ser sinónimo de dolor, que la vida es corta, pero lo suficiente, como para ser capaces de elegir ser y hacer, y en definitiva, que para hablar de muerte, necesariamente se requiere hablar de vida.

Te invito a que un día realices un ejercicio de reflexión o incluso de meditación, si lo deseas, ubica un espacio y un momento en el que te permitas visualizar cómo podría ser el día de tu funeral, tómate el tiempo de imaginar cómo sería ese momento si ocurriera hoy, piensa en quiénes asistirían, qué pensarían, qué comentarios habría sobre ti, qué recuerdos serán los más predominantes de ti. ¿Crees que las personas te recordarán por algún legado que hubieras dejado? y ¿cuál sería ese legado por el que te conmemorarán?

¿Será tu funeral uno más de muchos? o ¿será un funeral especial? Ahora, si crees que a partir de hoy podrías transformar tu realidad para que tu funeral sea diferente al que ya imaginaste, te invito a que pienses en cómo esperarías que ello sucediera en unos años, imagina qué sería eso por lo que te gustaría que las personas te recordaran, qué sería ese legado tan especial que habrás dejado en todas y cada una de ellas, qué hiciste por ellas como para que fueras tan importante.

No es un ejercicio sencillo, ¿verdad? pero vale la pena hacerlo, ya que, aunque tal vez, nuestra existencia física se habrá reducido a un cuerpo que yace en un cajón de madera y por tanto, ya nada nos preocupará, mucho menos lo que otros piensen de nosotros, el hecho es que, pensar en ello nos permite replantearnos sobre el sentido que estamos dando a nuestra vida y a la vida de los otros.

Si crees que al realizar el ejercicio, te sientes satisfecho y crees que ya mucho has aportado a tu vida y en la vida de las personas, consideras que ya ha sido suficiente todo lo que has logrado como para que te recuerden por esa esencia tan única y tan maravillosa, entonces seguramente has hecho lo correcto, pero si todavía crees que falta mucho más por hacer en la vida, pues es el momento de comenzar.

Servir a otros nos humaniza, nos hace más valiosos, nos nutre de bondad y nos permite comprender que nuestro propósito en la vida es mucho más importante. Nada nos cuesta, ser cada día un poco más compasivos y con esto, no te estoy incitándote a que te despojes de lo material para darlo a otros, solo te estoy invitando a que con actos de amor y de compasión hacia los otros, puedas acompañar a otros a que su vida se transforme al igual que la tuya, te aseguro, que esto fortalecerá tu espíritu, mientras vas tejiendo poco a poco ese gran legado.

Capítulo 6
Eternizar nuestra existencia

Realmente, tienes mucho más que ofrecer que solo la riqueza material, eres poseedor de una invaluable riqueza interior que es mucho más importante y que puedes ofrecer a los otros, de seguro, sentirás cómo la vida misma te retribuye y satisface tu alma. Pasar por la vida sin hacer nada por los otros es como dar un paseo con los ojos vendados, pues de nada servirá que puedas caminar si no puedes disfrutar del paisaje.

Te invito a que vuelvas a tu niño o niña interior, esos momentos en los que aprendiste a explorar, ¿recuerda cómo lo hacías? de seguro eras feliz descubriendo al mundo y descubriéndote a ti mismo, cada día encontrabas una forma diferente de hacer algo nuevo, era imposible quedarte quieto porque detenerse, implicaba perder la oportunidad de descubrir algo nuevo por lo cual maravillarse.

Empieza a sincerarte contigo mismo, no te engañes, no te mientas con promesas que no vas a cumplir: "mañana si haré mi entrenamiento" y no lo haces, "hoy sí empezaré mi libro" y al final eliges dejarlo para otro día. Procrastinar es un muy mal hábito que viene acompañado con el desorden, la indisciplina y lo peor, es que te lleva a que dejes todo para después, así que, si lo que queremos es empezar a transformar nuestra vida, construir un legado y reencontrarnos con nuestra esencia, postergando nuestros propósitos no servirá de nada.

Empieza a cambiar tus rutinas, rétate cada día para hacer algo nuevo, aunque parezca simple, reinventa cada día la forma en cómo haces las cosas, demuéstrate a ti mismo lo capaz que eres de crear y lo sencillo que puede resultar aprehender de nuevo y desaprender lo que ya no nos hace bien.

Permítete hacer eso que siempre quisiste; el curso de yoga, las clases de fotografía, leer esa novela erótica, escribir un libro, inventar un nuevo plato de comida, prestarte como voluntario para ayudar a personas que lo necesitan, empezar una rutina de meditación, aprender una nueva técnica artística o cualquier cosa que te apasione y que has venido postergando, es ahora el momento.

No olvides que la felicidad es efímera, pues, perseguir la felicidad es como intentar atrapar una mariposa, entre más intentas acercarte a ella, más se aleja. La felicidad nos da momentos maravillosos, pero ese no es el objetivo principal, pues más importante que la felicidad, es la tranquilidad, vivir en armonía, vivir en paz, cuando tengas esto, la felicidad fluirá a ti por sí misma.

Tampoco te afanes por hacer feliz a otros, recuerda que la felicidad es una elección propia y por tanto, más allá de hacer feliz a otros, empieza por contagiar a otros de tranquilidad, de paz, de plenitud y de amor incondicional. Solamente eres responsable de tu propia felicidad.

Recuerda no saltarte los procesos, no olvides que todo en la vida tiene un ciclo con un principio y un fin, el tiempo no es ni tu amigo, ni tu enemigo, solo es tiempo, la cuestión es cómo lo conviertes en tu aliado. Sabemos que no es gustoso esperar, como dicen por ahí; "la espera, desespera", pero la paciencia como virtud, nos hace más sabios, más conscientes y más adaptados a las circunstancias.

Emociones como el desespero y aquellas que acompañan a nuestras preocupaciones, nunca desaparecen por sí mismas, ellas se van acumulando en nuestro organismo y más tarde se somatizan a través de manifestaciones físicas como enfermedades o conductas inapropiadas. Gestiona tus emociones, resuelve cada situación y permite liberarte de las cargas, saca de ti día a día aquello que ya no te hace bien.

Recuerda que así como limpiamos nuestra casa, necesitamos limpiar nuestro cuerpo, mente y espíritu. De nada te sirve barrer la mugre de tu casa, si la vas a ocultar bajo la alfombra, tarde o temprano esta tendrá que salir de donde se encuentra oculta. Lo mismo sucede con nuestras emociones, nuestros pensamientos y nuestros sentimientos, estos tendrán que manifestarse de algún modo en nuestro cuerpo así que, es necesario liberarlos, soltarlos y desapegarse de ellos, porque de lo contrario, nos traerá más daño.

Todo siempre tiene una razón y si todavía no descubres el porqué de mucho de lo que ha pasado en tu vida, no hay razón para afanarse, pues con el tiempo y en su momento justo lo sabrás, mientras tanto, aprende de esas experiencias desafiantes porque gracias a ellas, nos hacemos más fuertes, más grandes, más humanos. Disfruta el proceso, ya que, es el proceso el que te permite crecer, no intentes saltarte las fases, ya que, un proceso incompleto, solo te impedirá completarte a ti mismo.

La gratitud, es clave en nuestro día a día, sobre todo cuando nos sentimos desanimados y cansados, especialmente, cuando hemos perdido la motivación. Agradecer cada día por lo que tenemos, por lo que somos y hacemos es la forma más bella de resignificar la vida. La gratitud, nos permite reconocer lo afortunados y felices que podemos ser con tan poco y con lo mucho.

Reconoce tus capacidades, piensa en tus cualidades, ya que, gracias a ellas te demuestras cada día a ti mismo lo mucho que vales, reconócete, acéptate, amate y vive con pasión el momento presente, despójate del pasado y despréndete de aquello que no te permite avanzar, así el futuro podrá fluir y tu fluirás con él.

Entrega todo tu amor y todas tus cualidades a las personas que te rodean, contagia de todo lo bueno a quienes te acompañan, nada es tóxico si tú no permites que lo sea para ti. Así, como cuando eres consciente de un alimento que hará daño a tu organismo, pero aun así, lo consumes. Nadie te obliga a introducir ese alimento a tu cuerpo. Entonces, solamente tú eliges introducir en ti las actitudes de otras personas e intoxicarte con ellas.

Aprende a proteger tu energía emocional y espiritual, no temas tomar distancia, expresa tus deseos o emociones, siempre podrás elegir lo que mejor te conviene, para ello, es importante comunicar con amor y con respeto, sin dejar de pensar en el otro. "Decir las cosas como son" por lo general, es cuestión de perspectiva, así que no se trata de expresarnos como creamos que es la mejor forma, sino hacerlo de la forma correcta.

Muchas veces, hemos escuchado a personas usando expresiones como: "Así soy yo, qué le vamos hacer" y cuando les preguntamos ¿Así cómo? de seguro no sabrán responder, porque de por sí, conocernos es una ardua tarea, sin embargo transformarnos es una hermosa elección, por tanto, resistirse a nuestra propia transformación, por lo general, nos estanca y no nos permite avanzar, ni aprender, ni crecer. Está bien aceptarnos como somos, pero aceptarnos, también implica hacer cada día de nosotros una mejor versión, para nosotros y para los otros.

Conectarnos con nuestro ser, nos permite evocar nuestra verdadera esencia sin el miedo del qué dirán y sin la preocupación de tener que impresionar a otros. Nada tenemos que demostrar, más que a sí mismos y nada importa hacer creer algo de sí mismos que en realidad no lo es, pues más temprano que tarde, siempre brotará de nosotros aquello que realmente somos.

Te invito a que, así como cada día alimentas tu cuerpo, también alimentes tu mente y tu espíritu, recuerda que eres mucho más que un cuerpo físico, ese cuerpo solo representa una cobertura que como todo lo material en este mundo, vas a tener que dejar y despojar, así que es importante que reconozcas que eres mucho más que una presencia física, eres un ser holístico inmerso en sistemas sociales, culturales, familiares y religiosos que dependen de ti.

El ser holístico es la comprensión del todo en cuanto a tus dimensiones espirituales, tu alma, tu mente, tu cuerpo y tu esencia como parte de tu ser, que se conecta completamente en uno mismo. Imagina una "cebollita" y no por su olor, precisamente, sino por su forma, piensa cuando estás cortándola y notas cómo de ella se desprende una nueva capa, pues bien, cada capa representa tu ser interior y es así como se representa tu ser holístico interactuando desde adentro hacia afuera y retroalimentándose de afuera hacia adentro constantemente, en otras palabras, mientras damos al mundo que nos rodea, el mundo que nos rodea también nos da.

Ya solo me queda decirte, que no habrá razón de preocuparnos por la muerte, porque con todo esto que te implica dar sentido a la vida y reinventarte cada día, no tendrás tiempo de pensar ni por un segundo en la muerte y si esto aún te preocupa, entonces será momento de resignificar la muerte, eternizar nuestra vida en la muerte, será nuestra tarea.

En definitiva, no tenemos la certeza de lo que sucederá después de la vida, pero lo que si es cierto, es que podemos elegir el sentido que damos a nuestra existencia. Tal vez, la muerte solo será un nuevo ciclo o posiblemente el fin de todo el ciclo, de cualquier modo, será tu elección eternizar tu existencia aún después de a muerte.

El eco de tu voz

Por Ana María Cano Moná

Podría describirlo sin necesidad de adornos, sin embargo hablar de la palabra causa terror y angustia, el efecto que deja el abandono de un mundo lleno de aventura y en ocasiones amarguras puede ser desencadenado por diversos motivos o actos; los cuales en ocasiones son causales de grandes debates; las características y defectos de la persona fallecida definen lo justo o no de su partida.

La experiencia que se vive la muerte de un familiar trasciende, dado que cada fecha trae un recuerdo y es que cómo olvidar aquella experiencia que claramente hace cuestionar la idea de morir, un proceso que empieza asimilando un corazón silenciado, una mirada perdida y un recuerdo eterno.

Es inevitable así borrar su sonrisa y ojos claros de mi memoria, podría definir que mi amor por ti late cada vez más fuerte y el deseo de encontrar una respuesta del porqué tú y no otro ser hacen de mi realidad una esperanza perdida, como no debilitarse ante una ausencia que claramente es definitiva.

Entendemos así que el apego y el amor hacen de la muerte el miedo más inevitable, dado al proceso de dolor y duelo que conlleva vivirlo una lección difícil de entender, claramente haber vivido un deceso de alguien que amas cambia la percepción del desenlace de la vida, un "Mi más sentido pésame "pasa desapercibido ante la abnegación de los hechos. La pérdida se asocia a una irreversible suceso, inicia así para los dolientes una batalla sin fin con una cantidad de pesadillas que acechan al final del día, como no recordar con amplia tristeza la historia vivida sin final feliz de una partida incierta y sin culpables, sólo de los hechos se reconoce un cuerpo inmóvil y apagado, al olvido y a la tumba: el amor, las pasiones, sueños y secretos; tan lento y doloroso como el regreso a casa es el misterio de la vida de la vida y la existencia dando así comienzo a un duelo lleno de odio y resentimiento, en realidad difícilmente superado.

Uno de los mayores desafíos en todo está perdida que es entender que la vida

Sigue y que cada lagrima que sale desde el fondo de nuestros corazones no cambia la partida, acabas tardíamente entendiendo que ese dolor será tu compañía y que recapitular tu vida depende de ti de dar pasos agigantados en pro de construir un nuevo amanecer, todo esto se asemeja a los viajes que hacemos al leer nuestros libros, deseamos tener finales gratos, llenos de paraíso y amor.

De la muerte aprendemos que el tiempo apremia, que la vida surge de lo básico y lo pequeño y que el hecho de la muerte si lo permitimos crea un sin fin de culpabilidades a lo largo de la vida, reconocer si era su tiempo o no permite contemplar que no es una decisión de quienes nos rodean, género, gustos y defectos no extienden o acortan ese camino aún sin explicación como lo es fallecimiento.

He intentado definir y aclarar los sentimientos encontrados tras el hecho de abandonar un camino de sueños, de relacionamiento y encuentros llenos de amor, acabó concluyendo que es el fin, es dejar atrás así un mundo bueno o quizá perverso.

En las manos frías de la muerte

Por Olga Lucia Uribe Suárez

Cuando era pequeña pensaba que los sueños hacían parte de otra realidad, como si fuera una dimensión paralela.

Recuerdo que eran las cinco de la mañana de un jueves despejado de marzo, el clima era seco a pesar de que era época de invierno y no era común que no lloviera en esta temporada del año. Aún en la cama entre dormida escuche el ruido del teléfono a lo lejos como un eco. Con los ojos entrecerrados, los pies pesados y la boca seca me levanté y lo contesté, era mi hermana que con voz agitada y pesada me decía:

— ¡Flaca estoy en el hospital con mamá y no la quieren atender!

Como si me hubieran restregado un hielo en el rostro mi adormecimiento se esfumo y se despertó mi interés.

— ¿Qué paso, y por qué no? — Le dije—

— dicen que es algo de la antigüedad en la EPS, usted que trabaja allá por qué no pide la constancia— dijo—

Mi madre venia enferma ya hacia un tiempo, con problemas de diabetes, presión y toros síntomas como ceguera que la habían discapacitado para laborar y le había tocado renunciar al trabajo, yo en ese entonces vivía ya lejos de ella, mis hermanos eran más cercanos y uno de ellos la afilio a una EPS como beneficiaria suya, y por ahí comenzaba el problema con todo esto de la antigüedad, los servicios, los costos, creando para mi hermana un dilema, porque ella se encontraba en el hospital sin información, dinero y sin ningún recurso que le facilitara el ingreso de mi madre al hospital.

Reaccioné, ese día tenía que ir a trabajar, no pensé que fuera algo muy grave, me bañe, me organice y me fui para la oficina allí le pedí colaboración a mi jefe, el preocupado me miro y pregunto que si era grave yo respondí que no sabía, me entrego una carta con el historial médico de mi madre y sus derechos. Ya eran como las ocho de la mañana cuando comencé mi recorrido hacia una experiencia que no pensé ocurriría aquel día.

Mi esposo me recogió en la moto y me llevo al hospital, cuando llegue observe aquella edificación fría e inerte totalmente blanca que se levantaba en el asfalto. Entré a paso rápido y con ansiedad, en la habitación se encontraban las oficinas, cubículos grises, monótonos, con rostros pasmados entre el trabajo y la morbilidad del hospital. Pregunte por la paciente, me dijeron que estaba en la habitación, qué si tenía los documentos, porque si no era imposible atenderla, con un gesto desconforma entregue la papelería y solicité el ingreso.

El entorno se encontraba callado, frio, con ese olor que tienen los hospitales entre formol y alcohol que los hace sombríos. Cuando ingresé al cuarto allí estaba mi madre en una camilla, pálida, con ojeras, llevaba un pijama de algodón y flores, se quejaba como si tuviera algo que la desgarrara, me acerque y le tome la mano, nunca la había sentido tan suave, me la apretó.

En ese momento yo sentí como si tuviera un nudo de pelos en la garganta. No me gustaba verla sufrir, la sensación de impotencia, ira y tristeza se vieron reflejadas en una lágrima que mi madre noto y con voz quebrantada por el dolor me dijo:

— tranquila mami, no llore—

Asimilando la escena se me fueron despejando los pensamientos y pregunté por el diagnostico, mi hermana dijo que había que esperar el nefrólogo, que le habían dado medicamentos para el dolor y la inflamación.

Cuando los medicamentos hicieron su efecto mamá se incorporó en la camilla y me hablo, preguntaba por mi hija, que donde estaba, que con quien, que si no me regañaban en el trabajo, pero a pesar de su esfuerzo por parecer fortalecida su cuerpo la delataba, las enfermeras le colocaron oxígeno y ella comenzó a reprochar que se lo quitaran, que eso le estorbaba y nosotros en la lucha explicándole que era necesario, cogiéndole la mano que parecía la de un niño inquieto tratando de quitarse la máscara, luego que le dolían los pies, que se los sobara me decía, yo comenzaba a frotárselos y se quejaba que no, que se los estirara que estaba incomoda, yo con calma se los estiraba, luego que se los recogiera que estaba cansada y así transcurrió la mañana. Mi hermana se había comunicado con mis otros hermanos y ellos ya habían llegado, el uno lloraba al lado de mi madre, el otro no se atrevía a cruzar del umbral de la puerta de urgencias. A eso del medio día yo tenía una cita y le conté a mamá, ella me pregunto que, si me convenía, que a qué horas volvía y yo le dije que en la tarde llegando la noche, porque tenía clase, ella me contesto:

— Bueno mami, Dios la bendiga—

En realidad, nunca pensé que serían las últimas palabras que escucharía de mi madre.

Mi tarde transcurrió con los quehaceres de ese día, estaba yo saliendo de clase cuando llego mi esposo por mí con una expresión en su rostro como de culpa, de secreto. Lo saludé, me subí a la moto y todo se tornó en silencio, un silencio de premonición, llegamos a la puerta de la casa y me dijo:

— llamo su hermano que su mamá está agonizando—

Yo conteste,

— Ese si es exagerado, si lo deje bien, estaba enferma pero tampoco para tanto, camine vamos a ver que paso—

Cuando llegamos nuevamente al hospital note que todos tenían expresión de duelo y yo solo pensaba que estaban exagerando.

Me recibió mi hermana, yo pregunte qué pasó.

Ella dijo – es que bajo el nefrólogo y le dijo que se iba a morir—

Yo – como así, ese es que es *guevon*, como le dice eso—

Y si, así había sido el tipo sabiendo el alto costo que era la enfermedad de mi mamá, tomo el camino fácil, decir que no había nada que hacer, seguir colocándole medicamentos para el dolor y no volvió a aparecerse por la habitación.

Entre al cuarto y allí estaba mi madre inconsciente, con la mascarilla de oxígeno, aún más pálida y con la respiración pesada. Mi hermana me dijo:

— Después de que entro el médico y le dijo eso ella se fue quedando en un letargo hasta que quedó inconsciente—

—y que quería, si ese estúpido le bajo la moral, a quien se le ocurre— respondí con rabia.

Mis hermanos se fueron yendo uno a uno con una excusa diferente, hasta que solo quede yo.

El silencio del hospital se hacía eterno, los minutos pasaban lentos, pregunte a la enfermera que tipo de tratamiento le estaban haciendo y ella con voz fría respondió:

— se le coloca droga para el dolor, oxígeno para que no muera ahogada, pero ella de las doce no pasa—

En qué clase de criaturas se convierten los seres humanos, que hasta pronostican la hora en que la gente va a morir si las parcas les hubieran otorgado tal derecho.

Yo entraba, salía, mis pies no encontraban lugar para quedarse quietos. Paso la hora pronosticada y todo seguía igual, comenzaba a tener frio era algo contagiosa la condición helada del hospital. Ella comenzó a hincharse, sus piernas tomaron un aspecto de paquidermo, su piel templada por la hinchazón ya cedía y se le formaron ampollas gigantes de agua sangre en el estómago, hasta reventarse. Mientras que la camilla y el suelo se llenaban de agua sangre, las enfermeras miraban catálogos de productos de belleza en la recepción, ni se percataban de lo que estaba pasando. Yo entre ira y desazón les dije:

— Está bien que este muriendo, pero que sea dignamente, por qué no le cambian las sabanas al menos—

Ellas contestaron:

— Sí, pero nos tiene que ayudar porque ella está muy pesada y no podemos solas—

La cambiamos, ella quedo semidesnuda, su respiración se hacía más pesada, las enfermeras me preguntaron, qué si ella estaba esperando a alguien, porque ya debería de haber muerto, yo no sabía ni que contestar con comentarios tan fuera de lugar.

Mi madre siempre había cuidado de mi hija, se separó de ella solo cuando enfermó, que yo me independicé aun así la amaba. Eran las cuatro y media de la madrugada cuando en mi corazón sentí que debía hablarle:

— Mami descanse— le dije— no se preocupe que yo le prometo que le cuido la niña, váyase tranquila—

En ese momento la respiración de ella comenzó a descender, a veces no respiraba y yo entre dolor y tranquilidad decía "ya", pero retomaba la respiración con una bocanada de aire grande como si saliera del agua a aspirar después de mucho tiempo. De pronto a eso de las cinco y media de la mañana todo se tornó calmo, como si hubiera entrado en un sueño profundo no la sentí más, me acerque coloque mi cabeza junto a su pecho, pero ella ya no se encontraba allí. Salí del cuarto hacia donde estaba el médico de turno y la dije:

— yo creo que mi mamá ya murió—

Después de la muerte de alguien todos sabemos que siguen esas tareas fúnebres y las atenciones sociales de gente que en su mayoría nunca fue tu amiga.

La muerte es fría, pero como me pasaba cuando era pequeña y aún me pasa, existe esa dimensión de los sueños en los que la vida no se extingue y allí, solo allí disfruto de grandes días en compañía de mi madre.

En todas mis vidas volveré a ti

Por Yuleika M Marin T.

Es un día normal como cualquier otro, me levanto, me siento sobre la cama, miro al suelo y solo recuerdo su silueta, sus imponentes ojos amarillos, su largo y abundante cabello negro, solo la recuerdo a Ella. Como en la mayoría de los casos le gané a ese feo y escandaloso despertador que cuando comienza a sonar aturde y me saca del mundo donde me gusta estar y más cuando sueño con Ella. Suspiro para entrar en sí.

— Ya se asoma el sol es hora de entrar en rutina – digo para despertar mis oídos.

Preparo un delicioso café negro, inhalo el dulce aroma, y su amargo sabor mañanero inunda mis papilas, ya comienza hacer efecto, en definitiva, ya comienza mi aburrido día lleno de deberes, sonrisas falsas, y atenciones absolutas a personas que les importan muy poco. Llego como todas las mañanas a realizar el aseo del restaurant, primero el gran horno, luego los baños, y el suelo mientras converso con los perros

—Me gusta creer que me entienden— le digo a la pequeña Milu ellos juguetean, me miran, corren, menean la cola como si jamás me han visto cuando a penas los he dejado la tarde anterior. Hoy será un día largo es domingo, vienen muchos turistas a nuestro pueblo los fines de semana, se abre el restaurant y comenzamos atender todo el día estas sonriendo mientras los pies te están matando, almuerzas en 5 minutos y continuas la labor con toda la disposición que pueda quedar en ti.

Al fin en casa y llegue a tiempo para mirar el atardecer, me siento en el banco de madera que yo mismo construí hace tiempo a veces se me hace fácil realizar algunas tareas, quizá fui carpintero en mi otra vida, me acomodo y me saco los zapatos ya los pies no los aguanto y me dispongo para ver el gran espectáculo de matices, sombras, luces y formas que dibuja el cielo para despedir un día más, no me canso de mirar esta danza de colores lo que me hace pensar que el ser humano es un día como el ciclo solar de 24 horas, nacemos brillando, crecemos fuertes como el sol de mediodía, y en nuestro crepúsculo los colores son la sabiduría acumulada de los años algunas adquiridas por experiencias de nuestra terquedad y otras por concejos de personas que nos aprecian, creo que ser joven y vivir solo me hace pensar tonterías. Al culminar la hermosa hora mágica entro a casa para darme un baño de agua caliente, es relajante y reconfortante, cojo la toalla azul que cuelga de la manilla de la puerta, seco los residuos de agua que quedan sobre mi cuerpo desnudo mientras me miro al espejo y de repente Su reflejo se hace presente pero al mirar a mi alrededor estoy solo, me sobresalto, y ella solo me observa y coloca su mano sobre la superficie del espejo y por más aterrador que todo pueda sonar, no tengo miedo porque es quien me acompaña en mis travesías la mayoría de las noches, coloco mi mano sobre el espejo, me mira con dulzura y deseo por unos instantes, algo dentro de mí se inquieta, se exalta, y tiembla, es una sensación de respeto y en tanto logro controlar mi ser su reflejo desaparece, y de pronto me siento desorientado creo que todo lo que ha sucedido es producto del intenso trabajo.

Salgo del baño apenas en ropa interior me dirijo a la cocina a preparar un sándwich para cenar con algo queso, mantequilla y jamón tarareo una canción para callar mis pensamientos, hablo para mis adentros y discuto conmigo por tener una vida solitaria siendo tan joven, ¿por qué no tengo una familia? Ya mis compañeros de colegio son padres ¿por qué me considero viejo para dedicarme a eso que me gusta? ¿Por qué pienso que ya no hay nada para mí?, ahhh ya no quiero pensar y comienzo a cantar más fuerte a ver si mi raciocinio se calla, es tan irritante.

Me lanzo sobre el sofá mientras enciendo el televisor, sin darme cuenta quedo profundamente dormido y allí estaba Ella tan hermosa y misteriosa pero decidida, no sé cuál es su nombre pero sueño con ella muy seguido, todo el tiempo hacemos algo diferente bailamos, leemos, caminamos, nos bañamos en el mar, montamos a caballo, a veces soy un niño, un adolescente, una mujer, un anciano, un indio, ruso, asiático, americano, latino o vestimos de otra época sea muy antigua o futurista pero siempre acaba igual me toma de la mano y cruzamos un gran rio me entrega dos monedas un beso cálido en los labios, y se despide. Hoy está con un vestido corto color crema, me ha tomado de la mano y caminamos una carretera asfaltada con flores de colores a los lados, mi aspecto es diferente parezco tener unos 17 años, moreno, de ojos negros, pero tengo cayos en las manos, con ropa de trabajo y lleno de aserrín camino mirado las flores y observando el encanto de mujer que va a mi lado sus labios carnosos, su mirada profunda, el contorno de su rostro, mientras me pregunta:

– ¿Qué fue lo que más te agradó de la vida? –

A lo que respondí: — Conocerte –

Caminamos y llegamos a un gran barranco empinado, bajamos como pudimos nos llevó algo de tiempo hasta que al fin encontramos dos cataratas pequeñas de agua tibia y cristalina, ella se quitó su vestido y corrió al gran pozo, ubicándose debajo de la corriente de agua grito mi nombre, me quité la ropa y corrí a Ella, entonces sentí feroces mordiscos en todo mi cuerpo, eran miles de dientes afilados desgarrándome la piel, al mirar el agua tornarse roja me di cuenta que estaba siendo devorado por pirañas, sus dientes abrieron mi abdomen y se alimentaban de mis entrañas, ya no soportaba estar de pie y mis piernas desfallecieron, caigo en lo profundo del rio mirando sus majestuosos ojos amarillos llenos de lágrimas, antes de llegar al fondo toma mi mano y me saca de él pasando otro gran rio, me da un casto beso en los labios, me da dos monedas, mira a los ojos y me dice:

– Siempre tuya, vendré para el próximo trasbordo—

Desesperado el tomo del brazo, no quiero dejarla ir, Ella solo me ve con dulzura y yo tiemblo cuando de repente se esfuma y me deja deseándola más. Me levanto de un brinco cuando aún veo el televisor encendido, creo que apenas son las 11:30pm, subo a mi habitación intentando soñar de nuevo con ella, pero fracaso en el intento.

Es lunes mi día libre al fin, un día para mi así que quede con unos amigos para jugar algo de futbol e ir por unos tragos. Mientras me alisto para salir Claudia me envía un mensaje de texto *Espero verte en el partido, gritaré por ti:**. Claudia siempre es tan amable conmigo, debería invitarla a salir digo para mis adentros a ver si le ponemos fin a esta eterna soltería. Estoy listo me dirijo a la cancha me encuentro con algunos compañeros en el camino, y nos ponemos al día, tenía mucho sin ir a juagar. En la cancha tal como lo prometió esta Claudia con un grupo de amigas, está pendiente por si meto un gol para derrumbar la cancha con un grito descomunal como solo ella los sabe dar, jugamos varios partidos hasta las 6 de la tarde y en vez de ir por unos tragos con los chicos decidí invitar a Claudia un helado y helado quedé yo cuando me dijo que sí. Hablamos sin parar, del partido, de las fotos y sus morritos de pez, de sus clases, mi trabajo entre otras trivialidades sociales, reímos mucho realmente fue divertido ahora creo porque he venido, más tarde sonó su teléfono móvil era su hermano para avisarle que no llegaría esta noche ella discutió con el sin parar por unos minutos porque habían reparado la cerradura de su casa y aun ella no tenía la nueva copia, al parecer su hermano estaba de copas y no le dio importancia a Claudia, al colgar llamó a Alexandra, Patricia y Astrid pero ellas andaban en otro rollo, lo que logró que el semblante de Claudia cambiara por completo, estaba realmente preocupada e irritada no sabía dónde pasar la noche, al sentirme impotente ante tal situación le ofrecí mi casa ella lo dudo y yo insistí hasta que al fin no le quedó de otra. Caminamos un largo rato, cenamos, y reímos, pero ya es hora de descansar así que tomamos un taxi a casa, pienso que debería salir más seguido con Claudia quizá nazca algo lindo. Al llegar a casa preparé la habitación para que descansara y tomé algunas sabanas para dormir en el sofá, ella aprovechaba para mirar las estrellas ciertamente brillaban mucho esta noche, la acompañé durante un rato luego entre a prepararle un té de manzanilla, nos sentamos por un momento en el sofá a tomar el té, luego subimos las escaleras al cuarto le expliqué donde quedaba el baño, le di un paño y sabanas limpias al voltearme para ir al sofá me toma del brazo y me da un beso frenético, dulce pero lleno de deseo, no sabía cómo reaccionar tenía muchos años sin dar un beso, desde que cambié de ciudad no había recibido un trato tal por parte de una dama estaba algo trastornado no entendía lo que sucedía, pero respondí a su beso apasionado, al detenernos la miré a los ojos que brillaban como las estrellas que habíamos visto esta misma noche sus pupilas estaban tan grandes como la de un gato mientras me miraba y me decía

— Eres diferente, siempre tan solitario y callado, pero no puedo sacarte de mi cabeza —

No podía creer lo que escuchaba, la mayoría de las veces tengo un mal concepto de mí, esto me sorprende totalmente pero mi instinto humano se antepone a mis pensamientos y la beso con locura, recorro su cuello con tiernos besos y ella responde a mí con gemidos dulces pero delirantes, el olor de su piel invade mis fosas nasales acelerando mi cuerpo hacia a ella, su textura suave y húmeda me engrandece y caemos en el placer el uno del otro, terminamos sofocados y abrazándonos, miro su rostro y está colorado, sus labios hinchados y sus ojos brillantes, es tan hermosa, beso su frente y queda dormida recostada en mi pecho. Yo no puedo dormir es extraño estar acompañado, pero creo que puede ser el inicio de algo, ha sido fascinante no estar solo al menos esta noche, aunque ella, la chica de mis sueños nunca me hace sentir solo, al contrario, me hace sentir que me espera en algún lugar.

Amanece, me levanto, me llevo el tormentoso reloj para no despertar a Claudia, entro en la ducha mientras tarareo una canción cuando de repente unas manos pequeñas y suaves masajean mi pecho, aún tenía algo de champú en mi cabello, pero me volteé, la abracé y seguí respondiendo a sus besos, la alcé sobre mi cuerpo mientras agarraba sus muslos para embestirla en mí, cuando limpia mi rostro veo aquella mujer con la que sueño constantemente, sus rostro pálido, sus imponentes ojos amarillos, su suave piel fría, no entiendo, no sé qué sucede y no me importa solo ella me rescata de los momentos más desesperantes y dolorosos de mis sueños, siempre he querido besarla de esta manera, tenerla para mí, adorarla, amarla, venerar todo su cuerpo, es mi diosa, es en lo único en lo creo, no quiero soltarla pero mi cuerpo no se detiene se acelera y se tensa completamente en ella, respiro con dificultad, acabo de cerrar mis ojos y no quiero abrirlos, quiero que en realidad sea ella la que está allí, la ayudo a bajar y me doy vuelta coloco mi mano sobre la pared y me ubico debajo de la ducha, creo que Claudia salió y me propongo a salir, seco los residuos de agua en mi cuerpo, me cepillo, y al salir veo a Claudia profundamente dormida tal como la dejé antes de entrar al baño, me paralicé frente a Ella

— Es imposible— dije

Creo que me estoy volviendo loco, no entiendo juraría que fue Claudia y que solo imaginé su rostro, no entiendo que está sucediendo conmigo y esa mujer que trastorna mi ser.

Me puse un short y bajé al porche por un cigarro, podía ver los brillantes rayos de sol a través del humo, mi ser temblaba, y no podía controlar mis pensamientos ansiosos, el cantar del gallo me hizo entrar en sí y me propuse a preparar el desayuno, unos huevos revueltos con pan y chocolate me abrieron un poco el apetito, creo que el olor despertó a Claudia porque escucho la ducha, después de unos minutos bajó y me dio un casto beso en los labios

—Tenía tiempo sin dormir tan profundo – dijo

Le regalé una sonrisa y le serví en el desayuno en la mesa, charlamos, pero se hacía tarde para ir al trabajo, prometí que la llevaría al cine el fin de semana, me abrazó y dijo:

—Lo que sucedió, para mí fue real—

Me besó y se fue en un taxi que había llegado para llevarla a casa, esas palabras retumbaron en mi cabeza todo el día no parecían de Claudia, sentía que venían de ella y de su profunda esencia mientras pensaba Milu me miraba como si estaba enloqueciendo hasta que puse voz animada y hablé como si me hablara a mí, y la tonta se volteó para que le hiciera cosquillas en la panza, es mi perra favorita.

Llegar a casa, de nuevo a la soledad puede llegar a ser algo muy cómodo, me siento un rato a la mesa a dibujar y como cosa rara la dibujo a Ella, parte de Ella y los momentos donde me ha salvado, ya mi estómago me avisa que es hora de comer, hoy no quiero cocinar así que ordeno una pizza y mientras llega sigo dibujando, Ella es arte, me gustó un par así que les aplique algo de color con tiza y tinta, una era de sus ojos son realmente impactantes, otro de la mitad de su rosto, y otro con el vestido beige como el que tenía en mi último sueño. Llegó la pizza, comencé a comer viendo los dibujos y decidí colocarles un marco y colgarlos en la sala, se ven extrañamente misteriosos, pero me gustan.

Subo a ducharme estoy algo cansado, recibo un mensaje de Claudia *Que tengas linda noche:*, siempre es tan atenta, entro y abro la llave del agua caliente me quedo bajo el agua algunos minutos y salgo, realmente estoy cansado y me acuesto a dormir.

Me encuentro en una casa de madera, pequeña, muy pobre y triste, hay 5 niños mayores que yo dos niñas y tres niños, tengo un vestido blanco largo con bordados rojos, tengo la cabeza cubierta por una tela roja, creo que soy el más pequeño o en este caso la más pequeña, si en este sueño soy niña, como de unos 5 años, blanca, de cabellos castaño y ojos claros, muy delgada, mi piel está pegada de mis huesos, me siento débil, apenas puedo dar unos cuantos pasos sola, siento que mis órganos se comen entre sí y duele, de repente un tumulto se forma en la calle frente la casa, un hombre ha caído al suelo, estaba tan desnutrido como yo y los que estaban a su alrededor acaban por comerlo, parecían locos, estaban hambrientos y sacaban lo que podían de ese hombre, sus entrañas, se los repartían como bocadillos, se lo comían crudo de forma desesperante, y en sus caras estaba presente el placer, eran felices comiendo ese cadáver lo disfrutaban como si era el platillo más delicioso que pueda existir al final no quedó más que huesos de aquel individuo, Ella estaba allí miraba a toda esa gente que devoraban al recién fallecido, de repente siento a mi corazón latir más lento y duele, me mareo un poco, le digo aquella señora que estaba allí como me siento cuando caigo al suelo y no puedo emitir ni una palabra, Ella está allí detrás de la señora tan dulce pero terrorífica como siempre, me desespero porque no puedo respirar y de un momento a otro tengo un cojín rojo en la cara, era aquella señora y los otros niños asfixiándome la desesperación y la angustia me invade pero mi cuerpo está tan débil que no puedo moverme, me desespero y siento mi corazón ir más lento de lo que iba, y la miro a Ella ofreciéndome su mano, se la doy, me da un abrazo y me besa en la frente. De repente la niña flacucha está en el suelo, y de la misma forma que se comieron aquel hombre comienzan a comer mi cadáver, las lágrimas invadieron mi rostro la hambruna que había en aquel lugar era indescriptible, la tierra era infértil, y la comida era como una gran recompensa, aun tomado de su mano y siendo aquella niña le pregunté

— ¿Qué sucede?

— La avaricia de los que quieren algo más es el hambre de millones, vamos estarás mejor— Respondió

— Eres lo más bonito que me ha pasado, me quitaste el dolor – Respondí

Ella sonríe cálidamente y me responde:

— ¿Qué fue lo que más te gustó de la vida? — Preguntó

—Conocerte— Respondí

Caminamos un gran rio, me abrazo de una forma en la nunca me habían abrazado, sentí protección, ternura, paz, y un sentimiento tan profundo imposible de describir, me miró fijamente y dijo:

—Eres más fuerte ahora, pronto vendré por ti para el próximo transbordo— Me besó en la frente, me dio dos monedas y se marchó—

Desperté algo perturbado ¿Cómo una niña pequeña puede pasar por algo tan cruel? ¿Su madre? ¿Sus hermanos? ¿Por qué ella siempre me salva del dolor? ¿Por qué esa niña era yo? Eran aproximadamente la 1:25am bajé por un té, y luego volví a la cama espero poder dormir después de esto.

Esta vez el viejo Ralph me ganó, así le llamo a mi despertador era de mi padre así que lo llamo como él, me levante con algo de prisa se hacía tarde, al menos cuento con la suerte de desayunar en el restaurant en el que trabajo. Tengo la esperanza de que hoy será un gran día mientras camino sigo pensando en ese sueño tan escalofriante que tuve, miraba a los niños que pasaban y me sentía feliz de que no estuvieran como la niña con la que soñé, llego a mi trabajo y me recibe mi fiel amiga Milu ninguna perra es tan inteligente como ella, solo le falta hablar es impresionante, tras ella viene el Gordo, Avejon, Sacha y Rengo pero Milu no se deja opacar y los tumba para ser la única, me divierte mucho este animal. Comienzo mis labores, abrimos y comenzamos Claudia aparece con sus amigas, van almorzar y pienso ¿cómo le puede gustar el don nadie más extraño del pueblo?, me acerco atenderlas Claudia me sonríe tiernamente y me da un beso en los labios, sus amigas ríen y el rojo sube por mi rostro

— ¿Que ordenarán las damas? — pregunto

Después de una eternidad se deciden y les llevo su orden, sigo trabajando y Claudia no para de mirarme lo que me incomoda un poco, no estoy acostumbrado a esto, pero sigo con mis labores. Cuando terminan cancelan y Claudia antes de marcharse me da otro beso y dice

—No olvido que nos vemos el sábado— Sonreí

—Tampoco lo he olvidado— le respondí

Mi día continuó sin complicaciones, aunque me parece absurdo ver la cantidad de comida que se desecha en el Restaurant y soñar con tanta hambruna me desconcierta.

Al salir del trabajo me llama mi hermano Enrique, me comenta que mamá está peor que cada día se le hace más complicado recordar las cosas, ya no sabe que somos sus hijos, que a veces grita que está secuestrada y eso ha hecho que la policía varias veces visite la casa, los niños se asustan y todo se vuelve un caos

—Vic por favor pide un permiso y ven a casa este fin de semana—

—Quique pediré el permiso para este fin de semana, mañana te confirmo—

—Tus sobrinos extrañan tus locas historias—

—Sin manipulación Quique, te quiero, mañana te llamo, besos a mis troles— Cuelgo.

Llego a casa y pienso en esa enfermedad degenerativa de mamá, recuerdo cuando bailaba con nosotros, cuando nos cocinaba y nos enseñaba a leer, era una mujer muy lucida ¿Cómo llegó a ese estado?, preparo algo de cenar y me voy directo a la cama.

Comienzo con mi rutina en el Restaurante, cuando llega mi jefe le ruego el permiso para el fin de semana, y después de casi arrodillarme me dice que sí, llamo a Quique para contarle y da un grito que casi me deja sordo, cuando recuerdo que debo llamar a Claudia y cancelar nuestra cita del sábado, pero sigo trabajando y se me olvida.

Al llegar a casa recibo un mensaje de Claudia *Ya sé que veremos el sábado:* recuerdo que no le he dicho el cambio de planes para este fin de semana y le escribo un mensaje para comentarle lo sucedido, entro a la ducha y al salir recibo un mensaje de Claudia algo triste *Entiendo, será luego* me sentí algo culpable, pero tengo que ver a mamá antes que olvide por completo quien soy.

Después de comer y ducharme me dispongo a descansar. Estaba corriendo desesperadamente en un bosque, era de noche, estaba huyendo de algo, soy mujer de piel blanca, cabello rojo y largo, ojos azules, de unos 1.60 metros, con un vestido blanco y una tela color crema, estoy descalza y asustada llevo a mi gato en los brazos para que no lo maten escucho a mucha gente que me persigue con antorchas y me acusan de bruja por estudiar las hierbas y los ciclos de la naturaleza, un hombre alto me golpea en la cara y caigo casi desmayada al suelo pero aun puedo escuchar cómo me llaman bruja, me escupen, me apedrean, y me arrastran por los cabellos, siento como si me fuesen arrancar el cuero cabelludo, mi rostro aun palpita del dolor, las piernas me comienzan arder ya se debe estar rasgando la piel, me quitan la ropa y me atan a un tronco con leña y paja alrededor, hay aproximadamente 80 personas acusándome de cosas que no he hecho, me golpean y apuñalan, arrancan los pezones de mis senos y grito de dolor, sangro, una sensación de intensa recorre mi cuerpo y quiero que todo pare ya, presiono las piernas para evitar que el dolor corra pero es imposible, un hombre calla la multitud y enumera mis acusaciones cuando toma a mi gato negro grito con locura y desesperación el pobre no tenía la culpa, solo acompañaba mi soledad, lo degolló arrancando la cabeza con sus manos, sacando las entrañas y lanzándolo a mis pies, asegurando que era el testigo de mis brujerías, lloro con amargura y odio, de pronto encienden la gran fogata, el humo comienza a entrar en mis pulmones y comienzo a toser, siento que me ahogo no puedo respirar, siento como mi piel comienza a rostizarse, y el olor a carne quemada me hace entrar en pánico y grito de dolor, mis ojos se derriten, mis cabellos arden, me duele la cabeza quizá ya mi cerebro está hirviendo no puedo más y allí está ella con su brazo estirado como siempre listo para recibirme, para eliminar el dolor, la tomo de su mano y camino con ella de nuevo un gran rio, me da dos monedas y un beso en los labios, me pregunta

—Qué fue lo que más te gustó de la vida—

—Conocerte— Respondí

Miré sus terroríficos ojos amarillos y le pregunté

— ¿Por qué no entendían lo que hacía?

Ella sonrió, besó mis manos y dijo:

—La ignorancia es gratis, y tú ya no solo eres fuerte, ahora eres sabia. Nos vemos para el próximo trasbordo—

Mientras la veía sentía que ya había estado con ella muchas veces, que mi ser pertenece a ella, que la amo con devoción, temor, y locura.

Al despertarme sentía ardor en todo mi cuerpo, quizá por el sueño tan intenso, entre a la ducha y preparé la maleta para ir a ver a mi madre. Durante el camino disfruté del paisaje, escuché música y pensaba en mi diosa, ¿si es real? ¿Si algún día podré verla no solo en sueños?, dormí un par de horas en el bus cuando por fin llegué a casa de mi madre.

Entro a casa y mis 2 troles fueron los primeros que salieron abrazarme casi me tumban están realmente grandes, Sofía no dejaba de besarme ni de decirme que me extrañaba, Camilo solo quería unos comics que me pidió de cumpleaños, cuando pude deshacerme de los monstruitos abracé a Quique ya habían pasado un año y medio sin verlos, saludo a su esposa Carol y me dirijo a ver a mi madre, allí estaba alimentando a sus aves, con el cabello como el algodón, con sus grandes ojos grises, cantando como siempre lo hace, suspiré y aguanté el llanto no puedo asustarla, me acerco y la saludo, cuando me ve toma mi cara en sus manos y las lágrimas salen de sus ojos, me llama Adrián como mi hermano mayor que murió en un accidente de tránsito con papá hace dos años, pregunta por papá y le digo que está en el mercado, me abrazo tan tierna, fuerte, y yo no quería escapar de sus brazos, conversamos por un rato para mí fue de los mejores aunque no supiera quien soy, mamá se cansó y se fue a dormir, yo me quedé en el patio llorando con Quique, ha sido muy largo este día.

Al quedarme dormido estoy en un lugar muy iluminado, tengo muchos cables en mis brazos, y parte inferior del torso ya no soy el chico de 30 años, ahora tengo unos 91, soy delgado, blanco y arrugado, aun acostado en esta gran cama cómoda me duele el cuerpo las rodillas, el cuello, la espalda, no siento mis dientes y tengo pañal, todo es una sensación algo incomoda, al abrir mis ojos hay unas personas delante de mí llorando, unos 4 niños, 3 adultos, y una mujer en silla de ruedas tan anciana como yo tomándome de la mano, todos con trajes especiales para el lugar donde estoy el cual tiene una tecnología bastante impresionante, apenas puedo ver a las personas que allí se despiden, solo pude decirles:

—Hicieron de mi vida, una buena vida. Gracias—

Mi corazón desacelera lento y estoy tranquilo de pronto aparece el amor de todas mis vidas a ofrecerme su mano una vez más y la tomo de nuevo cruzamos el gran río y me da dos monedas, antes de marcharme me pregunta

— ¿Qué fue lo que más te gustó de la vida?

—Conocerte una vez más— Respondí

Ella me tomo es sus fríos brazos, y me dijo:

—Soy tuya, nos vemos para el próximo trasbordo—

Le grité y le imploré que por favor no me dejará más, pero ella se marchó

Despierto con emociones encontradas, no entendí que sucedió, ¿Qué es Ella realmente?

Después del desayuno decido acompañar a mamá al jardín, hoy si me llama Pequeño Vincent, de pronto me dice:

— ¿Hijo sabes que la Muerte es una bella mujer? —

Su pregunta me estremece, pero le respondo

— ¡No entiendo que dices madre! —

— ¡No quieras hacerte el tonto!, sabes lo que hablo. Nacemos y morimos muchas veces en muchos tiempos, vivimos diferentes vidas y eso deja en nuestra alma una enseñanza para la siguiente –

— Esta bien madre – Contesto, sé que tiene razón, pero no quiero escuchar esto porque un miedo carcome mis huesos solo de escucharlo, o peor, reconocerlo.

—Hijo las mujeres sentimos, si amamos. La Muerte es mujer, ella también ama—

De pronto Carol nos llama almorzar.

Al terminar el almuerzo me preparo para ir de nuevo a mi pueblo, mamá me da un abrazo de oso inmenso y se lo agradezco, mis troles me hicieron dibujos y me los llevo encantado, abrazo a Quique y me despido de Carol.

Durante el camino las palabras de mi madre retumban mi cabeza, de repente no sé qué pasó y el bus donde iba se volcó por un barranco, las maletas saltaban, los vidrios se quebraban y entraban en mi piel, uno de los asientos de salió y se incrustó en una de mis costillas, grito de dolor, intento mover mi pierna, pero está partida, el dolor es intenso, y la desesperación comienza agitarme, de pronto aparece Ella, me mira, pero no me estira el brazo, quiero hablarle pero no puedo pronunciar palabra y la miro con desesperación necesito decirle que la amo. Ella decide estirar su brazo y lo tomo.

—Sé quién eres— le digo

— ¿Quién soy? Me responde

—Eres por quien quiero morir en cada vida, eres quien me hace buscar algo que no encontraré en la vida, eres quién me sostiene cuando agonizo en el fin de mi vida, eres el amor de mis vidas. Y aunque parezca extraño amo por completo quién eres, en todas mis vidas volveré a ti.

—Eso me dice quién soy para ti, pero no me dice quién soy realmente

—Eres la muerte—

Con Voz imponente me pregunta

— ¿Y aun así me amas?

—Con locura, solo vivo para morir y poder estar contigo otra vez. Lo más hermoso de la vida eres tú.

— ¿Qué es lo que más te gustó de la Vida? —

—Morir

El último sorbo de café

Por Sandra Lucía Fuertes Bravo

A mi familia.

Gracias por esperarme en sus vidas.

Como si las notas del piano acariciando el claro de luna de Debussy no fuesen estremecedoras, escuchaba con más ímpetu las olas del mar que con fuerza golpeaban las rocas, ahí, en ese instante, mis ojos contemplaban el ocaso, entre azul y amarillo desvanecido cada vez más dando paso a la noche oscura y vibrante, en busca de la compañía de sus fieles amigas titilantes que muy lejanamente brillaban por todo el espacio; fue entonces, como un suave letargo me envolvió.

En ese profundo suspiro del alma, estaba yo, desposeída de todo pensamiento, tan solo contemplaba la respiración suave, cuando de repente, ésta comenzó a tornarse precipitada, ligera y continua, con más fuerza cada vez, pues estaba de a pocos perdiendo el aliento; y entonces, una gran estela de luz intensa brilló explosivamente y todo se volvió blanco, no pude percibir más nada, tan solo el gran soplo de la vida se estaba perdiendo; me deje llevar, y perdí el conocimiento liberando el cuerpo de toda atadura física, pues había dejado mi cuerpo, tranquilo y en reposo, sin presiones, ni culpas, ni dolencia alguna.

Ese abrazo cálido que reconforta el alma me sanó, aquella mujer de cabello largo y blanco, con atuendo rosa, de fragancia a café recién tostado, me acarició con ternura y me mostró su sonrisa espontanea. Ese olor a café intenso había estado antes, pero no tenía recuerdos claros, tan solo ese exquisito aroma había estado presente en otra ocasión… era tan aliviador, que causaba paz y libertad al mismo tiempo, pues entonces parecía que había abrazado a la muerte.

Siempre había escuchado muchas historias: trágicas, tristes, solitarias, abruptas, escalofriantes, oscuras y desoladoras; pues la muerte, parecía llevarse lo más preciado de cada quien, sin preguntar, sin remordimientos y sin cauciones. Pero en aquella ocasión, me llevo a mí, ¿y cómo saberlo? si era verdaderamente hermosa, y había sanado todo mi dolor y limpiado mis lágrimas. No se parecía en nada a todas esas historias que alguna vez escuche.

Estaba atenta contemplando su belleza, su sonrisa clara, brillante y dulce. ¿Cómo reconocerla?, ¿cómo entender y descifrar que fuese ella?, La muerte.

Me tomo la mano, y vimos juntas el amanecer, era precioso, excelso, de matices que mis ojos no habían visto jamás, se sentía el aire tibio, tanto que estaba relajada completamente.

— Que sensación más bella, decía yo.

Cuando cruzamos nuestras miradas, ella señaló su reloj, y dijo:

— Ya es tiempo, debo llevarte.

Sonreí, y sin importar ahora cual sería el destino, camine siguiéndola a ella, tal vez rumbo a mi nuevo hogar. Por un momento pensé, que subiríamos alguna montaña, o tal vez alguna escalera como la imagen de portada de "stairway to heaven"; y lo que hizo en seguida fue tomar una red y alistar un bote que estaba aparcado a la orilla donde había dejado mi cuerpo físico, en ese mar que durante mis últimas horas me brindo toda su abundancia y esplendor; y enseguida me dijo:

— Ven, tendremos que recorrer un poco, toma la red y pesca todos los momentos valiosos.

— ¡Por fin dije! Esto tiene sentido.

De repente mi mar azul turquesa se hizo oscuro, ¿cómo podría ver lo que pescaría si estaba inmensamente oscuro?; ella, estaba tranquila y hacia avanzar el bote en medio de la oscuridad y de la nada, yo, trataba de esforzarme en mirar o tal vez recordar todo aquello que fue hermoso y valioso para mí; pero fueron horas y horas navegando, parecía no tener fin, y como no llevaba conmigo mi cuerpo físico, no sentía ni cansancio ni hambre, tan solo desasosiego; en verdad era angustiante, ¿cómo era posible que durante tanto tiempo no pudiera ver algo diferente a la inmensidad de un mar oscuro?, y a ella, mi barquera, la mujer de cabello largo y blanco, tranquila y feliz, como si nada pudiese pasar, en ese momento me sentía atrapada, intranquila, y pensé que tal vez la muerte si era desoladora…

Ningún pensamiento llegaba a mí, era como estar vacía, pero, ¿cómo era posible entonces?, ¿a dónde se fueron todos esos años vividos?, no pues que nadie te quita lo *bailao*; ya no sabía en verdad si estaba a un paso del cielo o del mismo infierno, que confuso era todo.

Imagino que el viaje seria largo, porque ya no fue cuestión de horas, sino días, y tal vez meses, pues había perdido el sentido de todo.

Por un momento algo llego a mí, un leve recuerdo, trataba de sostenerlo para que no se esfumara en la inmensidad de la oscuridad, era la sonrisa de mi padre; cómo olvidarla si daba mucho sentido a mi vida, ver ese brillo en su sonrisa y mirada era motivo de orgullo, y de repente poco a poco, fueron apareciendo cada sonrisa que coleccione con mi mirada; si, ahí estaban, la sonrisa de mamá, de mis hermanos, mis sobrinas, de mis tías, de mis tíos, de mis amigas y amigos, y finalmente la mía, amaba esos momentos de dolor en el estómago porque no eran solo sonrisas nada más, sino carcajadas; de esas que hasta le dan cosquillas a otros porque en verdad contagian; si, de esas eran mis favoritas.

La red que traía conmigo comenzó a llenarse, — ¡BINGO! — Así es, ya tenía en mi red algo de valor. De a pocos comprendí, que lo que tenía que pescar estaba en mi infinito universo, en mi mente y en mi corazón; tenía que haber navegado antes en ellos para encontrar lo más preciado.

Y fue así como pude rescatar las miradas más bonitas, sinceras y alegres, en especial la mirada de mi sobrina; cómo no recordar esas pestañas largas y rizadas, con ese brillito único y sincero, siempre que llegaba de visita me miraba con alegría; recordé las veces que jugábamos juntas y bailábamos, esa expresión en su rostro, su mirada de felicidad, de disfrutar el momento era en verdad hermoso, esa mirada era única, en ella me perdí, me perdí en sus ojos de un amor profundo, pues era la persona más espontánea y creativa que había conocido en mi vida; jamás tuve la oportunidad de conocer a un alma tan bonita como la de ella, era sin duda una perla en mi vida.

Luego recordé la mirada de mi hermano mayor, que siempre que sentía emoción y alegría era como la de un niño cuando destapaba el regalo deseado y que por mucho tiempo lo había esperado, sí, así era, tenía esa ternura incomparable que no era visible para cualquiera si no para quien lo contemplaba con admiración.

Y ahí estaban, también esos ojos grandes, redondos y expresivos, eran los de mi perro, mi fiel amigo, que con solo su mirada daba discursos de amor, de juego, de secretos, de travesuras, hasta de ver la vida misma con tranquilidad, con paz, con emoción cuando ves a alguien que te importa, esa mirada profunda era de mis favoritas.

De repente recordé algo bastante sutil, el olor a ella, mi abuela, era sin duda inconfundible, una mezcla dulce, maderosa, placentera y fresca, parecía que con ella llevaba siempre ese olor que destacaba su valiosa presencia; cómo olvidar además, ese olor a pan recién sacado del horno, cuando la nana de mamá hacia galletas y pan en horno de leña, — ¡guau! — Era exquisito, se podía sentir la frescura de él. Recuerdo que otro de mis favoritos era el olor después de llover, se podía sentir la tierra fresca y liberada, ese *petricor* sí que era un olor amable, te hacía sentir lleno de vida. Y con ello, llego un hermoso sonido, eran los pequeños gorriones que a la mañana presentaban su mejor concierto; recordé además, que había una voz inconfundible, era la voz de mamá, cada vez hablaba o llamaba significaba sentirse amado, sentirse importante, pues notaba que existía alguien en el planeta que de verdad le importaba. A esto se sumaban los cientos de abrazos, ese envoltorio que te quita las penas y la cargada de cruces en la espalda, cada vez que los brazos envolvían a otra persona se sentía el cuerpo ligero, con energía renovada, fueron tantas veces que disfruté de ese momento placentero por abrazar a quienes más quería, en especial mi familia; y sin lugar a dudas, los abrazos de la tía Magolita eran los más importantes, ella, la mayor de siete hermanos, recibía a cada sobrino con un fuerte abrazo, lleno de júbilo cada vez que visitábamos su enorme casa.

Toda esta colección de sensaciones y emociones, me dieron vida durante muchos años, haber disfrutado de cada detalle fue magnífico; tal vez así haya podido elegir otras vidas y otros momentos, hubiese buscado las mismas formas de existir y sentir, para llevarme igualmente las mismas experiencias, que con mucha gracia disfrute y fueron parte de mí, fueron parte de cada poro de mi piel, de cada segundo de mi vida y de cada suspiro de mi alma.

Con mi barquera ya llevábamos un buen tiempo navegando; en un momento dado las aguas que navegábamos comenzaron a tornarse algo turbulento, esa sensación de tranquilidad y felicidad por haber revivido tantas cosas especiales pasó a desvanecerse, y me envolvió un profundo miedo. – Noooo – ¡grite! Con fuerza, aunque ni siquiera se escuchó como tal, tan solo fue un simple chirrido en medio de la nada, pues no iba a dejar que algo me arrebatara todo lo que había conquistado de momento, me negaba a llenarme de sensaciones oscuras y densas, no iba a permitir que: el llanto, el miedo, la ansiedad, la soledad y la angustia llegaran a mí. Sin embargo, llegó la tormenta, ese gris inconfundible que rodeaba todo el espacio, me llenó de profunda tristeza, mi sonrisa se apagó, y el miedo fue un compañero que se sumó a navegar en la bote; por un momento recordé, que esa agonía la había vivido antes, fue una temporada de situaciones que incendiaron mi alma, que apagaron mis sueños, y que tantas veces sentí frustración; y nuevamente esas dolencias de abandono, de perdida, de rechazo estaban ahí; ahora, comprendía que esa etapa de mi vida que me lastimó fue también una gran época, pude ver belleza en el caos, pues nada me había hecho enfrentar demasiadas veces el miedo, y el rechazo de varias personas que no supieron valorar mi esfuerzo y mi amor; en aquella época me encontraba luchando contra mí, con ese monstruo que había nacido debido a todo el rechazo y desamor que algunos me ofrecieron y yo recibí ingenuamente; haberme perdido también fue preciso y precioso, quien diría que las cicatrices y heridas, no siempre sanan, sino que se vuelven un musculo fortalecido que te protegen en ciertos momentos, pues así fue, aquellos años donde había vivido sin luz, como un ser gris sin sonrisa, también me llevaron a descubrir cuanto color yo podía dar; y entonces recordé que cuando te agotas simplemente tomas tu taza de café bien caliente y vuelves a tener energía, para continuar luchando contra todo aquello que te reta la vida.

Pero, ¿cuántas tazas de café había bebido?, tal vez una infinidad, pero las más dulces siempre serían las veces que me sentía exhausta y necesitaba un poco de silencio, contemplado el aroma y su calidez, renovando y calmando los pensamientos, y los malos sentimientos.

Y, ahí estaba de nuevo, recordando como la vida me envolvió en una tormenta durante algunos años, pero de nuevo me devolvió mi gran tesoro que conservaba en lo profundo de mi corazón, y era mi fe y mi sonrisa.

Luego de esa tormenta, el miedo se bajó del bote en medio del camino, pues parecía que ya podía ver muy lejanamente la silueta de alguna montaña, no estaba segura en verdad, pero parecía que el paisaje comenzaba aclararse; aun parecía que faltaba algo en todo esto, y recordé perfectamente como una persona me había devuelto el don de amar, ahí estaba Luccello, con sus notas y canciones, con su luz, con su presencia tranquila, y con su mirada de un mundo en armonía, siempre que hablaba con él me llenaba de paz y tranquilidad, fueron sus notas de guitarra quienes me conquistaron y me hicieron amar nuevamente, ver a los seres humanos vulnerables, con ternura y compasión; eso había llenado mi corazón.

En medio de esos pensamientos dulces, había alguien completamente especial para mí, un guerrero que me mostró y me llevó de la mano a conocer el mundo, era él, mi hermano menor, mi compañero de viaje y de historias; con él contemplamos un universo lleno de abundancia, de paisajes maravillosos, de colores y matices que la vida podía tener en cada momento; gracias a él, aprendí que la vida tiene que disfrutarse, que los sacrificios que uno hace también tienen su recompensa; no había conocido alguien más generoso, piadoso e inteligente como él; siempre admiré su capacidad como una persona fuerte y tenaz, cada adversidad era un reto para él, no parecía debilitarlo absolutamente nada.

Todo este viaje, me había causado un sinnúmero de emociones y sensaciones, fue una montaña rusa a la cual, a cada emoción la viví con fuerza y me deje poseer de todas sus vibraciones, haciendo de ellas una experiencia inolvidable. Mi barquera pronto se dio de vuelta y me dijo – ya vamos llegando a destino —, así que sonreí levemente, y me quedé contemplando el cielo que se tornó en azul profundo, quería llevarme ese último pensamiento, pues el cielo siempre me daba algo todas las mañanas que me levantaba, allá en lo alto sentía que alguien me observaba, esa presencia transitaba conmigo todo el día hasta que se ponía el sol nuevamente.

Cuando bajamos de la barca, ella me llevo por un pequeño sendero, donde luego llegaríamos a una cueva, — sigue— asintió con la cabeza, así que me adentre en ella, me estaba esperando un hermosa mesa servida, ¿cómo era posible un banquete a estas alturas, luego de haber viajado tanto?, parecía una recompensa sin sentido, sin merecimiento o tal vez sí, ¿quién podría saberlo?, — sírvete de lo que desees— me ofreció con gracia, y de todo lo que podía ver en ella, tome una taza de café y sorbí un buen bocado. – Aquí vamos de nuevo – sonrió con mofa, quede tan confundida que no entendí porque la muerte se habría burlado de mí; ese último sorbo de café fue tan amable que me libere de toda la carga, podía sentir su sabor y volverme a llenar de vida nuevamente. Mi mirada de momento se cegó, todo era blanco, venia una luz potente y tan brillante que cerré mis ojos con fuerza, hasta que miré un túnel; en él podía escuchar muchas personas hablando, llorando y sonriendo, — ahí viene— decían, ¡plop! – No puede ser— dije, aquí vamos de nuevo, la muerte se burló me llevo a su viaje y otra vez estaba yo ahí, naciendo del vientre de mi madre antes de comenzar otra vez el mismo viaje.

¿Qué sentido tendría exactamente morir para nacer nuevamente?, tan solo me llevaré el recuerdo de que las vidas que vivimos se guardan en redes, donde poco a poco se liberan esos momentos mágicos y frustrantes, para revivirnos o matarnos, y con cada nacimiento, la muerte se burla de nosotros para retarnos a vivir mejores experiencias en cada oportunidad.

El sabor de Alira

Por Vanessa Figueroa Restrepo

El hedor era nauseabundo, el inspector caminaba hacia la hacienda mientras pequeñas moscas perseguían sus pasos, con sus manos intentaba tapar su nariz, pero era tan penetrante que se hacía casi imposible. Unos metros más adelante encontraron un pequeño sendero y justo atravesándolo estaban las pulpas del café vertidas en el suelo, caminó unos metros más y logró divisar a un hombre, al parecer era el capataz, quien había quedado con el compromiso de recibir su visita. ¡Buen día señor Alonso!, vengo de parte de la policía del pueblo, mi nombre es Federico, inspector Federico Lindes; el capataz lo miró de reojo y asintió con su sombrero en modo de saludo, el inspector continuó..."Necesito una muestra de sus cultivos, pues como es de su conocimiento, hemos tenido noticias de muertes cercanas a este municipio, al parecer hubo una tremenda intoxicación en el festival del café, debemos recopilar muestras de todos los caficultores cercanos"; el capataz respondió de manera breve pero tajante: "Los muertos no eran las mejores personas... con gusto colaboraré, pues en mi cultivo no hay nada que esconder"; el inspector tomó muestras de los cultivos y partió hacia la ciudad.

Una nueva mañana fría y mientras el hombre caminaba hacia la jefatura, los periódicos vaticinaban el hecho concluyente: "Quince hombres mueren intoxicados tras el Festival Regional del Café"; Federico, apartó la mirada de los diarios y continuó su camino; comenzó su mañana leyendo cada uno de los análisis de laboratorio que le habían entregado, ninguno de estos parecía ser concluyente, no existían restos de pesticidas o venenos, no habían rastros de otras sustancias...Todos y cada uno de los granos de café analizados poseían características similares de la región, su acidez, sus tonos y olores eran los mismos. Caía la tarde y el tiempo se hacía cada vez más corto, éste era un hecho que abatía la región, un hecho sin precedente alguno. Federico decidió devolverse y analizar la preparación del festival, sus responsables e invitados. De repente, algo poco concordante aparecía en los expedientes; había una nueva marca, sin resultados de análisis de laboratorios, su nombre era Ítico, al parecer pertenecía a uno de los invitados de la exposición. Federico se dispuso a evaluar dicha información y encontró que al parecer la expositora fue una mujer, realizó otras averiguaciones más y pudo conocer que se trataba de una dama delgada de tez morena, consiguió los datos de ubicación y rápidamente el inspector se dirigió hacia el lugar donde ella se hospedaba, era el hotel Carmín, un memorable lugar en la ciudad por su arquitectura colonial; se presentó en el lobby y de manera tardía lo dejaron pasar.

Era la habitación número trece, se acercó de manera lenta, había poca luz, pero avanzó algunos metros y reconoció un olor, era el mismo hedor que destilaban las pulpas; caminó unos cuantos pasos en la oscuridad y se acercó a la puerta, ella estaba allí, sentada en la cama; su cabello era negro como la tierra y caía delicadamente, mientras a media luz se veía su hombro, su vestido era blanco; Federico aclaró la garganta y saludó: ¡Buenas tardes¡ soy el inspector Lindés, vengo por el caso de la intoxicación en el festival de café, ¿tiene usted conocimiento de lo que pasó?", la mujer se giró levemente sobre su tronco y mirándolo fijamente respondió: "Escuché algo, pero no comprendo que tiene que ver conmigo", el hombre se acercó y continuó diciendo: "Sabemos que usted presentó una nueva marca de café en éste evento, es preciso obtener algunas muestras para conocer su responsabilidad o no en el caso". Federico no había terminado la frase cuando la mujer se puso de pie, y de manera pausada caminó hasta el tocador, en él había un pequeño frasco que contenía algunos granos oscuros, saco de éste dos y se los entregó diciendo: " La manera de conocer el amor por el café es observando cómo las larvas de los cultivos inundan sus hojas"; en ese momento Federico la miró fijamente y sintió algo extraordinario, sus manos sudaban más que de costumbre, sus piernas no respondían muy bien y los ojos de la mujer eran tan profundos como la oscuridad de aquel café. El hombre se despidió rápidamente, agradeció la entrega de las muestras y partió del lugar.

Aquella noche no pudo conciliar el sueño, ese encuentro había sido encantador y perverso a la vez, en su vida había sentido aquella angustia, aquella alegría y deseo que se mezclaba entre el hedor de las pulpas. No esperó que terminara de amanecer cuando sin darse cuenta estaba de nuevo en aquel hotel, ésta vez se notaba algo diferente; pequeñas polillas sobrevolaban los enseres, con aquella luz el tiempo parecía detenerse, todo se tornaba más lento, se acercó a la habitación pero la mujer no estaba, caminó unos pasos más adentro y la pudo divisar, estaba de pie en el balcón, en su mano derecha sostenía una pequeña taza; el olor del café era penetrante, pero la actitud de ella era desconcertante, parecía saber que él estaba ahí y sin despegar la mirada del horizonte comentó: "No hay mayor veneno en el mundo que el odio y el egoísmo, el desdén y la violencia que como seres traemos impregnados"; Federico se puso de pie al lado de ella y mirándola pensó ¿Por qué no pude dejar de pensar en ti?, pero de sus labios solo surgió: "Necesito tu nombre para el registro de las muestras", la mujer con una leve sonrisa en su rostro contestó: "Alira, Alira Diaz", Federico tomó nota y cuando procedía a salir del lugar la mujer tomó su brazo y lo invitó a sentarse cerca a la ventana diciéndole: "Todos los seres podemos percibirnos de maneras diferentes, algunos somos más frágiles que otros, pero solo cuando se experimenta desde cada sentido se puede decir que somos totalmente libres". Federico la miraba fijamente, y aunque algunas de sus palabras le parecían disparates sin sentido, su corazón latía cada vez más fuerte con cada una de ellas. Alira caminó luego por la habitación alejándose un poco de él mientras los rayos de sol se asomaban por la ventana, a través de su camisón se notaba su figura delgada y morena, Federico intento dirigir su mirada a otro punto mientras la mujer caminó descalza unos metros más y de repente dejo caer aquel ropaje que cubría su desnudez; el hombre quedó atónito pero fascinado, su única reacción fue tomar su libreta y salir de allí, mientras la mujer le sonreía desde el pasillo.

Atravesó las calles de manera desaforada, se preguntaba, ¿qué me sucede?, no lograba comprender la atracción infinita que esta mujer le generaba, se sentía hechizado; las calles se hacían cada vez más largas y sus pasos parecían ser muy cortos. Llegó a la estación de policía e intento concentrarse nuevamente en las pruebas, en las muestras de laboratorio y en el caso, entregó las muestras del nuevo producto y se dispuso a elaborar su informe, pero un susurro no dejaba de inundar su mente. En un corto tiempo releyó los casos y pudo encontrar un patrón entre las identidades de cada una de las víctimas de la intoxicación, todas las personas habían sido trabajadores en algún momento del cultivo "La Esperanza", un territorio que actualmente se encontraba baldío, pero que años atrás había pertenecido a una adinerada familia cafetera y de quienes actualmente no se sabía nada, así que se dirigió al lugar para intentar conectar los hechos.

Al acercarse a dicho lugar, Federico se sorprendió al darse cuenta que el sembrado del señor Alonso quedaba a pocos metros de allí; decidió volver a visitar y lo abordó nuevamente. Entre conversaciones y café escuchó del señor Alonso algo que le llamo la atención: "Esa fue una familia muy tirana, a sus trabajadores les pagaban muy poco y fuera de eso no le importaba que el patrón maltratara a las pobres chapoleras, hasta una pobre señora tuvo que regalar a su hijita, ella era muy bonita, pero la tuvieron que dejar por ahí; años después, una tarde de intenso calor todo se quemó y en los escombros encontraron los restos de todo el mundo; la verdad señor inspector, ese producto tenía una particularidad, ese café de allá lo trataban diferente, yo no sé qué cosas con polillas le echaban, pero su sabor era exquisito"; inmediatamente Federico recordó las pequeñas polillas del hotel el Carmín, donde se encontraba Alira; agradeció la bebida y partió del lugar.

Llegó un nuevo día y con él una nueva idea sobre el caso, pero aún con tramos inconclusos, el hombre recostado en su cama se preguntaba… ¿Qué tiene que ver Alira en todo esto?, necesito verla, pensó. Llegó al hotel cerca del mediodía, un sol radiante iluminaba la entrada mientras el calor detenía el tiempo en cada paso, avanzó con confianza por el pasillo, mientras recordaba el cuerpo desnudo de la mujer, se sonrojó un poco y antes de tocar la puerta ella la abrió, Federico se sobresaltó al instante y le preguntó: "¿Esperaba a alguien?", ella caminó en la habitación, descalza como de costumbre y le contestó: "Sus pasos son demasiado reconocibles, los escuche desde la entrada". Federico se sentó cerca al balcón y observó que en una pequeña matera había una planta, parecía café florecido, pero a diferencia de todas las flores de café que conocía, estas eran rojas, frunció el ceño mientras las observaba pero Alira lo interrumpió diciendo: "Es un tipo diferente de café, de mi exposición, aquella que causó tanto revuelo; me disculpo por no tener modales, ¿desea degustarlo?, Federico dudo un momento pero nadie podía negarse a tan penetrante mirada, así que no tuvo más opción que aceptar, mientras Alira continuó: "Para que no tenga miedo lo prepararé como lo hacían en mis tierras", la mujer tomó un poco de café molido y lo vertió en un recipiente, mientras agregaba algo de agua, los granos se disolvieron al instante, parecía mágico, lentamente sostuvo una cuchara y sorbió un poco; Federico no podía parpadear, se dio cuenta que deseaba aquellos labios más que el propio café, la mujer tomo nuevamente una pequeña cucharada de la bebida y la acercó a la boca del hombre, mientras la proximidad entre los cuerpos se perdía, Federico bebió lentamente, cada gota que sentía penetraba en su ser, los latidos aumentaban mientras la respiración de Alira se acercaba más a él, la mujer cogió el recipiente en sus manos y lo acercó a su boca, él bebió despacio mientras cada latido avivaba su deseo, de repente la mujer soltó la taza, aferró su rostro y de manera inesperada lo besó; Federico respondió de la manera más apasionada, dejándose llevar por cada uno de los sabores, tanto del café como de aquellos labios. Pasó un momento y ella se apartó, mientras él de manera jocosa preguntó: "¿Así toman el café en sus tierras?", ella se apartó hacia el balcón y sin mirar atrás le contestó: "Buen viaje"; de repente los ojos del hombre se hicieron más pesados, la luz de la habitación se volvía más intensa, en ese instante perdió su fuerza y cayó a la cama; pasaron las horas y el efecto de la bebida entretejía el cuerpo del inspector. Al anochecer, un fuerte ruido en la calle lo despertó, la habitación estaba vacía, el recipiente del café en el suelo y la mujer no se encontraba allí. El hombre salió de la habitación sin respuestas y demasiado aturdido; pasó la noche sin conciliar el sueño, mientras repetía en su mente las palabras de Alonso, pensaba en aquel delicado rostro de Alira y las polillas de su habitación, se preguntaba sobre lo que había sucedido y por qué perdió el conocimiento, así que decidió llamar al laboratorio forense, el bacteriólogo contestó casi de inmediato, el inspector solicitó el reporte del último producto y mientras esperaba la respuesta en la línea telefónica, observó sus manos, algo llamó su atención, notaba como sus uñas se tornaban azules, de inmediato recordó el reporte de las víctimas y entonces se dio cuenta que ahora era una de ellas; soltó la bocina, sin lograr escuchar el reporte del forense que le decía: "Señor inspector, estas nuevas muestras enviadas poseen algo particular, al parecer un veneno que se da en un tipo de polilla única de la región, pesábamos que estaba extinto, pero las concentraciones son demasiado altas, tenga cuidado en la manipulación o pequeñas exposiciones del producto", mientras tanto el hombre corría al lugar donde todo ocurrió.

De manera forzada entró a la habitación, Alira estaba sentada, cerca de la bañera, la cual estaba llena de pulpas de café, mientras las polillas revoloteaban por todo el lugar, Federico lanzó una pregunta de manera amenazante: "¿Qué me has hecho?, necesito la verdad", Alira se apartó de la bañera, se puso de pie y le contestó atravesando el pasillo principal: "Hace tiempo viví aquí, mi madre fue chapolera en los cultivos de "La Esperanza", un hombre sin alma la obligó a dejarme sola a la mitad de los cultivos, así que crecí cerca de allí, un hombre noble llamado Alonso me crio de la mejor manera que pudo, a pesar de esto me di cuenta que todo el dolor que tenía debía expresarlo, así que tome esta receta antigua, la cual nos llevó a este momento, solo eres una víctima más de mi delirio, el vivir entre las polillas me creó este desenfreno, ahora no puedo detenerme". Federico sintió como las fuerzas de sus piernas se desvanecían y de pronto perdió el equilibrio, de manera torpe se golpeó con cada una de las paredes del recinto intentando huir de allí, mientras le preguntaba a la mujer: "¿Qué pretendes Alira?", la mujer se acercó lentamente, acariciando su rostro y respondió: "Mi receta circundará el mundo, la muerte será mi aliada a través de este gran elixir", Federico intentó mantenerse en pie, pero de manera repentina cayó a la bañera, las polillas revolotearon una vez más y se posaron en la piel de Federico, mientras este se hundía en la podredumbre de las pulpas, ya no podía mover ni un músculo, su respiración se fue deteniendo mientras los ojos de Alira lo despedían.

A la mañana siguiente la mujer dejó el hotel, pasaron los días y la policía llegó al lugar, al parecer hubo una queja por parte de uno de los vecinos, el olor de las pulpas habían inundado el lugar; al abrir la puerta de la habitación número trece las polillas salieron desbordantes, no habían enseres o pertenencias, solo una nota sobre una pequeña mesa que decía: "Los invito a degustar, de lo humano al pecado", y cerca de ésta un pequeño recipiente, estaba lleno de granos de café, su olor era demasiado placentero, el policía decidió llevarlo a la estación, pues con un pequeño chocolate sabría delicioso. Mientras tanto, en la calle, cerca de aquel lugar, Alira caminaba meditabunda, pensando en un nuevo lugar para cultivar y dar a degustar su café.

Los desvaríos de Adolf

Por Antonio Osorio

Realidad interior

Me desperté después de varios días o meses o años, ya ni sé, aunque nunca estuve dormida, digamos que, en animación suspendida, para los humanos es contradictorio. Aquí una pierde la noción de tiempo y espacio, si es que pueda existir alguno de los dos de la manera convencional como lo han dibujado con plastilina para explicarlo. Este hombre no ha comprendido que nunca estuve encerrada en él, como él creía, como al grueso del populacho se la han hecho saber, como tampoco entiende que para abrir los ojos es necesario cerrarlos y darse cuenta que no le pertenezco, que yo soy uno indivisible con el resto. Pero es algo de lo cual este señor, Adolf, el cuerpo que dice tenerme deberá experimentar en su soledad.

Ha pasado un largo tiempo y su semblante no mejora, sigue como un vegetal, si digo que siento pena por el sería congraciarme con una falsa humanidad, además cada quien observa los hechos y actúa de acuerdo a sus convicciones. Ahora parce que Adolf mueve un poco la cabeza, se encuentra desubicado, a su alrededor no hay nadie. Eva no se encuentra. Su cuerpo frágil no se inmuta por sobreponerse al letargo, sin embargo, hay algo que empieza a sentir entre sus piernas, el líquido amarillo recorre su ingle y embebe la sobrecama como la creciente de un rio que empapa la ribera resquebrajada, entonces, escucho una vocecilla muy tenue, casi etérea que se difumina hasta adelgazarse en mis oídos, menos mal porque ya estaba aburrida.

— ¿Dónde estoy? – me pregunta en tono analítico.

— Aun estas en el mundo, no has despertado del todo —le respondo indiferente— Y cuando despiertes ¿qué piensa hacer?

— Ordenar a todos mis generales para que sigan en marcha el plan, desplegar las tropas por el continente.

— Eres bastante ambicioso.

— No te incumbe.

— ¿Sabes que por causa de tu ideología mucha gente ha muerto? ¿Solo por un absurdo imperialismo expansionista?

— La vida en sí es un absurdo, guárdate tus reconvenciones moralistas. ¿O acaso piensas que me espera la promesa de una vida eterna cuando muera? En cuanto a los muertos, se reduce a una analogía sobre el amor. Están los que aman, esos son los osados, los que lo dan todo, y los otros los que se dejan amar, eso son los subyugados, los que esperan. Yo pertenezco a los que aman. Porque sacrifico unos cuantos por el bien de muchos.

—El amor mueve al mundo, es cierto, pero el odio no de queda atrás. Me parece que eres un megalómano, además tus argumentos son descabellados. Casusas dolor con aquello que te infringiría sufrimiento a ti mismo.

— La humillación que sufrió nuestro pueblo ante todo el continente fue inmisericorde. Desangraron económicamente a mi nación por un supuesto acuerdo en Versalles, el cual fue dictatorial. Pero tú que vas saber de política internacional y menos de fenómenos sociales. Dedícate a tus discursitos éticos y tu leguaje catequista.

—Tus ínfulas ególatras con una obsesión enfermiza al poder han ocasionado millares de muertes.

— Jajajajaj, se me tuerce un testículo. Suenas como un poema inconcluso. ¿Quién te crees? ¿Mi juez? ¿O debería decir jueza?

—Solo algo que tus sentidos banales nunca lo comprenderían, más allá de ello no puedes apreciar la belleza de la paz.

—Lo que es incomprensible para mí, sencillamente no existe. Déjame decirte algo de la paz, es tan parecida al verdadero caos, ninguno hace ruido.

—Entones, que crees que has hecho con todo el despliegue de fuerza militar y la demagogia de tus discursos incitando a la violencia. ¿Ha sido en silencio?

—Algunas veces hay que ver los toros desde el burladero, otras veces, deleitarse con el tac sonoro del hacha destrozando la corteza del árbol.

—O sea, que desde tu pseudo superioridad te crees dueño de las vidas ajenas jugando a ser un líder salvador, no eres más que un déspota genocida, el mayor cáncer que ha parido la historia.

—No es una mujer la que me dicta que hacer. La labor de ustedes se reduce a procrear soldados para la causa. Yo solo retomo lo que nos fue quitado por una minoría étnica quien nos arrojó al ostracismo en nuestro propio país. La raza aria debe posicionarse en el lugar que le corresponde.

—Con términos eufemísticos es como disfrazas la barbarie. Que conveniente. Es como colocar almíbar a un vaso de cicuta. Sin duda podrías convencer a un testigo de Jehová de no tocar más puertas, al papa que entregase todo el oro del vaticano o a un ateo que se porte bien porque de lo contario lo acariciarán las llamas del infierno.

—Ahora que hablas del tema, en nombre de la religión se ha derramado sangre, ese sí es un asunto condenable…

—No confundas las cosas, fue solo un ejemplo —lo interrumpí con precaución porque era muy hábil para refutar. Pero en vista de la situación aproveché la coyuntura para ver hasta dónde podía justificarse—. Censuras la muerte que cometen aquellos, pero no las que ordenas tú. ¿No crees que también tengan sus razones?

— No se pueden lazar juicios de valor sobre algo que se inventaron para infundir temor con todo aquello del fuego eterno y demás tonterías. Sus argumentos son infundados, yo proclamo lo que es tangible, mis ideales son altruistas. Soy un visionario.

—No te da si quiera un poco de dolor el sufrimiento de los otros indefensos. ¿Por qué sencillamente no los matas y terminas con su pena?

— Ley de la adaptación, te transformas con el medio o mueres, si mueres no eres fuerte, si no tienes el mínimo de fortaleza. ¿Qué fin tendría llevar una vida débil, de mediocridad? La misma naturaleza hará una selección natural de las razas. Hay quienes no ven desde su miopía.

Resulta que me dices que no tengo la capacidad de observar tus planteamientos teóricos infundados que obedecen a un trastorno patológico de megalomanía plagiado de un modelo fascistas y represivo que están subordinados a los lineamientos de una conducta tirana con ínfulas de subyugación —todo esto lo dije de corrido, sin respirar, esperando que ese demente se tragara su discursito.

"La conversación que a esa altura estaba por tornarse en un debate con razones epistemológicas, y que había tomado un giro algo filosofal, se vio forzosamente interrumpida por un brusco temblor seguido de un nauseabundo tufo. No tuve más remedio que contar hasta 10 conteniendo la respiración (otra vez). Pensé que era Zyklon B. Aunque ese gas estaba prohibido, vaya uno a saber si clandestinamente lo usarían. Para mi sorpresa la fetidez provenía de Adolf, que había manchado el pantalón de un color mostaza oscura como la arcilla de lagunas rocas.

"En ese momento vi como la punta metálica de una M1 Garand se colocaba sobre la frente húmeda de Adolf. La mano que manipulaba aquel fusil apretó el gatillo obligando al percutor a golpear el fulminante, lo que se traduce en un disparo y bum.

En la otra realidad

Un diluvio de ráfagas se desgranaba sobre la superficie de la ciudad como bofetadas a un orgullo herido, y su sonido se asemejaba a una matraca apocalíptica. El humo de la artillería pesada arropaba el aire formado densas capas de niebla. Los soldados aliados avanzaban con determinación, pero con mayúscula cautela. El fin se cernía en cada costado y el miedo se asomaba en los ojos de todos los protagonistas augurando lo que sería la última batalla.

—"Für meine Nation" estas arengas se escuchaban tras los escombros diseminados que fungían como escudo. Las voces pertenecían a muchachos arrojados a un aguerra que no les pertenecía y cuyo único pecado era haber nacido hombres. "Sdavatsia, ríndanse, la frase , como otros." Se oía en el lado adversario. Estos soldados como otros compartían, a parte de las armas, dos ítems: la juventud y el miedo.

Con el tiempo entenderían, después de terminada la guerra, que ya son serían los mismos, llenos de aventuras, pero con un vacío en el alma, en su mirada se reflejaría aquellas experiencias no comunicables.

La noche, salpicada por las bengalas del fuego, presagiaba perpetuarse más allá de los primeros rayos del alba y el grito a lo lejos de algún herido era interrumpido por el traqueteo incesante y espasmódico de las M1 Garand que rompían el gélido rocío.

Los tanques de los aliados proporcionados por el ejército rojo eran mucho más robustos que los panzers alemanes y como un rodillo que sobre la masa aplasta hasta los últimos grumos, las piedras del suelo de Berlín fueron pulverizadas por la maquinaria imperial soviética.

La sangre teñía con su carmesí el asfalto en ruinas de las calles, de los muros endebles, de las esquinas casi despobladas, fue en una de ellas donde un soldado ruso descubrió una mirada suplicante y agónica, sobre ésta apreció la frente pálida pintada por gotas escarlatas. Bajó los ojos y se encontró con un vientre abultado, entonces, recordó con un eco cada sílaba que percutía en su mente lo que su general le ordenara y lo repitió como un mantra que se adhirió no solo a su piel sino a su misma existencia: recuerden, soldados, los únicos inocentes son los que no han nacido. 30 de abril de 1945 Realidad interior

—Yo, Adolf, observé como la voz de esa mujer que decía ser mi consciencia se fue languideciendo hasta no escucharla más. Aunque no podía abrir los ojos sentía que se resquebrajaban las paredes del bunker. Saberme reducido a un estado vegetativo no lo podía permitir. Pero ¿Qué podía hacer? Escuché un tiro que pasó muy cerca de mi oreja derecha y que retumbó en mi cabeza como las campanas que sonaba en el Berliner Dom el curita pendejo ese antes de yo ser proclamado Führer. ¡Ataquen!, ¡Flanco izquierdo!, ¡Avancen los panzers!, ¡Himmler, acaba con los malditos! Goebbels, Goebbels! Ninguno me respondió. Escuché que alguien dijo que Goebbels se había suicidado. ¡Eva, Eva, Eva! Aguanta un poco. Pero ahora todo venía a mi memoria. ¡Göring, destroza a esos perros! Había tomado cianuro, era preferible el suicidio a caer en la prisión de unos bastardos subhumanos. Eva murió instantáneamente por el veneno. Aún no he muerto, pero tampoco tengo fuerzas para usar la Walther PPK que cuelga de mi mano. No lo mates, lo queremos vivo, oí que desde el fondo alguien gritaba. Tal vez, esa bala era para mí, la que pasó cerca de mi oreja. Tengo ganas de vomitar y estoy solo. Traidores me han abandonado. Los traidores merecen la muerte. Cuando me levante le torceré el pescuezo a este soldado ruso miserable que me ha escupido la cara. Oigo risas. ¿Quién puede burlarse del más grande líder de la historia? Este hijueputa si vivía bien aquí, hasta lujos tenía, que banquetes se daban, Oleg, mira esta comida, aquí hay para alimentar a 10 guarniciones, mientras afuera la gente se muere de hambre. ¡Claro, imbécil! Si un líder no está bien, el pueblo no está bien. Le grité, pero la voz no me salía. ¡Soy el Führer! Díganles a sus mamitas que preparen el velorio porque yo mismo los voy a acribillar. ¡Himmler! ¡Göring! ¡Goebbels! General este se cagó, ja ja ja. El gran líder está lleno de mierda. Ja ja ja. Tiene el cuerpo tan podrido como el alma. Si es que pueda tener alma. ¡Cállate! ¡Maldito impuro! Cuando me levante todo el ejército rojo deseará la muerte después de llevarlos al campo de Auschwitz. Liebehenschel, llévenlos a Auschwitz. Tortúrenlos hasta que supliquen morir. Europa sabrá lo que es el régimen. El mundo entero temblará bajo la planta de mis pies. Arderán los comunistas, judíos, traidores, polacos, gitanos, disidentes del régimen, homosexuales y todo opositor del tercer Reich. No creían que un obrero llegaría al poder. Fui el más aguerrido en la primera guerra. Tuvieron que encarcelarme, pero no pudieron contenerme. ¿Qué? ¿Qué haces? Atrévete a cachetearme otra vez. Cerdo comunista. Te voy a sacar las tripas. ¿Qué está pasando? En el momento en que creía que este malparido me tocaba le trasero noté que mi mano brincó de súbito, parpadeé un par de veces, sentí un ligero cosquilleo por la pierna y la pelvis que subía por el pecho y, luego, recorría la espalda hasta los glúteos embadurnados con aquello. Lo supe, ahí lo supe. Me había despertado. Entonces, empuñé mi pistola, entorné los ojos para cerciorarme que no me veían y, muy lentamente, coloqué el arma en mi sien. Sonó un disparo, pero no supe si era el del solado que tenía en frente o el mío. 30 de abril de 1945 Realidad ambigua

—Es interesante el ejercicio que acaba de hacer, Adolf. Describe una conversación con su consciencia donde llega a debatir temas de alta envergadura a un nivel que para otro paciente sería imposible. Y paralelamente describe una escena detallada que parecía muy real sobre una guerra o el fin de la guerra fechada en 1945. Creo que hemos avanzado con las terapias —pronunció el doctor envuelto en su bata blanca y repasando la vista por las hojas que Adolf, bajo hipnosis, había escrito momentos antes.

—Doctor. ¿Cómo me ve? – preguntó Adolf esperando, quizá, una respuesta favorable.

—Estamos comenzando. Nunca se sabe a dónde van a terminar los pasos de un hombre cuando comienza a caminar. Hacer un juicio sobre su inconsciente es prematuro, sin embargo, me deja ver rasgos de su personalidad.

— ¿Usted cree que uno puede cambiar su destino, doctor, o que ya todo está predestinado?

—El futuro es incierto, Adolf, pero se construye a partir del presente.

— ¿Usted piensa que soy violento?

—Hay una patología de violencia sub reprimida. La iremos tratando, de eso me encargo yo, pero necesito de su entera colaboración.

Adolf se inclinó hacia adelante abrigando su rostro pesaroso sobre las palmas de sus manos. Musitó unas cuantas palabras a suave voz y por las rendijas de sus dedos se rezumaron dos pares de gotas salobres.

—Tranquilo, Adolf. Ve a casa. Eres un joven sensible, y eso es admirable. Continúa pintando, tal vez, algún día seas un artista afamado. Veo en ti bondad. No permitas que una decisión arruine tu vida.

—Trato de contenerme, pero... es como si sintiera que debo hacerlo. No sé si me entienda.

—El ego, Adolf, es algo que nos domina si no lo controlamos. Nadie está exento, pero puedes elegir desobedecer a esas emociones.

— No quiero parecer débil, pero, a veces, me pongo nostálgico con todo esto de la muerte de mi madre. Le escribí un poema. He escrito varios. La próxima vez le leo uno. Hay otra cosa que me da tristeza y también rabia, es ver la condición a la que son sometidos los obreros.

—Bueno, Adolf, tienes un alma noble. Deberías hacer pinitos en la literatura. Escribir un libro. Y, ¿por qué no? Incursionar en la política. Si escribieras un libro. ¿Qué título le colocarías?

—Mi lucha —titubeó después de pensar varios segundos—. ¿La política? Sería interesante —acotó.

—Para culminar te regalo esta frase "la no violencia no es enfrentar al enemigo sino avergonzarlo". Cuando tengas tiempo lee este libro —el doctor le extendió el libro cuyo título, Carácter de la ley vs. Carácter de la consciencia, Adolf leyó con curiosidad—. Habla de una ley moral en contra de una ley establecida. Es una bella historia.

—Trataré de leerlo, peo no le aseguro nada —prorrumpió el paciente algo escéptico abandonando el consultorio.

Ana y Adolf se cruzaron en el umbral de la entrada. Ana, una muchachita de algunos 13 años mal contados, quien estaba siendo tratada pro un problema de claustrofobia saludó en tono tibio al doctor.

— Doctor Gandhi, ¿cómo está?

—Mi estimada Ana Frank, tome asiento.

Adolf Hitler no disimuló el impacto que esta chica causó en él. Sin reparo sostuvo la mirada hasta que Ana se acomodó en el diván, entonces, supo lo que tenía que hacer.

Esa noche Adolf se revolcaba entre las sábanas en un mar de sudor. Su respiración jadeante se desbordaba por la abertura de su boca. Crispaba las manos y sacudía su cuerpo como si fuese azotado por un ataque epiléptico. A su lado sintió la presencia de alguien que se acomodó si anunciarse, entonces se despertó.

—Mamá, estás viva. Tuve una pesadilla más rara.

Los caminos de la sombra

Por Camila Rodríguez Bernal

I

Tío Braulio y tía Enriqueta ¿Sabes que está pasando?

—Que todo está en caos.

—Y ¿qué están planeando ustedes?

—No lo sabemos con certeza, pero recuerda, si todo sigue igual, lo único que nos quedará, será los cuentos de buenas noches por contar.

No entendía muy bien lo que sucedía, pero sabía que debía participar en ese plan. La siguiente noche fue otro sueño parecido a aquel en el que sus tíos eran su guía.

Una inundación, todo oscuro, en medio de tanta agua, solo desespero y angustias, su tío perdido en medio del agua, su tía estaba en una fiesta, no entendía cómo pero su tío lo único que dijo antes de marcharse fue: búscala a ella, será la única que sabrá qué hacer.

Salió corriendo en busca de ayuda, pero espera, en ese momento todo estaba inundado ¿no? Tienes razón. En medio de la nada vio algo parecido a un bote, lo tomo, salió hacia el centro del pueblo y allí estaba, en medio de tanta fatalidad y desespero, una hermosa mujer, muy elegante y sin perder su estilo lo esperaba ¿Sabía lo que estaba sucediendo? Tal vez no, pero, como siempre, mantenía la calma.

— Tía Enriqueta sube rápido, no sé cómo pero el tío se perdió en el agua.

— ¿Qué decís hijo mío?

— Sí, estábamos cenando, empezó a llover, grandes truenos se escuchaban, pensábamos en la maravillosa diversión en que estarías en la fiesta.

De repente, una cantidad de agua empezó a entrar por la puerta, el techo empezó a caer, madera muy grande que no nos dio tiempo para pensar en cómo escapar, pero el tío sabía lo que sucedía, tranquilo se acercó y me dijo: búscala a ella, será la única que sabrá que hacer; por eso salí en busca de algo que me permitiera venir por ti, empecemos a buscarlo.

Las palabras pronunciadas por Braulio dieron vuelta en la mente de Enriqueta, su sobrino desapareció, ella quedó sola en la lancha, una nueva ola se acercaba, cuando de repente, se volteó su lancha, vio una sombra pasar por su espalda, luego una voz que la llamaba, su calma empezaba a abandonarla, miró de nuevo hacia el frente y vio de nuevo la sombra ¿Iba en una lancha? Al parecer sí, y una voz muy parecida a la de su viejo compañero de aventuras, Braulio, que decía ¡Vamos mujer, arriésgate, no tengas miedo! En ese momento no sabía si su tía saltaría al agua o se quedaría en aquel tronco en el que se apoyaba. Y aquel sueño terminó.

II

Esta noche me encontré con otra historia, esta vez empezó de forma distinta, mi tía cuestionaba a mi tío Braulio por algunas cosas que habían pasado en casa, para entender sus cuestionamientos y comentarios nos contó una historia...

Se llamaba Silvia, aquella mujer de la que hablaba mi tía, era una mujer muy fuerte y nadie entendía qué había ocurrido con ella, ese día algo a cambio.

Iba camino a casa, había pasado toda la tarde en casa de su amiga Lucía, entre tantas charlas y alegrías se había hecho de noche, Silvia creía en algunas supersticiones y andar de noche en la calle no era de sus mejores aventuras pues temía el paso de la gente, el silencio de las calles o simplemente su resplandor, ese que a veces parece iluminar un camino pero que de repente enceguece y no permite ver más allá de dos pasos adelante, pero bueno, tenía que llegar a casa, lo había prometido a su madre, además, no era mucho el recorrido, solo tendría que andar una cuadra, cruzar el parque, diagonal al cementerio y dos cuadras adelante estaba su casa.

Si, definitivamente ese era el mejor recorrido, tomando atajos tal vez se encontraba con callejones sin salida, camino la cuadra, cuando llegó al parque a lo lejos vio una sombra que le dio confianza pero sintió a la vez un poco de frío, siguió su camino aunque la sombra cada vez la sentía más cerca, ignorando lo que sucedía atravesó el parque, iba a cruzar la calle, cuando de pronto, la hizo frenar un pito de un carro que venía a toda velocidad, miró a su izquierda y allí estaba la sombra que divisó hace algunos minutos a lo lejos, la miró fijamente y no sabemos qué sucedió, al otro día Silvia despertó en su cama, su madre la saludó, preguntó cómo terminó su noche anterior pues cuando llego a casa aseguró que estaba muy cansada y que en la mañana le contaría que había sucedido, la mamá solo vio que se sirvió un té caliente y entro a su habitación.

— Buen día mamá, no recuerdo bien que sucedió, es más pensé que todo era un sueño o ¿No lo fue? Te contaré, venía caminando me tropecé con una sombra que al mirarla fijamente me permitió ver dentro de ella.

— Pero Silvia, era una persona o ¿qué era?

— No lo sé, era extraña ¿Una persona? Sí, es lo más probable, tenía mi estatura, vestía de negro y digo sombra porque no reconocía muy bien su figura, al mirarla fijamente vi algo alumbrar y fue como si hubieran absorbido mis pensamientos, todo pasaba un poco más lento, lo único que veía era el cementerio, empecé a pensar en la muerte, el destino, el más allá, todo lo que se relacionaba con él, empecé a caminar...espera, en realidad no caminaba estaba como levitando ¿Sabes porque? Porque no veía mis pies en el firmamento, la sombra que se reflejaba por la luz de los faroles seguía derecho en la punta de mis pies, pero bueno, hasta ahorita que te cuento lo empiezo a recordar, todo lo que tocaba contaba su historia y el porqué de estar allí, así me encontré con diferentes objetos, animales y una persona que al final de sus historias mencionaban su misión y su encuentro con la muerte. Mamá ¿Sabes que es la muerte y como se recibe?

— La verdad Silvia, nunca he pensado en eso solo sé que la muerte llega en el momento preciso y que muchas veces ni la esperamos, pero ¿Porque preguntas eso? Hablar de la muerte me da como, no sé, escalofrío.

— Tranquila, solo quiero saber cuál es tu opinión de esto pues ayer viví algo extraño con la muerte ¿sería ella la que me mostró todo? O fue un sueño, no lo sé aún, pero ahora cuido más mis pasos.

— ¿Tus pasos?

— Si, ya verás porque lo digo. Te estaba contando que me encontré con objetos, animales y una persona que me contaron sus historias, cuando las tocaba era como si viviera con ellos algunos de sus sucesos. Aquel árbol del parque ¿Lo recuerdas? Ese que tiene una forma extraña en la esquina del cementerio, tiene una historia muy bella, sabías que no ha podido morir pero a veces lo desea, la muerte no le ha permitido cambiar de estado porque aún debe vivir y participar de otras vidas, tiene una forma particular por cada historia que lo ha marcado, recuerda el encuentro de dos personas que juraron amor eterno sobre su coraza, esa cicatriz nunca desapareció pero aquella promesa si, su raíz busca retornar a su origen es por esto que con esfuerzo día a día intenta romper aquel asfalto que la aprisiona y no le permite crecer, no sé cuándo será su muerte pero sabe que tal vez con ella cause algunos daños y dolores. Luego me encontré un gato, era negro, me dio miedo por lo que me has dicho de ellos, pero con sus brillantes ojos me dejó acariciarlo, entré en su piel y retrocedí algunos años, me di cuenta que era un dios atrapado en este cuerpo, cuando tomó la forma del gato negro intentó comunicarse con los humanos pero aquel al que escogió no supo entenderlo y como castigo a su falta de comunicación no pudo cambiar de forma, me mostró que esto sucedía desde Egipto, que la muerte lo llamó en su momento pero al intentar evitarlo por cambiar su suerte siguió castigado, aquel dios solo quería enseñar a los humanos que el cuidado con la naturaleza debía ser fundamental o llegaría momentos de dificultad que serían difíciles de superar, sin importar lo que el gato mostraba el humano ignoro su mensaje y tuvo una muerte cruel, la naturaleza misma se lo llevó, el gato o aquel dios sigue intentando dar el mensaje pero hasta que alguien lo entienda, en su realidad, podrá descansar, por ahora siempre va acompañado de ella, de la muerte. Y la persona que encontré, si, fue la muerte, ahora lo entiendo, intentaba mostrarme algo y debo contarlo, ella no quiere hacer el mal, no quiere que la relacionen con la tristeza y el dolor, muchas veces se muere para reencontrarse y entender que debe hacer, no es simplemente cambiar de vida es renovarla, pero todos le huyen, se presenta de diferentes formas, colores y tamaños, pero nadie se acerca a ella, anda sola caminando por diferentes calles, juega con su sombra cuando esta se deja ver, acompaña las almas que aún no han encontrado su nuevo camino e intenta enseñar la importancia de reconocer lo que se tiene, si, era ella, lo digo por su magnífica forma, porque aunque me daba frío, me daba confianza, solamente me mostró una nueva forma de ver las cosas, sé que cada vez me acerco más a ella, pero que no la acompañaré hasta que cumpla con lo que tengo que hacer en esta vida, o en este sueño, ya no sé qué es verdad.

— Pero ¿Qué es lo que tienes que hacer?

— Eso no lo sé y sabes que es lo interesante, el descubrir día a día un motivo del porqué andar por aquí, si cambio de lugar con algo me encontraré, me construiré cada vez que lo necesite y desechare aquello que no me sirve, siempre esperaré sin temor lo que venga porque el destino ya está escrito y sé qué será lo mejor para mí, ¿cómo se vive la muerte? No lo sé, pero es mágico, un renacer, un cambio, una transformación o la nada, mamá ¿tú qué piensas? ¿Mamá? ¿Mamá?

Y despertó, estaba allí, en la esquina esperando que cruce el carro, llegó a su casa, saludó a mamá y no sabe si sigue despierta o en dónde está, vive cada día con compañía y buscando lo mejor de ella.

Ves Braulio lo que te digo ¿Porque no valoras lo que tienes si no sabes hasta cuándo estará? A Silvia le cambió la vida pero no sabemos en dónde estará, pensé en mi tía y su bello gato que pinta en cada espacio de la casa como mostrando un lugar, siempre se sienta alrededor de un árbol que ha decir verdad, se parece a aquel árbol del parque que cuando cayó permitió correr de nuevo el riachuelo que se escondía bajo el cemento, tal vez todos tendrían relación, esta vez el que empezó a pensar en nuevas cosas fui yo y no salía de mi mente la reencarnación ¿Quién era en realidad la tía Enriqueta?

III

Y esa no sería la única vez que escucharía historias sobre aquella sombra. Esa vez no la escuche sino lo sentí muy cerca.

Esa noche fui a dormir, cuando empecé a cerrar mis ojos escuche un ladrido muy fuerte, mire hacia los lados, pensé en que tal vez sería el ladrido del perro de mi vecino, ignore esto y me dormí.

De repente estaba en una casa muy grande, tenía tres pisos y casualmente tres perros, uno de ellos era el más grande tenía un hermoso pelaje, era negro y brillaba como ninguno, su pecho blanco le hacía resaltar el cuello y sus patas parecían robles por su fortaleza, pasaba el tiempo muy rápido, esperen, ya lo recuerdo, en realidad era una hembra, acompañada siempre con el crecer de una niña, podía compartir con ellas momentos de felicidad, la consentían, jugaba, le encantaba el pan, algo que me pareció curioso pues cada vez que la visitaban ese era como su requisito para permitir la entrada, así era, pues al que no consideraba su amigo atacaba y por su gran tamaño los hacía temblar, pero entre estas imágenes que pasaban rápidamente empecé a ver aquella sombra.

Desde ese momento junto con la sombra se empezaba a formar un ambiente tenso, algo triste y agotador, el tiempo en verdad pasaba muy rápido, como escenas de película, habrían pasado tal vez 11 o 12 años cuando sucedió eso, lo recuerdo porque aquella niña que la acompañaba estaba mucho más grande, la sombra empezaba a rondar, la mirada de ese bello ser empezó a cambiar, sus movimientos no eran los mismos, se veía cada vez más cansada, necesitaba ayuda constante, hasta su genio empeoró, lo que nunca le faltó fue amor, la cuidaban con tanta entrega que dispersaban un poco la sombra pero ella se rehusaba a retirarse de allí, tal vez había llegado su momento, había cumplido su misión, se convertiría en la nueva compañía de la sombra y guardiana de los que la rodeaban.

Sin duda me hizo pensar en la realidad y lo difícil que pueden ser estos momentos, entendí porque rechazan tanto a aquella sombra y esto es porque genera sentimientos que a casi ningún ser humano le gusta sentir, dolor, tristeza, incertidumbre, miedo a la pérdida pero sobre todo al cambio, porque cuando alguien cumple su misión todo se transforma, pero, por otro lado, hay cosas que la sombra no puede abarcar y es el recuerdo, recuerdos que mantienen vivo y hacen de nuevo sonreír, agradecimiento de todo lo vivido, los momentos de juego, compañía y cariño.

Aunque en este momento no era solo lo que sentíamos en nuestro interior sino que además el ambiente era frío, en serio, fue tan frío que desperté, en seguida salí a buscar a mis tíos para contarles este sueño, pensaba en esto porque al final no supe qué sucedió pero algo me detuvo, ese ladrido con el que empecé a dormir apareció de nuevo, me asome por la ventana y solo vi a un extraño sujeto paseando a un hermoso perro que se me hacía familiar, esta vez era un cachorro y ambos vestían de negro.

Los Árboles Vuelven A Nacer

Por María Fernanda Orozco Chávez

Las hojas de los árboles caen, algunas son llevadas por el viento, el agua. Empieza la lucha interna por correr contra la corriente, mientras, el viento golpea en la cara. El mayor deseo devolver el tiempo, cuidar las hojas de aquellos árboles que caen suavemente, naturalmente, como las lágrimas de los ojos que nublan la vista.

Empezar a sentir el amor, el desamor, al mismo tiempo, envueltos en un mundo de emociones. Ternura, desasosiego, calma. Quisiera no hablar y la razón quiere gritar.

Desvanecen los sueños, las esperanzas, duele el alma pero allí en el fondo queda la esencia guardada entre el suave susurro de la despedida y el anhelo en los ojos de algún día volver a encontrar esa felicidad.

Al despertar, el deseo de una realidad que no volverá jamás, un sueño que divaga en la mente que necesita de magia para consumarse. Se apaga la luz, se cierran los ojos el sueño hecho realidad. Se enciende la luz, la realidad no es un sueño. Un nuevo amanecer, el rigor de una vida mundana; intentar llevar una vida a relaciones conceptuales. La mente dispersa, llena de vacíos, prefiere el sueño, no logra encajar en la realidad.

Locos por vivir, un encierro lleno de silencio, amargura, ira, dolor, sensaciones que se tienen que callar, la conciencia grita, llama, la nada en los brazos se extiende. Las manos, el vacío, la piel. Imágenes deambulan en la cabeza que desesperadamente busca ocupar la nostalgia, grita ¡Aún hay más momentos que recordar! El alma necesita sanar, en un suspiro agradece todo lo que fue, calma la ira de lo que pudo ser y ya no será.

De pronto un gran día, el nuevo amanecer. El viento deseando entrar por las ventanas, en forma de sonidos, calma, despierta a la realidad. Un nuevo amanecer comienza, en las manos una nueva vida. Los recuerdos, las huellas, los lugares, las imágenes, las palabras, y los olores, se almacenan en memorias, pendientes de la sensación de vacío. Una sonrisa plasmada, el brillo en los ojos del pasado que se desvanece y se pierde en el infinito de la tristeza, se fue. La sonrisa que solloza en las mejillas ya aprendió, se debe continuar. No fue el fin, es el inicio que transforma la vida en una melodía, un canto de innumerables sensaciones y palabras que nunca se olvidaran.

Ahora cada hoja de árbol, cada planta, cada rastro de vida se debe cuidar. Sanar la herida. La naturaleza seguirá su ciclo, volverán a florecer las melodías, la belleza de un nuevo día. El alma volverá a soñar.

La vergüenza de un héroe

Por Edison Patiño Mazo

Sendero al infinito

Estoy cansada, la oscuridad me está matando. No percibo en el ambiente más que el invierno mismo con hedor a sufrimiento, tortura, miedo, dolor y muerte. En cierta forma fui preparada para esto. Pero ya no lo soporto.

— ¿Cuántos días han pasado?

— ¿Cinco?

— ¿Diez?

— ¿Quince?

El día se vuelve etéreo ante la oscuridad, el hambre y el insomnio. El impulso por dormir es tan fuerte que le gana al de saciar mi sed y mi hambruna. Siento que mi cerebro me deja a un lado y se va siesta a pesar de mis esfuerzos conscientes por mantenerlo despabilado. Mi vida es ahora un sueño eterno en el que no distingo realidad, debido a mi agotamiento físico y mental.

A veces pierdo de vista el origen de aquello que me ha traído hasta aquí, pero luego siento algo punzante en mi interior, algo que duele, que hiere mi alma y me acongoja como si de un crio asustadillo se tratase. Es en aquellos momentos de punzante adrenalina, que siento como se acelera mi ritmo cardiaco, mi presión sanguínea aumenta considerablemente y es entonces que reinicio mi vigilia. Comienzo a caminar nuevamente para evitar el congelamiento de mis extremidades y trato de orientarme ciegamente en este laberinto infinito.

Camino sin tregua, lento, pero constante. A veces siento que me falta el aire, como si de pronto llegara a un lugar donde definitivamente el oxígeno es limitado o este ya se ha acabado. Pero de vez en cuando siento una leve brisa de aire, esto me llena de motivación, debido a la ilusión por acabar con esta pesadilla y encontrar por fin una salida al mundo exterior. Sin embargo, en todas las ocasiones que he tratado de seguir el rastro del viento, vuelvo a perderme entre los caminos empedrados de este gran templo. Al final siempre termino derrotada, con lágrimas en mis mejillas y sollozos que relatan entrecortadamente mi responsabilidad.

— ¡Mi familia y mi pueblo me necesitan!

— ¡Tengo que cumplir mi misión!

— No puedo volver a casa sin terminar lo que he venido a hacer, pues posiblemente no haya hogar al cual volver.

— Pero…

— ¿Vale la pena salvar a mi familia?

— ¿Qué estoy pensando? ¡Claro que sí!

Flagelos del corazón

Los pensamientos sobre mi familia me inundan de sentimientos de todo tipo. No puedo creer aquella traición. Aún no puedo creer que todo aquello que deposité en ella fuera una falacia. Aquella pequeña con quien jugué toda mi infancia, a quien cuidé en las noches de luna llena. A quien defendí ante la injusticia de nuestra propia madre, por acusarla de ser una criatura impura y sin virtud. Es triste reconocer que a pesar de mi gran inteligencia, he sido timada de la forma más tonta posible. El dolor desborda de mi alma, pero nuevamente mi cuerpo se hace uno con las sombras, me siento flotar y aquello que llamaba dolor, ahora es vapor que circunda mi cuerpo, hiriendo mis ojos a tal punto, que mis parpados no resisten la tentación de callar y dar paso al vacío absoluto.

— La inocencia del verdugo

Me despierta un calor en mi pecho.

¿Será fuego?

¿Acaso he conseguido salir?

¿Y la misión?

Con dificultad abro mis ojos y trato de calibrar nuevamente mi vista. Sigo en la oscuridad, pero ahora está conmigo un hombre viejo. Siento que lo conozco de alguna parte, pero no logro dar con él. Le pregunto quién es, qué hace aquí. Pero él no responde, solo asiente con la cabeza y mueve los ojos. Unos ojos pálidos, pero a su vez llenos de luz en medio de tanta oscuridad.

Le pido algo de comer, e igualmente me deja sin respuesta alguna. Sin embargo, su mirada apunta hacia una dirección en el vacío eterno. Pareciera contraer y dilatar sus pupilas, como si quisiera decirme o señalarme algo. Entonces tomo fuerza de donde no las tengo, y estiro mi mano hacia la dirección de su mirada sin saber que me espera. Allí encuentro un bulto de aproximadamente un palmo de largo y medio palmo de ancho. Es peludo, húmedo, ruidoso, chillón, huesudo.

— ¡Está vivo!

Se mueve como si estuviera inquieto, pero rápidamente cierro mi mano para no dejarlo ir. Sospecho qué puede ser aquello que tengo entre mis manos. Siento asco, repulsión, vergüenza de mí misma por lo que estoy pensando hacer; pero a pesar de mi orgullo como heredera natural y soberana de un gran pueblo, mi instinto animal requiere ser saciado con ansias. Siento su temor, su respiración agitada, su corazón palpita entre mis manos. No lo soporto. Siento deshonra y humillación.

— ¿Cómo puedo caer tan bajo?

— ¡No nací para esto!

Las tripas me suenan, pues no han recibido alimento en mucho tiempo. Siento una leve sensación de saliva en mi boca, como cuando un niño, mira la vitrina de una dulcería. Solo que en esta ocasión no hay nada que ver. Solo siento que tengo una oportunidad que debo aprovechar.

— ¿A caso no hay otra salida?

— Pero si no lo hago, ¿será este el fin?

Tomo aire precariamente, pues ya ni los pulmones me responden como deberían, y tuerzo la cabeza de la criatura hacia un lado fuertemente, mientas esta clava sus colmillos en mi dedo pulgar. Muerdo mis labios y aguanto el dolor con la poca dignidad que me queda.

Por fin la siento inmóvil, así que procedo a introducir aquella pequeña bestia en mi boca. En un principio pensé la opción de quietarle la piel, despellejarla un poco para no comer tanta suciedad. Pero al final de cuentas me importó poco la mugre de aquel animal.

— ¿Qué más me puede pasar?

— ¿A caso podría contraer alguna enfermedad?

Sería todo un chiste del destino haber llegado hasta aquí para morir por una simple ingesta de suciedad. No lo sé y ya no importa, pues lo último que recuerdo de aquella experiencia, es sentir esa deliciosa sangre llenando toda mi boca. Fue toda una explosión para mis sentidos, el aroma, el sabor, la textura. Todo aquello se combinó para entregarme la más placentera experiencia gastronómica de mi vida. Imaginaba que era un vino suave y cálido, como aquellos que solíamos tomar frente a la chimenea en noches de invierno, el cual descendía por mi garganta, para acariciar mis entrañas y llenarme de energía. —Ahora soy uno con el animal, valoro su vida como parte de mi vida —. El anciano asiente como signo de aprobación y me siento en comunión con él y el universo.

Designio divino

Mis plegarias a los dioses han obtenido respuesta. Ahora sé lo que debo hacer. Desde que aprendí a caminar fui bautizada con el fuego del combate. Aprendí a no retirarme, ni rendirme jamás. Me fue inculcado con azotes y castigos que la muerte al servicio del pueblo es la mayor gloria que se puede lograr en vida.

El miedo no me domina, el aire helado en mis pulmones oxigena mi determinación. El hombre de ojos pálidos me ha enseñado a cazar en la oscuridad. A sentir el sutil movimiento de las pequeñas bestias ante la inminente noche. Con manos firmes capturo el alimento de vida una y otra vez, hasta lograr la energía que me ayudará a cumplir la misión.

Siento que las fuerzas han vuelto a mí y en compañía del anciano, me embarco en búsqueda del altar de los antiguos sacrificios. Debo llegar a él antes de que la legión acabe con mi familia y mi pueblo. Cuento mis pasos, identifico texturas, formas y medidas en la oscuridad. Aprendo a moverme con fluidez, como un animal nocturno en medio de su habitad natural.

En mi exploración sistemática encuentro señales, símbolos y textos antiguos con inscripciones de runas, que al interpretar me permiten avanzar en la consecución de mi objetivo. Con paciencia aprendo a moverme ágilmente en el espacio y recorro cada rincón del templo hasta que por fin me encuentro frente a la entrada secreta. El altar de sacrificio estaba ubicado en lo más profundo de lo bóvedas subterráneas, a donde solo llegan aquellas almas que el destino ha elegido.

Sabiduría, poder y espiritualidad

Se siente un fuerte olor a humedad, seguramente producto de lo profundo que nos encontramos y la cantidad de agua subterránea que atraviesa estas construcciones. Aprovecho para dar un sorbo, pues mis labios están tan secos que, si intentara emular leve una sonrisa, seguramente se harían polvo en un instante. Las puertas son de roca maciza, siento que pueden tener más de cinco palmos de grosor. Empujo fuertemente, pero no se mueven ni un poco. Paso horas tratando de moverlas, el sudor baja por mi frente y se desliza entre mis pechos. La golpeo, le grito, la insulto y nuevamente vuelvo a intentar moverla con todo mi cuerpo. El anciano me mira con decepción y entonces entiendo que no he sido tan inteligente como vocifero ser. El entusiasmo por haber llegado a nublado mi discernimiento. Respiro profundo varias veces, despacio, tal y como mi maestro me enseñó en el entrenamiento de asalto. Debo visualizar cómo el aire entra lentamente y recorre mis pulmones hasta llegar casi al abdomen. Cada vez que el aire entra, siento como me recargo de energía y cada vez que exhalo, libero aquello que me impide pensar con claridad.

Ahora estoy lista. Me concentro en identificar con el tacto cada detalle de aquel escenario. Encuentro varias inscripciones de runas sagradas, las clasifico y decodifico el mensaje:

——*"Sabiduría, Poder y Espiritualidad. Quien en sus plegarias suplica sabiduría, deberá tener la fuerza para soportar la carga que le será otorgada. Quien en sus plegarias reclama poder, deberá tener la sabiduría para aceptar el precio que será demandado. Quien en sus plegarias ruega espiritualidad, deberá tener fuerza y sabiduría para cumplir con la tarea que le será encomendada"*——.

— ¡Sé que debo elegir, conozco bien mi misión!

Ralentizo nuevamente mi respiración, visualizo mi deseo en la mente y con ambas manos intento abrir nuevamente la puerta. Ahora son livianas como si de un simple papel se tratase. Las abro de par en par y al mismo tiempo, un fuerte aire me impacta de frente y recorre todo el espacio tras de mí. El aire me obliga a cerrar rápidamente mis ojos, posterior a lo cual intento abrirlos para llevarme la sorpresa de encontrar luz en esta sala. Siento una ceguera propia del cambio y la adaptación visual. De alguna forma hay luz en el altar, pero esta no es artificial, parece luz de luna, es angelical y sobrecogedora. Hay silencio absoluto, escucho los latidos de mi corazón fuertemente. Tengo ansiedad, quiero saber qué sigue, cuándo se hará realidad mi deseo.

El anciano está frente a mí, me indica confirmar si estoy segura de mi decisión. Asiento con mi cabeza y me doblego ante él. El viento vuelve a entrar bruscamente a la recamara y con él, arena hecha polvo que vuela suevamente pasando por los rayos de luz como si de una danza ceremonial se tratara.

Escucho múltiples susurros en diferentes lenguas. No entiendo lo que dicen, pero no suenan amigables, parecen reproches por una mala acción. El sonido de sus voces se incrementa gradualmente hasta ser insoportable. Miles de voces al mismo tiempo generan eco en mi cabeza. Tapo mis oídos con las manos, pero el sonido golpea directamente mi cerebro, siento sus susurros dentro de mí, no puedo escapar de tan molesto e infernal ruido. Un poder extraño recorre todo mi cuerpo, mis músculos se contraen, mis pupilas se dilatan, mis sentidos se agudizan. Respiro rápidamente, como si mi cuerpo se preparara para la acción. Una energía misteriosa se gesta dentro de mí. Siento que puedo hacer hasta lo imposible, ahora incluso puedo ver en la oscuridad.

— ¡Ahh jajajajaaaa!

— ¡Lo he logrado, lo he logrado!

— ¡Podré salvar a mi familia!

— ¡Ahora puedo volver ante mi pueblo con dignidad!

De pronto, siento un fuerte temblor en mis piernas. Algo anda mal, mil punzadas en el vientre me hacen perder el equilibrio y caer de rodillas. Un descomunal dolor bloquea todos mis movimientos y me deja sin aliento. Mi útero se estremece con fuerza y un inmenso desgarré interno hace que broten lagrimas a cantaros por mis ojos. Lentamente me percato de que por mi entrepierna brota un gran flujo de sangre. Siento la caricia de su calor que desciende por mis piernas y a vez, un susurro de despedida que descompone mi ser, me hace interiorizar la culpa por el vil sacrificio de esa alma inocente, que acaba de volver al mundo de los espíritus divinos gracias a mí.

La Traición De La Muerte

Por Luisa Fernanda Susunaga Hernández

Cuando todo acabó, se dio un nuevo inicio; los grandes monarcas estaban en crisis, agotados, cansados y muchos con ganas de rendirse. Sentían sus días largos y llenos de horror, un sufrimiento interminable. Las supremas jerarquías habían agotado todo poder, ahora sólo eran simples jornaleros de ato. Y es que esa guerra que habían logrado "Ganar" les arrebató no sólo dinero, mandos, imperios, si no también muchas vidas y el mundo que conocían. Todo fue tan extremo que el equilibrio que se sostuvo durante tantos milenios había flanqueado. La Muerte le había ganado a la Vida al cabo de dejarla agotada sin esperanza alguna. En esos días de gloria para la gran señora, la Vida tuvo que huir, esconderse para conservar algo de su energía. Manteniéndose inactiva. Y después ningún árbol floreció ni dio frutos, la tierra quedo infértil, los ríos se detuvieron y ahora eran pozos. Los animales no criaron más y el hombre, bueno, el hombre tampoco pudo reproducirse más. Después del desequilibrio de la Vida y la Muerte, el Tiempo había quedado perdido, no sabía si retroceder o avanzar, así que prefirió quedarse estático, la Luna y el Sol seguían girando a veces rápido, a veces despacio, otras se encontraban a distancia larga y otra no muy larga, las estrellas decidieron dormir, no tenían horario para brillar, así que se dieron a descansar. La gran señora admiraba todo el caos que habían logrado, había quedado llena, saciada por completo de vida, su plato más exquisito para ella, sus secuaces y su gran amor.

El hombre no se quedó atrás, el empezó acabando con lo poco que aún se sostenía de naturaleza, pero sus días eran insufribles sin tiempo. Había días donde la luna se pronunciaba y días donde el sol no daba tregua, semanas donde lo único que veían era esa bola de fuego que los tenían en desespero, no había orden de tiempo, así que su cansancio era sin fin. La Traición posesionado como esposa de la Muerte, deambulaba por el mundo haciendo de las suyas y es que quien iba a pensarlo, que de ese amor mortífero surgiera tanto caos, nunca nadie imaginó que la combinación de ese par fuera letal para toda existencia. Aunque ya venían de la mano milenios atrás. Esta vez la muerte se dejó llevar a ciegas de su gran amor, la traición era la amante del odio desde un principio, pero la muerte sabía que algún día lo desecharía, aunque ella no era de fiar. La gran señora se sentía muy segura del amor que se sentían. Y es que de todo este revoltón, la joven tenía gran culpa.

Unos traicionaron a otros y la fidelidad y lealtad fueron sacrificadas vilmente, el amor fue encadenado a disposición de ellas y condenado a vivir con la desilusión, la tristeza no quiso se participe y huyó junto con la vida, lo que hizo a los hombres indolentes segados por la avaricia y guiados por el desdén de la lujuria, de la alegría no se supo nada, ni los niños la concebían. Todo estaba de cabeza, menos para este par y sus maleantes.

El hombre exhausto con la locura encima y deseando morir sin poder hacerlo, quiso acabar con el Sol no soportaban más esos días eternos bajo ese rayo perpetrarte sin nube alguna ni víspera de lluvia, quisieron acabarlo la Malicia participó y la idea dio. Que un misil refrigerado lo haría perder su calor. Llevándolo ciertamente a su destrucción, el Sol lo supo y en la Luna se refugió, mientras se buscaba la forma para que el Sol volviera. La Luna inició la búsqueda del paradero del tiempo. Ella creía que quizás él podía solucionarlo y así su amado podría estar en su lugar, para nadie era secreto que se amaban, pero él Sol no podía estar por mucho detrás de ella, aunque estaba situado en una parte que ella misma acomodo para cuando tenían sus encuentros, ese lado oscuro, quemado por la intensidad de calor, no iba a soportar mucho. Del odio y la verdad no se supo nada, sólo rumores que eran prisioneros también. Pero en realidad siempre estuvieron muy cerca sólo que estaban tan ciegos, que no los veían, y el odio estaba condenado. La traición lo quería someter a su merced, pero él estaba muy lleno de sí mismo de ira e impotencia se sentía el bufón de todo ese circo, mientras el hombre anhelaba la gran señora y en sus súplicas y deseos pedían dejar de existir no entendían por qué no pasaba, pero es que hasta ella tiene un límite y ya lo había rebosado, no importaba pensaba la muerte. Su sonrisa lo valía, su mirada encantadora que veía en su amada.

La luna supo de dónde podría más o menos encontrar al tiempo, antes de que acabarán con ella también con él sol resguardado en su espalda aún más loco se había vuelto todo, la vegetación que aún quedaba empezó a decaer más, pero ni así se detenía el hombre llevado por la desbordada locura, argumentaban que lo que ellos pensaban no iba a generar mayor daño (es solo para refrescarlo un poco y así no nos quema tanto) exclamaba la ignorancia. La locura los tenía sin medida siempre estuvo presente en cada uno de todos pero con cierta prudencia en la mayoría. Pero sin prudencia que se podía esperar ella era la que manejaba hasta qué punto dejaba libre a la locura y hasta qué punto la pausaba.

¡Lo encontraron! Grito la avaricia dando a entender a todos que ella había dado con él. El viejo sabio había reaparecido y sólo miraba el panorama desolador ¡tiempo sin verte querido anciano! (mofo) la traición. ¡Déjalo! Le exclamó la muerte. Si ha venido hasta aquí es por algo importante. ¡Te escucho! Mi querida muerte, respondió el anciano, regálame 1 minuto es solo lo que pido para 1 sola pregunta. Ella desconcertada, intrigada y asombrada. Le responde: me pides a mi ¿1 minuto a mí por qué? ¡Tú eres el dueño del tiempo oh me equivoco anciano, no eres tú! El tiempo.

Todos asombrados por la respuesta de la muerte quedaron anonadados pero el mundo que aún quedaba lo supo y en el hombre revivió esa sensación de esperanza quizás algo de alegría, esto podía ser el fin de todo ese calvario, en un silencio un poco abrumador el anciano se acercó más y le dijo: que gastada te vez. Pero eso no fue a lo que vine. ¿Dame el minuto puedes? ¡Claro! Le respondió ella. ¿Qué quieres? Le pregunta ansiosa la gran señora. Solo tengo 1 pregunta pero más que eso es como una petición. ¿Soy digno de ella? Adelante anciano rápido tengo cosas por hacer le dice la traición. ¡Calma! De grito dice la muerte. Grito que se sintió en todo lado. Asombrados de lo que paso y sin entender mucho siguieron al tanto de lo que pasaba en la casa de la gran señora.

¡La traición llena de ira le responde me callas a mí! A mí. A tu amor… a tu todo por este anciano. Sí fue la respuesta que obtuvo, la traición desconcertada por el silencio del tiempo. Intranquila gracias a la intriga, vuelve y le exclama pero ¿vas a pedir o no? Calma pequeña le responde el anciano mi interés es aclarar un poco mi mente y que la muerte de un paseo conmigo. Si es posible, ¡estas demente! Vivir tanto ya te ha afectado tu razón. Eres joven traición mucho más joven que la muerte y de lo único que entiendes es de; dañar, acabar y engañar con todo y a todos sin excepción alguna. Pero la pregunta no va dirigida a ti traición. Si no a la gran señora. La Muerte le respondió con gusto primero dime la petición.

Quiero que cuentes segundo a segundo hasta llegar a 1 minuto no dudo en empezar pero al llegar a 10 comenzaba en 1. Todos lo notaron pero ella no. Mientras La muerte hacia eso la vida que había arrebatado pudo seguir su trance lo que hacía que todo pudiera estabilizarse. Conmocionado todo y más la traición a quien aún se le dificultaba entender. ¡Basta! No más juegos ni rodeos al calabozo, pero ya es tarde le dijo el anciano mira a tu amada.

Guiando su mirada hacia la muerte. Ella aún seguía contando una y otra y otra y otra vez sin poder detenerla. Le grita ¡que le hiciste! Nada. Lo que ves lo hiciste tú. Con tus embustes, engaños, recibió tanto de su ser traicionero que se olvidó de su labor en este mundo, tu cegada de poder no me diste tus acciones queriendo salir y saber más que todos. FALSO…El hombre fue el culpable de todo esto ellos lo querían y lo tienen sus riquezas, su vida eterna, su belleza yo no he hecho nada le dijo la traición. El anciano no respondió sabía que era perdido discutir con ella. Solo se acercó a la muerte el beso en la frente y le dijo: Recuerda

Hija mía

¿Hija? Preguntaron todos entre sí, hasta la locura que vivía de allí para allá quedó inmóvil. ¡Si hija! Respondió el anciano soy yo su progenitor. Su Madre es La Sabiduría y su hermana La Vida primero nació ella hermosa y reluciente cuando nació todo se iluminó y por ello se le dio el nombre de vida. Tiempo después nació Muerte igual de bella pero con un regalo similar al de La vida el descanso eterno. Tan similares pero tan distintas. Mientras el tiempo explicaba todo la Luna le dijo al Sol vuelve a tu sitio que ya no estás en peligro. Se despidió de su amor y a su lugar volvió. La luna a descansar se dispuso. La vida al ver ese orden y al saber lo que pasaba en casa de la gran señora. Emprendió camino para acompañar a su padre, en lo que ella pensaba podría terminar mal, mientras más recorría más obtenía energía lo que se preguntaba a sí misma. ¿Será que padre lo está logrando? Acompañada de los que vivían con ella, le interroga a la verdad. ¿Tú crees que sea posible? Con el concepto que tenía verdad, no dudo en responder un rotundo NO. Muerte está muy cegada por traición no le será fácil al anciano. Mientras ella seguía en su trance. Llegó vida el tiempo le dice ven acércate tu hermana te necesita, es muy poca mi energía, le respondió. Alcanzara si alcanzara acaricia su rostro como lo hiciste cuando nació y tráela de nuevo. Cuando despertó la muerte y vio su alrededor sintió cólera, furia se sintió timada por el anciano. Lo quiso someter, pero nadie podía hacer eso ni ella. Verdad grito y le dijo yo te explico todo te parece. La gran señora la llamó ¿Verdad? A caso tú no habías desaparecido.

Así fue mi señora como traición te lo hizo ver. Me oculte de su oscuro poder y del hombre que cegados por ella me querían derrocar. Muerte respondió lo mismo que traición el hombre lo busco desearon todo esto. Solo que para todos y hasta para los hombres siempre seré la mala, la temida, lo último.

No querida mía, no es malo llegar a tu, muchos llegan antes otros después de lo planeado pero no es por temor, si desde el primer segundo de vida lo único que tiene seguro el hombre es a ti. No es cierto anciano yo llego solo cuando ay enfermedad, cuando algo sale mal, y aun así cuando ya es su hora y están agotados llegan con horror, me miran con ojos de (es tu culpa). Puede que siempre te hayan visto así y tal vez es cierto, eres como esa enfermedad la cual todos le tienen miedo y todos la poseen sin saber que desde que yo llego están atados a ti. A mi muchos me aborrecen no me quieren tener y todo este nuevo imperio que conformaste te lo ha demostrado. El hombre te demostró que de vida a muerte prefieren la muerte, entonces, ¿Qué te ciega? hermana mía.

Concuerdo contigo es lo único coherente que has dicho vida. Si todos nos eligieron ¿qué afán de normalizar todo? O ¿no son felices así? Tú misma lo has dicho vida. Gracias por la visita, es una pena que no se puedan quedar y Hasta… ¡Basta ya!

Me da curiosidad saber ¿cuál es tu voraz afán? Amada mía. ¿Mi afán? Yo no tengo prisa solo estoy cansada y aburrida de este teatro de tanto bla bla bla de tu familia.

Te puedes retirar y con eso descansas insinuó verdad. Me dices que tengo que hacer a mí. Y en mi propiedad que insolente eres. Y si se retiran todos y tenemos piedad al hacemos de cuenta que nada de esto pasó. ¿Piedad? ¡A caso tú sabes que es la piedad! Tú que sacrificaste a muchos, que envolviste al odio y le hiciste creer, que este reinado que tienes lo iban a dirigir juntos. Tú que todo este tiempo nos cazabas para silenciarnos los que conocíamos tu verdad y tu plan. ¿De qué plan hablas? Verdad. No sé interrumpió traición verdad perdió la conciencia está afectada es evidente que desvaría. No traición dile, confiésate que lo que dices sentir por muerte es efímero, dile como la usas para que tú y tu verdadero amor puedan dar ese golpe final que tanto esperas, cuéntale que cuando sales tienes encuentros con tu amante. ¿Mi señora porque crees que hicieron huir a todos? Todo esto es para agotarte, desgastarte al igual como lo hicieron con su hermana, traición no te ama ella no sabe qué es eso, condenó el amor a la desilusión por miedo a que tú lo notarás. Entre su amante y ella planearon todo. Y el tiempo vino a desenmascarar pues eres aún su hija y ni los animales abandonan a sus crías, abre los ojos mi señora levántate y date cuenta que desde el inicio de esto. Tu quedaste estática a ti también te afecto, no saliste inmune a todo solo que contigo tomaría tiempo.

¿Le vas a creer? Amada mía. Y ¿por qué no debería de hacerlo? Ella es verdad y no tiene filtro dice las cosas como son. Pero, está casi extinta ¡mírala! Como puedes creerle esta haraposa y no sabemos si perdió su función, por eso mismo le creo, porque sé que ya no hay verdad, ni sinceridad porque es todo lo que hicimos y el daño que causamos al equilibrio también puede acabar conmigo. ¿Traición acaso no te importa que sea de mí? El silencio se notó y de un abrir y cerrar de ojos se escabullo. La gran señora en sí misma se partió a mil adolorida por la traición que vivió cubrió su rostro y se vistió de negro, oculto aún más su belleza y dijo. Esperare mi turno pero esta vez no me detendré por la misma acción del hombre desde un bebé en el vientre a un anciano podré estar presente, ya no solo me quedaré viendo cómo llegan a mí en su vejez. El hombre es corrupto por naturaleza y entre ellos he visto como quieren acabar lo más pequeños y cuando esto pase que la vida no salga a favor. Todos estuvieron de acuerdo. Siguió su camino en compañía del anciano. Mientras le decía todo existe por un algo desde que se tiene vida. Nacen y adquieren el privilegio de escoger. Y si ¿sólo existiera lo bueno? Y si acabamos con lo malo Le refutó la muerte. ¡No! Mi querida todo es una balanza sin lo malo no sabríamos que es bueno y sin lo bueno no sabríamos que es malo. Pero eso solo lo decide el hombre depende como quiera vivir y como desee terminar cuando llegue a ti. Nosotros ya existimos con nuestros propósitos. Somos esa guía ellos nacen con un manual ante ellos, solo que son muy soberbios para notarlo. Cumplimos con orientarlos para bien o para mal. Y nosotros los que somos neutrales ¿qué función importante hacemos? ¡Mucha! La vida lo trae a este mundo yo como tiempo les enseño y tú como muerte los apremia con el descanso. Ves que no eres tan mala como pensabas. La muerte le respondió con una sonrisa y la pregunta del porqué no acompañaba a la vida en vez de ella. El anciano la miró y con voz suave le dijo mi pequeña todo a su tiempo por ahora disfrutemos nuestra compañía. Lo abrazo sin saber que a pesar de que todo estaba en la normalidad. Al anciano ya no le quedaba mucho tiempo y que ella era su sucesora. Pero eso es de otro tiempo.

Fin…

La siguiente gran aventura

Por María José Bermejo Peñate

La humanidad es definitivamente una de las cosas las maravillosas que existen: le temen o aman una cantidad infinita de cosas, momentos, situaciones o fenómenos, crean leyes para luego desaparecerse, e invariablemente terminan donde mí: la muerte.

Existo desde el principio del tiempo; con el tiempo, el espacio, la materia, la energía, y por supuesto la siempre apreciada vida, mi hermana gemela por decirlo de algún modo. Todos los que llegan a mi lado hablan maravillas de ella, pero por la naturaleza misma de nuestra existencia no nos conocemos en realidad; lo que definitivamente es curioso porque los siempre recursivos humanos nos han "enemistado" desde el primer momento en que nos dieron nombre, e invariablemente yo soy la villana… como si yo quisiera quitarle algo, o fuera mi culpa la cantidad de barbaridades que hacen… o como si me gustara coleccionar muñequitos de algún juego infinito de figuras.

Pero no, la realidad es que tanto vida como yo ocurrimos, nos complementamos y bailamos una eterna danza parecida al sol y la luna, solo que los eclipses son mucho menos espectaculares y mucho más sobrenaturales.

Permíteme explicarme. Cada soplo de vida, cada porción cósmica de energía transformada en quien será un lindo "humanito" es como una pequeña batería. Al nacer casi siempre se tiene cargada para que dure muchísimo tiempo, pero se descarga bastante rápido, así que padres y cuidadores se encargan de mantenerla siempre a tope alimentándolos, manteniéndolos limpios y sanos. Las madres con cada ocasión que les suministran leche materna les recargan esas baterías… son curiosas las madres… literalmente borran carga de sus baterías para transferirlas directo a su hijos cuando están dentro de ellas y desinteresadamente los siguen recargando cuando les dan de mamar… realmente peculiares… aunque por supuesto no son las únicas que hacen ese tipo de cosas, son las que constantemente están en el top de personas que lo hacen.

Cada vez que un médico hace un masaje cardiaco o desfíbrala a su paciente, le manda hondas de recarga a su batería personal. El problema sucede cuando la descarga es demasiada, ahí funde la batería. Cuando presionan una hemorragia hasta que coagula, están tapando los agujeritos que pueda tener la batería del paciente y evitan que se les escurra la vida que tienen. Claro que la curación se completa cuando suturan la herida en cuestión. Todo el proceso consigue evitar que se escape el contenido de esas baterías… Si alguien más pudiera ver desde la misma perspectiva mía como son esos momentos… harían pinturas mucho más surrealistas, puntillistas o impresionistas que las existentes… ¡en términos humanos es mágico!

Claro que hay muchas formas de alargar la vida, también muchas otras de perderla. Cada vez que comen esas cosas verdes que llaman vegetales con los animales muertos y sus cereales, en una dieta balanceada, ponen más puntitos a su existir; cada vez que hacen ejercicio, que ríen, (¡wok! reír es una de las cosas que más sobrecarga)… bueno, la comida ayuda bastante pero reír es algo mucho más etéreo, casi como yo, pero existimos en planos diferentes. Los buenos momentos, son casi como si conectaran su cuerpo a la electricidad, pero un multitoma, porque es un fenómeno simultáneo, lo experimentan todos a la vez… ¡es bello!

Las formas de dejar que se escurra y acortar por no decir detener definitivamente el viaje, para muchos temerarios son divertidos, para mí son más papeleo. Cada vez que algún inconsciente come un alimento que le hace daño, emprende una aventura sin retorno o hace uso de lo que los hombres llaman su instinto de autodestrucción, es como si le hicieran un gran hueco para que salieran, cual cataratas del Niagara todos los puntos de vida que puedan contener… sin embargo también por intervención de las leyes de la física o tal vez de mi amigo el karma, estos mismos caballeros o damas logran parchar en múltiples ocasiones sus propios tanques de vida.

Tal vez el mi fenómeno favorito es la fe. Sea cual sea, cada individuo creyente es diferente, pero igual al mismo tiempo. Cuando oran una aura de energía los envuelve, y no solo recarga sus baterías, sino que automáticamente dejan de perder tan rápido el contenido. Lo más bello sucede cuando oran en conjunto, y esta aura se vuelve colectiva. Un corazón lleno, multiplica el efecto. Claro que no es exclusivo. Desde mi omnipresencia, —requisito indispensable para el trabajo—, puedo ver como cuando una persona ora por otra es como si le mandara energía para recargar su depósito personal.

Cuando alguien aduce que arrebataron a alguien de mis escalofriantes garras, en realidad ocurre que a esas personas todavía les queda reserva en su tanque, o no tienen el papeleo completo. No soy vengativa, simplemente una encargada de que todo se haga correctamente, en su momento y sin mayores errores. Así que cuando ocurren tragedias masivas, cuando mueren muchas personas al mismo tiempo en el mismo lugar… ¡el papeleo es enorme!... cada ser humano es un expediente, y cada uno tenía mayor o menor expectativa de vida. Hay que remitirlos a subdepartamentos según sus creencias, que muchos creerían se limitan a religión, pero la realidad es que hoy en día se asocia también a sueños, metas, cultura popular, literatura, cine, televisión, y por supuesto la ya mencionada creencia religiosa. Yo soy el siguiente paso; lo que ocurre después de que redirección, es otro asunto. Uno muy personal para cada individuo.

Los holocaustos lejos de ser la gran explosión de color que se esperaría, dado que se extingue la batería de millones de personas liberando su energía al universo, son súper dramáticos. Muy parecido a lo que ocurre cuando una ciudad pequeña se queda sin energía sin previo aviso en todas las residencias al tiempo. Yo no puedo sentir dolor o felicidad en la misma forma que sienten los humanos… pero imagino que la oscuridad es una metáfora de la ausencia de luz de ese acto o grupo de actos. Me es imposible llorar, pero estos son los momentos que menos me gusta presenciar. Son, por definición, el preludio de una gran cantidad de trabajo; como lo dije son dramáticos y oscuros pero además acarrean el paso a mis terrenos de muchas personas, que llevadas por la tristeza prefieren seguir a sus seres amados.

Es admirable cuando uno o varios humanos sobreviven a estas tragedias, por que empiezan a buscar formas de recargar su batería… de alargar en calidad y cantidad su estadía en los aposentos de mi hermana gemela, muestran una entereza y una determinación que hace que incluso cuando se encuentran en la puerta de mis oficinas, pelean hasta que su último aliento se apaga con el ultimo 0.000001% de batería, no sin antes dejar de una forma permanente una huella, que se nota en la energía que emana quienes están a su alrededor, como si de un niño pequeño se tratara, manchando con sus pequeñas manos todo lo que se encuentra a su alrededor. Es más, son tan recalcitrantes en su deseo de vivir, que son capaces de mirarme a los ojos con intención de pegarme, girarse y seguir viviendo…

Esos instintos violentos son realmente desconcertantes. Reitero, no soy yo quien desea hacer que inicien el paseo final, eso lo decide cada uno de acuerdo a como cuide su batería. Aunque he de reconocer que me gusta mucho ver las celebraciones de día de muertos que realizan algunos pueblos, es realmente especial como intentan recordar lo mejor de las vidas de sus parientes haciendo homenajes a mí. Eso los une mucho y recarga sus baterías de muchísima energía en familia, mucho menos impetuoso que lo que normalmente dicen los humanos, que yo me los lleve… una gran falacia sin duda, pues lejos de ser la figura con hoz que persigue los "niños malos" tal cual mi tocaya en el garabato del carnaval de Barranquilla, soy la encargada del paso al otro mundo… si alguien es empalado, quemado y también atropellado debo hacer el diligenciamiento de papeleo para cada una de las formas de muerte, si muere pacíficamente en su camita luego de una larga y fructuosa vida… también me toca hacer todo el papeleo… es inevitable. Es mi trabajo. Soy el paso siguiente, como leí en la obra de Rowling. Yo soy, simplemente, la siguiente gran aventura.

La muerte de colores

Por Joël Rodríguez

Es un callejón vacío, en medio de un fuerte aguacero y un oscuro día, pero no tan oscuro como lo que está a punto de suceder...Apresurado, con su respiración agitada corre aquel hombre, sus pasos se entorpecen, no coordinan y cae una y otra vez... a los lados de la calle vagabundos se resguardan de la lluvia dentro de cajas de supermercado y plásticos viejos, algunos acompañados de sus perros que ladran fuerte al paso de éste hombre entrado en pánico, éste hombre llevado entre alaridos de terror mira una y otra vez hacia atrás como huyendo de algo aún más aterrador... Así que tira su gabán pesado por el agua tratando de alivianarse y así poder huir de aquel presunto peligro... pero llega el momento y cae... Ya el cansancio no le permite dar un paso más y se entrega a lo inevitable... pero no hay nadie más detrás de el ante la mirada de los vagabundos es un pobre diablo un borracho o un drogadicto perdido en un viaje... —" ¡deja dormir maldito idiota!" grita uno de ellos mientras da la espalda... y allí está el hombre aparentemente sólo... pero no para él...quien ve como su fuerza vital va desapareciendo y entre señales de agonía ve acercarse a él a quien sería su verdugo... Es una figura oscura... alta y borrosa... envuelta en una bruma infernal... éste hombre siente cada paso de esta sombra como gigantescos golpes que destrozan de a poco su corazón y su aliento... con su última fuerza lo que puede notar es la mirada de aquel tenebroso ser... sus ojos no lo parecen... solo son dos abismos sin fondo y sin un poco de luz... parece la entrada al mismísimo inframundo y ese último momento marca la muerte de éste hombre... al parecer anónimo, no parece importarle a nadie... nadie corre para auxiliarlo... Es entonces cuando ésta sombra ante todo pronóstico

Sigue caminando hasta el final de aquel callejón mientras se define un poco su forma. Ya no es una bruma oscura... ahora parece un hombre cualquiera con un gabán largo negro su piel es tan pálida que podría ser hecha de nieve, sus cejas y su cabello tan negros que más bien parecieran estar hechos de carbón, su mirada tan fría y aún con rastros de abismo... sin vida... solo destilan soledad y tristeza...Rápidamente se mezcla entre las personas que

Tratan de huir de la lluvia y no tienen tiempo para percatarse de la identidad de aquel hombre misterioso, para ellos no es importante pues cada quien con sus problemas...

Así que, sigue por la calle hacia el sur y camina hasta el siguiente semáforo donde metió la mano en su gabán, saca una caja de cigarros y una mechera, hace un alto y prende uno con cuidado de no mojarlo, entonces se percata que al otro lado de la calle hay un banco vacío donde puede fumar sin que nadie lo interrumpa, así que cruza corriendo la calle pareciera algo afanado por poder descansar... Al llegar allí solo deja caer su cuerpo con claras señales de agotamiento, en su rostro comienza a verse algo de frustración cómo cualquier trabajador en un día difícil de trabajo, mira hacia el cielo oscuro y tempestuoso cómo tratando de hallar algo de calma para una aparente incomodidad algún tipo de tormento...pero ¿qué puede agobiar a tal ser tan lleno de maldad? Era como si experimentara por primera vez el tipo de vacío que cualquier humano sentiría, la sensación de no tener un sentido o un propósito en este mundo, un acto tan difícil de comprender en tan lúgubre ser.

Entonces tomó su pálido rostro entre sus manos y bajó la cabeza a nivel de sus rodillas... y allí estaba saboreando lo que a parecer de muchos es el pan diario de aquellas almas vacías que vagan por la vida sin un sentido claro, sin un rumbo, sin un destino, esperando el tren de la oportunidad de tener una vida feliz que nunca llega, muchas veces en esa última etapa, en esa última estación esperando el momento de irse, de abandonar el juego, de rendirse y no pelear más, bueno ésta sería la situación para muchos pero éste no es el caso.

Entregado en su momento de aflicción de repente es interrumpido por un sonido que causó en él un estruendo más fuerte que un trueno por la lluvia, un sonido que parecía celestial y terrenal al mismo tiempo pero que se manifestó no desde el cielo mismo sino desde el otro extremo de la banca.

— "¿Estás bien?… esas dos simples palabras fueron como dos pequeños rayitos de sol infiltrados entre la lluvia, como dos espías llenos de luz que habían atravesado las frías gotas de lluvia y hubiesen impactado como cometas en los oídos de este oscuro hombre.

Al escuchar esta voz el hombre sintió la necesidad de salir de ese pequeño espacio de comodidad en el que se encontraba… ese pequeño refugio que había hallado entre sus manos y su frio rostro, levantó entonces su cabeza tratando de seguir el hilo de esa sublime y delicada voz que de momento interrumpió su espacio y su tiempo.

Mientras lentamente trataba de descubrir el origen del mensaje pensaba en el por qué alguien querría dirigirse a él… era ilógico pensar que ya no era más alguien invisible que pudiera llamar la atención de alguien, esto solo podría ser algún ser celestial con una orden divina. Pero para su sorpresa mientras levantaba la mirada lo primero que pudo ver fueron unas botas de caucho de un color rosa chillón… irritante para los ojos de quien que las mirara directo por más de 5 segundos, estaban llenas de barro escurriendo hasta el suelo por la lluvia, un pantalón amarillo que resaltaba a kilómetros con salpicaduras por todas partes, una chaqueta larga impermeable llena de gotas de agua bajando por la mitad de un dibujo infantil que causaba más risa que ternura, al descubrir su rostro vio a una adolescente de cabello cobrizo separado en dos trenzas enredadas de tan mala forma que se veían más como cuerdas de marinero ebrio, un gorro que parecía un gato sin ojos ni cola, ella era de piel blanca con unas pecas tan perdidas en su piel tan blanca…apenas si se ruborizaban sus dos mejillas, unos ojos color miel y de cejas poco pobladas, pero lo que hacía más ridícula su vestimenta era que estaba adornada con una sombrilla multicolor digna de carnaval que claramente se perdía en ese oscuro día.

Parecía que este hombre estaba desconcertado y algo decepcionado no solo por su apariencia sino de que fuese una chiquilla quien le hablara, bueno, digo… parecía más una infantil e inmadura niña de 5 años, entonces ella repitió: —" ¿oye, estás bien? Ante tal decepción sólo se le ocurrió responder —" ¿y es que te parece que lo estoy?, no te das cuenta que llueve como si la tierra llevara años sedienta, y que hace tanto frio como si todos aquí fueran pedazos de carne que necesitan refrigerarse? ¡Ni siquiera puedo estar tranquilo sin que ahora vengas a interrumpirme… es un día asqueroso!! ¿Qué clase de pregunta es esa niña?

La joven sorprendida por su respuesta sólo bajó su mirada con algo de asombro, sonrojándose estiró un poco las piernas para que la lluvia acabara de limpiar sus botas… sintiendo la incomodidad de la respuesta tan agria de aquel hombre.

¡Pero Vamos! Es una adolescente… sencillamente no puede permanecer callada así que levantó su mirada segura de lo que estaba por decir, tomó aire y dijo con ímpetu ante esa grotesca respuesta de este hombre: —"pues a mí Sí me parece que es un lindo día. Lo es para quienes saben cuántos juegos hay para días lluviosos como éste, seguramente no sabes lo emocionante que es hacer un barquito de papel y perseguirlo calles hacia abajo hasta que alguna alcantarilla se los traga, o no has hecho un concurso de saltar charcos a ver quién salpica más lejos" exclamó la niña mientras azotaba sus botas contra el piso —"ja ja ja pero claro eso no es algo que le interese a la gente aburrida "

Y tú qué sabes de gente aburrida, no haces sino lloriquear y me imagino que tus padres sólo corren para ver que quiere la niña... que regalo quiere. ¿Qué dulce le damos, que otro juguete quiere...? "dijo en forma irónica.

¡Oye! Dijo la niña "mi ropa es linda, y mi papá buscó por muchas tiendas esta chaqueta con este gato porque ya no se consiguen y mis botas me las compró mi mamá en mi cumpleaños y lo hacen porque me aman... ¡pues mi ropa es linda y punto!

—"Bah! No tiene caso" dijo el hombre "si conocieras el mundo real no dirías eso, es más ni siquiera estarías aquí hablando con un extraño sino jugando con tus muñequitas en tu casita del árbol... creo que no conoces lo suficiente a las personas" "Pues mis papás no me dejan tener casita del árbol aunque se os haya pedido miles de veces, dicen que no es seguro para mi ... por eso me gusta la lluvia y salir al parque... aunque ellos también lo consideran peligroso... pero yo me canso de estar encerrada en mi casa...a veces siento que hay muchas cosas que me ocultan... por eso hoy decidí salir por la ventana que va al jardín ... pero dime una cosa... ¿por qué estás aquí en medio de la lluvia, mojado y sólo? " —No lo entenderías niña"...dijo el hombre "—o bueno te lo voy a explicar con algo muy sencillo... ¿Acaso tu Papá o tu mamá no tienen esos días que llegan muy enojados porque tuvieron un mal día, no quieren comer, ni dormir, ni quieren hablar con nadie y no quieren que les andes preguntando tonterías??? Pues éste es el caso...pero pues tú que vas a entender "—´ Pues lo entiendo... Y muy bien... no soy tonta... me pasa seguido de hecho... o al menos en el último mes.

Luego de mi última cita con el doctor Cruz me sacaron del consultorio porque como raro no querían que supiera de que hablaban, yo estaba en la sala de espera y veía como al parecer discutían y mi madre salió llorando me miró y se fue corriendo adelante hasta el auto... desde ese día mis padres no duermen muy bien... parecen enojados conmigo o no sé si tristes... a veces mi madre no puede contener el llanto y se aleja de mi... No entiendo que pasa, en casa mi padre solo hace llamadas todo el tiempo... se angustia, pelea y no duerme... a veces pienso que es por mi culpa... sí lo entiendo ¡créeme! Pero entonces si tuviste un mal día... ¡sólo lo hubieras dicho, no tenías que ser un grosero!

—"Pues sí... lo tengo... ¿a ti no te parece que las personas son muy estúpidas?, solo mira...exclamó mientras señalaba de un lado a otro todas las personas que pasaban por el frente—

"...sólo van por la vida creyendo, que todo les pertenece, el dinero, el aire, el agua, la vida ¡todo! se sienten dioses y no son más que esclavos de ellos mismos... de sus trabajos, de sus adicciones, del tiempo... viven afanados... no valoran lo que realmente importa, abandonan a sus familias... nada les importa más que sus vanidades o lo que puedan tener ... y realmente no tienen nada... son cascarones vacíos y llenos de pudrición... se creen lo más grande de este mundo y no son sino insectos inservibles ¡tontos! no saben lo que tienen... no miran más allá de sus narices.. ¡Tontos egoístas!" —

La niña observaba mientras que este oscuro hombre empuñaba las manos envuelto en un sentimiento de profunda rabia, y sus ojos parecían encenderse como voraces flamas con ganas de devorar a quienes pasaban por la calle...

! Oye! " interrumpió —!tranquilízate!... tal vez si existan personas malas pero no es para tanto, tal vez sólo han tenido un mal día, como tú.

En ese momento las nubes abrieron un poco de espacio entre ellas y dejaron pasar unos tímidos rayos de sol y una leve calidez, entonces la niña sacudió su sombrilla la cerró y la puso entre ella y este hombre... – ¡ves! exclamó. Ya está saliendo el sol de nuevo ¡vamos! Sonríe un poco... después de todo no has tenido tan mal día... ¿Pues quieres saber algo?

Mis padres no siempre están de mal humor... después de todo se esfuerzan mucho por hacerme sentir bien... mi madre sabe que amo las galletas de avena con uvas pasas... y se toma su tiempo entre semana para hornearlas para mi... y mi padre aunque esté agotado todas las noches se sienta conmigo en mi cama, y mientras duermo me canta canciones o me cuenta cuentos...no son malas personas.—

—"ja ja ja se rio a carcajadas el hombre... en una forma tan burlona y altiva... sin nada de prudencia y añadió: "¿y por eso crees que tus padres te aman? Pobre niña inocente... un día te darás cuenta que las personas no son lo que aparentan, que sus corazones se engañan aún ellos mismos... ¡tú que vas saber a quién quiere una persona y a quien no!... Sólo sirven a sus propios beneficios... un día la vida te va enseñar que los amigos que dicen estar contigo para siempre sólo te van a abandonan cuando más los necesitas, hipócritas y mentirosos son los que no merecen lo que tienen... ni su propia vida... ¿Ahora te responde eso a si yo estaba bien? Y quién lo está teniendo que ir por el mundo viendo esto todos los días... tus padres son igual de mentirosos... sólo hacen eso porque sus conciencias les hace creer que lo que hacen les da un poco de paz no porque te amen."

'" ¡Te equivocas!" respondió la niña con notable enojo, en ese momento subió su temperatura, sus ojos se volvieron cristalinos y escaparon un par de lágrimas que se evaporaron rápidamente en el color rojo ardiente que tomaron sus mejillas. Su respiración comenzó a agitarse, luego tosió y mostraba señales de agotamiento.

"— ¡Ves niña!... ya ni alientos tienes... mejor vete para tu casa y deja de creer que todos son buenos"

"— ¡Pues te equivocas!... dijo la niña recuperando el aliento. "—Que hayas conocido sólo personas malas en la vida no te da derecho a juzgar a nadie... mis padres me aman y si no me dicen muchas cosas creo que es porque no quieren verme triste o preocupada, y no te permito que hables de mis amigos... ellos han estado conmigo y Susana es mi mejor amiga,... ella viene cada mes a visitarme desde que se mudó a otra ciudad y a pesar que hemos discutido por tonterías ella me llama y me habla y nos pedimos perdón, ella me prometió que vamos a ser grandes amigas y yo le creo tú no eres nadie.

No voy a creer todo eso que me dices... o ¿acaso eres un adivino que conoce el corazón de las personas?... el egoísta y mentiroso eres tú... eres solo un amargado una persona que odia a todo el mundo... por eso no tienes amigos, por eso estás sólo y lo mereces por ser así.

"— ¡Ya Cállate!" Gritó el hombre mientras que su mirada se sumergía nuevamente en oscuridad, sus ojos de repente desaparecieron, sus ropas parecían arder y se envolvieron en una bruma espesa y tenebrosa. Se encorvó y temblaba se comenzó a estremecer como una bomba a punto de explotar... La piel de sus manos se desvaneció dejando al descubierto sus huesos que parecían quemarse... la niña quedó paralizada y horrorizada por este repentino cambio... Sus manos y sus pies parecían atados por un hilo invisible... quería

desprender algún tipo de ruido para advertirle a las personas que estaba en peligro sin embargo, parecía que la muerte la había hecho imperceptible ante los transeúntes quienes pasaban de largo y no se percataban de lo que ocurría, la niña sólo podía mover los ojos que parecían perder su fuerza...en ese momento ésta horrible criatura en una voz sacada del mismo infierno habló diciendo: "niña insolente… ¡voy a darte una lección y vas a ver que te equivocas!…" levantó su huesuda mano señalando hacia la acera de enfrente señalando a un hombre de sombrero y un portafolio que caminaba lento por la calle, entonces dijo:

"John Peterson Harris… hoy llegó tu hora… estás destinado en mi lista a morir… y no tienes salvación, eres un hombre insensato, arrogante, sólo amas el dinero y nunca tienes tiempo para tu familia… ¡! Hoy reclamo tu alma… y dejarás tu cuerpo porque — ¡yo soy la muerte! Y así lo ordeno…" Al decir esto aquel hombre se detuvo... sus ojos se blanquearon... tomó su pecho y comenzó a ahogarse… su fuerza se comenzó a ir así que cayó de rodillas… pero unos pasos delante de él venían en sentido opuesto una mujer y dos niños… quienes al ver que algo pasaba con este hombre se lanzaron corriendo hacia él…los niños gritaron "—Papi… papi... ¿qué te pasa?? La mujer rápidamente lo tomó con desespero y gritaba "— por favor ayúdenme… Amador por favor, reacciona —!auxilioooo!

Las personas que pasaban sólo se quedaron mirando la escena sin hacer nada mientras la mujer gritaba desesperada era inevitable.

La niña apenas moviendo los ojos sintió como su piel se erizaba de terror… paralizada sin poderse mover impotente ante tal escena de horror… apenas si podía mover sus frágiles dedos, pero buscaba cómo detener a este monstruoso ser… se esforzaba para dar un grito sin mucho éxito… pero algo debía hacer... Sentía que debía hacer algo... este hombre moriría frente a su familia… no podía permitir eso... Tomó aliento… emitió un sonido débil: "— ¡! Bbbaaastaaaa! "Apenas si se escuchó… mientras tanto mirando fijamente al

Hombre sucumbiendo los ojos de la muerte comenzaron a girar en forma de remolinos oscuros que absorbían la vida… dentro de ellos se comenzaban a escuchar como zumbidos y al fondo se escuchaban lo que parecían ser lamentos horripilantes y desesperados... eran como si miles de voces se quejaran dentro de sus ojos que eran de nuevo esas fosas oscuras e infernales... La niña tomo un poco más de aliento… alcanzó el mango de su sombrilla tomó fuerza levantó la sombrilla y lanzó un grito determinante mientras golpeó la cabeza de la muerte: "— ¡Yaaaa baaastaaa!

En ese momento… la muerte volteó hacia donde estaba la niña... ¡Y la soltó!, La niña se recostó sobre la silla agotada… y replicó: "— ¡!basta por favor… basta! No me causes tal dolor... Lentamente la muerte comenzó a bajar su mano y dejó de apuntar al hombre quien parecía recobrar un poco la conciencia... Respiró profundo y se fue recuperando de a poco… puso sus manos contra el suelo y ya respiraba aún agitado pero con más frecuencia… se levantó miró a sus niños y a su esposa envueltos en lágrimas… los abrazó

Fuerte y les dijo con pocos alientos: "tranquilos… tranquilos… no pasa nada... estoy bien… estoy bien…" su esposa lo abrazó fuertemente… él secaba sus lágrimas…ella lo ayudó a levantarse y todos se alejaban lentamente de la escena… Mientras tanto la Muerte quedó mirando a la niña… directamente... y dijo con esa voz de ultratumba "— ¿Qué crees que estás haciendo niña? Sin embargo parecía asombrada y no se explicaba de dónde había llegado esta niña a tener tal fuerza para haberla golpeado... "—Por favor no me causes este dolor" decía la niña con una voz quebrada y frágil.

"— ¿Dolor? ¿Y qué sabes tú de dolor niña? Dijo la Muerte-

"—Mucho" dijo la niña "cada semana y no quero más... Siempre son mil agujas… fines de semana en el hospital… noches que me duele tanto mi cuerpo, sólo quiero algo de tranquilidad... ya no quiero ver a mis papás sufriendo por mi culpa... por eso escapé de la casa... hoy estaban desechos... y yo sólo quería caminar un rato por el parque... quería sentirme tranquila... quiero que este dolor en mi cuerpo se acabe... "Sus lágrimas comenzaron a caer... y su voz parecía ahogada... cada vez más... A lo que la muerte misma reaccionó sorpresivamente... y rápidamente cambió su forma ... "—oye niña... lo siento... lo siento perdóname..." suspiró profundo con señales de arrepentimiento, cómo si algún extraño sentimiento la embargara...—"es solo que... estoy cansado... de ver que tengo que hacer el trabajo sucio y no sé por qué... estoy harto de tener que pasar por hospitales revisar mi lista y tener que recoger a diario niños enfermos... pero que son felices... tengo que ir por las calles llevándome a niños intoxicados por comer basura padres de familia que enferman en fábricas buscando un sustento para sus hijos, no puedo evitarlo porque están en mi lista... yo no los elijo yo... sencillamente aparecen y sólo debo hacerlo... a veces odio este trabajo... salgo a dar una vuelta por donde están los corruptos, los ladrones, los violadores y no aparecen, busco avaros, asesinos, mentirosos, infieles y no los hallo por ningún lado... no es justo... perdóname niña no es tu culpa" La niña al ver que había tomado su forma de nuevo dijo: perdóname tú... no sabía... solo pensé el dolor que causarías a los niños al ver morir a su padre... ¡sólo gracias... gracias por eso!... sé que todos hacen mal. Pero sé que en el fondo todos sufren de alguna forma... tal vez hay algún dolor y vacío en ellos que tratan de llenar con dinero o placeres...pero también sufren... como mis padres... sé que sufren por mí y buscan tener todas las comodidades por mi...

Sólo gracias por no hacerlo..." ¿Sabes niña?" dijo la muerte: "a veces tengo la fortuna de recoger a personas que realmente no merecen estar aquí... y lo sé por sus nombres, tomando su libreta en su mano y observando de arriba hacia abajo.

¡mira niña! por ejemplo aquí hay una mujer que por cómo se llama creo que es una vieja avara amargada y humillante probablemente con criados a los que les paga mal... hoy debo recogerla...ella merece morir... ¡tú no!... creo que te comprendo ahora...siento si te asusté... '— no te preocupes" dijo ella ya en calma... "igual... mucho gusto Liss... jeje... no te digo mi segundo nombre porque es gracioso... Bueno... es Magola... lo pusieron así por mi bisabuela... jeje..." Al oír esto la muerte quedó perpleja, revisando su lista descubrió lo más aterrador... era inevitable... el siguiente nombre...al que se refería era..."Magola"... ¡Nooo! ¡! No puede ser...nooo ella nooo! Mirando hacia el cielo sin más respuesta que el silencio...entendió algo que no podría cambiar... se encorvó y comenzó a llorar... la niña al ver esto le dijo con su suave y tierna voz... —"!tranquilo... todo está bien... "la abrazó queriendo consolarla... pero algo sucedió... cuando la muerte sintió que al instante su abrazo perdió su fuerza sus ojitos se comenzaron a apagar como si el sueño le ganara la batalla... En ese momento un frenazo de automóvil interrumpió y una madre bajó del auto angustiada dando gritos de horror: "¡Hijaaaaa noooo! Llevaban horas en búsqueda de su hija... al llegar horrorizada a la silla donde estaba Magola ya sin Vida... pero sola... la muerte salió huyendo despavorida por su propio acto... sin explicación... ¿Qué clase de situación había sido esa? ...lentamente cayó la noche.

En un campo verde extenso yace en un ataúd una niña tranquila hermosa... alrededor sombras tristes de lo que alguna vez fueron sus familiares... luto y tristeza... y allí a lo lejos observando está la Muerte... reflexionando si acaso había algo de cierto en lo que creía Magola, tal vez lanzamos juicios apresurados a quienes consideramos malas personas... tal vez si ahondáramos un poco más entenderíamos que solo necesitan un abrazo porque en su niñez se lo negaron, tal vez necesitan una palabra de aliento, tal vez aquellos que un día están sentados en un banco de un parque debaten dentro de sus corazones si toman la decisión de quitarse la vida o darse otra oportunidad… y quiénes somos para negar una segunda oportunidad? Pensando en esto se fue caminando la muerte hacia el centro del cementerio… se oscureció de nuevo el cielo… comenzó a llover… ella abre su abrigo sombrío, y lentamente sacó una ridícula sombrilla de cuentos de y se fue tranquila pisando charcos hasta desaparecer.

Fin

La Manzana

Por María Paula Garzón Hernández

Mi abuela me contaba que a la muerte le gustaba las manzanas y por eso las cultivaba, ella contaba que la muerte las utilizaba para algo muy especial. Recuerdo que solíamos bailar entre la brisa otoñal y el dulce aroma a tarta de manzana que hacía mi abuelo, tiempo después no volví a ver a mi abuela, no hubo más tarta, ni salidas al campo, en cambio visitábamos al abuelo en una gran casa donde siempre veía a un doctor.

Una noche, el abuelo visitó mi casa, todo estaba oscuro, se acercó a mi cama tan blanco como la leche y me pidió que lo siguiera. Tenía un extraño olor, no olía a viejito, olía a flores o a pantano, no lo sé. Esa noche hizo un tarta de manzana y me dio una gran rebanada de deliciosa tarta, luego el teléfono sonó y mi madre llegó a la cocina, al verme ella solo parpadeo intrigado y contestó.

Busqué al abuelo pero se había ido, dejando el resto de la tarta en un plato.

— ¿Sí? —Contestó mi madre.

Pequeñas gotitas salieron de los ojos adormilados de mamá, eran como pequeñas estrellas llenas de tristeza. Colgó y se acercó a mí. — ¿Qué comes?

—Tarta que hizo el abuelo.

Sorprendida observó mi plato, le di la cuchara que tenía y ella comió un gran Pedazo. Tal vez la tarta estaba muy ácida porque ella comenzó a llorar sin parar.

En nuestro baño había una gran bañera, era ahí donde el señor pato y burbuja la pingüina tenían asombrosas aventuras en el mar del polo sur, alisté todo para nuestra nueva aventura y entre al baño. Mamá estaba en la bañera, tranquila y dulce como siempre, de sus muñecas salía un líquido rojizo, seguramente era salsa de tomate, tal vez sea uno de esos rituales de belleza de los que tanto habla.

Esperé hasta que despertara de su siesta en la enorme bañera, la salsa de tomate había llegado hasta mis pies, y eso que estaba en la puerta del baño y nuestro baño era muy muy grande. Mi padre llegó después de un largo tiempo.

—Carina ¿Qué pasó?

—Mamá está tomando baño y se durmió con su ritual de belleza, no quería despertarla.

Mi padre tomó su celular y marcó con rapidez, me tomó de la mano y me llevó a la sala con el señor pato y burbuja la pingüina. Unos extraños llegaron y se llevaron a mamá, no la volví a ver desde entonces, pero me dejó este lindo collar de una manzana.

Es así como llegamos a vivir en esta hermosa ciudad con mi papá, por lo que dijo aquí creció mamá. Mi mamá adoraba el otoño, porque los árboles cambian de color y por eso, estoy en este parque. Eso es lo que recuerdo señorita. Con elegancia la señorita de buen porte corta una manzana de un árbol, se ve deliciosa. —Está es la última manzana de otoño. —Dice suavemente. —Te hará sentir mejor Carina.

No podía resistirme y la comí, tenía un sabor parecido a la tarta del abuelo. —Ven, te estaba esperando. —Besa mi frente, tomando mi mano.

— ¿Te gustan las manzanas señorita?

—Así es, por eso las cultivo.

<<Dos agentes de policía se arriman al parque central, caminaron entre los Postes de luz y los árboles otoñales, encontrando debajo del árbol más grande de todo el cuerpo de una pequeña niña de cabello rojizo y tez blanca, cerca de ella se encontraba el cuerpo de un hombre golpeado hasta la muerte, en sus manos había una enorme manzana a medio comer.

— ¿Que tenemos aquí? —Pregunta uno de ellos observando los cuerpos.

—Las víctimas son Carina de ocho años y su padre de cuarenta, se presume que fue un robo que salió mal, lo único de valor que dejó el asesino fue ese collar que usa la niña. >>

La justicia de Tique

Por Gustavo Adolfo Chingual Ortiz

— Bueno, bueno, ya salimos del problema de Augusto Peroli, pero todavía queda arreglar cuentas con esos confabuladores del Partido Continuista.

El gobernador García Meléndez, o sencillamente señor Meléndez, pues le gustaba que lo trataran por su segundo apellido, se regocijaba en su despacho del triunfo que había tenido la Oficina de Apoyo Investigativo creada por él para ayudar a la Delegatura de Acusación, pero, más concretamente, se alegraba una vez más del éxito logrado en la investigación contra el ex obispo provincial y tenaz opositor de la administración de Meléndez, Augusto Peroli, quien había terminado tras las rejas con otros 14 clérigos más por actos depravados.

El prelado se había unido con el Partido Continuista para hacerle la vida imposible a Meléndez, tanto que lo pusieron contra las cuerdas con la amenaza de una moción de no confianza en el Parlamento Provincial. Y ahora, era momento de tomar acciones contra el principal político impulsor de tal alianza, el líder de los continuistas, el diputado opositor David Gusinki.

El método para alcanzar el objetivo sería el probado: impulsar una investigación penal contra el diputado dentro de la exitosa y querida Oficina de Apoyo Investigativo del gobierno provincial. Meléndez ya había esperado algún tiempo para que no se relacionara las investigaciones entre sí, ni se sospechara del enfoque político que les estaba dando.

Ahora bien, no había perdido el tiempo, usó los recursos a su alcance para obtener información que pudiera revelar algún punto vulnerable de su oponente, y la verdad no encontró mucho, solo el nombre de un tal Jairo Echeverría, que decía tener información importante sobre David Gusinki. Se citaron al anochecer en el domicilio del señor Echeverría, Meléndez acostumbraba a solucionar este tipo de asuntos fuera de la vista del público.

— Verá gobernador Meléndez, tengo lo que usted quiere, información delicada sobre el supuestamente intachable diputado Gusinki, información que podría incluso llevarlo a la cárcel…

Meléndez no pudo ocultar la expresión de placer que le provocaba saber eso, así como tampoco pudo ocultar la impaciencia en su rostro. El señor Echeverría lo observó con una mirada satisfecha y sonrió de manera un poco maliciosa. Esto no le gustó mucho al gobernador.

— Continúe por favor señor Echeverría. ¿Qué es lo que sabe?

— Gobernador como usted sabe todo tiene un precio, incluso las cosas gratis. No nos digamos mentiras, usted es un hombre en capacidad de ofrecer muchas cosas.

— Ya me figuraba yo que usted pediría algo a cambio, no tanto por lo que usted mismo dice sobre que no hay nada gratis en el mundo, sino por el gesto que hizo después de hacer esa pausa.

Echeverría soltó una risita forzada.

— Señor Meléndez, usted es una persona muy detallista y astuta, no me extraña que haya llegado a ser el gobernador de esta provincia. Sucede que estoy corto de dinero y que necesito reunirme en el extranjero con mi familia, así que pensé que usted podría ayudarme.

Meléndez soltó un sonido quejumbroso.

— Señor Echeverría resulta que, si yo accedo a darle dinero de la manera que usted parece estar sugiriendo, aunque sea en efectivo, me arriesgo a que la investigación se vicie si algo de esto llega a saberse.

— ¿Entonces qué sugiere gobernador?

—Hay maneras en las que podría ayudarle poniendo como pantalla alguna función administrativa, así, si nuestra conversación llegara a conocerse por la opinión pública, tendría una manera de justificar el asunto, argumentando que no es más que mera coincidencia, aparte de negar lo dicho en esta habitación, por supuesto.

>> Probar que yo estaba al tanto de su nombre, entre todos los demás nombres de los beneficiarios de las ayudas sociales a cargo del gobierno provincial, será muy difícil. Dígame ¿usted está inscrito en los programas sociales del gobierno?

— Sí por supuesto, pero nunca he sido merecedor de ninguna ayuda.

— Déjeme que me encargue de eso, no será gran cosa el dinero, pero seguro que le será de utilidad.

— Está bien señor Meléndez, acepto el trato siempre y cuando esas ayudas económicas no se demoren, en menos de una semana pienso estar en un avión.

— No se preocupe, a más tardar en tres días usted tendrá el dinero, eso sí, me aseguraré de que se le pague después de que haya declarado lo que sabe ante la Oficina de Apoyo Investigativo. Solucionado ese punto. Ahora, cuénteme de una vez por todas qué es lo que sabe.

— Escuché a un amigo de Gusinki, Enrique Saavedra, hablar sobre unas sociedades con muy buenos activos que manejan recursos del diputado, pero que no están registradas por él ante Oficina de Impuesto y Contribuciones, porque Gusinki usó a su hermano Juan Alejandro como testaferro.

— Eso sí que es muy interesante señor Echeverría.

— Lo sé — Echeverría mostró de nuevo una sonrisita malévola.

Meléndez tomó los datos de Echeverría, quien le prometió que estaría pasado mañana declarando todo lo que sabía, mientras que el gobernador adelantaría los trámites para el pago de las ayudas económicas acordadas, las cuales pagaría en bloque junto con las de otros ciudadanos para no levantar sospechas.

El gobernador durmió tranquilo esa noche, pensando que había encontrado la manera de deshacerse de su rival. No sabía que la investigación revelaría un asesinato, y no precisamente cometido por el detestable Gusinki.

Jairo Echeverría, el día acordado, denunció anónimamente a David Gusinki ante la Oficina de Apoyo Investigativo, por lo que recibió el dinero público que le había sido prometido. Era el momento de dar inicio a la investigación, pero con sumo cuidado, no se quería que el Inspector Armeida se diera cuenta antes de tiempo.

El Inspector Armeida era segundo al mando después de Meléndez dentro de la Oficina, y era el encargado de supervisar las pesquisas. Sin duda, le resultaría sospechosa una investigación en contra del líder de la oposición dentro de la Oficina, que no dejaba de ser una dependencia del gobierno provincial. No convenían los escándalos antes de tiempo.

Teniendo en cuenta este factor, Meléndez llamó a su despacho a Jhon Ramírez, quien era uno de los investigadores más dedicados que tenía, pero también el más joven, característica de gran importancia para el gobernador, pues tenía la idea de que era más fácil manipularlo a él que a cualquier otro de los viejos zorros que había contratado para la Oficina.

— ¡Sigue muchacho, sigue! —. Le dijo cortésmente Meléndez a Ramírez que estaba en la puerta.

— Por favor, cierra al entrar.

— ¿Me necesitaba señor?

— Sí, quería hablar con usted de un asunto. He estado revisando las denuncias presentadas ante la Oficina, y me ha llamado la atención una en particular, es un caso un poco delicado por lo que me gustaría pedirle que sea usted directamente quien lo lleve. He visto que le pone mucho entusiasmo a su trabajo en la Oficina, y sé que a pesar de su juventud tiene muy buenos resultados.

— Claro que sí señor, cuente conmigo. Pero, ¿puedo hacerle una pregunta? ¿Por qué me lo asigna a mí directamente en su despacho, y no en el comité de reparto que hacemos todas las semanas?

— Como ya le dije es un asunto delicado, muy importante, solo es eso. Tome, aquí está el expediente, le solicito por favor que lo haga su prioridad. Me gustaría seguir charlando con usted mi querido amigo, pero como puede observar estoy bastante ocupado —. El gobernador dijo esto señalando los muchos documentos que tenía en el escritorio.

Justo cuando Ramírez se disponía a salir del recinto, el gobernador le habló por última vez.

— Ramírez, confío en que usted manejará este tema con total discreción y profesionalismo, infórmeme solo a mí de los avances de la investigación, sus compañeros no necesitan saber del caso, ya están muy ocupados con los demás asuntos de la Oficina.

— Sí señor.

El joven Ramírez investigó los registros de Gusinki en la Oficina de Impuestos, los registros de las supuestas sociedades fachadas apoyado de contadores gubernamentales y también investigó los bienes tanto de Gusinki como de las empresas acusadas, pero nada, no existía evidencia de que el diputado estuviera escondiendo riquezas al fisco o que estuviera usando a su hermano como testaferro.

Todo parecía indicar que Juan Alejandro Gusinki había obtenido los recursos para estas empresas con su propio esfuerzo. Siguiendo el consejo de Meléndez, Ramírez entrevistó finalmente al señor Saavedra, fingiendo que la investigación era por Juan Alejandro, pero solo pudo confirmar la falta de vínculo con el real investigado.

Meléndez le pedía informes verbales a Ramírez en su despacho, y cada vez quedaba más desanimado con la información que le traía, hasta que empezó a perder la calma y a presionar cada vez más al muchacho. Para colmo de males, el Delegado Acusador no quiso autorizar interceptaciones telefónicas al diputado Gusinki por falta de pruebas en el expediente, esto pese a la insistencia de Meléndez.

A estas alturas, tanto el gobernador como Ramírez empezaban a dudar de la veracidad de la denuncia, pero a Meléndez no le quedaba más opción que seguir conminando al muchacho a encontrar alguna pista, este caso era lo único que tenía contra Gusinki.

— Encuentre una solución Ramírez, estoy seguro de que ese Gusinki es culpable, solo que fue lo suficientemente astuto como para ocultar bien lo que hizo. ¡Vamos a trabajar!

Pasó más de una semana y Ramírez no se había reportado. Meléndez ya estaba perdiendo la esperanza de hacer arrestar a su enemigo, seguro el maldito de Echeverría había inventado todo para sacar algo de dinero antes de irse del país. Hasta que tocaron la puerta del despacho de Meléndez. Era la primera hora de la mañana.

— ¡Siga! —. Era Ramírez y tenía una expresión de perturbación en el rostro. Su mirada estaba perdida, el joven hombre estaba inmerso en sus pensamientos. Se sentó al frente del escritorio de Meléndez sin decir una palabra.

— ¿Qué pasa muchacho? ¿Qué averiguaste sobre Gusinki?

— ¿Eh?... ¿sobre Gusinki? Nada señor, ese hombre está limpio. Pero no era de eso de lo que quería hablarle, ayer estuve siguiendo al diputado como último recurso para encontrar algo, sin esperarme lo que iba a presenciar, y no de mano de Gusinki señor… no de él.

El rostro de Ramírez se oscureció. Meléndez preparó su postura para recibir la noticia.

— Presencié un asesinato señor, a las afueras de la ciudad. Seguí a Gusinki hasta el Club Los Pinos, y vi cómo le disparaban a una pobre mujer. La mataron sin compasión señor. Después de investigar tantos casos sobre homicidios, era de esperarse que estuviera preparado para ver algo así, pero no señor… no fue así.

— ¿Cuéntame lo que pasó? ¿Qué vio? —. Meléndez dejó hablar al muchacho.

— Ingresé por los bosques del Club para espiar a Gusinki, quien nunca hizo nada sospechoso, habló con amigos, familiares, comió un aperitivo, francamente señor esperaba que tal vez alguien extraño se acercara a él, pero no fue así. Había estado siguiendo a Gusinki hace unas semanas, pero no quise comentarle para que no se esperanzara. Como no encontré nada después de esa jornada, di la investigación por cerrada y me dirigí a salir por el mismo camino que había usado para entrar.

>>Estaba entre los árboles y escuché los gritos de una mujer. Salí corriendo al lugar desde donde la escuchaba, gritaba que por Dios no le hicieran nada. Alcancé a escuchar un nombre, Fabricio, luego a mitad de camino ya no escuché nada. Cuando llegué, vi una camioneta blindada y una mujer vestida con un blazer azul y pantalón negro; estaba tirada en el piso bocabajo con impactos de bala en su espalda. Un hombre de traje oscuro y corbata purpura estaba resoplando, tenía una pistola con silenciador en la mano, tal vez una Beretta M9.

>>Había dos hombres más, parecían los guardaespaldas del asesino, también estaban armados. Señor, yo solo no podía detenerlos, tuve que dejar que se marcharan. Tomaron el cuerpo de la mujer, lo metieron en una saca, y se lo llevaron. Yo le tomé fotos a toda la escena, estaba bien escondido entre los matorrales a una distancia prudente, no me vieron. No supe por qué se llevaban el cadáver y no lo dejaban ahí, francamente, yo quería que eso fuera así —.

Ramírez sacó su cámara digital y le enseñó a Meléndez las fotos, él no lo podía creer. A parte de la mórbida escena, se quedó sin palabras al reconocer al asesino, era el diputado Fabricio Arteaga, partidario de Meléndez y antiguo Secretario de Inversión Social del Gobierno Provincial. El gobernador se puso pálido de solo imaginar el escándalo que esto iba a provocar.

Ramírez miró el gesto de asombro de Meléndez y prosiguió.

— Lo sé, es el diputado Fabricio Arteaga, las placas de la camioneta coinciden con las del vehículo asignado a él por el Parlamento, y por las características de la difunta, estoy seguro de que era su esposa, Luisa Rossi. Gobernador, Arteaga mató a su esposa.

— Supongo que has hecho copias de estas imágenes ¿verdad?

— Así es.

— Hiciste lo correcto al venir conmigo primero, dame tiempo para planear la cuestión política y de la prensa, esto será un escándalo.

— ¿Tiempo? ¡Señor Meléndez, esto es un homicidio cometido por una figura pública! Arteaga ni siquiera la ha reportado como desaparecida, y seguramente no lo hará pronto. ¡Tenemos que actuar ya!

El gobernador perdió los estribos y gritó.

— ¡No!... No, actuaremos cuando yo diga que haya que actuar. Respete su lugar señor Ramírez. Conservaré esta cámara y usted me entregará las copias que haya hecho de estas imágenes lo más pronto posible. Nos encargaremos de Arteaga del modo propicio ¿Entendió?

Ramírez no respondió, miró con reproche a Meléndez y salió del despacho dando un portazo. El gobernador tenía que pensar cómo manejar este problema y rápido, el muchacho no se quedaría callado mucho tiempo.

Meléndez estaba muy preocupado, abrió una botella de whisky y se tomó un buen trago, maldito Arteaga, maldito celópata, ¡claro que era su mujer! La pobre Luisa, entre sus amigos eran conocidos los problemas que tenían, el diputado Arteaga era en extremo celoso, miraba cosas donde no las había, incluso hay quien dice que llegó a golpear a su esposa y que más de una vez la amenazó con matarla si lo dejaba, o bueno, eso es lo que dice la gente.

"Maldito Arteaga", se repetía mentalmente Meléndez. El desgraciado cuando fue Secretario Provincial conoció de primera mano las movidas del gobernador, tenía que manejar con mucho cuidado este asunto si no quería que Arteaga lo chantajeara, después de todo había sido una de las dependencias de Meléndez la que había descubierto el crimen. Otro trago de whisky.

Pensó un momento en la solución al problema hasta que, como una luz, le vino la respuesta: "Arteaga quiere hacer, pero Guevara no lo deja", decían dentro del partido. Esa era la respuesta, Ricardo Guevara, un viejo diputado del partido de Meléndez. Aunque militaban en la misma orilla, Arteaga y Guevara nunca se llevaron bien, incluso el anciano gastaba mucha de su energía en truncar los proyectos de Arteaga, muchas veces en contravía de las recomendaciones del mismo Meléndez, líder de la colectividad. Ese viejo testarudo sería la solución.

Enviaría las imágenes a Guevara, quien sin duda armaría tremendo escándalo para acabar con Arteaga, y así nadie sospecharía que Meléndez tuvo algo que ver, además de que el partido saldría bien librado al ser uno de sus miembros quien denuncie tan terrible hecho, o bueno, por lo menos no tan desprestigiado, después de todo hay que pensar también en la reelección.

Buscó a Ramírez y lo condujo a su oficina.

— Muchacho, ya sé lo que vamos a hacer. No puedo ser yo el que denuncie a un antiguo miembro de mi gabinete, no sería bien visto dentro del partido. Así que usted enviará las fotos a esta dirección, a Ricardo Guevara.

Meléndez garabateó en un papel el número de la residencia.

— Espere, no será esa la dirección del diputado Guevara, el viejo Guevara, ¿verdad?

— Claro que sí. Encárgate de que el formato en el que estén las fotos sea el más fácil de examinar para comprobar su veracidad, también envíale fotos impresas con una nota, sin muchos detalles y que no puedan rastrear; que cuente lo que sucedió y que se espera que él saque esta información a la luz, de lo contrario será entregada a la prensa. Ingéniatelas. No hagas nada de eso aquí, ve hasta tu casa y cuando tengas todo, mételo en un sobre de manila y encárgate de que el paquete llegue hasta Guevara. Es imprescindible que nadie te vea, necesitamos que la entrega sea anónima. No se lo comentes a nadie, nunca.

Ramírez asintió, tomó el trozo de papel y salió corriendo del despacho, era un joven obediente. Ahora solo había que confiar en la astucia del muchacho y en el odio del viejo. Meléndez estuvo intranquilo el resto del día. Hasta que a media noche recibió una llamada de Ramírez, había conseguido entregar el paquete sin ser descubierto, el astuto muchacho se disfrazó de vagabundo y dejo el sobre en la portería de la casa de Guevara con una nota que decía "URGENTE" en letras rojas. El día siguiente sería decisivo.

Ricardo Guevara, era un hombre de tez blanca, con varios años encima, una cabeza calva en la parte de arriba, pero adornada con canas a los lados y usaba unas gafas de marco negro. Era muy querido por los votantes de su distrito, un líder desde siempre, uno de los sabios de la tribu dentro del movimiento de Meléndez.

La plenaria del Parlamento estaba programada para las 2:00 p.m., pero la intriga y preocupación de Meléndez hicieron que la mañana se alargara considerablemente, hasta el punto de la impaciencia. Casi no pudo probar bocado a la hora del almuerzo; se contentó con un par de copas de Sauvignon Blanc para calmar los nervios.

A eso de las 12:30 p.m., el gobernador se enteró de que Guevara había pedido un tiempo dentro de la plenaria para hacer "una declaración importante", el presidente del Parlamento se lo concedió y lo puso al final del orden del día. Esta declaración no podía ser otra que la revelación del asesinato cometido por Fabricio Arteaga. Como el gobernador lo había anticipado, Guevara no quiso tratar primero el tema con el partido.

Meléndez debió esperar hasta el final para conocer lo que Guevara iba a decir. Mientras tanto, Ramírez siguió con su trabajo normal en la oficina, pero con un palpable nerviosismo que trató de disimular yendo a la cafetería y al baño varias veces. Al final, tuvo que mentirles a sus compañeros sobre que no se sentía del todo bien, que tal vez algo que había comido le había sentado mal.

La plenaria transcurrió con normalidad, es decir, con votaciones favorables, acusaciones de mala gestión desde la oposición, desde Gusinki que al final resultó ser inocente sobre el tema del testaferrato, Echeverría embustero. Se trataron propuestas presentadas por diputados de diferentes partidos, se tomaron decisiones negativas a algunos interes de Meléndez, pequeñas derrotas solucionables a largo plazo, sin duda, una plenaria normal. Hasta que tomó la palabra Guevara.

Detrás de su actitud impasible, el corazón de Meléndez se aceleró, Guevara se dirigió al Atril del Orador y el Salón Oval del Parlamento guardó silencio. Todos se habían intrigado por lo que iba a decir el viejo; tenía una expresión rígida y bastante seria en el rostro, parecía que iba a declarar la derrota dentro de una guerra, así era la preocupación que provoca ver su cara.

>> Empezó.

— Gracias señor presidente. Doy un saludo cordial a todos mis compañeros diputados presentes en este recinto, donde descansa la democracia. Como parlamentarios representamos aquí al pueblo de esta provincia, lo que nos llena de honor y también de mucha responsabilidad. Responsabilidad que no se agota con la obediencia partidista, sino que también, y más importante aún, empieza y acaba con el pueblo. Por eso he decidido alertar de este hecho ¡infame!, ¡lamentable! y ¡criminal!, directamente al Parlamento y al pueblo de esta región.

>> El día de ayer, en horas de la noche, recibí en mi domicilio y de manera anónima, un sobre, un sobre con una nota de urgencia, y en su interior se entregaban pruebas que revelaban un crimen atroz, no solo por la forma en cómo la víctima es asesinada por la espalda, sino también por el autor del mismo —.

Fabricio Arteaga se puso de pie y empezó a caminar por entre las curules de sus compañeros para dirigirse a la salida. Guevara lo miró y se le puso el rostro rojo de la ira.

Guevara encendió con el control remoto la pantalla que había sido desplegada para él, en la imagen se miraba claramente a Fabricio, el arma y el cadáver de su esposa.

— ¡El asesino es el diputado Fabricio Arteaga!

Enseñó el resto de imágenes mientras el Parlamento pasaba de una calma sepulcral, a un bullicio digno de una plaza de mercado. Arteaga no alcanzó a salir del recinto, ni la prensa ni los gendarmes se lo permitieron.

— ¡Arteaga usted es un asesino, un feminicida! La mujer que aparece en la imagen no es otra que su esposa, ¿no es así? Lamento profundamente exhibir estas imágenes de manera tan cruda, me disculpo con la familia de la señora Luisa Rossi, pero quería que todo el Parlamento y todo el mundo se diera cuenta de la clase de hombre que es Fabricio Arteaga.

>>En horas de la mañana desde mi despacho, radicamos una denuncia ante la Delegatura de Acusación Provincial, entidad que en estos momentos debe estar adelantando los trámites necesarios para capturar al diputado Arteaga por el delito de feminicidio contra su esposa, entre otros crímenes relacionados con el encubrimiento del hecho. Por eso solicitó a este Parlamento que ¡voté! para expulsar de su seno al diputado Fabricio Arteaga —.

Los parlamentarios estaban golpeando sus escritorios en apoyo a Guevara, incluso muchos miembros del partido de Meléndez, cuando el Delegado Acusador se presentó en la sesión y se dirigió a la mesa directiva para radicar una solicitud con petición de urgencia. Después, con un gesto le comunicó a Guevara lo que había estado esperando: la petición de arresto del parlamentario asesino.

La mesa directiva puso a votación ambas solicitudes, primero la moción de Guevara, que recibió un apoyo casi unánime, en el que se contaba el respaldo del gobernador, pero algunos diputados, los más cercanos a Arteaga, salieron del recinto para no votar. El asesino fue privado de su curul en el Parlamento Provincial.

El gobernador mediante sus asistentes, demoró un poco la votación de la solicitud de arresto, y se dispuso a hacer entrar en el recinto a los diputados rebeldes que se salieron en la anterior votación, no sin asegurarse de que la prensa estuviera atenta. La orden a sus partidarios fue clara y estricta, no tuvieron más remedio que obedecer.

Por unanimidad, el Parlamento aceptó la petición de la Delegatura, pues aún conservaba competencia, y el ahora exdiputado fue arrestado en el acto. Guevara lo había hecho bien, demasiado bien, sin duda él sería el contrincante más fuerte de Meléndez en la carrera para lograr la nominación del partido, y ser ungido como candidato a la Gobernación. Si no fuera porque el asesino de Arteaga conocía algunas movidas un poco, digamos, polémicas de Meléndez, él mismo lo hubiera entregado como otro resultado positivo de la Oficina.

Pero Meléndez se preocuparía de eso en el futuro, en el año siguiente, tenía suficiente tiempo para reafirmar su liderazgo y resaltar su valor como gobernador. Los éxitos tanto de la Oficina como de las demás dependencias gubernamentales jugarían un papel primordial para su reelección, y él lo sabía, los mojaría de prensa lo más que pudiera.

Arteaga confesó el homicidio, como era de esperarse, así como el lugar donde había enterrado a su esposa, pues en su momento consideró demasiado sospecho enterrarla en el terreno del Club, porque había sido visto con ella ahí ese mismo día. La finca de su familia fue la mejor opción. Los guardaespaldas fueron capturados y condenados a largas penas por su complicidad. Por mucho que quisiera colaborar con la Justicia, Arteaga al final fue condenado a cadena perpetua, y se suicidó en su celda pocos meses después de la sentencia.

La insólita historia de Néstor Nerea

Por Yuber Steven Torres Castaño

*No podré decir de la historia de mi hermano
ni intentaré siquiera un borroso retrato
de la borrosa sustancia de su rostro…
…(¿Hasta cuándo aguantará la red salvavidas del poema?)
x<Darío Jaramillo.*

De lo que más se enferman los hombres en el Bajo Cauca es de mutismo y de sordera. En la plaza, las hojas caminan rastreras hasta juntarse alrededor de la fuente, donde alguna vez existió la forma de un ángel.

Es medianoche. No hay hombres que se interpongan en su camino, solo tres soldados que cuidan el pueblo y registran cada entrada. Los tres caminan por las calles muertas, las luces parpadean imprimiendo un aire tenebroso sobre la iglesia pintada de amarillo. Los tres no parecen temerle a la noche, porque llevan un fusil en su mano. Habitan la noche, tienen un pacto con el pueblo para cuidarla, porque ella se los puede tragar. Llevan el índice listo en sus fusiles. El Cauca corre tranquilo cuando nadie lo ve.

Un hombre en el patio trasero de algún hotel fuma y acompaña con sus ojos la soledad del puente. Busca la candela en sus bolsillos. Siente un murmullo debajo de él. Escucha palabras aisladas: *sapo, silencio, ya casi…* Es prudente y ve cómo los cuerpos se alejan y las voces se convierten en murmullos.

Cuando las sombras están muy cerca del puente, la poca luz de la luna se ve cubierta por nubes más grises, como si también fueran ellas cómplices. El eco de un objeto que choca contra al agua lo obliga a apagar el cigarrillo. Uno de los hombres señala en su dirección y siente el miedo en la boca del estómago, por lo que vuelve a su cuarto. Su educación católica le dice que debe avisar a la autoridad, pero cuando decide llamar se da cuenta de que la voz no le sale, y un exceso de impotencia lo hace sofocar, porque ahora tampoco puede escuchar.

Ayer estuve con los vecinos organizando la huerta comunitaria, ¿se acuerda? *Sí, me acuerdo.* ¡Todos estaban tan contentos!, nunca los había visto trabajar tan unidos. Y yo, mientras, no lograba evadir el recuerdo del panfleto. Esa mala ortografía me llegaba a la mente como el rasgar de uñas sobre una pizarra: *ya sabe perro regalado, plomo es lo que le vamos a dar por fastidioso y percanta.*

El agua está muy fría. *¿Y qué esperabas?* Es verdad.

Se acuerda que recibí una llamada. *Sí, me acuerdo, usted se puso todo palidito, mijo, claro que me acuerdo.* Me dijeron que estaban mamados de mí y que dejara de ayudar a la gente sino quería que me mataran, por sapo hijueputa. *Usted me dijo que eran los "fulanos" que el río estaba subiendo mucho de nivel por la hidroeléctrica. Yo sabía que no era así.* Perdón, amá.

¿Dónde está mijo?, ¿dónde está? Má, todo es muy oscuro, pero por el tiempo creería que llegando a Puerto Bélgica.

Y usted me decía: *Rodolfo, vámonos para Medellín, algo hacemos,* yo allá tengo una tía que nos puede ayudar. No le hice caso, pero qué más hacía yo, mi muñeca. Alguien tiene que hacer el trabajo y no era capaz de dejarlos solos. Tanto logrado. *Como si te pagaran.* Pero también me acuerdo que usted nunca me abandonó, se quedó firme a mi lado como buena mujer.

Sí, y me dejaste sola.

Esa noche zumbaba el ventilador hasta que dejó de funcionar.

Tocaron la puerta, ¿recuerdas? *Si, si, recuerdo. Tocaron a la puerta.* Vos te quedaste en la mesa viendo las noticias de las 8 mientras yo abrí y un hombre flaco de chivera me saludó, *que el patrón me necesitaba. ¿Qué pa qué? Que a usted no le importa, vamos pues.* Pues vamos, le dije yo, porque siempre he sido hombre de carácter.

El Cauca se estrecha como una serpiente. En la orilla, las cicatrices del bosque que un día existió. Navego sobre un tronco de madera y creo sentir los pequeños mordiscos de un bagre en mis piernas, y entonces recuerdo que en el último mes los pescadores han reportado mortalidad de bagre. Lo más seguro por el cianuro.

Ahora que viajo solo, me doy cuenta de que no fui tan buen esposo. Siempre con los vecinos, aquí y allá sin preguntarme cómo se sentía mi mujer o mi pobre madre. Nunca fui una persona reflexiva. Más bien pensaría que la gente me seguía era porque no me faltaban las ganas pa' trabajar. No fui un buen estudiante ni terminé el colegio, aunque eso nunca me impidió interesarme por leer sobre derechos humanos. *Y entonces llegaste donde el Patrón. ¿Y qué te dijo?* Hermano, fácilmente se podían ver las noches de insomnio en su rostro, los nervios destrozados y una cicatriz que no evitaba mirar en su cuello. Pero al abrir la boca, me sentí identificado con su fuerte voz de líder. *Pero líder pal' mal será.* Pues sí, pero al fin de cuentas líder.

El aire se hace cada vez más denso. Creo que voy llegando a Caucasia porque mi cuerpo se tropieza menos con arena y cabezas de ganado. El calor aumenta y un gran silencio me acompaña, entonces me doy cuenta de que la inmovilidad no tiene nada que ver con la tranquilidad. Al fondo, muy al este

se anuncia el amanecer. La piel de mi estómago se ha comenzado a llenar de moretones de color verde. La camisa tiene los mismos dos botones con los que salí de la casa y en el tobillo, una camándula amarrada — Me la dio mi madre—.

Yo sé que usted es una persona inteligente y va a entender. Yo necesito que usted deje de alentar a la comunidad con sus proyectos productivos de mierda, porque pa' eso estamos nosotros. Pa' cuidar el pueblo y poner la autoridad que ha ignorado el Estado hasta ahora. *Don Pilato, esta comunidad está aguantando hambre y yo no he visto que hacen ustedes, con todo respeto, y si no tiene nada más que agregar, le pido un permiso, que en la casa me esperan. Y volviste a casa orgullosa, más valiente y hombre que nunca.*

¿Te acuerdas? Por ingenuo, manito, por buena persona. Tres horas después de la reunión, volvieron a tocar la puerta. *¿Y entonces? Pues esta vez era un niño, el hijo de Doña Rosa, que la hermanita iba a dar a luz y no había quien la atendiera y pues usted sabe que yo nací fue pa' servir.* "Mijo, no vaya a dejar la camándula, que la puede necesitar" *Salí con la camisa sin abotonar. El niño desapareció en la esquina, aumenté el paso, pero al terminar la cuadra, sentí un golpe en mi cabeza: desde atrás, como los cobardes.*

Un remolino cambió el rumbo de mi cuerpo.

Al principio dan ganas como de llorar o de ponerse a rezar y apretar la camándula a ver si despiertas de la pesadilla.

Escuchas las voces de todos y después de un tiempo terminas por tranquilizarte y esperar la orilla, que crezca la maleza sobre ti (en el mejor de los casos).

Seguí avanzando lento y cuando sentí que mi cuerpo se hundía, las garras afiladas de un gallinazo me sacaron a flote. Es un ave muy inteligente, manito, un carroñero sin escrúpulos que sabe esperar. Tiene los ojos del color de la eternidad y el pico como un gancho de carnicería.

En la márgenes del río una ciega blancura. No sé cuánto tiempo ha transcurrido desde que me lanzaron de allí. *Donde ese puente hablara, compa, ¡humm!* Pues fue en ese instante que recobré la conciencia, pero no el aire.

Detrás de la delgada maleza, como si hubiera brotado de la tierra, descubrí unos ojos pequeñitos metidos en un rostro ancho y gordo. Era una mujer. Se llevó las manos al pecho y lanzó un chillido. Segundos después, el rostro de quien parecía ser su marido nació a su lado.

Mija, siga el camino que ese muerto no es nuestro. *Como que no, Adolfo, si es tan solo un muchacho. Vamos a sacarlo, que pecaíto.* Nos va a meter en problemas. *Andá más bien y buscá al carretero mientras yo lo atajo con esta guadua.*

Las viejas voces no han vuelto desde que me encontraron. Un hombre bajito de párpados abultados como si no pudiera ver, engarza sus piernas cortas en el agua y en un movimiento preciso me echa sobre su hombro. Me siento como un bulto de arena. Luego, me lanza sobre una carreta oxidada y capas de piel muerta quedan adheridas sobre su hombro derecho. Qué poca cosa me pareció mi cuerpo en ese momento.

Un hombre pasa por el lugar. *¿Ajá y tú qué vividor?, ¿cuántos N.N has recogido hoy?* Solo uno, a menos que hayan madrugado a tirar cuerpos al río.

La voz se corrió por el caserío rápidamente. Varias mujeres comenzaron a llegar al lugar. Es noviembre y quizá por eso colgaban escapularios sobre los cuellos quemados —el mes de las ánimas—. Me sentía desmadejado sobre la carretilla, una mano rozaba la tierra y mi cabeza lucía incomoda.

Afortunadamente, una de las mujeres lo notó. Me cambió de posición y al ver que me faltaban uñas, sentí su mirada cómplice de quien sufre muchas preocupaciones.

Ese día no llegaron más muertos por el río. Para los ojos de las mujeres, significaba eso una señal. Dichas esas palabras, sin darme cuenta, había comenzado a ver mi propio cuerpo.

Entonces entendí que el alma comenzaba a separarse de mí. Como una procesión. Las mujeres seguían al carretero que ignoraba los huecos y las piedras en el camino mientras mi cuerpo se iba desarmando, haciendo poses grotescas, me imagino. Llegamos al cementerio. Las mujeres me quitaron la

camándula del tobillo, y la ropa la empezaron a llenar de remiendos. Me lavaron un poco el cuerpo para espantar las primeras moscas mientras comentaban sobre mis pies algo torcidos, el descuido del bigote y hasta contaron las cicatrices de una infancia traviesa.

¿Y cómo lo vamos a llamar? Preguntó otra mujer mientras recorría con los dedos el rosario. *Diga usted, comadre, que fue la que lo encontró.* "El muchacho tiene cara de Alberto".

Pero recuerde, comadre, que la ley es darle un nombre que empiece por las dos enes, pa' cuando lleguen los de medicina legal. *Bueno, entonces que se llame Néstor, Néstor Nerea.*

Amén.

No entendía cómo podía seguir consciente de lo que hacían conmigo. Lo cierto es que me sentía como un santo para aquellos devotos. Luego de meterme a la tumba, sin falta, comenzó el siguiente ritual: la gente me llama Néstor, me visita todos los días y siento nudillos que tocan la lápida, me piden favores, me sacan a pasear con el animero por la noche, me ponen velas y agua que no me tomo. Es muy curioso todo esto de estar muerto, de tener una familia en vida y otra en muerte, de ser el premio de unos fanáticos, de saber dónde estoy pero no mi Madre.

La mujer que me adoptó acaba de llegar. Es hora del rosario y lo que queda de mí se sienta a su lado y la dejo hablar todo lo que quiera mientras presiona entre sus manos la camándula que me dio mi madre.

La hora del café

Por Yatzury Colmenares

Personajes:

Actor 1: Interpreta a:

Ernesto sarmiento: 55 años, militar.

Ramón Guevara: 44 años, empresario, dueño de una boutique.

Pedro López. 35 años, vecino de Ignacia, miembro del concejo comunal

Actor 2: Interpreta a:

Laura Sarmiento: 40 años, esposa de Ernesto, de su hogar.

Vendedora de café.

Actor 3: Interpreta a:

Juliana Guevara: 40 años, esposa de Ramón, dueña de una peluquería

Ignacia López: 35 años, vecina de Pedro y también miembro del concejo comunal

El escenario se dividirá con cuatro ambientes: Sala, comedor, habitación juvenil y sala de espera de la morgue. O en tres ambientes y al final disponer en proscenio la sala de espera de la morgue. Los personajes serán interpretados por solo tres actores.

Acto I

1 habitación juvenil (Se ilumina únicamente esta área. En escena los esposos Sarmiento, Ernesto, mientras habla, lanza las cosas de su hijo en una maleta que esta sobre la cama. Laura a su vez, retira las cosas y busca colocarlas en su lugar.)

Ernesto: ¡No se habla más!, ¡te dije que se va y se va! Ya arreglé todo, saldrá por el hangar privado de un amigo, el vuelo sale a las tres.

Laura: ¡Pero Ernesto! No lo puedes obligar, ¡él no quiere irse!

Ernesto: ¿Qué no puedo? Vamos a ver si no…

Laura: ¡Ricardo no es un niño! Tiene derecho a decidir

Ernesto: el perdió todos sus derechos al desobedecer mis órdenes… Vengo de la Universidad, mintió otra vez, no tenía clases hoy

Laura: ¿y qué piensas hacer? ¿Acaso lo vas a llevar a rastras?

Ernesto: Lo que sea necesario, pero de que se monta en esa avioneta, se monta

Laura: Por Dios No seas intransigente, por lo menos habla con él antes

Ernesto: ¡Me cansé de hablar! ¿Qué vamos a esperar? ¿Qué cometa una estupidez? No mujer, Yo tengo un solo hijo ¡y lo único que hace es avergonzarme! ¿Qué crees? ¿Que mi posición no es delicada? Yo me he jodido mucho para llegar al rango que poseo, son cuarenta y cinco años de carrera que ese pendejo se está pasando por el culo

Laura: (arrojando desesperada la maleta al suelo) Lo estás haciendo por ti, no por él ¡A ti solo te importa tu posición! ¡No te interesa el bienestar de tu hijo!

Ernesto: (iracundo) Ah carajo Lo que me faltaba (con autoridad) recoge la maldita maleta

Laura: (mira la maleta, duda, hace que la va a recoger y se detiene) Te recuerdo que tu único hijo es también el mío ¡y ya basta!, este no es el cuartel militar, ni tu hijo un soldado.

Ernesto: Debí obligarlo a entrar a las fuerzas, así sabría lo que es respeto y disciplina. (Toma a Laura por los cabellos y la agacha al lado de la maleta) Ahora vas a recoger todas sus mierdas, las metes en la maleta y se las das a Walter para que las lleve al carro. ¿Qué quieres? ¿Qué lo maten? (la suelta)

Laura: Esta bien Pero no la pagues conmigo (temblorosa, levanta la maleta del piso, la coloca en la cama y ambos comienzan a colocar las cosas en la maleta)

Ernesto: ¿Dónde está?

Laura: No lo sé

Ernesto: Sabes que lo voy a encontrar

Laura: juro que no sé dónde está, por Dios, Se supone estaba en la universidad

Ernesto: (cierra la maleta. La toma para llevársela. Se queda como pensando. Se acerca a Laura y le da un beso en la frente) No me hagas enojar, ya es suficiente con la actitud de Ricardo. Es por su bien. ¿Quieres seguir teniendo un hijo, no?

Laura: ¿A kilómetros de distancia? Sin poder abrazarlo, darle la bendición, un beso, una...

Ernesto: ¡Pero vivo!, que es lo importante. ¿Tú no entiendes mujer? No lo han jodido porque es mi hijo, pero ya me han hecho demasiados llamados de atención, "deberías poner un poco de carácter a ese muchacho" "tiene madera para político, pero está un poco desorientado, sería bueno que no se esté metiendo en revueltas y manifestaciones de vagos". Pronto vienen los ascensos y si por culpa de tú hijo yo no aparezco en las listas te juro que lo reviento a coñazos y Australia no va a ser suficiente para mandarlo.

Laura: "Nuestro" hijo (Resignada le entrega un papel) Dale esta dirección a Walter

Ernesto: Me alegra que entiendas que es por su bien. (Abrazándola por el hombro, caminan un poco como para salir) Vamos, sírveme un café antes de irme (sonido de golpes de puerta impacientes.)

Laura: (asustada) Que manera de tocar es esa ¿Será Ricardo?

Ernesto: Conozco el ruido de botas… Vienen por él (se apagan las luces)

2 se ilumina área de Comedor. Juliana canta mientras está sirviendo la mesa para almorzar. Entra Ramón y se sientan a comer

Juliana: ¡Ramón! Cariño, ven que ya está servido y hoy me esmeré, preparé una receta que me dio mi comadre y quiero que me digas que tal quedó.

Ramón: (entrando) Santo Dios ¿ya me tienes el antiácido también?, por si acaso, porque cada vez que te pones creativa mi estómago paga las consecuencias

Juliana: ¡Ramón!

Ramón: Es broma cariño, veamos cómo está esto… ¿y los muchachos? ¿Por qué no están acá?

Juliana: Julia me llamó, que tenía un examen a las dos y no le daba tiempo de venir a almorzar. Y Julián no sé, supongo con sus amigos.

Ramón: Ese muchacho no aprende. Le he dicho que te llame, como no vas a saber dónde está.

Juliana: Bueno Ramón ya son grandes, así son los jóvenes ahora

Ramón: que grandes ni que nada, Mientras vivan bajo mi techo tienen que dar explicaciones, ni que esto fuese un hotel.

Juliana: Seguro se quedó jugando futbol y se le pasó avisar

Ramón: Igual, como están las cosas en el país, no es para estar por ahí… ¿Y no estaban suspendidas las clases en la Universidad?

Juliana: Sí, no están teniendo clases, pero están cerrando el semestre, solo están presentado exámenes y se van

Ramón: ¡Más peligroso aún! La universidad debe estar solitaria. ¿Julia sale con sus amistades hasta el metro verdad?

Juliana: ¡Ay ya Ramón deja la paranoia! Los muchachos van a sus actividades y se vienen.

Ramón: ¿Paranoia? Tú viste lo que le hicieron a la tienda de Simón. ¿Dime eso es hambre? Eso es vandalismo, quien dijo que el hambre se quita robando televisores y electrodomésticos ah? Menos mal yo mandé poner la doble reja. Cuerda de malvivientes! acostumbrados a la vagancia, el camino fácil, aprovecharse de lo que otro con el sudor de su frente le ha costado construir. Y sí, menos mal los muchachos son tranquilos, pero eso va en la formación, en los valores que inculques. Ok es verdad, es terrible lo de los jóvenes de hoy, pero también, que coño tienen ellos que estar que si trancando calles, quemando vainas, tirando piedras…no es parando al país que vamos a progresar

Juliana: Ay por Dios Ramón, ¿en serio? ¿Y cuándo estabas en la Universidad no te la pasabas en lo mismo?

Ramón: ¡Es distinto! Lo nuestro eran luchas con sentido, por reivindicaciones estudiantiles. Nunca hubo intención de causar caos general. Esto es otra cosa, esto es una lucha política donde utilizan a los estudiantes como carne de cañón, los jóvenes de ahora no lo hacen con convicción de ideologías, lo hacen por joder, por armar alboroto, crear caos, por moda, por cualquier vaina Y actualmente hay mucho oportunista que aprovechan para arrear al ganado hacía eso que pasó, ¿viste como destrozaron todo? Partieron vidrieras, reventaron santa marías, saquearon todo Como aves de rapiña, delincuentes es lo que son En mis tiempos, las luchas estudiantiles tenían un objetivo claro, un sentido social, político!

Juliana: (burlona) Sí claro Me gustaría haberte visto por un huequito, cuando después de salir a arrojar panfletos contrarios al gobierno, terminaban lanzando piedras contra los policías. En verdad, no veo evolución en las protestas, pero yo no sé de eso, yo jamás me metí en revueltas. Bueno, y los muchachos no pasan de discusiones filosóficas sobre el tema, Julia apoyando el proceso y Julián en contra. Yo no creo que ninguno de los dos se vaya a estar metiendo en esos líos, ellos son tranquilos.

Ramón: De Julia estoy seguro que no va a andar en esas cosas, ella si se viene derechito para la casa; ¡pero Julián! Yo por el no meto las manos al fuego, ahí está ni siquiera sabes dónde anda, a ese si le gusta una escaramuza y sus amigotes lo pueden estar sonsacando. El otro día me vino a decir que lo estaban animando para que se metiera en esas vainas del consejo estudiantil, menos mal me lo comentó y logré quitarle esas ideas de la cabeza. Pero no se me olvida el día que lo pesqué grafiteando las paredes del negocio de Marcos…En fin, me voy porque ya es tarde; cuando llegue Julián, le dices que me alcance en el negocio, ahora más tarde va a llegar una mercancía, para que me ayude con los bultos.

Juliana: (emocionada) ¿Trajiste ropa importada?

Ramón: ¿Cual importada? no te dije que no me aprobaron los dólares. Nuestra realidad es otra Julia. Es nacional, pero con algo tenemos que surtir la tienda, no nos podemos ir a la quiebra. De algún lado debe salir el ingreso. Los gastos se están disparando y el gobierno no deja de joder con los operativos de los organismos. Ayer nos visitó el seguro social, menos mal estamos al día con todo.

Juliana: ¿Y es seguro tener la tienda así con una sola vendedora?

Ramón: Seguro no es, pero las ventas no están dando para pagar más personal. Por eso necesito que Julián vay6a, recuerda que ya no tenemos depositario. Juliana si es necesario que los muchachos se pongan al frente del negocio, lo harán, pero yo no voy a permitir que la situación país me lleve a la quiebra. Tenemos una semana perdiendo porque los gases lacrimógenos nos han obligado a cerrar y encima esta gente de la oposición está convocando a un paro nacional el jueves de 24 horas. El que se jode es uno el pequeño y mediano empresario, si uno no produce la empresa se cae. ¿Y la peluquería cómo va?

Juliana: El país se puede caer, pero las mujeres de acá morimos bellas, el cabello secado, el *pedicura*, las acrílicas puestas y el maquillaje regio. Afortunadamente siempre hay clientes y yo si no puedo reducir el personal. Debo ir ahora porque Samanta quiere que la atienda personalmente, pero ella pide siempre lo más caro, lo último de moda, ya no sabe qué hacerse (Terminando de comer, se levantan ambos, comienzan a recoger la mesa.)

Ramón: Esa mujer ya parece una momia de tantas cirugías plásticas que se ha hecho y le quedaron bien mal, porque una teta se le ve más grande que la otra y ni hablar del trasero, eso le quedó como el de una vaca y con lo retaca que es…

Juliana: ¡Por Dios Ramón! Estas peor que las clientas de la peluquería ¿Qué tal un cafecito para asentar la comida?

Ramón: (levantándose rápido) ¡Ay Carajo! Ya está haciendo efecto la receta, muy rico todo cariño pero debo ir al baño ¡ya! (sale rápido de escena)

Juliana: (ya estando sola) ¿En serio cariño? ¿Será que exageré con los condimentos? Ay Ramón tu estomago es demasiado ordinario, no tolera exquisiteces. A mí me parece que quedó sabroso, ¿qué sabe Ramón de buena cocina? Lo de él es una arepa con huevo. Creo que en vez de café le prepararé un tecito. (Sonido de golpes de puerta) ¿Y eso? ¿Quién toca de esa manera desaforada? ¡Ya voy! ¡Carajo dejen de tumbar la puerta! (Se apagan las luces)

3 sala de estar. (Ignacia está sentada en el sofá con un poco de papeles. Llega Pedro con más papeles)

Pedro: ¡Que tal vecina!, acá traigo las planillas que faltaban del censo ¿Le faltó alguien?

Ignacia: La señora María, pero ella dijo que no la metiera, que ella no necesitaba de eso

Pedro: Ah vieja pa' ridícula. Siempre queriendo cagar más arriba el culo. Bueno, ella misma se jode. Si fuese tan fina no viviera acá en el barrio.

Ignacia: yo cumplí con informarle, uno debe censar a todos por igual. Pero si ella no quiere que la meta en la lista.

Pedro: No mija, yo no le jalo más bola ¿no se la da de opositora? Cuando le dije del operativo pal 'carné, me miró como mirando mierda y me dijo "ese carné no sirve para nada, yo no me voy a sacar eso"

Ignacia: Eso es que se deja lavar la cabeza por los hijos. Como están en la universidad se creen más que los demás.

Pedro: ¡Ah pues, mi hijo también va a la universidad!

Ignacia: Sí, a la pública. Los de ella van a la privada. Y no nos caigamos a muela, tú sabes que la calidad no es la misma.

Pedro: No te creas, Rubén se quema las pestañas estudiando, es juerte…a veces pasa toda la noche sin pegá un ojo, haciendo los trabajos que le mandan y bueno yo no lo puedo ayudá porque yo no terminé ni primaria. Y desde que mi mujé se murió, ambos le hemos echao un camión pa' que él pueda completá sus estudios. Bueno, ya censamos, falta son las listas de la vecina Ana y terminamos. Mañana se reparten los números, y el jueves se entregan las cajas con comida. ¿Le acordaste a la gente que tiene que depositar antes? ¿Que ya no podrán pagar en efectivo?

Ignacia: Recordaste no acordaste.

Pedro: Ah pué ¿te vas a poner como María? Tú entendiste.

Ignacia: Estamos pendientes con lo que se habló en la reunión para las ayudas a las madres del barrio, para meter a Jacinta.

Pedro: Ni me hables de esa coño'e madre de Jacinta, mira que preñarse otra vez. Ta bien pelá si cree que yo le voy a cuidar ese también, ya le estoy criando a Juanito y eso porque me lo pidió mi mujer antes de morir, pero no crea ella que va a estar pariendo y me los va a traer para acá, que se los lleve al vago ese del que se preñó. Y lo peor que ni siquiera escoge un tipo que valga la pena, que la saque del barrio. Nooo, ella va y se preña del malandro ese. Y eso que dicen que los varones dan más problemas, pero Rubén es otra cosa, ese muchacho si salió bueno. Me dijo que iba a hablar con un amigo que trabaja en la droguería popular a ver si consigue las pastillas pa'la tensión, que se me gastaron.

Ignacia: Acabaron! No gastaron. Es verdad chico, yo no sé qué tiene tu hija en la cabeza, tú ya no estas para estar criando, tu estas para conseguirte una nueva mujer que te consienta y te cuide. Hay que ver, tus hijos no parecen hermanos. A lo mejor porque son de distinta madre

Pedro: Seguro, porque la mamá de Jacinta era otra loca igual que ella, por eso la dejé, por mala mujer, bebía mucho y maltrataba a la niña, pero Jacinta salió a ella, que va eso no tiene remedio.

Ignacia: Quien sabe si con esta nueva barriga sienta cabeza, yo igual la voy a anotar para que reciba la ayuda, es tu hija chico. Y bueno, cambiando el tema ¿Dónde está Rubén ahorita? ¿No estaba libre hoy?

Pedro: Igual tenían que ir, tú sabes que pasan asistencia. Eso es lo malo de trabaja pal gobierno. Pero sí mi presidente llama a marchá se marcha.

Ignacia: Yo sé que tu si estas con el proceso, pero Rubén va para no perder la chamba, él va obligado; tu hijo a veces habla a favor a veces en contra, ¿de qué bando es él?

Pedro: Rubén dice que él no es nada, que él no es político, que él lo que es un pendejo tratando de surgí. Él va a veces conmigo a las marchas, si sabe que hay tarima y cerveza, solo pa' rumbeá y a veces se va con los hijos de María para la plaza, pero se pierde apenas empieza el peo. Desde la muerte de su mamá por una bala perdida, cuando escucha plomamentazón, es el primero en tirarse al piso, aunque los tiros suenen lejos.

Ignacia: ¿y está loco? ¿Para qué va a las dos marchas?

Pedro: Que hablar con la gente, sabé lo que piensan, chismeá por qué apoyan una cosa o la otra. Él dice que es por joder, pero yo creo que le está gustando la política, ayer hablaba como ellos, me decía: (habla como imitando al hijo) «es necesario encontrar un punto medio, ambos bandos están muy radicalizados y eso solo conduce al conflicto. No hay un punto de encuentro, de tolerancia, la irracionalidad los mueve…» Cuando me vio la cara e' pregunta se soltó a reír, dejó de hablá fino y me dijo ¡no me pares bola!

Ignacia: (sonriendo) ¡Rubén y sus cosas! …oiga vecino, ¿y llegó café en las cajas?

Pedro: ¿En las cajas, tú tás loca? ¡Claro! artículo de primera necesidad que llaman. (Levantándose e iendo al ambiente de cocina, mientras Ignacia queda en ambiente de sala) Déjame preparo un poquito pa' seguí dándole a la lengua (sonido de golpes de puerta. Ambos se sobresaltan y se miran extrañados) Se apagan las luces. Laura a oscuras entra a ambiente de habitación juvenil)

Todos los ambientes a oscuras. Sonido de guarimbas, disparos, bombas lacrimógenas, gritos, sirenas de patrullas). (Suben las luces en los tres ambientes con cada actor)

Voces en off: ¡no se muevan! esto es un allanamiento, se les agradece colaborar con la autoridad ¿Dónde está su hijo? (se apagan las luces de golpe) (Debe escucharse ruido de alboroto, como si los funcionarios tiran todo, los actores deben desordenar los ambientes en lo oscuro, voltear una silla, desarreglar la cama, tirar los papeles, algo que cambie la escena, mientras se escucha otra Vos en off: Dígale a su hijo que lo mejor es que se entregue. Su situación es bastante comprometedora, tratar de evadirse complicaría las cosas y por favor no hagan nada estúpido o también irían presos. Sube la luz en todos los ambientes. Un actor estará en cada ambiente y dicen al unísono: ¡destrozaron todo! Ni siquiera traían la orden de allanamiento. Se van apagando las luces despacio, mientras los actores comienzan a ordenar las cosas.)

Acto II

Se van iluminando uno a uno los ambientes a medida que los actores pasan a ellos.

1 habitación juvenil: Laura sentada en la cama con una taza de café en las manos; Ernesto de pie a su lado también con una taza de café.

Laura: (tomando el café) ¿pudiste avisar a Walter?

Ernesto: Tranquila, la avioneta despegó a tiempo. Está a salvo. Ya Walter tiene su coartada.

Laura: ¿Qué pasará contigo?

Ernesto: obvio me quitaron la comandancia. Incluso tuve que entregar mi arma personal. Tengo una reunión ahora con el General. Ellos están claros que soy leal, pero las fotos tomadas por los de Inteligencia a Ricardo en las guarimbas, me pone en una situación difícil.

Laura: ¿Te estaban investigando? sospechaban de ti ¿te dejaran preso?

Ernesto: (colocando su taza en una bandeja que estará en la cama) en teoría, a la orden. Van a dejar unidades custodiando la casa, así que mantén todo siempre cerrado

Laura: Yo quiero estar con mi hijo.

Ernesto: Por ahora no se puede, tenemos prohibición de salida del país. Apenas detecten que él salió, las cosas se complicarán.

Laura: (soltando la taza en la cama y levantándose con rabia) a mí no me pueden impedir que viaje, no tienen nada, no tiene ninguna prueba que nos comprometa. ¡Marchar no es un delito! Llevar una bandera tampoco ¿Qué les pasa?

Ernesto: ¡Baja la voz! a Ricardo no lo acusan de cualquier cosa «líder de la resistencia» ni siquiera "miembro" "partidario" "opositor" lo acusan de liderar a los guarimberos. De organizar las protestas. Sospechan que por mi posición, de alguna forma a conseguido las armas o financiado a los grupos violentos.

Laura: ¡Pero que absurdo! Si hasta el Ministro de Defensa te apoyó en los ascensos, nadie más leal que tú al proceso.

Ernesto: Jamás pensé que mi único hijo acabara con mi carrera. Debí prestarle más atención, debí ser más severo con él. Yo sé que los hijos siempre quieren llevar la contraria, pero Ricardo… (Suena su celular, contesta la llamada) ¡Qué pasa Walter, te dije que no me llames! … ¿Cómo que la avioneta presentó fallas? ¿Dónde está Ricardo? (mira petrificado a Laura, tranca el teléfono)…

Laura: ¡lo Mataron! (se apagan las luces) (transición al otro ambiente)

2 comedores: Juliana ordenando la cocina, sirve café a Ramón. Él llega apesadumbrado, Ambos toman café)

Juliana: ¿Averiguaste dónde están?

Ramón: Los abogados están trabajando en eso

Juliana: pero que te dijeron ¿Están bien?

Ramón: Siéntate Juliana, lo que tengo que decirte no es fácil

Juliana: (sentándose y dejando el café en la mesa) ¿les hicieron daño? Habla por Dios!

Ramón: Los testigos dijeron que a Julia la detuvo la Nacional saliendo de la Universidad, venía con sus compañeros, no les creyeron que venían de un examen, los montaron en la jaula y les quitaron sus cosas. Ni los abogados han podido verla, no sabemos con certeza como está. La tienen incomunicada, alguien dijo que la llevaron a un lugar que llaman la Tumba. Dicen que los golpearon salvajemente,

Juliana: ¿la golpearon? (se levanta desesperada) ¡Solo tiene 18 años, no tenían por qué golpearla! Son unas basuras! Además Julia está con el gobierno!, ¡que iba a estar guarimbeando!

Ramón: (se acerca y la abraza. Con vos entrecortada) Los abogados no han podido verla… hay rumores de que la violaron

Juliana: (llorando grita) Noooo! Mi hija nooo! Malditos! Malditos! (se aparta de Ramón, lo mira un instante antes de preguntar. Ramón mira al piso)… ¿y Julián? ¿Qué supiste de Julián?

Ramón: (mirándola a los ojos) Julián si estaba en la guarimba, sus amigos dijeron que era un guerrero, que estaba siempre en primera línea. Estaba encapuchado, llevaba una gorra con el tricolor. La policía dijo que tenía un mortero y explotó; sus compañeros dijeron que le dispararon unos motorizados. Otros dicen que la Nacional lo estaba siguiendo, que lo tenían fichado como dirigente juvenil

Juliana: ¿y dónde está? ¿En qué centro médico lo tienen? Tenemos que ir con él, nos necesita…

Ramón: (se sienta, bebe el café) El impacto fue en el pecho, a la altura del corazón, no se pudo hacer nada (rompe en llanto sobre la mesa)

Juliana: (se sienta a su lado, como autómata, se sirve café) con voz serena dice: lo mataron… (Se apaga la luz)

3 sala de estar: Entran Ignacia abrazada de Pedro quien está cabisbajo y lloroso.

Ignacia: ¡Ay! vecino comprendo su dolor, de verdad, quien iba a pensar que algo así pasaría.

Pedro: (Cómo si nada le importara, sin asimilar aún la realidad) dice: Esta es la vida del pobre, sentí como los sueños se quiebran toó los días. (Se sienta en el sofá) Y una acá, trabajando pal proceso, buscando el beneficio pa' la comunidad, ¡y yo sin que me salga la pensión, ahora quién me va ayudá? Y uno moviendo el comité ¿qué han dicho de las ayudas? Este rancho está que se cae, ¿me metió los papeles pa' lo de las viviendas? y una pal ministerio… ¿quién me ayuda a mí con mi muchacho? Me voltearon la casa patas pa' rriba! Me partieron la imagen de ¡San Juan! ¿Y dónde están los vecinos?

Ignacia: ¿Le provoca un cafecito? Tranquilo vecino, el colectivo allá abajo organizó una colecta, ya tienen un pote, no es mucho, pero en algo le ayuda. Y la presidenta del consejo comunal fue a hablar con un diputado amigo suyo a ver. Y aunque usted no lo crea (le entrega un cheque a Pedro) este cheque se lo manda la señora María y dice que está a la orden, que sus hijos la pueden poner en contacto con una ONG que lo pueden ayudar.

Pedro: Cualquier cosa es buena, yo no tengo como pagá un entierro. Él solo iba a su trabajo, pero ahora es delito trabajar con el gobierno. Vio vecina, no me lo mataron los malandros del barrio, ninguno se metía con él…

Ignacia: ¿y el allanamiento? ¿Qué fue lo que dijeron que su hijo era?

Pedro: ¡Hacker! El policía dijo que investigaban los sabotajes al internet y no sé qué páginas del gobierno que disque bloquearon, dicen que hay empleados detrás de eso. Pero mi muchacho no era delincuente, se llevaron su laptop y la computadora, se llevaron también la bolsa de comida de las ayudas. A él no se lo llevaron porque ya había salido, ojalá lo fueran agarrado acá, a lo mejor estaría preso pero vivo.

Ignacia: ¡Ay! Yo no entiendo que es eso de hacker. Vecino disculpe que le pregunté pero ¿y cómo fue? Se dicen tantas cosas

Pedro: esa gente está llena de odio. Iba pal trabajo, se fue uniformado porque era tarde, tuvo que caminar porque no había transporte por la manifestación. El solo era un pendejo con ganas de surgir y pendejamente se fue. Lo vieron negrito, con su jeans desteñido, su camisita de uniforme, sus zapatos usados. Empezaron a gritar ¡infiltrado! Y más de veinte jóvenes se le fueron pa' encima, me lo golpearon con saña, hasta que uno de los encapuchados le lanzó eso que llaman molotov y lo prendió en candela. Su único delito fue llevar la camisa del trabajo puesta.

Ignacia: ¡Ay vecino! Que crueldad e injusticia, espéreme que le voy a preparar un cafecito y algo de comida y le traigo a su nieto Juanito para que le haga compañía, ya vengo. (Sale para prepararse como Juliana)

Pedro: Vaya vecina tranquila, no se preocupe por mí, voy a estar bien. (Ya quedando solo) ¡Ay mi San Juan ilumíname!, para poder explicarle a Juanito a dónde se fue Rubén. ¿Se fue? No, ellos lo fueron. Perros salvajes llenos de odio, fanáticos, lunáticos, esclavos de sus ideas, mal nacidos que se creen superiores, que creen que el pobre es exterminable porque lo consideran basura no reciclable y uno termina entendiendo el odio de los malandros hacia los que tienen, solo porque vestía una camisa del gobierno, por una camisa y su ropa humilde, sin conocerlo me lo juzgaron y condenaron (Revienta en llanto) ¡Me lo mataron! (se apaga la luz)

Acto III

4 sala de espera de la morgue.(Único ambiente iluminado.)

Suena voz en off: "Buenos días, sus cédulas en mano, colaboren señores! hagan una colita para ser atendidos, Solo un pariente por persona debe pasar a la sala, los acompañantes deben esperar afuera. Sigan adelante familiares de: Ricardo Sarmiento; Julián Guevara y Rubén García se van sentando para que luego pasen a identificar el cuerpo". Los personajes de Laura, Juliana y Pedro se van sentando en unas sillas ordenadas horizontalmente.

Juliana: ¡Este lugar es horrible! Atienden como si uno fuese un delincuente

Pedro: Es verdad!, pero irremediablemente todos debemos venir para acá en algún momento, acá se acaban las diferencias sociales.

Laura: ¿irremediablemente? Si tuviésemos un país decente, donde se respetaran los derechos, donde todos fuesen gente con educación, con valores. Las leyes de la vida se cumplirían, nuestros hijos morirían de viejos; después de nosotros, no antes. No por causa de la violencia, la inseguridad, el odio, la intolerancia… y no tendríamos que soportar el trato tosco e inmisericorde de quienes no tienen sensibilidad por el dolor ajeno

Pedro: Pues los que vivimos en barrio ya estamos acostumbrados, ese es el pan nuestro de cada día. Que te miren por encima del hombro los que son privilegiados y lo tienen todo, que te humillen por no llevar trapos de marca, o se aparten como si hueles a mierda porque vives en barrio. Que los policías te traten como delincuente porque se te nota el barrio

Laura: Tiene razón señor, nos estamos perdiendo como humanidad, todo nos divide, nos clasifica. Siempre etiquetamos… y discriminamos de acuerdo a nuestras etiquetas. Pero hay que entender a los funcionarios, su trabajo es rudo y a diario enfrentan situaciones hostiles, el volumen de cadáveres que ingresan acaba con las sutilezas, no creo tengan intención de irrespetar el dolor ajeno, pero la rutina los va desensibilizando. Mi esposo es Militar, yo se lo rudo que es la vida de un funcionario del gobierno.

Juliana: ¿Qué está diciendo? ¿Cómo puede defender a los posibles asesinos de su hijo?

A mi hijo lo mataron esbirros del gobierno, no por delincuente, sino por pensar distinto. A mi hija la torturaron y violaron, sin saber aún que perdió a su hermano, en manos de un régimen que ella defendía. Yo no tengo por qué entenderlos. Y hablan de libertades, de igualdad, solidaridad, ¡hipócritas todos! ¿A mí eso de que me sirve?

Laura: Mi dolor no tiene por qué cegarme, los asesinos de mi hijo no son funcionarios de bajo rango, que también viven en barrios y exponen sus vidas todos los días y sus familias, soportando el odio de la colectividad, no todos son malos, muchos trabajan por vocación, recibiendo sueldos miserables, arriesgándolo todo para salvar a otros. Los asesinos de mi hijo toman whisky caro y se sientan en reuniones de poder a decidir el destino de las masas, para ellos el resto son marionetas que mueven a su antojo. Yo solo necesito que aceleren la entrega del cuerpo de mi hijo para poder enterrarlo con decencia en el panteón familiar. Es más, no pienso seguir esperando, ¡ya mismo voy a hablar con él superior a cargo! De algo servirá que mi esposo sea un militar de este gobierno. (Se levanta y sale para vestirse de vendedora de café)

Pedro: Por lo menos ella tiene como enterrarlo y seguro hace una llamada y se lo entregan ya. Yo no sé qué haré con el cuerpo cuando me lo den porque no tengo pa' pagá el entierro. En el barrio han ayudado haciendo colecta pero aún me falta plata, es horrible como especulan con una simple caja de madera. ¿Y usted? (hablando a Juliana)

Juliana: ¡Que doble moral la de esa señora! Cuando la plata corrompe las almas. Nosotros tuvimos que endeudarnos, vender algunas cosas, porque mi hijo no será enterrado en una fosa común, tiene derecho a su cristiana sepultura, no tenemos panteón familiar como la señora esa, pero tampoco lo vamos a tirar en cualquier hueco. Y bueno nuestros parientes nos están apoyando en lo que pueden.

Pedro: ¡Parientes! Yo ni eso tengo, la hija que me queda no sirve pa' nada y encima está preñada, ni siquiera me acompañó porque no se llevaba bien con el hermano. La vida es una lotería, venimos desnudos, desnudos nos vamos, vivimos temiendo morir y morimos cualquier día, de la manera menos pensada. Pasamos la vida extrañando tiempos que fueron mejores y soñando con algún día tener un futuro también mejor que el presente y no nos damos cuenta que la vida es un ratito lleno de instantes que desaprovechamos. Sabrá alguien ¿quién tiene el sartén por el mango? Lo único seguro es que todos vamos a morir. Al final todos somos lo mismo, polvo y ceniza, y terminamos todos brindando el café.

Juliana: Y de nada sirve lamentarnos después, porque no dimos un último abrazo o beso, porque quizás la última palabra dada no fue de cariño, Julián salió tan rápido ese día, solo alcancé a escuchar "bendición mamá" y cerrarse la puerta sin alcanzar a contestarle, no pude ver sus ojos, su sonrisa ese día, quien iba a decirme que no lo volvería a ver, que ilógicamente se iría primero, eso uno nunca lo espera, no debería suceder. Lamentablemente no somos como los ingleses con el Té. Jamás lo sirven antes.

Pedro: Así lo sirvan frío…Acá el café se toma cualquier día a cualquier hora.

(Entra actor que hacía de Laura, ahora como vendedora de cafés)

Vendedora de Café: ¡Café, Café! ¿Quién dijo Café? con leche, negrito, marrón, calientito! Café! Café! (se apagan las luces)

Lagrimas malditas

Por Heidy Gisselle López Baquero

Caminando en la penumbra de sus recuerdos no dejaba de llorar, lágrimas frías y llenas de dolor la acompañan, ¡Malditas lágrimas!, malditas lagrimas aunque no tan malditas.

Ahora dime, cuan cruel fue tu pasado que te hizo cometer esta gran locura o mejor debería decir ¿estas terribles y perversas locuras?, bueno, ¡Quizás da igual!, al fin y al cabo cada una de ellas fue de gran satisfacción, aún siento esa magnífica sensación y si el tiempo se pudiese devolver, muy seguramente lo volvería hacer, logrando ver de nuevo sus lágrimas malditas caer, ¡Malditas lágrimas!, malditas lagrimas aunque no tan malditas.

Aquella noche despúes de tan horripilante e imprevisto suceso, me prometí a sí misma no descansar hasta hacer pagar esas lágrimas que sin importar cuanto suplicara, acabaron con mi vida, que en un par y cerrar de ojos me dejaron sin alma, alma que aún no puede descansar viviendo así en una trágica y permanente lamentación, que noche a noche deambula buscando

Su plan perfecto para acabar de una vez por todas con cada una de las personas que vieron mi cuerpo caer.

5 años después, guardando todo ese dolor y sufrimiento, cansada ya de vivir en suplicio, mi alma ve como el destino se confabula y más que juntar a todos aquellos bastardos, desalmados y miserables en todo sentido, congrega también a sus familias en este hermoso y maravilloso crucero, del cual no regresaran con vida. ¡Oh! Pero mira el cielo, ya ha llegado la noche, mi maravillosa noche, solo espero puedan deleitar mi presencia, — Mmm ¡Maldita noche!, maldita noche aunque no tan maldita.

Pero que linda celebración, se ven tan felices, esto me hace recordar mi amada familia, familia que destruyeron de la forma más miserable y aún no han pagado ya que lastimosamente el dinero es igual de sucio y corrupto, tapando sus faltas y haciendo creer al mundo las misericordiosas y bondadosas personas que son, lo que no saben es que por dentro tienen el alma del mismo demonio, maldito y traidor.

— ¿Qué pasa? ¿Estamos tomando otra dirección?

— Disculpe señor, el barco está presentando algunas fallas, ya bajaran a revisar.

— La luz, ¿Qué pasa con la luz?

— No lo entiendo señor, ya iré a revisar, es muy extraño.

En este preciso momento se encuentran en la habitación Gaby y Daniels, hijos del alcalde Frederick Mantilla y con ellos Emma, Eric, Sara y Lucas, hijos de los queridos colegas del alcalde. Todos hijos de estas misericordiosas y bondadosas personas, ¡Malditas y aparentemente bondadosas personas!, esta vez, si muy malditas. Lo sé, son niños inocentes, pero también encuentro en ellos la artimaña perfecta para empezar a causar dolor y sufrimiento; Ver como sus rostros suplican y sus almas gritan pidiendo perdón, quiero ver sus

Cuerpos arrastrando hasta sangrar y lavar su sangre con sus propias lágrimas, ¡Malditas lagrimas!, Malditas lágrimas aunque no tan malditas, ¿acaso debería tener compasión?

—Gaby: La luz, ¿Quién apago la luz?, enciendan la luz, le tengo pavor a la oscuridad.

—Eric: Yo no he sido

— Lucas: No puedo abrir la puerta, ¡qué pasa con la maldita puerta!

—Sara (Grita): ¡Ayuda!, ¡No podemos salir!

Después de algunos minutos de su intento fallido para abrir la puerta e intentar prender la luz, se empieza a escuchar en cada uno de ellos como el latido de su corazón acelera, como el miedo invade sus mentes y carcome poco a poco pero muy eficazmente sus últimas gotas de paciencia, solo era cuestión de ejecutar el detalle final, por lo que pronto surgió un llanto suplicando por su vida, en el cual muy claramente se podía escuchar una voz desgarrada gritar: — ¡Piedad!, ¡Tenga usted piedad!, ¡Noooo!, (Llanto) y luego con una voz perversa; — ¡Mi alma en pena ha de ver las suyas sangrar!. Justo en este crítico instante, se empieza a escuchar como todos los objetos que se encuentran en las mesas y pared empiezan a caer uno a uno, muy lentamente, durante unos pocos segundos, para luego caer todos a la par.

Así ya consumida la última gota de calma que quedaba en cada uno de ellos, se siente como el miedo los ha invadido totalmente, su exudación empieza a manifestarse de la desesperación, sus lágrimas comienzan a escaparse sin detención alguna y finalmente comienzan todos a gritar: ¡Ayuda!, ¡Papá, sácanos de aquí!, ¡Alguien nos puede escuchar!, ¡Ayuda! Estos gritos se

Empiezan a escuchar por todo el barco sin punto fijo, llegando así a oídos de cada uno de los tripulantes del barco, quienes imparten a correr en direcciones contrarias, emprendiendo una impaciente búsqueda hacia el origen de estos llantos desesperados.

Kilian Sandemetrio y su esposa la Sra. Sandemetrio, llegan justo al sótano del barco, pero a su llegada, dejan de escuchar los gritos que los llevaron hasta ese lugar, todo parece estar tranquilo a lo que comienzan a gritar: — ¡Niños!, ¡Sara!, ¡Lucas!, ¿están ahí?, no escuchan absolutamente nada, pero si pueden presentir que algo raro está pasando, empiezan a sentir temor pero este no les impide seguir avanzando hasta que la Sra. Sandemetrio, deja la luz de su linterna en un punto estable y empieza a gritar en llanto al instante que su esposo voltea la mirada, quedando sus cuerpos fríos, caras pálidas, reflejan una tristeza nunca antes sentida, en cada lágrima derramada se puede ver como el dolor los ha dejado sin respiración, el dolor se ha apoderado de sus vidas y ya no habrá nada que lo pueda evitar y como evitarlo si enseguida pueden ver que su hijo Lucas está justo en frente, sin mirada alguna, pues sus ojos ya no lo acompañan y de estos orificios se pude apreciar cómo surge abundante sangre que baña su cuerpo colgado.

Lloren, cuanto placer siento al ver sus almas retorcerse de dolor, queriendo acabar hasta con sus vidas, cuanta satisfacción me causa ver sus cuerpos tirados en el piso, arrastrándose para poder abrazar el primer cuerpo sin vida, pero que aflicción la que me invade al saber que la alegría de tal dolor, la cause sacrificando un ser sin pecado alguno, ese alguien tan inocente, tan inocente como lo era yo. ¡Malditas lagrimas!, ¡malditas lágrimas aunque no tan malditas!

— Sara (Grita en llanto): Papá, mamá, ¡Ayuda!, ¡Vengan por mí!

— Kilian Sandemetrio: ¡Hija!, Sara, ¿en dónde estás?

La Sra. Sandemetrio busca desesperada.

— Sara: Papá, aquí justo en la otra esquina.

— Sra. Sandemetrio: Aquí Kilian, (Grita), ¡Kilian!, Kilian nuestra hija.

En el momento que se acerca Kilian a su esposa, se enciende la luz intermitentemente, de manera que se puede observar a su hija Sara, ella se encuentra atada de manos y pies como un Jesucristo, al acercarse sus padres, pueden notar como de sus dedos han sido despojadas sus uñas, siente dolor en su cuerpo, pero no sabe cómo llegó hasta ese punto, lo último que recuerda es haber estado gritando en la habitación.

Sus padres retoman valor y empiezan a desatarla, cuando escuchan una voz implorando: — ¡Piedad!, ¡Tenga usted piedad!, ¡Noooo!, (Llanto) y luego con una voz perversa; — ¡Mi alma en pena ha de ver las suyas sangrar!

— Kilian Sandemetrio: ¿Quién es?, ¿Qué quiere?

Nuevamente se escucha un llanto que vuelve a implorar sin cansancio alguno, esta vez la voz se escucha más fuerte y cada palabra refleja más dolor, diciendo esta vez con una voz pavorosa: — ¿Acaso debería tener piedad? al tiempo que una flecha ha sido disparada quedando clavada en la frente de la Sra. Demetrio quien mantiene su mirada deplorable hacia su hija y cae al instante. Sin dejar tomar reacción alguna se empieza a ver a Sara expeler sangre por sus ojos y boca, volteando sus ojos quedando estos blancos, su piel se empieza a carcomer muy rápidamente hasta dejar al descubierto sus huesos, ninguno contemplo que su espalda estaba cubierta de miles de agujas conectadas a una manguera proveniente del otro lado del techo, conectada a un galón de sustancias ácidas que recorrían por ella.

Decaído, sin una sola gota de vigor, Kilian Sandemetrio, ve como su hija ha sido torturada de la peor manera, sus poros expiran odio y dolor al mismo tiempo, ahora tan solo es un cuerpo que camina pero no tiene vida, toda su felicidad ha sido destruida de una manera macabra en tan solo un parpadeo, que vida tan miserable ha de tener una persona para que reciba tan desastroso castigo.

No sé qué sentir, mi alma no se aliviana, por el contrario pesa un poco más, pero no siente miedo y mucho menos tiene compasión, tiene sed y recelo de venganza y si para hacer pagar tienen que padecer personas inocentes no me importa, yo padecí sin nada que deber así que ahora siente, siente lo que sentí, ver tu dolor me hace recordar el mío, en este instante tu vida ha sido destruida con la misma frialdad que destruiste la mía, hoy tu alma suplica pero nadie la escucha, tu alma llora, pero solo yo lo puedo ver, ¡Malditas lágrimas!, Malditas lágrimas aunque no tan malditas.

Malditas lágrimas no me pidan piedad, que mi ser a gritos pide uno más, mi mirada no cambia de dirección y como exigirlo si sus recuerdos no dejan de gritar, maldita mente ingenua, cállate ya, déjame ir, o, ¿Mejor no? ¡No!, regresemos al juego, guiemos a estos seres miserables al camino de su maldición. ¡Especiosa y complaciente maldición!

Mira, ha llegado Axel Silva y su querida esposa, justo a la habitación exacta de esta hermosa reunión, que preciso y que perfecto eres bendito destino, que hoy te confabulas con mi voz para efectuar tan maravillosa mortificación que liberara mi alma en pena.

Al estar dentro de la habitación, la puerta se cierra muy lentamente y se enciende la luz, tienen que ver muy claramente que está pasando en este instante, no se pueden perder ni un segundo más. ¡Mira!, es su hija Emma de tan solo 8 años y Eric de tan solo 10 años quienes están dentro de una bolsa transparente totalmente sellada y amarrada al techo, sus padres pueden ver como el oxígeno es cada vez menos, se ahogan lentamente, ya no tienen fuerzas para al menos intentar golpear esa desgraciada pero muy desgraciada bolsa. Rápidamente Axel silva y la Sra. Silva, corren para intentar ayudar a sus hijos intentando escalar una pared de alambre que se encuentra como obstáculo antes de llegar al objetivo, fatídica pared que transmite energía eléctrica arrojando a estos desesperados padres al piso, no hay alternativa, solo les queda ver como sus hijos se asfixian, quienes en tan inédito hecho se abrazan fuertemente y así mueren.

La Sra. Silva no lo puede soportar, sus hijos, su amor más grande y verdadero acaba de desaparecer, ¿Cómo vivir con esa pesadilla?, la desesperación y desolación se apodera de ella aferrándose fuertemente a la maldita barrera, zarandeándola sin dejar de gritar un solo segundo mientras Axel Silva le grita desesperado que se aleje, siendo este fallido mirando así como su esposa acaba de morir electrocutada.

¿Qué pasa Axel?, ¿En dónde está tu valentía?, acabas de ver partir a tu familia, has quedado completamente solo y no eres capaz de aferrarte a esa maldita pared para irte también, dejaste que la Sra. Silva se desgraciara sola, ¡Claro!, era de esperarse, como puedo siquiera pensar en que te aferrarías, el dolor es enorme pero tu valentía es embustera, no eres más que un cobarde, un maldito cobarde a quien no le importa pasar por encima de quien sea para

Obtener sus malditos deseos, deseos que solo lo complacen a él, maldita codicia que ahora no le devolverá a su familia, necia cobardía que hará que vivas con este dolor hasta el día de tu muerte.

Placer, placer siento por verte padecer, mi sed cesa con tus lágrimas no tan malditas, pero mi pesadez es mucho más grande, la carga no se aliviana, lloro, lloro con más intensidad, ¿qué es esto que siento que no lo puedo describir?, que pasa con la paz que busco que cada vez parece estar más lejos. Más que ver puedo sentir su gran fracaso, pero esto solo me devuelve al pasado, me puedo ver ahí, mi alma nuevamente se contamina, intenta tener piedad, pero no puede, tiene que volver, ¡Malditas lágrimas!, malditas lagrimas aunque no tan malditas.

Gaby y Daniels, mis últimos condenados, inocentes pero eficaces condenados, ¿Es injusto verdad?, que irreverente e injusta eres alma inocente saciándote del dolor ajeno, ¿Acaso estas personas también disfrutaron de mi dolor?, acaso, ¿Ese cobarde y monstruoso acto que han cometido conmigo se justifica tanto como el que ahora he impartido?

Frederick Mantilla y la Sra. Mantilla aún en la búsqueda de llegar al lugar de esos gritos desesperados, se encuentran con los dos capitanes del barco.

Capitán 1: — Señor alcalde, que bueno que lo encontramos.

Frederick Mantilla: Que ha pasado, ¿Por qué traen esas caras pálidas como si hubiesen observado al mismo demonio?, hablen deprisa, estamos buscando a nuestros hijos.

Capitán 2: Señor, no hemos podido encontrar el fallo en la energía eléctrica y en el lapso de tiempo tratando de encontrar una respuesta, el barco ha tomado otra dirección, no sabemos nuestra ubicación.

Sra. Mantilla: Eso no importa ahora, Frederick debemos encontrar a nuestros hijos, deben estar muy asustados.

Capitán 1: Señor hay algo que debe saber.

Frederick Mantilla: Ya les he dicho que hablen de prisa.

Capitán 1: Señor, también hemos escuchado los gritos, al igual que ustedes hemos corrido a buscar su origen, descubriendo que están muertos. (Llora).

Frederick Mantilla: ¿De qué carajos me hablas? ¿Quiénes están muertos? ¡Habla!

El capitán 2 comenta en llanto lo que ha visto en el sótano con la mayor descripción, luego continúa describiendo lo que ha observado en una de las habitaciones, se encuentra muy nervioso, su cuerpo tiembla, tartamudea al hablar, no entiende nada de lo que está pasando ni mucho menos en qué momento ha pasado tan horríficas escenas, de las cuales el alcalde queda en shock al oír.

Sra. Mantilla (En lágrimas): La pregunta más importante, ¿Has visto a nuestros hijos?, ¿Qué hay de nuestros hijos?

Capitán 1: No, de ellos no sabemos nada, no los hemos visto en el recorrido.

Frederick Mantilla: Quizás aún estemos a tiempo, vamos a buscarlos, traigan sus armas, yo ya he traído la mía, encontraremos a nuestros hijos y a ese hijo de puta que nos está haciendo daño, le haremos pagar cada gota de sangre.

Así, los cuatro emprenden una inalcanzable búsqueda, llegando al cuarto de herramientas, con sus linternas pueden ver cómo hay rastro de sangre la cual muy probablemente viene de allí dentro.

Frederick Mantilla: Cúbranme, entrare primero, este cobarde no sabe con quién se ha metido.

El alcalde abre la puerta empezando a ingresar lentamente, no se escucha absolutamente nada, pero su linterna si deja ver como hay un camino de sangre marcado el cual siguen llegando así al final de la habitación, encontrando un pequeño pasillo que los lleva a una habitación más pequeña a la que deciden adentrarse. ¡Pequeña pero maldita habitación!, qué bueno que en esta si hay luz, así no tendrán que perder su tiempo buscando más, hay pueden encontrar sin problema alguno a sus queridos y amados hijos.

¡Muy desgarrador!, mi alma siente morir al ver como la Sra. Mantilla grita descontrolada ante semejante escena, su hija Gaby está totalmente descuartizada pudiendo observar sus partes en cada una de las esquinas de la habitación, en la primera sus piernas, en la segunda sus brazos, en la tercera su cabeza y en la cuarta lo restante del cuerpo. Además de esto su hijo Daniels está justo en el centro de la habitación, totalmente quemado.

En que demonio te has convertido alma antes misericordiosa, ha de ser tu mente muy descabellada para preparar tan atroz cometido, dices sentir tal dolor pero aun así lo disfrutas, ¡alma cretina!, te has cegado totalmente a la libertad que hubieses podido buscar de otra manera, que inútil al creer que tu podrías hacer justicia, ¿No crees, que ahora estás más en pena que antes?, ¡Claro!, ahora no solo pasearas con el recuerdo de tu lamentable pasado sino

que cargaras y sentirás el dolor de cada una de estas personas que acabas de asesinar, escucharas día a día, minuto a minuto, sus gritos pidiendo que te detengas, tu satisfacción nunca será suficiente para soportar tu tan desdichado cometido, ahora mira, ¡Mira alma incrédula!, tan grande es el amor que siente esta madre por sus hijos, un amor incomparable, ya no tiene siquiera fuerzas para guardar odio o por lo menos buscar una explicación, ahora es una alma en pena de cuerpo viviente, ¡cuán maldita ha sido su suerte!

El señor Frederick Mantilla esta horrorizado, no dice absolutamente nada, solo llora mirando aquel escrito de sangre en la pared que dice: ¡Ha sido el capitán!, frase que empieza a controlar su mente imaginándose como han llevado a cabo esta terrible tragedia, creando en su mente una rápida pero eficiente explicación, preguntándose: ¿Cómo es que ellos lo han visto todo, pero no les ha pasado nada?, ¡Claro!, han sido ellos. El alcalde se limpia sus

Lágrimas, da la vuelta, saca su arma y gritando: Malditos desgraciados venidos del mismo infierno, malditas sean sus almas, maldita la hora en que han de nacer; Dispara a cada uno de los capitanes hasta acabar sus balas mientras su esposa ni siquiera se ha dado cuenta de lo ocurrido, ella solo esta arrodillada llorando sin dejar de ver a sus adorados hijos.

¿Ahora?, ahora he cumplido mi misión, he destruido sus vidas, justo en este instante están suplicando queriendo no haber nacido, me alegra haberlo hecho de esta manera, no merecían morir, ¿Acaso morir sería castigo suficiente?, jajaja, ¡No!, claro que no, merecen cada una de las lágrimas que ahora derraman, cada gota de dolor, merecen sufrir el resto de su vida, aunque aún pueden escoger; Se quedan ahí y esperan a que la policía venga a escuchar sus relatos de infarto quienes no les van a creer, siendo los únicos culpables de cada una de las muertes o deciden acabar con su vidas, mi alma es tan bondadosa que dejara que cada uno tome esa decisión, no puedo ser del todo mala. ¿O sí? Esta vez, ni todo el dinero del mundo les dejara en libertad, no hay valor que remplace la pérdida de un ser amado, ni mucho menos, existe valor que pueda retroceder el tiempo para poder cambiar el destino, querían dinero que ahora solo les sirve para que pesen sus bolsillos, querían fama y poder el cual ahora deben estar odiando, ¿quién querría ser noticia en primera?

Plana de tan fatídico suceso, maldito dinero que creas maldición, generas odio y muerte para complacer tan innecesario deseo, maldito dinero ¿Por qué quieres ponerle precio al amor? Por fin, por fin puede regresar la luz completamente en este barco, necesito que observen la nota que he dejado para ustedes, ese escrito que dice: Samara Johnson. Necesito que me recuerden para hacer más miserables sus vidas, ¿Se acuerdan?, han pasado 5 años pero lo recuerdo como si fuera ayer. Mucho gusto, mi nombre es Samara Johnson, mi padre era Nicolás Johnson candidato a la alcaldía y si estuviese vivo, muy probablemente el señor alcalde, mi madre la Sra. Johnson una gran modista del pueblo quién estaba a punto de tener su segundo hijo. Éramos la familia perfecta hasta que un día, el más miserable y horripilante día, el señor Frederick Mantilla creo un odio hacia nosotros, mente despiadada y llena de ego que solo quería obtener la alcaldía al precio necesario, decidiendo llevar a cabo un secuestro con ayuda de Kilian y Axel, dejando cuatro cuerpos los cuales nunca tuvieron justicia.

Después de estar una semana amarrados de brazos y piernas cada uno en una silla, con cintas en la boca y torturados, ellos pensaron que no era suficiente, así que decidieron hacer de esto un juego intenso, Kilian Sandemetrio empezó a burlarse de mi padre diciendo: ¿Quieres ver a tus seguidores futuro alcalde?, di que sí, escucha como gritan tu nombre. Se reía continuamente hasta que dijo: Bueno y si no quieres ver a tus seguidores para que quieres tus ojos, sacándoselos de una manera descabellada con una navaja. A mi madre, le fue colocada una bolsa en su cabeza, sostenida por el señor Axel quien decía: Respira, ¿Por qué no quieres respirar?, todo el tiempo con su voz burlona, ¡Mírala como llora!, mientras mi padre escuchaba todo sin poder hacer nada. Por último, no estando satisfechos los quemaron frente a mí.

Cada minuto era más horrible que el anterior, padecía lágrimas de sangre, ¿Quién está preparado para sobrevivir a tal dolor?, malditas han de ser sus almas despiadadas, como es que se puede disfrutar tanta crueldad, ¿acaso sus mentes son inmunes a la conciencia que les ha permitido borrar por completo tal mancha de sangre?, Triste y despiadado suceso que no me dejaba recordar que aún tenía vida.

En cuanto a mí, me encerraron durante 2 meses más, tiempo en el que fui su juguete sexual, me utilizaban cada vez que ellos querían hasta que mi cuerpo no aguanto más y falleció a sus 19 años. Me descuartizaron cual animal y por último me quemaron, que mentes tan dañadas las de estas tres desventuradas y horrendas personas. Malditas lágrimas, cuanto odio y cuanto dolor vive conmigo ahora.

Así que malditas lágrimas no me digan, "Ahora dime, cuan cruel fue tu pasado que te hizo cometer esta gran locura o mejor debería decir ¿estas terribles y perversas locuras?". Lágrimas que me llenan de tristeza y odio pero que no pueden cobrar venganza, hoy que los veo en este barco reunidos se ven tan felices, cada sonrisa, cada acto de amor, me recuerdan a mi hermosa familia quien nunca mereció tan despiadado castigo, y ¡No!, claro que no seré uno de ellos, no acabare con sus vidas para lléname de satisfacción.

Cruel mi pasado que me hizo cometer el pecado de pensar en estas terribles y perversas locuras, locuras que lleve a cabo en mi mente, que a pesar de no llevar los sucesos a la realidad hacía que mi alma se envenenara y se alejara cada vez más de la paz que está buscando, que en lugar de aliviar sus lágrimas, están se hacían más fuertes, pues aunque quería ver pagar a estos tres miserables y muy desdichados con un toque de su misma dosis, lo que hice fue revivir cada momento, detalle a detalle de mi triste realidad e imaginar cómo estas personas padecían en sufrimiento, me imaginaba ahí, ahí estaba nuevamente desdichada, destrozada, sentía morir de nuevo, de seguro estas personas no merecen esto, al igual que tampoco yo lo merecí.

Malditas lágrimas que me hacen recordar tan espantoso suceso, malditas lágrimas que nunca me dejaran llegar a la paz que tanto anhelo, que tan malditas pueden ser para que aún me tengan pagando, tengan misericordia de mí. Alma llora más, llora más fuerte, llora hasta que no tengas más lágrimas, como el mundo hace llover para descontaminar sus aires, llora para descontaminar tu alma, llora hasta ser libre.

Malditas lágrimas que me han envenenado el alma, pero lagrimas no tan malditas que aunque esté muerta me recuerdan que aún tengo sentimientos, que me han hecho recordar que tenga piedad, esa piedad que no han tenido conmigo pero que yo no he podido negar, lagrimas no tan malditas que aunque me acaben de destruir, me recuerdan lo bonito que era amar.

En mi mente los he visto sufrir y aún me pregunto: ¿Cómo es que se pudieron satisfacer causando tan brutal dolor?, es triste, pero al estar hoy mi alma presente en este barco, se vuelve testigo de su felicidad y si todo lo cometido fue por ese motivo los perdono, no es mi deber hacer justicia, estoy segura que el tiempo lo dirá y aunque aun sabiendo, que mi familia y yo fuimos los únicos perjudicados en esta historia, hoy me voy, me voy sin paz alguna mientras mi alma sigue buscando una nueva salida, una salida que me ayude a dejar a un lado mis depreciables y muy miserables lágrimas malditas.

Fin.

La Cortina de Catalina

Por Catalina Botero

I

Catalina, en un día de esos aburridos y de obsesión por la limpieza, decidió bajar el velo de su cuarto. Al hacerlo, no pudo evitar preguntarse si aquello era una símbolo más profundo; siempre la habían acompañado los pensamientos mágico esquizofrénicos, como ella misma los definía: una mezcla entre conocimientos la psique y su necesidad (tal vez, mejor, su ingenuidad) de creer en poderes más allá de la realidad pura y dura, plana, chata. Quizás bajar el velo implicaba su interés por habitar la desnudez, la vulnerabilidad, la exposición. Pero, aunque poético, detestaba esta posibilidad de intromisión de los desconocidos vecinos en su alcoba principal.

En ese momento arruinó el cortinero.

— ¡Ay Por andar pensando marcadas!

Alcanzó a decir, no muy duro, la cosa no ameritaba el uso de su voz monstruosa.

Conjuró sus palabras en su mente:

—Sólo pensamientos positivos, sólo pensamientos positivos.

Estaba convencida de tener un poder sobrenatural para bendecir o maldecir, aún fuera de su voluntad. Solo bastaba un pequeño disgusto con alguien y ya le caía la roya. A veces al alguien, a veces a ella. Todavía no entendía bien cómo funcionaba, así que lo evitaba, no fuera a ser cierto y ahí sí...

Bajó el velo. El real. Se dispuso a lavarlo cuanto antes. Luego vería cómo colgarlo de vuelta.

II

Al bajar el velo, quizás por la rabia de dañar el cortinero, lo sacudió con más fuerza de la necesaria. El pobre estaba lleno de polvo. Un polvo Feroz "Como los que valen la pena", pensó y se alcanzó a reír. Hacía 15 días habían terminado un edificio nuevo a media cuadra y bueno, aquello tenía sus consecuencias. Mientras caminaba hacia el patio, sucedió: Empezó a estornudar. Una, dos tres, cuatro veces.

— ¡*hijuelagua*!

Buscó la *loratadina*. O la ortiga...nada. Lavarse la cara, rápido. Cinco, seis siete.

—mierda! Agua fría no, agua fría no.

Ocho, nueve, diez, once...

"Estornudas porque quieres expulsar algo, estornudas porque has bloqueado una emoción". No había nada bloqueado. Solo la rinitis alérgica. Doce, trece, catorce.

Nada que hacer. Abrió la llave de agua caliente. Y se metió a la ducha, la cara ya bastante hinchada. Veintidós, veintitrés... Calma.

Al salir, sabía que no podía usar la misma ropa. Se fue a su cuarto envuelta en una toalla. Vio la ventana desnuda. Enfrente un hombre que estaba asomado la vio. Dos, tres segundos de parálisis. Quien fuera, se guardó. Ella corrió a cerrar la cortina más pesada. Mientras se vestía de nuevo, vio el retablito de los ángeles de Rafael que tenía desde los tiempos de la panela. No la miraban y su expresión era bastante aburrida.

—Sí, claro, porque son querubines, si no…

Recordó el pudor. No era vergüenza sobre su cuerpo. Se gustaba, siempre lo había hecho. Se sabía lo suficientemente guapa. Pero toda la vida había odiado la mirada de los otros sobre la desnudez. La perturbación de todos los niños del kínder 5 cuando uno de ellos decidió orinar frente a todos. Y las maestras gritándole. Y las niñas diciendo que era un niño malo porque les había mostrado "el coso". A ella no le había producido ni la más mínima emoción o curiosidad. Era un niño. Tenía pipí. No "coso". Era distinto a lo de ella, lo sabía, pero no quería verlo o no verlo. Era… un cuerpo. Simplona, tal vez. Y así fue siempre. No la escandalizaba el cuerpo, ni el sexo.

Pero desde ese día de kínder 5, supo que a los demás los aterraba. Y a la vez, era en lo que más pensaban. No le gustaba mostrarse, no por pena, sino porque odiaba la perturbación de los que veían. Simplona. Pudorosa por simplona. Luego de volver de la droguería, se ocupó, esta vez con mucho cuidado, del maldigo velo.

III

Con cuidado, para evitar nuevos estornudos, lo metió a remojar.

"No sólo es por la alergia, siempre he podido detectar el polvo: el ocurrido, el pasado y el futuro…a lo mejor por eso tengo que lavar esta vaina" y dijo en voz alta:

—un día de estos me voy a volver tan boba que ni el diablo me va a coger

No hubo autocorrección. Olvidó conjurar este decir, porque el agua estaba perfecta y el mugre que salía del velo le producía un placer morboso, hipnotizante. Como si fuera su propia purificación.

Una vez estuvo listo el velo, se ocupó del cortinero. Primero, sin abrir la cortina pesada, trató de arreglarlo con las manos; luego con pegante, con cinta de ducto, con "masilla especial". Pero nada, habría que sacar el taladro. Esto implicaba toda una operación: el aparato, la extensión, las gafas, los guantes y la mascarilla de protección. Ni modo. Había que evitar otro ataque alérgico. Ya tenía loratadina en casa, claro, pero no le gustaba abusar. La ponía somnolienta y dos días de aquello habían sido suficientes. Cuando tuvo todo dispuesto y conectado, descorrió la cortina gruesa. Empezó a taladrar, el polvo de la pared saltaba.

"Estoy protegida, estoy protegida "

Miró el retablo de los querubines, cuya expresión parecía decir "Mmjmm, quién sabe".

Al voltear la mirada al afuera, el vecino afortunado estaba allí. Se había parado en su balcón y solo tenía puesta una toalla enrollada en su cintura. La saludó e hizo un gesto levantando los hombros de que parecía decirle "ni modo, qué le vamos a hacer" El taladro se detuvo. Dos, tres segundos de parálisis. Catalina no pudo resistir. Se quitó la mascarilla y le sonrió de vuelta, sin malicia, en una suerte de reconciliación.

En ese instante el viento le jugó una mala pasada el hombre y le levantó la toalla, dejándolo expuesto.

"la justicia divina no distingue géneros a la hora de levantar faldas", pensó.

La toalla se seguía flotando mientras el hombre se cubría con una mano y con la otra sostenía la toalla. Casi como Marilyn Monroe en aquella famosa foto en el metro. Ella recordó el título de esa película, "La tentación vive arriba" y soltó una

Carcajada, ahí sí con su voz monstruosa.

—Qué Dios te bendiga!

Alcanzó a decirle al hombre antes de que el polvo generado por el taladro se le entrara a la nariz y comenzara a estornudar. Uno, dos, carcajada, tres, cuatro, cinco... el taladro se reactivó y ella por soltarlo hizo un fuerte impulso, que la mandó por la ventana. El hombre gritó, Catalina gritaba aún más mientras seguía riendo.

Caía: un piso, dos, tres, mientras veía a los querubines que por estar con su gesto de millenial no habían reaccionado a tiempo. Cuatro, cinco. Vio al diablo, a quien le importó un comino agarrarla, como bien había dicho ella antes. No había conjurado esa palabra. Vio el velo volar por el vidrio roto, llegándole a las manos a su Ángel Monroe, que tenía los ojos del terror. Vio a todos sus santos y sus dioses y sus orishas y a su señor Jesús, que hablaba por teléfono en portugués. Vio incluso a Miguel, Gabriel y Rafael. Quién sabe en donde se habría metido el otro. No podía parar de reír. Finalmente tocó el fondo. Había caído encima de su padre, muerto hace años.

—¡Catalina! — le dijo, regañándola.

—No hay Ángeles velados al otro lado de la ventana!

La ciudad de papel

Por Édgar Mauricio Cadena Flórez

Cuando era pequeño siempre me gustaba que mi madre me leyera cuentos antes de irme a dormir, aunque no sabía el porqué. La verdad, nunca me importó su porqué. Disfrutaba cada noche el cómo sus palabras se colaban por mis oídos y, sin que yo necesitara un ticket, mi mente se convertían en un cine con ellas, proyectándolas como imágenes y transportándome a mundos fantásticos, a tiempos pasados, a vidas que para un niño de seis años le hacía creer que aquellas letras que ella le leía estaban empapadas de magia. En una de esas noches fue cuando lo supe. Mi mayor sueño en la vida se sería convertirme en esa persona que con sus palabras transportara a la gente a mundos fantásticos alejados de la realidad. Quería poder construir historias donde en ellas habitaran miles de vidas que al ser leídas tomaran de la mano a quien le leyese, haciendo juntos volvieran a sentirse vivos. Letras para aquellos seres fugitivos del tiempo y la realidad que buscan un cobijo en la magia de mundos hechos de papel. Mundos en donde los recuerdos fuesen momentos eternos. A la edad de seis años lo decidí y se lo comenté a mi madre. Con lágrimas en los ojos y con una gran sonrisa grité animado: "¡De grande quiero ser escritor!".

Es curioso como un sueño y un recuerdo muchas veces no coinciden aunque provengan de la misma persona. Cómo al tratar de seguir la sombra de quien queremos ser nos perdemos en su oscuridad; perdiendo el rumbo y naufragando en un mundo de aves sin alas que luchan desesperadamente por sobrevivir cada día renunciando al cielo; soltando la cuerda del globo que nos mantenía a salvo de sus garras y su hambre insaciable. El tiempo pasa y muchas veces no le importa las heridas que deje. En la primavera número veintiocho de mi vida, al despertar aquella mañana mi faro se apagó. Esa mañana recibí la carta de la editorial a la que les mandaba mis escritos diciéndome que no podía continuar con ellos ya que mis escritos e ideas ya no les gustaban. Pensaba que aquello eran piedras que le suceden a todos los escritores, que en otras casas editoriales podría continuar mi camino y las cosas mejorarían, pero no fue así. Gasté dos semanas en enviarle mis escritos a todas las casas editoriales que había y, a cada una más dolorosa la noticia para mí, todas ellas los rechazaron con diferentes argumentos. En una noche de abril, sumido en ira y tristeza quemé mis escritos. Abandoné mi sueño de convertirme en escritor y caí en el mar de pirañas que se había convertido el mundo, donde puse en venta mi alma a cualquier empresa que me diera algo de dinero para poder sobrevivir. Poco tiempo después entré a trabajar en una oficina donde ganaba mucho menos de lo que trabajaba, pero que me permitía alargar mi vacía vida un poco más, aunque no sabía ahora por qué la quería alargar.

El trabajo siempre me arrojaba cuando el sol ya se había ido. Sumido en los transeúntes susurros que me acompañaban como ecos distantes yo viajaba de manera mecanizada por el sendero a mi apartamento. Con los días siendo restados de uno en uno el calendario pasaba arrastrándome a través de meses, estaciones y festividades, moviendo mis pies, mis manos y mi vida sin que le importase. Aunque a mí tampoco me importaba, ya ella había perdido el sentido.

Ahora quien vivía de ese cuerpo era un ser despojado de todo. Sin una cuerda que le atase la cabeza al globo que a sus ojos le hacían mirar al cielo, ellos cayeron con peso de plomo al suelo, y de ahí no se despegaron.

Marcaba junio cuando en una de aquellas noches, a mitad de mi mecanizado viaje un gato negro llamó mi atención. Se acercó a mí mientras que maullaba suavemente para que le mirase y ronroneaba mientras que jugueteaba con mis piernas. Ahí estábamos, yo esperando a que el semáforo me diera verde luz para seguir mi camino mientras él quería algo de juego y cariño de mi parte. Cedí ante sus súplicas cariñosas y me agaché para acariciar su lomo cuando éste se alejó corriendo hacia una esquina, ahí frenó y se me quedó mirando con unos ojos que tenían una heterocromía particular. Sus ojos se teñían de blanco y negro, como un yin y yang ocular que pareciese llevar vida y muerte en ellos. Después de unos segundos ahí parado él empezó a mover su cola como si me estuviera llamando para que le siguiera. Sin razón alguna me levanté, acepté su comando y aquella noche me salté el viaje mecanizado de todos los días. Empecé a seguir su menina figura yendo por las calles algo desérticas que a esa hora se presentaban en la ciudad sin que se pronunciara palabra alguna por la parte de ambos. Al doblar en una esquina le perdí el rastro. Intrigado por el dónde estaría seguí caminando pensando que así le encontraría más adelante, aunque me equivoqué, al andar por aquella calle mis errantes pasos me llevaron hasta un perdido y bello parque sin nombre. Aquél misterioso lugar no era muy grande, aunque tenía varios caminos que lo recorrían y daban a diferentes entradas o salidas. Era un lugar muy calmado. Si se ponía atención se lograba escuchar suavemente la coral de grillos cantarle a la noche proviniendo de paisajes florales que parecían bailar al escucharles. Me adentré en aquel mundo de hojas bañadas por la noche y seguí uno de sus caminos sin saber qué podría encontrarme. Caminando sin rumbo fijo mis pies me llevaron hasta una banca que yacía sus cimientos cerca del centro del parque. Me senté en la banca y sentí a aquel lugar convertirse en una especie de escondite para mí. Un lugar donde podía ir para que mi alma descansara de su sufrimiento. Y así fue. Todos los días, cuando el trabajo me despojaba del delantal de obrero yo emprendía rumbo hacia aquel lugar buscando refugio. En él sacaba una libreta que siempre llevaba conmigo y me ponía a garabatear pequeños poemas o relatos cortos que luego desechaba al dejarlos grabados ahí, en un papel que tan sólo apuntaba llevarlos al olvido. Así pasaron varias noches, juntando palabras que nacían y morían en aquella banca, dando vida a un sentimiento y muriendo gracias a otro. Así hasta que en una de esas noches las cosas no sucedieron como de costumbre. Al estar escribiendo en mi libreta recibí una llamada de carácter urgente que me hizo olvidarla en esa banca. La llamada provenía del hospital informándome que mi madre había sido

ingresada hace unos cuantos minutos porque se encontraba muy grave de salud. Luego de unas horas en el hospital ella murió por un infarto que le detuvo su vida. Aquella noche su recuerdo fue el causante de mi insomnio; de las siguientes muchos otros le tomaron su lugar. Aquella noche, al igual que mi madre, murieron completamente mis ganas por escribir.

Aquellas dos semanas finales de mes pasaron como una tormenta para mí. Aunque en el trabajo no informé sobre su muerte para que así tuviera algo en el día a día que me mantuviese ocupado y distraído, mi rendimiento se vio claramente afectado, aunque no lo suficiente para crear problemas con mi jefe. Luego del rutinario despojo laboral me dirigía hacía mi sancta sanctorum, prendía algunos cigarrillos y ahí me quedaba un par de horas mirando el suelo, absorto en una tormenta de pensamientos que ni siquiera me dejaron volver a escuchar a la coral de grillos cantar.

En una de las noches de julio, mientras caminaba por el parque como de costumbre hacia la banca, hubo algo que rompió la rutina. Había una chica posada en la banca que tenía la mirada puesta en el cielo y, al igual que la coral de grillos, le cantaba suavemente a la noche. Las flores parecían sonreírle y bailar con su melodía. Todo lo que le rodeaba tomaba color y vida haciendo que se viera como una bella pintura. Aquel momento se quedó grabado en mis pupilas, traspasando así hasta hospedarse también en mi mente. Pasados unos minutos ella percibió la presencia de unos pies estáticos que le observaban en silencio. Ella detuvo su canto y, por unos cuantos segundos, en un sórdido silencio nuestros ojos colisionaron en un big bang de miradas que empezó a expandirse devorando todo el tiempo y el espacio. El destino o la casualidad eran jugadores extraños, quizá malévolos, quizá benevolentes; quizá ni siquiera fueron ellos y tan sólo la causalidad de nuestros actos guió los carruajes hasta llegar a una extraña Roma despojada de sol, palabras o pasado.

— ¿Te vas a sentar?— preguntó con una suave sonrisa asomándose.

Las letras de mi boca se quedaron sin movimiento por un par de segundos. Todas ellas se encontraban atrapadas en un abismo sin fondo, o eso pensaba yo. Reptando por las paredes de mi garganta se colaron un par de palabras aleatorias y, sin revisión mental, saltaron a la conversación a modo de respuesta.

— Las violetas sonreían al escucharte...— musité con asombro.

En cuestión de unos segundos mi cuerpo despertó de su trance y trató de arreglar lo sucedido.

— Perdón, quiero decir sí, pensaba sentarme un rato si no es molestia para ti, claro está.

— Para nada — me respondió sonrojada— , ya me muevo.

Ella se sentó en un extremo de la banca y yo me ubiqué en el otro. Ambos con miradas opuestas, pues ella siguió mirando al cielo y yo clavé la mía al suelo. Los segundos caían como plumas. El pasar de la manecilla me hacía sentir que podían pasar años siendo tan solo unos cuantos minutos los que realmente marcase el reloj, aunque realmente no me hubiera importado, sinceramente hasta lo habría preferido. La noche transcurrió en silencio. Ella abrió un libro que llevaba y estuvo un par de horas leyendo; yo pasé el tiempo absorto en mis pensamientos. Como dos polos ahí estuvimos, ella perdida en un mar de letras que la llevaban a mundos fantásticos y yo naufrago en uno que me arrastraba cada vez más hacia la orilla de la realidad, esa de la que tanto quería escapar. Al finalizar su lectura ella guardó su libro, se paró y mientras se retiraba dijo suavemente.

— ” Si te quedas mirando siempre hacia abajo nunca serás capaz de escapar de la blanca jaula de papel ”.

Cuando alcé la mirada, intrigado del porqué de sus palabras, aquella chica ya no estaba.

Solitario en aquella banca prendí un cigarrillo, aspiré su voz humeante y puse rumbo de nuevo hacia mi apartamento. Quizá ya no la volvería a ver jamás.

El siguiente día transcurrió de manera rutinaria. Al llegar la noche mis pies me llevaron como todas las noches hacia la banca en el parque, pero al llegar a ella nuevamente el rutinario día cambió de dirección. Ella estaba nuevamente en la banca, solo que esta vez no la encontré cantando. Leía como anoche. Al acercarme hacia la banca ella alzó la mirada, la posó sobre mí y me saludó.

— Hola.— me ofreció junto a una suave sonrisa.

— Hola.— le devolví el saludo de la misma manera.

Ella se paró y se movió hacia un extremo de la banca para que así yo me sentara. Acto seguido a su gesto me senté en el lado opuesto de la banca, al igual que la noche anterior.

El tiempo nuevamente se movía diferente en aquel lugar, como si estuviera hechizado con algún tipo de magia que hacía que el tiempo perdiera su compás habitual. Pasado un tiempo saqué mi caja de cigarrillos junto con el mechero y le dije.

— Oye, ¿te molesta si fumo?— pregunté.

— Solo si no me compartes uno. Respondió con una suave risa.

— Para nada, ten — Le ofrecí uno y luego le di fuego para que lo encendiera.

Aquel primer cigarrillo lo compartimos en silencio. Cada uno llevaba ritmos diferentes, así que cuando acabé el primero nuevamente saqué la caja y prendí el segundo. Ella me mirándome me dijo.

— ¿Acaso tan malo estuvo el trabajo hoy?— preguntó rompiendo el silencio que había entre el humo.

— Sinceramente, todos los días son malos — mirando hacia el parque le di una calada al cigarrillo y continué— . Se convierte todo en una rutina, hasta el dolor que te generan los días malos te parece tan normal que luego de un tiempo dejas de notarlo. ¿Qué tan malo estuvo el tuyo?

— La verdad, los días de trabajo me estresan pero no puedo llegar a considerarlos malos.

Realmente me gusta y disfruto mi trabajo.

— ¿En qué trabajas?— pregunté intrigado.

— Tendrás que adivinarlo si quieres saber, o quizá alguna noche la luna te lo diga. Ya veremos qué pasa primero.— dijo con una suave sonrisa.

— Entonces tendrás que seguir viniendo para que así pueda adivinarlo antes de que en alguna noche que tú no estés ella te gane y me lo diga.— le dije devolviéndole la sonrisa.

Ella posó su mirada en el cielo y durante unos segundos se quedó en silencio mirando a la luna como si en ella estuviese buscando algo. Dio un leve suspiró y sin despegar la mirada de ella me dijo con una suave voz.

— Quizá esa sea la meta de nuestros encuentros…

— No lo sé— le dije posando también mis ojos en la luna— , ¿qué te parece si nos

encontramos acá cada noche que en cielo se vea la luna para ver qué pasa primero?

— Tenemos un trato.— dijo sonriendo.

Ahí nos quedamos mirándola cuando al pasar de algunos minutos ella recibió una llamada que hizo que se fuera rápidamente aquella noche, dejándome solo junto a Selene una vez más bajo un profundo silencio que ahogaba incluso el pasar del cigarro por las brasas. Luego de un par de horas ahí sentado, mientras aún seguía bajo su manto me fui de nuevo a mi apartamento. Aquella noche ambos firmamos el trato lunar. Aquella noche nació nuevamente un motivo al porqué quería que mi vida se siguiese alargando.

Las semanas transcurrieron como de costumbre mientras que nosotros todas las noches en las que la luna se mostraba nos juntábamos en aquella banca donde el silencio no volvió a ser protagonista de nuestras conversaciones. Las veces que ella llegaba primero me esperaba leyendo, aunque algunas veces la sorprendía cantando con los ojos cerrados mientras esperaba.

Cuando yo llegaba primero lo que hacía era esperarla mientras un cigarrillo acompañaba a mis dedos. A veces incluso me perdía en mis pensamientos y me quedaba mirando al suelo hasta que ella me despertase del trance. Las noches que ella y yo compartimos me dieron aquel cobijo que mi alma tanto necesitaba. Las charlas nunca tenían orden. A veces la conversación solamente era sobre películas que nos gustaban. Otras tan solo hablamos de literatura. Hubo incluso una donde dejamos aquella banca y nos pusimos a recorrer el parque entero mientras hablábamos de nuestras canciones y bandas preferidas. Daba igual el tema que tocara a la puerta, ambos íbamos a durar horas enteras hablando de él hasta que el frío, el sueño o el hambre nos devolviera al mundo real nuevamente y ambos emprenderíamos rumbo hacia su hogar, donde habitaríamos hasta que la luna nos volviese a juntar por la noche en aquella banca.

Un sábado en propiedad de agosto, mientras caminaba por la ciudad que se bañaba en luz de tarde me di cuenta de algo que hace mucho tiempo no veía. La ciudad había vuelto a tomar color. Ella se lo había devuelto. Con ella danzando en mi mente me topé con una librería nueva que había abierto en la ciudad. Recordé que ella siempre leía cuando la encontraba en aquella banca, así que decidí en entrar y ver si encontraba algo para ella. Al entrar pude notar que el lugar era más grande de lo que desde afuera parecía. Empecé a caminar sin norte por aquellos senderos literarios que cargaban consigo las almas de miles de personajes en sus páginas, estando a la espera de ojos dadores y sedientos de vida, personas que les acompañasen a través de caminos de palabras. Estando naufragando entre sus títulos y mis dudas acerca de su contenido una dulce melodía empezó a colarse a través de mis oídos, llegando al centro de mi atención y callando aquel mar de pensamientos sus notas evocaron en mí el recuerdo de su similitud con la melodía que cantaba la chica la vez que nos conocimos en el parque por la noche. Pensé que aquella casualidad quizá significaba algo, aunque lo desconocía. Seguí vagando por aquella librería, dejándome llevar por la melodía que de fondo sonaba hasta que torpemente choqué contra un estante que hizo que algunos libros se cayeran.

— ¿Está usted bien?— me preguntó la chica de la librería que por el estruendo del golpe se acercó a comprobar lo sucedido.

— No se preocupe usted por mí, al contrario perdóneme por haber chocado torpemente contra el estante. Ya recojo los libros caídos y los devuelvo a su sitio.— le dije disculpándome.

La chica me comentó que no me preocupara, que ella se encargaba de ello, pero la

vergüenza de mi acto ganó y ella al escucharme que le dejara ayudar terminó accediendo a mis súplicas. Al estar recogiendo aquellos libros hubo uno que llamó especialmente la atención. Al terminar de organizar junto a la chica la estantería tomé el libro y pregunté por su precio— aunque daba igual, el precio no haría que cambiara mi decisión de comprarlo— . Ella me condujo hasta el mostrador de la librería donde me lo indicó y me preguntó.

— ¿Quiere una bolsa normal o quiere una de regalo?

— De regalo, por favor.— Le dije con una pequeña sonrisa.

Acto seguido, tras darle mi nombre y cédula como procedimiento protocolario de las librerías modernas, lo compré y ella procedió a darme la bolsa de regalo. Una vez realizada la compra me despedí de la chica y salí de librería. Miré al cielo que empezaba a tornarse de nube gris mientras que el sol partía de su día laboral para darle el turno de inicio a la noche.

— Va a llover… así que hoy quizá no se pueda.— musité decepcionado.

Bajé la mirada y con el libro enfundado en su bolsa puse rumbo a mis pies de nuevo hacia el apartamento. Cada vez más el olor a lluvia inundaba el viento que paseaba la ciudad. Por la noche, mientras una fuerte tormenta se tomaba el control de la ciudad la melodía que sonaba en la tienda empezó a sonar en mi cabeza. Caí en un profundo sueño, uno en el que ella lo cantaba mientras que las flores perdían poco a poco su color y su sonrisa. El bello paisaje de colores llenos de vida que antes ella había plasmado en mis pupilas ahora se presentaba en una escala de grises carente de vida alguna, donde solo se veía la sombra de ella, y en su lugar el gato negro de antónimos colores oculares se posaba sobre la banca, mirándome, moviendo su peluda cola como si algo me tratase de contar.

Los días de lluvias nocturnas aquella semana, dejando que la luna se mostrase libremente solo a altas horas de la madrugada, donde la ciudad se convertía en eco de susurros amorosos, tristes y somnolientos. En una de aquellas madrugadas que el sueño no tocó mi puerta a cercanas horas del alba, me quedé mirando por la ventana viendo la luna pasear por aquel mar celestial con la duda de que si ella al igual que yo estaría mirando aquel cielo estrellado, haciendo quizá posible que la luna nos permitiera encontrar nuestras miradas en ese momento. Así finalizó un agosto en donde ella había pasó de ser un momento visto por mis ojos a un recuerdo que el insomnio usaba a su favor. Así finalizó un agosto donde no sabía realmente nada de ella, lo que frecuentaba casi siempre nuestras charlas eran temas de libros, películas o historias que compartíamos… Ni siquiera había conocido su nombre. Y todavía así no podía evitar no querer verla nuevamente en aquella banca del parque bajo la luna.

Al llegar septiembre la época de lluvias terminó. En el lunes de aquella primera semana, bajo su primera noche lunar, mientras la esperaba mirando al suelo con el cigarro abrazando a mis dedos ella se posó frente a mí musitando.

— ” Vuelves a clavar los ojos al suelo como si le temieras al cielo y a las estrellas, dime, ¿es acaso que no ansías la libertad, blanca ave? ”

Alcé la mirada y ahí estaba, mirando de nuevo al cielo. Luego de unos segundos ella agachó la mirada, posándola sobre la mía, brindándole compañía con su suave sonrisa.

— Hola.— dijo.

— Hola.— respondí sonriendo.

Como todas las noches que nos veíamos, el que llega primero siempre se levantaba y se ubicaba en uno de los extremos de la banca. Aunque esta vez las cosas fueron diferentes. Antes de que yo me levantara y me corriera hacia un extremo ella se sentó junto a mí en el centro de la banca. Tampoco le pregunté el porqué. Sentada a mi lada ella posó su cabeza sobre mi hombro y con tenue voz rompió el silencioso hielo.

— ¿Ya has encontrado la respuesta del enigma?— preguntó sin regalarme su mirada como compañera, dejándola vagar por el nocturno bosque citadino que nos rodeaba.

— No creo que tenga ganas de encontrarla.— respondí con acción similar en la mirada.

— Creo que deberías, así podrías quedar libre del trato, de mí.

— ¿Quieres acaso que se acabe el trato?— dije recogiendo mi naufraga mirada para dársela.

— Me gustaría que el trato durase para toda la vida, pero creo que eso no es posible.— me dijo dándome de igual manera su mirada.

— ¿Qué quieres decir? No te tendiendo.

— Cierra los ojos y no los abras hasta que yo te diga.— me pidió con gran esfuerzo por no romper en llanto frente a mis ojos.

Cerré los ojos como me ordenó y, aunque lo siguiente ella no dijo el porqué, no hizo falta para saber que algo malo le había sucedido. Su llanto empezó a salir a flote a la vez que ella se lanzó sobre mí y me abrazó. Pasaron algunos minutos en los que tan solo su llanto era el que hablaba. Poco después, su voz volvió al escenario.

— Tengo miedo… Tengo mucho miedo… Pensaba que no le temería así a la muerte, a lo que ella conlleva, que incluso estaría preparada, pero ¿realmente se puede llegar a estarlo? Me equivoqué completamente… Llevo noches en vela quemándome las manos al tratar de apagar las llamas de voces que recorren mi mente. Preguntas y preguntas que viajan por todo mi cuarto, acompañándome en todo momento gritando "¿Después de morir alguien te recordará?". Quizá por eso estoy aquí esta noche… Quizá por esto te lo estoy contando ahora… para que así quizás me logres salvar al recordarme en esta noche… Hay tantas cosas que se me quedan por hacer; tantos sueños e ilusiones que simplemente desaparecerán cuando toque a mi puerta y aparezca en el último e indoloro suspiro, y yo me vaya con ellas. Eso me aterra. Desaparecer de esta vida y ser alcanzada por el olvido… La muerte y el olvido, ¿alguna vez podremos escapar libremente de ellas?— algunas lágrimas contenidas salieron de nuevo. Ella no pudo atajarlas y dejó que siguieran hasta que la oleada terminara. Luego continuó— ¿Cómo sería posible vivir en la muerte si esta te arrebató la vida antes de poder vivirla?

Sus palabras se quedaron como tinta cáustica en mi piel, aunque no supiese el porqué.

Tampoco tuve el valor suficiente para preguntar. Lo único que pude hacer en ese momento fue quedarme ahí, abrazándola, tratando de ocultarla de su mayor miedo: la muerte. Minutos pasaron mientras su llanto le coreaba al tiempo. Al bajar nuevamente la marea ella me soltó, se alejó y me dijo.

— Perdón por todo esto, ya puedes abrir los ojos.

Abrí los ojos y lo que vieron como primera imagen fue a ella nuevamente sonriendo, aunque algunas gotas de lágrimas seguían la estela de predecesoras que recorrieron su rostro. Yo no sabía qué decir pues las palabras se me rehusaban a salir a escena, así que seguí en un silencio espinado que envolvía mi corazón, donde a cada latido se enraizaban más sus palabras. Ella reposó nuevamente su cabeza sobre la mi hombro, tomó la palma de mi mano y posó la suya temblorosa sobre ella mientras decía.

— Si te lo pidiera, ¿me salvarías de la muerte y el olvido?

— ¿Cómo podría acaso salvarte de ellas? Tan solo trabajo en una oficina como cualquier otra. Si fuese médico podría hacer algo, pero no puedo. No te entiendo.

— Déjame vivir en tus palabras, en tu ciudad de papel. Permíteme vivir eternamente en una de tus historias.

— No te entiendo, ¿cómo sabes aquello de que escribía?

Ella levantó su cabeza y fue en búsqueda de algo en su bolso. Ella sacó el libro que siempre leía, o pensaba que era un libro. Aquello que siempre leía era mi libreta que perdí la noche que murió mi madre. Ella me lo devolvió y empezó a contarme el porqué de su petición y la razón por la cual tenía mi libreta.

— Aquella noche que tú te fuiste afanado yo iba pasando cerca de la banca cuando vi que la dejaste algo olvidado. Me acerqué y pude observar que sobre ella reposaba una libreta y, aunque acepto que sin permiso, empecé a leerla por curiosidad su contenido; aunque también lo hice para saber si de alguna manera podía saber de quién era y así poder hacérsela llegar nuevamente. Al leerla supe que aquella persona que escribía en ella era alguien que poseía la habilidad de convertir las letras en magia. Un escritor, como normalmente se le llama. Pensé que si en la siguiente noche me hacía ahí en la banca con la libreta en las manos podría conocer al responsable de aquella magia. Y así fue. La siguiente noche te presentaste ante mí pero eras diferente a como imaginaba. Luego de encontrarnos vi que el resto de la noche no levantaste la vista del suelo. ¡Ni siquiera te diste cuenta de que lo que leía era tu libreta! Al irme sin ver tus ojos supe que en ellos llevabas tristeza y dolor, tan solo podía preguntarme, ¿cómo alguien que es capaz de convertir las letras en magia podía verse tan vacío en aquel momento? Soy terca y curiosa , así que decidí volver la siguiente noche a ver si algo cambiaba en ti. En la siguiente noche te presentaste llevando un rostro triste. Supe que no podía dejarte solo, no así, entonces fue cuando sucedió lo del trato de adivinar en lo que trabajo. Un juego algo infantil, lo sé, pero sentía gran intriga de saber qué te pasaba, el porqué de tus tristezas. Aunque aquella noche no todo salió como pensaba. Esa noche me llamaron del médico con los resultados de los exámenes médicos que me había mandado hacer hace un tiempo atrás. Resultó que tengo cáncer. El temor y la duda no me dejaron dormir aquella noche. Ni las siguientes. En la siguiente noche empezamos a hablar más y así pude conocerte mejor. Descubrí que dentro de ti habitaba alguien que sutilmente se escapaba cuando hablábamos de literatura, películas o las veces que nos narrábamos historias. Conversaciones que adoraba tenerlas. En una de aquellas noches, después de despedirnos y llegar a mi casa donde el insomnio me acompañaba, se me ocurrió una tonta idea. "¿Podría acaso él salvarme al dejarme vivir en sus letras?". Sé que es algo muy egoísta de mi parte pedirte eso. Lo sé y perdóname por ello. Simplemente no sé cómo más apaciguar mi temor si no es al pensar en aquella tonta idea.

— Hace mucho yo ya no escribo… No sé si podría hacer lo que tú me pides… — respondí decepcionado de no poderle dar una respuesta positiva, desviando la mirada.

— ¿Me olvidarás?— preguntó levantándome la cara hacia su rostro.

— Jamás podría olvidarte, para mí siempre vivirás en una noche eterna. Te recordaré todas las noches que mire la luna.— respondí sellando aquel juramento con las miradas.

Ella se mantuvo en silencio por unos segundos mientras algunas lágrimas se asomaban.

Ella me sonrió y me abrazó. Ahí duramos un par de minutos hasta que recordé que le había traído un regalo hoy, pensé que quizá así ella se animaría un poco. La solté y le dije sonriendo.

— Hoy te traje algo, así que cierra los ojos.

Ella se secó las lágrimas que se colaban por sus ojos y luego los cerró. Yo busqué la bolsa donde lo traía y saqué el libro de su funda, posándolo frente a ella. Al darle la señal que los abriera su rostro se llenó de una felicidad que incluso me contagiaba.

— Le petit prince… — musitó sonriendo.

— ¿Y qué tal?¿Te gusta tu sorpresa?

— De pequeña mi madre una vez me lo regaló para mi cumpleaños número seis. Desde entonces éste se volvió mi libro favorito. Aunque hace muchos años atrás lo perdí con la mudanza, siempre quise comprarlo de nuevo para leerlo otra vez. ¿Cómo supiste que lo era?

— Para serte sincero no lo sabía, él fue quien me llamó y me dijo que le reuniera contigo.

Yo tan solo le hice caso.

— Realmente me has salvado, gracias…

Aquella noche transcurrió entre historias de tiempos antaños. Ella me narró las historias que de pequeña había tenido gracias a los libros que su papá como bibliotecario le había regalado en distintas ocasiones. Yo el narré las mías y el cómo a la edad de seis años había decidido convertirme en escritor cuando grande. Aunque le había fallado a aquel pequeño soñador que

con lágrimas y una gran sonrisa lo dijo. Ella agarró mi mano y me dijo.

— "Nada en el universo sigue siendo igual si en alguna parte, no se sabe dónde, un cordero que no conocemos ha comido, o no, a una rosa". Le petit prince . Aunque lo hubiese leído hace mucho tiempo hay cosas que siempre viajan contigo a través de los años. De igual manera deberías hacerlo tú y escucharme. Naciste para hacer magia con las letras, no pierdas esa estrella porque ella siempre será tu norte.

Yo le miré y sonreí. Aunque no lo hacía para responderle de manera afirmativa a sus palabras, sino porque supe que sobre mi cielo dos estrellas marcaban mi norte. Continuamos contándonos historias hasta que el alba marcó nuestra partida. Nos despedimos y dijimos que con o sin luna el resto de noches que quedaban nos seguiríamos juntando en aquella banca, volviéndonos fugitivos de la realidad y su amargo paso vivir.

En la siguiente noche de aquella semana, en aquel parque mientras me dirigía hacia la banca recibí una inesperada visita en mi trayecto. El negro felino volvió a aparecer mirándome mientras movía su cola en una de las bancas que por el camino había. Cuando supo que noté su presencia éste comenzó a andar. Yo intrigado por su visita aceleré mi paso para averiguar qué quería mostrarme aquella vez. Al llegar al fin del trayecto llegamos a la banca de siempre, a la cual yo me dirigía aquella noche. Despegué la mirada del minino y pude ver que una chica estaba para junto a la banca, como si estuviera esperando a alguien. Me acerqué intrigado por su presencia y su rostro de tristeza, pero apenas ella notó mi presencia disparó con pregunta sus palabras.

— ¿Eres tú el hombre que convierte las palabras en magia?— dijo con mirada dubitativa.

— ¿Quién pregunta y cómo sabes tú de eso?— dije con semblante de preocupación e intriga.

— Será mejor que te sientes, hay algo que debo contarte.

Ella me comentó, luego de varios intentos batallando con el llanto, que la chica con la que pasaba todas las noches en esa banca, había fallecido aquella tarde tras sufrir un accidente mientras viajaba en su moto con rumbo hacia su trabajo para el turno de la tarde en la librería donde yo había comprado el libro del principito. También me dijo que el día que yo visité la librería ella estaba allá, solo que no quería que yo me enterase para que así el trato que habíamos pactado no se terminara en ese momento. Me dijo que luego al yo salir de la tienda ella no le había contado qué había hecho allí para que así no se dañara la sorpresa que yo pensaba darle.

Me comentó que desde que me había conocido la chica no paraba de hablar de mí y de las letras que había en aquella libreta, que quizá podrían ser su salvación para la inminente muerte que le pisaba los talones gracias a la enfermedad. Luego de unos minutos de llanto y consuelo ella culminó diciéndome que ésta mañana la llamó llorando diciéndole que el día que algo malo le pasara fuera a aquel banco en mitad del parque y me esperase en la noche para que me diera algo.

— Toma, esto es lo que ella me pidió que te entregase si algo malo le pasara.— dijo con una voz que batallaba por no perderse en el llanto, agarrándome una bolsa con su interior ocupado.

Al indagar el contenido de su bolsa descubrí que en su interior había una libreta con sus hojas llenas de trazos hechos por una pintora. Trazos que plasmaban vida en sus páginas blancas, ahora convertidos en paisajes de gamas cromáticas. Al inspeccionarlos llegué a una de las últimas páginas donde en ella había el dibujo de un ave blanca emprendiendo vuelo desde una rota jaula hecha con papel de libros. A su lado residía un poema que le hacía compañía. Al leerlo recordé que aquel poema era el que me había estado recitando las veces que me encontraba con la mirada gacha. Aunque había una frase que ella no me había dicho aún. " Ven, extiende tus alas y acompáñame en un sempiterno viaje. Que el estelar mar aguarda por nosotros". Como un balde de agua en la cara fue aquella frase cuando recordé que ese pequeño poema era uno de los que había escrito hace mucho tiempo, pero que absorto en los pensamientos que me cegaban el cielo no lo reconocía. Al lado de aquella libreta de dibujo se hallaban una carta y el libro de El principito que le había regalado la noche anterior con un post it pegado sobre la carátula con una cita del libro que decía.

"(…) Tú tendrás estrellas como nadie las ha tenido.

— ¿Qué quieres decir?

— Cuando mires al cielo, por la noche, como yo habitaré en una de ellas, como yo reiré en una de ellas, será para ti como si rieran todas las estrellas. ¡Tú y solo tú tendrás estrellas que saben reír!"

La carta por su parte contenía un pequeño mensaje que ponía con letra cursiva " ¿Me olvidarás o después de haberme ido me recordarás para así nunca morir en el olvido? Si para cuando recibas esta carta aún no te he dicho mi nombre, puedes sentirte libre de ponerme entonces el que tú quieras, aunque es una lástima que yo no pueda hacer lo mismo contigo ". Al finalizar de leer recordé que cuando pagué en la librería dejé algunos de mis datos, entre esos mi nombre, y para añadir, le regalé el libro con la bolsa característica del lugar donde trabajaba.

Luego de leer y ver todo aquello, las lágrimas hicieron desbordar la represa en la que mis ojos luchaban con feroz fuerza para contenerlas. El llanto me invadió mientras como un lobo yo contemplaba la luna, aullando con ahogados suspiros, esperando que quizá ella me calmara con su mirada proyectada en la luna. Pero no fue así, ella se había ido, aunque no me había abandonado. Aquella noche las estrellas danzaban alegremente, como se rieran para contagiarme su alegría. La chica se estuvo un rato conmigo y luego ella se marchó. Nos despedimos y yo volví a sentarme en la banca. Ahí, arrojado en una tristeza profunda me visitó nuevamente la felina figura. Como siempre, mirándome con sus ojos de ocular yin yang, empezó a batir la cola durante unos segundos. Luego se me acercó y se sentó conmigo en la banca donde por primera vez se dejó que le acariciara su lomo, hasta que apartó mis manos al alejarse y, al volver a clavar su mirada sobre mí, susurró sutilmente " Déjame vivir en tus palabras, en tu ciudad de papel.

Permíteme vivir eternamente en una de tus historias ". Al ver y escuchar eso mis ojos parpadearon de sorpresa, y aquel gato de ocular yin yang ya no estaba. Aunque me sorprendió escucharle, supe que esas palabras no eran suyas, sino que eran de ella, de Violeta. Sonreí, me levanté de aquella banca y me dirigí hacia mi apartamento donde, tras desempolvar mi vieja

máquina de escribir empecé a escribir " La ciudad de papel ". Una ciudad eterna para su recuerdo.

Fin.

Antropoide

Por María Camila Robayo Ríos

Personajes

Pato

Lucho

Tony (en forma de gorila de peluche)

 Momento seguido al primer momento que no está escrito aquí

Inhóspito, basura, cajas. Lucho y Pato entra agitados, Pato está casi dormido y sostiene a Tony el gorila.

Pato. ¿Y ahora qué hacemos?

Lucho. Seguro que quieres dormir.

Pato que se ha recostado en Lucho, asiente con la cabeza.

Lucho. ¿Tienes miedo?

Pato. Tony tiene hambre.

> *Lucho asiente con la cabeza.*

Lucho. Ya no se escuchan balas, seguramente ya no están en el barrio, la semana pasada mataron a Moneda.

Pato. Hace un mes fue a Lili *(habla en voz baja y le tapa las orejas a Tony el gorila)*, se arrastró hasta aquí después de que su marido la dejo ¿supiste que ella estaba embarazada de su primo? el marido se largó con un par de zapatos y lo que quedaba de su dignidad. La dejo porque no iba a mantener al bastardo de un incesto, al final no pudo ni tenerlo... Yo siempre he pensado que fue Tony el que se inventó ese cuento, lo conocí justo después de que ella le conto que su primo también era drogadicto. ¿Sabes cómo mataron a Chupe?

> *Lucho golpea a Pato*

Lucho. *(Enojado)* ¡Pato! *(tratando de recuperar la calma)* eres muy criollo, tienes que...expandir tu universo gramatical y conceptual. Por ejemplo, tienes que dejar de pensar en cuentos de barrio, Lili era una zorra y Tony es un cizañero venenoso y desocupado. Deberías mejor apersonarte del conflicto social que estamos atravesando.

Pato. *(Con una risa muy simpática)* Lo que nos está atravesando son las balas Lucho.

> *Silencio*

Lucho. Y ¿cómo mataron a Chupe?

Pato. ¡Ah! él estaba llevando la zorra a la central como todos los jueves, a propósito, ¿has notado que las cosas importantes siempre pasan los jueves?

Lucho. Continua.

Pato. Sí, pues él estaba llevando la zorra a la central como todos los jueves y de pronto un grupo de…bueno, un grupo comenzó a apostar, tenían un hechizo y apostaron cinco mil pesos al que fuera capaz de darle en la cabeza a Chupe de un solo intento *(emocionado)*. Al final lo mato Choclo, con esos cinco mil Choclo me gasto un pan y me conto como se los había ganado. *(A Tony)* Ese Choclo tiene muy buena puntería.

Lucho. Pobre Chupe.

Pato. No. Entre Chupe y Moneda no se hace un caldo. ¿Sabes lo que hizo Moneda?

Lucho. Evidentemente no soy chismoso.

Pato. No, tú eres de los que se esfuerza por no seguir las conductas sociales a las que nos fuerza el contexto, ya me los habías dicho.

Lucho asiente con la cabeza. Pausa

Pato. De todas maneras, te lo voy a contar. Estaba cansado de pedir plata y que la gente le respondiera que a su edad y con sus condiciones tenía que estar trabajando en lugar de mendigar, ¿Y sabes qué hizo? Se cortó la mano derecha, y se fue a pedir monedas a un semáforo en el norte, según él, disque para que nunca más le reprocharan el hecho de pedir.

Lucho. Una Acción justificada. Estaba loco, igual que Chupe, por eso los mataron. Es como matar un perro callejero. Menos. Es como matar a las pulgas de un perro callejero. Somos parásitos mi querido Pato.

Pato. Moriremos y solo quedara Tony para recordar quienes fuimos.

Nos vemos feos en las calles turísticas de la ciudad, pero yo creo que sí combinamos con la basura y los remates del centro, *(ríe)* ¿Sabes cuál es el mejor día para salir a la calle?...

   Lucho va a responder, pero Pato lo interrumpe

Pato. Cuando hay partido de futbol. Las calles siempre están vacías cuando empieza un partido de futbol importante, antes es puro tráfico, pero apenas dan el pitazo inicial, todo el mundo desaparece. Yo creo que sin trago el futbol es aburrido, a lo menos tienes que acompañarlo con una cervecita. A mí ni me importa, pero a la gente sí.

Lucho. Nunca me importo en realidad. El futbol es el medio por el que manipulan y distraen a las masas.

Pato. Aaagg No es para tanto y otra cosa, no te soporto cuando empiezas a hablar con el tono de ese intelectual *(busca la palabra)* pan, pan, pan...

Lucho. Panfletario.

Pato....Panfletario, con el tono de ese intelectual panfletario que ya no eres.

Lucho. Por lo menos me escuchas cuando te enseño el significado de algunas palabras.

Pato. Solo me aprendo con las que te puedo insultar.

Lucho. Antes de estar aquí yo era un gran abogado.

Pato. Y doctor, y panadero, y curador de arte y...

Pato se cae de golpe dormido, Lucho lo intenta despertar, pero Pato está profundo, de repente se levanta y comienza a buscar desesperadamente.

Pato. ¿Viste mi zapato?

   Lucho corretea detrás de él

Lucho. Solo tienes uno, ¿para que lo quieras encontrar?

Pato. Porque lo, lo cambio de pie todos los miércoles y, además, más vale pájaro en mano que *(Pato no puede recordar)*…Bueno por conocer.

Suena un disparo, ambos se alarman, Lucho se cubre con el cadáver de una caja mientras que Pato corre frenético buscando un resguardo para Tony.

Pato. ¡No! ¡No! ¡No! Lucho, auxilio, Tony no quería. Fue ella, ella fue Lucho. *(A Tony)* ¿Dónde están mis pastillas?

Lucho se levanta del suelo y lo abofetea, luego le entrega el zapato, dentro del zapato están las pastillas de Pato

Lucho. Ponte el… bueno EL zapato. Nos vamos.

Pato se pone el zapato. Ambos tienen intención de irse.

Pato. Ni siquiera cuando me robé esas arepas corrí tan rápido.

Lucho. Ni siquiera cuando herí a alguien corrí tan rápido.

Pato. Y ahí va, otra vez la misma historia.

> Regresan y se instalan

Lucho. Eso fue cuando era zapatero. La mire y le dije que ya no era el centro de mi vida y ella, lloro, le dije que ya no la amaba, que ahora amaba otras cosas y ella lloro más y luego yo corrí, corrí tan rápido mientras ella seguía llorando, no volví la cara para mirarla, ni ella grito mi nombre para que no me fuera, me quite los zapatos para correr más rápido, uno se me callo en el camino como la cenicienta. El otro lo tienes tú.

> Pato se ha quedado dormido nuevamente.

Tercer momento

Pato dormido sueña que está en un bosque de balas, sueña que él saca una ametralladora y dispara por doquier, sueña que se le acaban las balas y hay un silencio, sueña que de repente una gigantesca bala con dientes de tiburón y ojos grandes como de rana lo persigue hasta que finalmente lo alcanza. Despierta.

Pato. ¡Lucho! ¡Lucho! Lo odio, siempre nos está dejando solos. Un día de estos Tony, nos vamos a largar lejos, para que no nos encuentre cuando vuelva… Aunque si estamos solos nos cazarían más fácil. Lucho no puede vivir sin mí. Soy lo único que le queda Tony, no lo abandonaría. *(Pausa)* Tengo hambre.

Pato sienta a Tony en una caja y luego busca comida entre la basura, encuentra un volante con publicidad política.

Pato. Las elecciones. *(Mirando a Tony como si él le hubiese interpelado)* Es muy fácil, votaría por el que va a ganar, Lucho dice que siempre se sabe quién va a ganar. Lucho dice que antes de estar aquí él fue gobernador de un pueblito muy pequeño.

Pausa mientras Tony le hace una pregunta a Pato, Pato sigue buscando comida

Pato. Ah pues, lo sacaron porque estaba botando plata en postes de luz y pupitres nuevos.

> Tony le hace otra pregunta

Pato. Claro que sí. Acuérdate lo que nos pasó a nosotros. ¿Tú que hubieras hecho?

> Tony responde

Pato. *(Ríe)* Bien pensado. Por eso digo que eres el más inteligente de los tres. Por eso me alegra que volvieras Tony, aunque no sé porque te fuiste hombre y volviste gorila. Siempre fuiste un salvaje y aun así eres el más listo de los tres.

Tony lo regaña

Pato. ¡No! pero qué puedo hacer, no hay nada. *(Encuentra una cáscara de banano)* Mira, tú tienes suerte, *(pone la cáscara a los pies de Tony)* mírala e imagina que es un rico y cremoso banano. Es lo que yo hago cuando encuentro una servilleta de McDonald's.

Tony responde

Pato. No, *(ríe)* no pienso que es un banano, pienso que es una hamburguesa o una porción de papas con salsa de tomate.

Pato se sienta junto a Tony derrotado

Pato. Antes, yo pensaba que era mejor que nos mataran a todos, porque, de todas maneras, que vale mi vida sin nadie que me recuerde, sin nadie que me quiera y sin nada que comer. Pero cuando te conocí, creí que había encontrado una nueva razón para vivir, una nueva, ¿entiendes? como si antes ya hubiese tenido una razón y tú fueras una nueva. *(Pausa)* Pero antes cuando yo era limpio, cuando me lavaba la cara y me cepillaba los dientes, y cuando me gustaba el fútbol... en ese tiempo tampoco tenía una razón para vivir.

Tony lo mira mal

Pato. Perdón. Ya sé que no te gusta el...Lucho dice que ese es el...el...ese mismo, el existencialismo, ya sé que no te gusta el existencialismo. La vida de un gorila es más simple. Eres un animal y puedes justificar tu comportamiento con eso. Puedes decir *(Fingiendo voz de gorila)* ¡No tengo uso de razón, soy solo instinto salvaje, Grrrrr!, en cambio nosotros, con todo ese cuento del... La inteligencia, la razón, la, el raciocinio que dice Lucho, la única explicación que existe para nuestras salvajadas es la estupidez por naturaleza. ¿No te he contado de Chancleta?

Tony responde

Pato. Lo mandó a matar la mamá, es que él era muy malo, pero que verraco tan malo. Le pegaba y la obligaba a empeñar cosas donde Marisol para poderse pagar el vicio. La pobre no tuvo otra opción. Chancleta, por ejemplo, era un estúpido por naturaleza.

Entra Lucho

Lucho. ¿Qué haces?

Pato. Nada. ¿Por qué nos dejas solos? un día de estos nos vamos a largar lejos y no nos vas a encontrar cuando vuelvas.

Lucho. Sin mí los cazarían más rápido.

Pato. Tienes razón, eso mismo le dije a Tony.

Lucho. Hasta cuando vas a seguir confiando más en Tony. Los gorilas te apuñalan por la espalda Pato. Son ingratos como los gatos. Estas compensado tu soledad con ese cerdo en forma de gorila.

Pato como evitando que Tony golpee a Lucho

Pato. ¡Tranquilo amigo! *(a Lucho)* No le digas esas cosas a Tony, sabes que no le gusta, así que déjalo quieto. *(A Tony)* De todas maneras yo creo que debería escucharlo Tony, Lucho antes de estar aquí era *(enfatiza en la pronunciación de la P)* Psicólogo.

Lucho. Y escribí varios libros. *(Pausa)* Por cierto, ya no se escribe "P" sicólogo, no es necesario, en castellano interesa más la ortografía fonética que etimológica.

Pato. Aaaa *(Pausa)* ¿Encontraste algo de comer?

Lucho saca un pedazo de pan y un cigarrillo a medio terminar. Lo encienden

Lucho. Me los regalo Jaime y a él se los dio una fundación que paso regalando comida.

Pato. ¿Y es confiable?

Lucho. Es una fundación.

Pato. Bueno *(Parte el trozo de pan en tres),* de todas maneras, nadie va a notar si nos morimos. Cuando nosotros morimos no dejamos un hueco, al contrario, lo rellenamos, por eso es que nunca estaremos tranquilos Lucho. Porque no le importamos a nadie, ni nuestra muerte le importa a nadie. Por eso era mejor que hubieras vuelto. Es mejor volver que terminar en la morgue con los otros doscientos NN.

Lucho. ¿Volver a dónde? Ya no me reconocerían.

Se atragantan el pan.

Pato. ¿Por qué no quieres comer Tony?

Tony responde

Pato. Siempre tienes que pensar mal, no ves que Lucho dice que es un pan confiable. Si no quieres comer no comas.

Pato le arrebata el pan a Tony, lo parte en dos y le da un trozo a Lucho mientras se come el otro. Pausa.

Pato. ¿Por qué nunca te casaste Lucho?

Lucho. No tenía plata.

Pato. Pudiste montar una panadería, la gente nunca se cansa de comer pan, eso dice Tony. Ya es hora de que ustedes dos hagan los pases.

Lucho. No es verdad, siempre dices que ese mico sabe más que yo, pero es un cerdo. Yo soy mucho más inteligente que él y puedo demostrártelo cuando quieras.

Pato. ¡Ah sí!

Se empujan.

Lucho. ¿Qué? ¿Tú crees que te tengo miedo a ti o a ese gorila? Si no me crees, pregunta, pregunta lo que quieras, a ver si ese imbécil, cerdo, animal que caga por ahí en cualquier lado, sabe la mitad de cosas que se yo.

Parece que van a pelear, pero en su lugar, Pato salta entusiasmado con una gran idea.

Pato. ¡Juguemos entonces! Yo digo una palabra difícil y ambos me dicen la definición. Entonces yo digo cual es la verdadera.

Lucho niega con la cabeza. Pato insiste y le ruega. Finalmente Lucho accede.

Pato. Palabra uno: Plañir. Primero Tony.

Pato mira a Tony como si este explicara la definición de "Plañir".

Pato. *(A Lucho)* Tu turno.

Lucho. Chillar para que todos te oigan.

Pato. *(Enfadado)* Tan copión. Por lo menos hubieras cambiado a sinónimos. Tony no le hagas caso.

Lucho. ¡Ah! ¿Ahora si sabes lo que es un sinónimo? Esto no tiene sentido.

Pato. ¿Qué cosa?

Lucho. Pues que, el que responda de segundo siempre se va a copiar del primero.

Pato. Ósea que si le copiaste a Tony.

Lucho. ¡No! Yo ya sabía que era "plañir".

> *Pato voltea a mirar a Tony.*

Pato. Buena idea Tony. Dice que cada uno me diga la palabra en el oído y luego yo digo quien gano.

Lucho. Y ¿será que tu si sabes lo que significan esas palabras?

Pato. Lucho, si las estoy diciendo es porque se lo que significan, ¿no te parece? Estoy diciendo las que tú me has enseñado, así que tienes la ventaja desde el principio.

Lucho. De acuerdo.

Pato. *(Entusiasmado)* Palabra dos: Burdégano.

Pato se acerca a Tony, el gorila le habla al oído, luego Pato va hacia Lucho y este le responde al oído. Pausa.

Pato. Y el ganador es… ¡Tony!

Pato corre y lo abraza. Lo ovaciona. Lo besa. Está muy orgulloso. Lucho está molesto.

Lucho. No juego Más.

Pato. No seas mal perdedor.

Lucho. Siempre vas a decir que gano Tony y yo nunca sabré si él dijo lo correcto o solo le estas dando la razón.

Pato. *(Después de escuchar brevemente a Tony)* Tienes razón Tony.

Lucho. ¿Qué? ¿Qué dice?

Pato. Nada Lucho.

Lucho. Dime.

Pato. No.

Lucho. *(Exaltado)* ¿Por qué putas tienes que darle la razón a ese mico de mierda siempre? Si es tan inteligente y listo entonces como es que fue capaz de cagar en la mitad de la calle y enfrente de todos. Ese comportamiento deja mucho que desear. Solo los cerdos cagan por ahí sin vergüenza y ¡adivina que!, un cerdo no es más inteligente que yo Pato. ¡No es!

Cuarto momento

Chirridos, neumáticos presionándose contra el pavimento, cañones desfilando por doquier. Sangre. Pato y Lucho se abrazan. Persecución. Es el momento de proclamar sus últimas palabras.

Lucho. *(Llorando)* Pato, yo sé que siempre te estoy gritando, pero, Pato perdóname…nos van a matar porque no combinamos con las calles turísticas de la ciudad…somos demasiado salvajes.

Pato. ¿Lucho recuerdas esos días cuando te lavabas la cara y te cepillabas los dientes?

El desfile de cañones comienza a disminuir gradualmente

Lucho. Pato no te conocía en esa época de mi vida. Nos conocimos aquí. Nos conocimos con hambre y con la cabeza repleta de bóxer.

> *Muy cerca suena un disparo. Bala.*

Pato. Amigo te amo, *(Llorando)* Lucho si muero promete que vas a cuidar a Tony. Promete que no te va a importar si Tony caga en frente tuyo, ¡Promételo!

Lucho. Pato te amo, amigo si mueres prometo que voy a cuidar a Tony.

Pato. ¿Lucho, porque fuimos estúpidos? Porque no volvimos a tiempo, ya no nos reconocerían.

Ya no hay chirridos, ni estruendos, ni cañones, ni nada.

Lucho. *(Abrazándolo con fuerza e intentando calmarlo)* Hay limpiezas Pato. Es como recoger los desechos que contaminan la ciudad. Solo que en lugar de recogerlos nos aniquilan y en lugar de desechos pues, somos nosotros, aunque es casi lo mismo.

Pausa

Pato. *(Más calmado)* Cuando yo era niño, pegaban una lista enorme en uno de los muros del cementerio, el que daba a la carretera; la lista tenía muchos apodos de gente mala… o bueno de gente, todos sabíamos siempre que esa gente iba a desaparecer, yo pensaba que era bueno que hicieran eso. Pensé que esa gente iba a escaparse o que morirían y el barrio estaría más seguro, creía que al fin iba a poder comprar dulces después de la diez de la noche. Publicaban sus nombres y sus apodos, Breiner Camilo Guzmán, alias El Piso—Martillo—Drogor—Calo—Bekan—Piru—La Chicle—Onza. Les montaban la perseguidera Lucho. Sabían dónde se la pasaban y con quien, sabían dónde encontrarlos y los cazaban. Una cacería real Lucho no como la nuestra, ellos realmente los vigilaban y los mataban el día en que menos lo esperaban. Pero Lucho, *(Indignado)* de nosotros no saben ni siquiera los nombres, nadie se toma el tiempo de hacer una lista y hacer rollitos de cinta con los dedos y pegarlos en las equinas del papel y ponerlo en un muro de esos que todo el mundo ve, no saben los lugares en los que mantenemos, ni siquiera nos diferencian a unos de otros, no saben porque merecemos morir ni tampoco que daño hicimos. *(Exaltado)* Solo nos ven por ahí Lucho, inocentes. Acostados debajo del techo de algún local cerrado y arropados con cajas y nos balean. Lucho no le importamos a nadie. Yo sabía que esos pelados de la lista, tenían una mamá que iba a llorarlos y amigos del mismo grupo que iban a querer vengarse, pero nosotros Lucho, no tenemos a nadie. Solo Tony va a recordarnos si morimos. Solo Tony…No fue mi culpa Lucho, fueron ellos, fueron ellos con su humo y sus cuchillos y sus groserías…Estaba harto Lucho, siempre en la calle y querían que no se me pegaran sus mañas…

Pato cae de repente y queda profundamente dormido, Lucho lo mueve, pero es inútil, finalmente Pato se levanta buscando a Tony desesperadamente.

Pato. ¡Tony! ¿Dónde está Tony? *(Gritando)* ¡Tony! ¡Tony! ¿Dónde está Tony Lucho?

Lucho lo abofetea y le entrega a Tony. Pato se calma de golpe y se sienta. Saca de su zapato una de sus pastillas y se la toma.

Pato. Tengo hambre.

Lucho. Tengo algo que te puede quitar el hambre.

Pato. Todo es culpa tuya, me diste cigarro con la panza vacía. Ese cigarrillo me embombó y ni siquiera tenía filtro.

Lucho. Lo que tengo guardado te quita el hambre. Pero no me puedes echar la culpa después.

Pato. ¿La culpa de qué?

Lucho. De nada.

Pato. Es justo y necesario.

Lucho. En verdad es justo y necesario. Me costó lo mismo que un pan, pero el pan no me quita el hambre, mucho menos teniéndolo que compartir contigo.

Pato. Y con Tony.

Lucho saca del bolsillo un frasquito amarillo y ambos huelen de su interior.

Lucho. Antes de estar aquí yo fui carcelero. Es un ambiente difícil, pero aprendes bastante.

Pato. ¿Sobre qué?

Lucho. Sobre todo.

Pato. *(Mirando a Tony)* Tienes razón Tony.

Lucho. *(Interesado)* ¿Qué? ¿Qué dijo?

Pato. Dice que para aprender mucho de todo no te alcanzaría la vida, así que si aprendiste un poquito de todo es como si no hubieras aprendido bien nada de nada.

Lucho. Ah, y ¿Por qué le celebras esa idea tan cliché?

Pato. Nunca he entendido que significa el cliché, siempre lo menciono cuando algo no me gusta y quiero sonar intelectual como tú.

> *Huelen del frasco.*

Lucho. Eso me recuerda que también fui escritor.

Pato. ¿Y qué escribías?

Lucho. Poemas.

Pato. ¡Ah! Difícil.

Lucho. No. Fácil. Tienes que usar metáforas y luego adornar esas metáforas con palabras interesantes de las que nadie sepa el significado, como, por ejemplo: omnisciente, sitiado, efímero, etéreo, luminiscencia, sempiterno, visceral, melancolía…

Pato. *(Interrumpiendo emocionado)* ¡Comprendo! ¿Puedo intentarlo?

Lucho. Adelante.

Pato se prepara para declamar y mira a Tony cada tanto en medio de la declamación.

Pato. Atisbo mi alma emergente

En el éter de la tuya, aunque ausente

Entre abismos y miradas inconstantes

Que trazan soledades atestadas de dolor.

Alas que aun estando rotas

Atraviesan la carne enraizada a los huesos

Quebrando mares y destruyendo y enajenando

El silencio que despliega mi sufrir.

¡Oh! Cosmos efervescente

Voz meliflua que adorna la inconciencia

Y que me lleva completo en tus ausencias

Y que me acerca a tu acendrado corazón.

Lucho ríe sin parar, Pato comienza a reír inmediatamente termina su declamación.

Lucho. *(Riendo con acento francés)* Mi querido Pato, que "Limerencia" más hermosa la que has descubierto en ti.

Pato. *(Riendo con acento inglés)* Gracias, estimado Lucho. Pero, ha sido Tony el que me ha soplado las palabras.

Lucho. *(Riendo con acento inglés)* Ese Tony es un pilluelo.

> *Ambos vuelven a oler del pegajoso tarrito amarillento*

Pato. *(Delirando en risa)* ¿Recuerdas esa vez Lucho, que Tony se cago delante de ti y no lo soportaste?

Lucho. *(Extasiado en risa)* Me saco la piedra Pato.

Pato. Sacaste la navaja, Lucho, teníamos la cabeza repleta de Bóxer, Lucho te acuerdas que lo apuñalaste, yo pensé que lo habías matado, pero después volvió en forma de gorila y todo estuvo bien.

Lucho. Hay que actuar civilizadamente Pato, no iba a matarlo sabiendo todo lo que lo quieres, solo le di una lección *(Ríe),* doce lecciones en realidad. Había mucha sangre, ¿te acuerdas Pato?

Pato. *(Gritando)* ¡Muchaaaaa!

Ambos están en el clímax de la risa. Bala. Tony el gorila cae al suelo, muerto, más muerto que antes. Pato Cae dormido inmediatamente después.

Quinto momento

Ha pasado un día, Pato sigue dormido. Pato sueña con Tony, Sueña la cara que tenía Tony antes de convertirse en gorila. Sueña con sangre cubriendo el culo de Tony. Sueña con Lucho quejándose por haber visto a Tony cagar delante de él. Lucho ha construido una tumba para Tony el gorila con los desechos aledaños. A Lucho le duele mucho el estómago, la cabeza, los brazos.

Lucho. Pato *(Moviéndolo para que despierte),* ¡Pato!, *(Gruñe),* ni siquiera es un problema que le da a los pobres, a los pobres les da gripa, indigestión, guayabo, pero esa enfermedad tuya Pato, eso no se cura.

Pausa

Lucho. *(Apretándose el estómago)* Pato, tengo hambre y ya se me acabo el Bóxer. ¿Tú crees notar si te arranco un poquito de carne? Una costilla o dos. ¿Qué voy a hacer cuando despiertes buscando a Tony?

Lucho carga a Pato e intenta sentarlo aparatosamente. Esta mareado. Lo acomoda y le levanta la cabeza, Pato la deja caer a causa de su inconciencia, Lucho vuelve a intentar, así pasa un rato, finalmente Lucho se resigna a que Pato tenga caída la cabeza.

Lucho. Sabes que Pato, debí hacerle caso a Tony, esa vez que me dijiste que me dijo que debía volver a casa. Pero sabes, en mi casa no les gusta el bóxer, dejaron de comprar zapatos solo por mí, dejaron de comprar lociones solo por mí, dejaron de comprar químicos de cocina y limpia pisos solo por mí, y luego me dejaron ellos a mí, solo por mí. Odio a ese mico de mierda. Es un cerdo y no entiendo porque putas tienes que rendírsela. Lo mejor que pudo habernos pasado es que lo mataran otra vez. Ni muerto quisiste dejarlo, tenías que inventar esta idiotez de que se había convertido en gorila de peluche, ¡Mono de mierda! *(Pausa)* ¡Cagón! *(Pausa)* Sería bueno cagar encima de su tumba, aunque sea en esta de juguete.

Lucho comienza a bailar encima de la tumba de Tony el gorila de peluche. Mira alrededor. Este solo. Lucho comienza a bajarse los pantalones, se coloca en una posición suficientemente cómoda para cagar. Va a cagar. Está a punto de cagar. Puja. Le duele el estómago. Se escuchan pasos. Se acercan. Lucho se detiene, se sube los pantalones rápidamente, toma a Pato y lo carga a cuestas, luego una bala atraviesa el rincón del barrio donde están, Lucho se tumba al suelo y se cubre con el costal de huesos que es Pato en este momento. Los pasos más cerca. Lucho guarda silencio. Voz de megáfono como perifoneando publicidad: "¡Malparidos locos de mierda! ¡Vamos a destapar esta olla para que quede bien limpiecita! Vamos a erradicar, vamos a limpiar, vamos a pisarlos a todos hijueputas. Chuleta con papa, Parásitos de mierda. Lo hizo Hitler, lo haremos nosotros. ¡Viva el Fascismo y el Nacismo y el Pandillismo y todo lo que termine en Ismo!".

La voz del megáfono se repite hasta que deja de oírse en la distancia. Pausa. Lucho mira a todos lados. Pato se despierta.

Pato. *(Buscando, le cuesta mucho mover los brazos. Tiene los ojos entreabiertos)* Tony. Tony. Tony. Tony ¡Tony! ¿Dónde está Tony Lucho?

Pato camina de un lado a otro buscando hasta que se tropieza con la tumba del gorila.

Pato. No. No Lucho, ¿Por qué enterraste a Tony, Lucho?, ¿Quién te dijo que se había muerto?

Pato lo desentierra, vuelve a meterle el relleno y lo acomoda precipitadamente, le duele la cabeza.

Pato. Tony, Tony estas bien verdad, ¿Por qué no respondes? *(Gritando y apretándose el estómago)* ¡Habla mico de mierda!

Pato toma el muñeco y lo agita, continúa gritándole, lo toma de una pierna rota y lo golpea contra el suelo, perece un niño pequeño haciendo berrinche. Se cansa. Suelta a Tony el gorila. El dolor en la panza empeora cada vez más.

Lucho. Lo siento Pato.

Pato. *(Exaltado)* ¿Por qué? ¿Acaso fuiste tú el que lo mato? ¿Fuiste tú él le disparo por la espalda? ¿Solo era un gorila Lucho? ¡Qué culpa tenía Tony de esta mierda!, ¡qué culpa tenía Tony!, él ni siquiera chupaba Lucho, tú sabes que ya lo había dejado, él era un buen chimpancé.

Lucho. Pero Pato, el gorila y el chimpancé son clases distintas de primates no son lo mismo.

Pato. *(Frenético. Loco. Llorando)* Y humanos ¿verdad Lucho?, ¿acaso no es verdad que los humanos son otra clase de primates, somos todos primos Lucho, o acaso fuiste tú quien lo mato?... *(Pato mira a lucho fijamente, Lucho este incomodo, no dice nada, hay un silencio)* Tengo hambre Lucho, ¿crees notar si te arranco un poquito de carne, una costilla o dos?

Silencio. Pato se viene en contra de Lucho. Lucho intenta estrangular a Pato, le duelen mucho los músculos. Le duele la cabeza. Mareo. Impaciencia.

Lucho. ¿Qué? ¡Cálmate Pato! ¡Cálmate!

Pato deja caer una navaja, la mira. Epifanía. Comienza a amenazar a Lucho con ella. A ambos les cuesta caminar, les duele mucho la panza.

Pato. Tony iba a recordarnos, Lucho, él era quien iba a recordar lo que habíamos sido. Él iba a contar nuestra historia, él me conto su historia. Él era el más inteligente de los tres Lucho, el más inteligente, era una pepa.

Lucho. ¡Cálmate Pato!

Lucho intenta calmar a Pato y lo agarra por las muñecas. Pato comienza a llorar. Quiere quitárselo de encima. Patea. Chilla. Plañe.

Pato. Antes de estar aquí Lucho, tú eras un hombre civilizado. Pero ahora, matas a Tony solo porque cago delante de ti. ¿Te acuerdas de mi mamá? ¿Recuerdas que te conté de ese día en el que se fue durante siete horas? *(Pato sigue llorando desconsoladamente)* Yo nací aquí Lucho. En la calle. Ella se fue y me prometió que iba a traer un almuerzo para mí. Me dijo que tardaría un par de horas, pero tardo siete y volvió trabada Lucho. No me llevo el almuerzo. Se la dejo hundir por cinco mil pesos y con eso compro Bóxer. Me dijo que el bóxer calmaba el hambre y lo entendí. Era verdad. Pero el bóxer también te trastorna, Tony, por ejemplo, era mi amigo y ahora está muerto por tu culpa, tú lo mataste porque lo viste cagar delante de ti ¿no es verdad?

Lucho. Cálmate Pato, cálmate.

> *Pato entra en un estado de enajenación y ausencia.*

Pato. Somos animales Lucho, ya no razonamos. Todos están muertos, tu mataste a Tony, yo soy un huérfano sin padres y sin padrastro, y sin casa debajo del puente y sin Bóxer, yo no soy como tu Lucho, nunca tuve otra vida. Nunca fui nada más que esto, esta carcasa de hombre vacía y estúpida, ¿Por qué fuimos tan estúpidos Lucho? Tú pudiste regresar a casa, pudiste volver, ser otro, llegar al fondo, revolcarte en tu vómito y en la escoria de los demás y salir del agujero. ¿Y ahora? Te escandalizas por mierda, cuando es a eso a lo que estamos acostumbrados.

Lucho se acerca a Pato cantando. Pato poco a poco canta con él. Lucho trata a Pato como si fuera un niño pequeño. Casi se arrastra. Le soba la cabeza.

Lucho: *Cierra los ojos pequeño*

Que el mundo no ha despertado

El miedo sigue escondido

Detrás de tus gritos de ahogado.

Cuando te mueras mi niño

Recuerda que estuve a tu lado

Que quise matarte mi niño

Pero no pude ¡Carajo!

Si de traiciones se trata

Déjame ver tu pechito

Y encontraras ¡Ay mi niño!

Que todos nos traicionamos.

Más cuando nos llegue la hora

La tuya o la mia primero

Que no se te escape una lagrima

Tampoco busques consuelo.

Matar es siempre algo justo,

Para el que mata primero.

Para el que mata primero.

Para el que mata primero.

Lucho. Pato, tranquilo, todos hemos vivido cosas malas, y feas, cosas tristes. Escucha, no fui yo Pato, fueron ellos y sus navajas y sus groserías ¿te acuerdas?, Pato, yo no sería capaz de matarlo y seguir aquí. *(Se queja)* Lo herí, no había corrido tanto desde que herí a alguien la primera vez, pero Tony era un buen gorila *(Gruñe y poco a poco comienza a llorar)*. Te conto mal la historia, Lili no se acostó con su primo, su primo no era el drogadicto Pato, era yo, yo la deje por soplar y me fui solo con los zapatos puestos y lo que me quedaba de dignidad, no volví a mirarla ni ella grito mi nombre para que no me fuera y termino igual que yo, arrastrada por mí y no pudo tener ni a nuestro hijo y la mataron porque no combinaba con las calles turísticas de la ciudad y si ese niño nacía iba a ser igual que tú, igual a ti, sin padre y sin padrastro y sin casa debajo del puente...no corría tanto desde que herí a alguien pato.

> *Les duele. Ya no responde el cuerpo. Salivan.*

Pato. Cuando te conocí pensé que le tenías envidia y cuando se fue Lucho, cuando se fue la primera vez pensé que tú lo habías matado, pero volvió. Ese día con la cabeza repleta de bóxer, ese día que lo encontramos, yo lo vi, estaba herido por esa puñalada, te saco la piedra verlo cagar enfrente tuyo, como si alguien aquí tuviera pudor o vergüenza, como si el mundo entero no se hubiera convertido en nuestro sanitario. *(Pausa)* Lucho, yo nunca entendí porque se fue hombre y volvió como gorila de peluche. ¿Y tú?, tú fuiste psicólogo y panadero, abogado, carcelero, curador de arte y poeta, y terminaste reducido a la misma mierda que yo y que Tony que ni siquiera termino el bachillerato, y aun así Tony era el más listo de los tres, o es que ¿acaso tú lo mataste? ¿Tú lo hiciste Lucho? Tú lo hiciste verdad que sí. *(Ríe. Delira)* ¡*Pirobo* de mierda! NO soportaste que el fuera el más listo, ni que yo lo quisiera más que a ti, ni que lo hubiera conocido desde antes. No aguantaste ver cagar a alguien más inteligente que tú y menos estudiado.

Pato está a punto de atravesar la navaja en Lucho. Va a matarlo, va a darle doce puñaladas. Justo antes de que Pato pueda atinar en Lucho la primera punzada, Lucho cae convulsionando, esta de color verde azulado. Baba, le sale espuma de la boca, Pato va a apuñalarlo de todas maneras. Pato comienza a retorcerse del dolor, deja caer la navaja, Le pesa la cabeza, él también convulsiona, también le sale espuma de la boca.

Pato. (Mientras convulsiona).
Lu….Lu…Lucho…no…fu…yo…yo…no…f…i…fue…fuero…llos…ellos…con…us…g r…gr…rias…y su…s…cuchi…cuchi…y…Lu…Lu…o…me…due…me due…le…duele…duele.

Ahí los dos muertos. Aniquilados. Exterminados. No combinan con las calles turísticas de la ciudad. FIN.

Lujuria

Por G Mileidy Acuña Hernández

Fuimos a cenar al viejo gato negro, frente a la iglesia del chorro. Ella llevaba un vestido corto con una abertura grandiosa en su espalda, unos tacones puntiagudos moldeaban sus pies de elfa, su cabello morado lacio desequilibraba el viento cuando el flequillo colaboraba con sus ojos coquetos; la sonrisa oculta bajo un labial fuego expresaba sabiduría entre los espacios de sus letras.

Yo llevaba mi mejor vestido también, con botas punta de acero y el pelo azul crespo, mis labios resecos por el humo del último porro queriendo arder en los suyos.

Nos sentamos en la mesa oscura del último piso, junto a la ventana con vista al mar que pretendía ser la ciudad. El ritual se llevó a cabo: unas copas de vino, comida vegetariana y el postre. Hablamos demasiado rápido de muchas vicisitudes mientras caminamos sobre las rocas montañosas; el destino no importaba así que la conduje hasta mi casa.

Eran aproximadamente las 2 o 3 de la mañana y su luz celeste se mezclaba con el sudor de sus cejas, en realidad caminamos por horas. Al llegar a la entrada me miró fatigada, le ofrecí agua y dijo que le gustaban las puertas de ese color sangre, sonreí, la tomé de la cintura encendiendo por fin mis labios rotos con los suyos.

Entramos, serví agua para ambas, prendí la chimenea pero ella la apagó de inmediato, poco a poco su vestido empezó a caer al suelo dejando al descubierto las cicatrices delicadas de su alma, un paso, dos, tres, cuatro... su piel estaba helada sin embargo cuando me abrazó sentí en todo mi ser el calor del infierno del sol. Vacié mi energía en sus parpados, recorrí cada espacio de su cuerpo con mi lengua mientras le tatuaba mis desequilibrios inmortales y ella me inyectó todo su veneno lúcido. No supe cuánto tiempo transcurrió, sólo me fijé cuando su cuerpo cansado cayó dormido sobre las plumas de mi edredón perlado.

Fui a la cocina para bañar mi garganta con algo helado, abrí la nevera y el jugo de uva que se confundía con vino tinto, condujo las acciones pertinentes para llegar a su final. Sonríe el último sorbo como Zeus disfrutaba el elixir de sus amantes.

El sol ardía en el asfalto, un rayo se coló por mi ventana destellando en mis ojos sobre el reflejo de un cuchillo carnicero que no usaba salvo para cortar legumbres congeladas, me cegó por unos segundos así que cubrí mis cuencas con la mano, volví la vista hacia el objeto y caminé hacia él, lo cogí, malabareé un poco para sentir adrenalina pero no lo conseguí. Un ronquido se oyó al final de la habitación, así que decidí ir a dar un vistazo; ella estaba a plenitud boca abajo con sus brazos estirados de lado a lado mientras sus piernas me señalaban amenazantes y sus nalgas destemplaban mis dientes, me acerqué a su cuello para sentir su olor a banano dulce, fue entonces cuando escuché entre mis tímpanos el ritmo de aquella canción de Marilyn Manson cuyo nombre olvidé. Se movió sutilmente y me tomó por sorpresa del pelo, con su voz inocente y frívola me susurró que lo hiciera lento. Apreté el cuchillo en mi mano y con el filo empecé a rasgar su cuello, sus ojos llenos de placer me pedían más así que continúe delicadamente con su pecho, haciendo una fina línea llegue a sus lumbares, me detuve para admirar una constelación de lunares que se formaba entre sus flancos y ella entre gemidos sollozantes me pidió no parar, me deslice por sus glúteos hundiendo un poco más el filo de la candidez de mi hermoso artefacto, subí la cabeza para disfrutar su sonrisa cuando la sangre empezó a manchar todo. Le dije que quería deleitarme con su néctar así que nos dirigimos a la bañera, se acostó boca arriba señalando con sus dedos de chocolate el nuevo camino a recorrer. Me arrodillé junto a la tina y empecé por sus pies de elfa, de forma horizontal mis manos se asemejaban a la energía que cargan las de un pintor, al llegar a sus muslos decidí sentarme frente a ella para admirar su nariz que también decidió retorcerse de satisfacción. Su ombligo me sonrió insinuando ser el próximo en abrirse, así que cumplí su voluntad. Subí rasgando la pequeña burbuja de su abdomen y me envolvieron sus senos firmes, no pude evitar besar las aureolas angelicales de sus pezones, me tomó de nuevo del pelo mientras plasmaba en mi memoria la sonrisa perfecta balbuceando que lo hacía muy bien, nos besamos hasta que quedó sin aliento. Continúe por el pecho, llegué a la garganta y ahí, justo ahí el alarido final me indicó que debía hundir más fuerte la muñeca, lo hice. Soltó el último suspiro y me recosté mientras me bañaba en su sangre, sus movimientos se pausaban poco a poco y entonces cuando noté que había escurrido hasta la última gota, saboreé un largo sorbo valiéndome de mis manos como copas. Sentí en mi garganta el veneno de aquel elixir y al fin caí en el sueño profundo de la inexistencia.

Lunes Negro

Por David Alvarino Del Toro

*Quien ha tenido el morbo y la fortuna de
seguir gozando de Peralta y de los demás.*

Domingo llegó un lunes, metido en su camisa de barajas españolas después de una juerga de dominó el domingo en el *"3 y 8"*, un centro municipal de entretenimiento y salidas de la realidad y el estrés y las cantaletas de la mujer, un billar.

Era un flaco sutil, que no pasaba desapercibido pese a su carácter silencioso y mansa voz, tenía la virtud de caminar casi flotando, a tal punto que las hojas que cargaba hacían más ruido que los zapatos charolados de tacón que iban siempre a tono con sus pantalones de terlenka, no usaba correa y en su lugar un botón a medio lado, los usaba *"bota campana"*, y sus camisas eran de cuello amplio, manga larga y ceñidas a su delgadez; lucía una barba acicalada y tersa que enmarcaba su nariz de madera que le daba un aire judío, uno no sabía si estaba enfrente de Cristo personificado en un profesor de matemáticas o ante un músico de la *Fania All Stars* pero más aliñado.

El lunes era tal vez su día más álgido, pues significaba recordarse a sí mismo que hace parte de la rutina de la humanidad, pero que también hace parte del caos para sus 45 estudiantes de octavo grado, quienes adentrados en el mes 4 del año lo veíamos explicar y procurar ejercicios del Álgebra de Baldor en un esfuerzo para no parecer que los hablaba en hebreo y los escribiera en mandarín, para no hacer parte del calor y el mosquitero.

Ese lunes 15 de abril de 1996, asomó su figura en el colegio después de dejar su bicicleta de carrera en el puesto contiguo a la sala de profesores, era negra como creíamos que era su alma. Justo al salir del umbral de la puerta con su andar simétrico, lo vio un centinela que teníamos para avisar si había llegado y con qué ropa, esto última era fundamental, pues a lo largo de todos los años anteriores, habíamos desarrollado una teoría psicológica paranoide que se simplificaba en el hecho de asociar su ropa con su estado de ánimo, o mejor con su intención de lo que llamábamos entre dientes "la muerte", pues todos suponíamos que uno palidece así cuando se va a morir.

Con su severidad y sabiduría el primer día de hacía unos dos años antes de octavo, nos enseñó por única y perenne vez las indelebles e inmodificables reglas de su clase, que eran simples, pues, jamás se sabría con anticipación cuales eran las preguntas, que todas las que tenían fines lucrativos para el estudiante serían a guisa de tablero y tiza, nada escrito, ni trabajos ni nada de esas golosinas, que no había miradas hacia atrás mientras se estaba en el pizarrón que más bien parecía un paredón mientras el disparara, que no había excusas ni segundas oportunidades en cada "vida" gastada, que las manos no debían abrirse ni para secarse el sudor producido después de empuñar el trozo blanco de cal, que la nota institucional iba del 1 al 10, pero que en su estándar, la máxima y única para aprobar era 8, pues sabías o no sabías, no había lugar para términos medios, el 9 era para el profesor, quien siempre debía saber, y el 10 para el libro de texto, pues ese era perfecto; por último el silencio debía ser imperturbable mientras se gestaba la clase y sepulcral a la hora del escrutinio.

Nosotros, pese a la fluidez y claridad de sus parsimoniosas explicaciones, cada lunes, cada día que el horario marcaba una clase con "Jesucristo" a cuestas, llegábamos con un sentimiento de tripas, ese mismo que sufre el torero cuando palidece ante la bestia, pero a la vez le dan ganas de zanjar su lomo con la estocada, porque ganar la nota era besar a la novia por primera vez, cada victoria ante el tablero era una primera vez, era como si una mujer perdiera la virginidad y extasiara y nuevamente cicatrizara su virtud y recuperara su inocencia, en cambio, cada derrota era no uno, sino dos pasos hacia atrás, era besar a la novia y ser tocado en el hombro por su papá, era perder la virtud sin haberla perdido y perder la reputación de paso... era frustrante, era avasallante.

Ese preciso lunes jugó con nuestra morbosa teoría de la ropa, Gustavo el flaco Márquez, luego de tomar aliento por la carrera que lo trajo, se posó jadeante bajo el marco de la puerta del salón, más blanco de costumbre, con una mano apoyada en el caoba y la otra en la cintura y dijo con voz entrecortada que había llegado con pinta de barajas, que la camisa negra de cartas anunciaba la fatalidad de un deceso inevitable, la bola de billar con el número 11, no estaba en el bolsillo derecho si no en el izquierdo, eso coligaba una siniestra intención, y finalmente lo peor, no había traído a Baldor, solo la lista y el bolígrafo rojo, rojo sangre, signo parecido a la presencia del sacerdote cuando va a dar los santos óleos en el hospital.

Cada quien se sentó enjuto en su propia miseria, como cosiendo como en una máquina de pedal, alimentando la impaciencia con las uñas, cada quien sabía hasta donde podría remar, incluso los más diestros en las lides del tablereo miraban hacia el suelo, cada palmo de sus dignidades era consumido por la incertidumbre letal de darle la espalda al público, de irse al carajo, y de irse al carajo con una frase de remate, de esas que solo olvidaríamos al morir sin remedio.

Sin dirigir una mirada a un rostro preciso, lanzó su dulce "buenos días", el cual fue resuelto más tímidamente por los del auditorio por 5 o 6 que se sabían perdidos, Ñezco y Valverde, eran primos y acostumbraban a ser amplios al hablar, a mirar entre las faldas de la profesora de Biología o a buscar pleitos, pero a la hora de contestar ese día, algo en ellos se esfumó, era como si les hubieran cortado una ceja. Pérez, Acosta, Arrieta, Vergara, Peralta, el Tití, los hermanos Méndez, y Ana Olmos, eran los más come libros, los mejores a la hora de la lógica que se necesitaba para salir indemne en los momentos más aciagos, pero ni eso les servía para diferenciarlos del resto, todos simples mortales. El saludo bastó para abrir el registro de notas levantar el esfero, el cual fue perseguido por cada una de las miradas absortas hasta fijarlo en la geografía cuadriculada del cuadernillo para notas.

En ese momento nadie respiraba, nadie tragaba, era un pequeño espabilar inerte, todos lívidos, con un deseo de que su pellejo no fuera rozado por la marca de la bestia de la bola de billar, hasta que... ¡Peralta¡ indicó el veredicto, todos aflojamos lo que apretábamos, mientras que el llamado no sabía si, salir corriendo, llorar, cagarse o voltear y buscar consuelo en los rostros hipócritas y sinceros, esos que le daban el sentido pésame en medio de una mezcla de sonrisa y luto, toda una escena de amor y odio, de solidaridad y oportunismo, nunca un mártir fue tan aclamado.

En el fondo todos dábamos ánimo al pobre Peralta y nos refugiábamos en la esperanzadora lucha que él daba para resolver los problemas. Luego de cifrar las X del ejercicio del segundo caso de factorización, como siempre nuevo e impredecible, peralta se afirmaba en su tiza con franqueza y determinación, con la seguridad de estar picando al maldito animal de cuernos y piel negra picas y diamantes, tanto que una sonrisa con sorna se insinuaba en su morena y flaca fisonomía, casi desafiante; tan era su convencimiento, que a ninguno se nos dio por revisar si el resultado del problema estaba ajustado al del libro, todos asimilamos que era perfecto, que incluso pudo haber superado a Domingo en su lunes negro, Ahh qué fresco, que prados verdes, que dulce brisa de mar, que vaso de cerveza…

Nadie sabía por qué la cara de palo de Jesucristo indicaba otra cosa, estaba más rojo y descompuesto que la tinta del bolígrafo, pues Peralta había hecho toda la jugada excelente, había sido un piloto para tramitar el ejercicio, pero no supo hacer una simple suma al final y el resultado falló en lo más absurdo, en lo más nimio.

En ese momento repartió una frase que nos advirtió que jamás debíamos osar desafiarle, ni al tipo con barbas como él en la portada del libro del cubano, que la confianza es un vicio cuando no se es precavido y que, en la vida, sin redundancias el 10 es del libro, el 9 del profesor y de allí para abajo seguiríamos siendo los siervos de la gleba, su voz impactada rezó con furia calma:

"Peralta: avísame cuando tengas una tienda para irte a estafar"

Ese día, sentimos confusión pues no comprendíamos cómo podría un alma negra, ser tan pura e incomprendida, ese día entendimos que la muerte destinada para nosotros y cada vida que nos robaba el tablero, era la paz del verdugo al logar zafarnos de la ignorancia, era saberse estúpido por no valorar la muerte como un episodio de la vida, era desenmascarar por primera vez lo prejuicios para encontrar al profe, a cualquier profe de rodillas ante el mismo Dios pidiendo por las almas de sus estudiantes para salvar su alma ante el monstruo maldito del oscurantismo, que la muerte misma hace trazos cada vez que se nos escapa el tiempo de los otros.

Luz de luna

Por Juan Camilo Gómez Palacio

Alejandra Molina

Personajes:

La Abatida (Mujer joven)

La Maga (Madre)

La Tejedora (Abuela)

El Sapo (Hombre joven, hijo)

Dramaturgia: Alejandra Molina López.

De lo ojos ajenos a la escombrera

Esta obra va dedicada a todas las personas que han sido víctimas de crímenes de estado.

La comuna 13, ubicada en la capital de Antioquia, Colombia, hoy sigue siendo un pilar de la construcción cultural de este país y a ellos, va consagrada cada una de las palabras que escribimos, ya que queremos visibilizar a través de ojos ajenos lo sucedido en la operación Orión.

Después de tantos años, las familias siguen buscando los cuerpos y exigiendo la verdad sobre lo sucedido en esta escaramuza fallida por los grandes dirigentes del estado, tantas quimeras ocultas no es más que una falsa apropiación de la vida ajena.

Para las familias y ausentes todo el respeto y admiración por tan ardua lucha emprendida, a la cual nos unimos con nuestras letras, dignificando y siendo cómplices de cada lágrima, cada sonrisa y cada suspiro que han puesto en sus historias contadas.

Hoy queremos conservar el recuerdo, porque el recuerdo es lo que nunca muere.

Escena I

La nevera

Una noche tormentosa. La luz de la luna ilumina el rostro de La Maga que está sentada sobre una nevera ubicada en el centro del escenario, tras la nevera hay un árbol de aguacates seco con un único aguacate en sus ramas. Solo se siente olor a tierra, la mujer lleva un fular. Suena la canción Usted de Fernando Albuerne... Ella tararea mientras arrulla el fular. El rostro de la mujer expresa una mirada de espera y melancolía.

Una sombra se posa tras ella y pone en sus manos un cuchillo, ella saca una papa del fular y empieza a pelar mientras sigue tarareando la canción. La nevera se abre lentamente, sale una mano empuñando una papa, después saca su rostro (La Abatida). La mujer que continúa tarareando la canción, con sus pies le da un fuerte golpe a la nevera imposibilitando la salida de la persona, suelta la papa, vuelve al interior.

Entran La Tejedora y El sapo con bultos los cuales tiene ollas de todos los tamaños amarrados, los ponen en escena en lugares específicos.

La Maga: Vertedero, basurero, muladar, estercolero, basural.

El Sapo: ¿Mamá?

La Maga: Le tengo agua de panela… (*La nevera se mueve, todas(os) la miran*).

La Tejedora: ¿Trajo el pan?

El Sapo: Está en la nevera.

La Maga: ¿Compró los huevos?

La Tejedora: Están en la nevera.

(*Silencio. Cada uno sigue con su acción la cual van acelerando. Todos alzan la cabeza, miran al público y cantan usted de Fernando Albuerne. Mientras cantan, la nevera se abre y sale una mano [La Abatida], cada uno desde su lugar intentan tocarla. La Maga acuchilla la nevera entre la mitad de sus piernas, la mano se esconde. El golpe asusta a todos, siguen con la acción.*)

La Maga: La fortaleza está en la nevera, la dignidad está en la nevera, la esperanza está en la nevera, el amor está en la nevera, los re…

El Sapo: *(Interrumpe)* ¿Los recuerdos?

La Tejedora y La Maga: Están en la nevera…

La Maga: La gente tiene la costumbre de congelarlo todo, como si con eso lograran borrar lo que quieren… Mi cuerpo es como esta nevera…

La Tejedora: Usted es el culpable de todos mis desvelos, de todas mis desgracias, de todos mis rencores…

La Maga: Ahora todo está más vivo que nunca, cada día todo es más vivo que nunca. Hoy el recuerdo está más vivo que ayer y mañana estará más vivo que hoy, porque así funciona mi nevera, lo mantengo y conservo todo vivo, muy vivo.

El Sapo: Su amor es como un grito que llevo aquí en mi sangre y aquí en mi corazón.

No juegue con mis sentimientos que es todo lo que tengo…

(*El Sapo y La Tejedora paran su acción, se miran y el joven extiende su mano y la saca a bailar Usted de Fernando Albuerne*)

La Maga: *(Continúa pelando papas)* Su comida favorita eran los fríjoles, me decía que yo era maga por hacer algo con tan exquisito sabor, le encantaban así, con mucha papa picada y plátano frito… Cuando niño se entraba a escondidas a la cocina y hurtaba toda la comida que le gustaba, las galletas ducales eran sus favoritas…

(*La Maga empieza a jugar con la papa, como si ella fuera su pareja de baile*)

La Tejedora: Nos mienten, siempre nos han mentido…

El Sapo: A veces es mejor hacer caso omiso y continuar… (*Le da una vuelta*)

La Maga: *(Mientras chuza la papa)* Mentira, congelar, conservar, basurero, muladar, verdad…

La Tejedora: He visto a la mentira con mis propios ojos, caminando por ahí con corbata y una sonrisa en su rostro, también la he visto en la televisión, la he hasta escuchado hablar, pero la mentira no me escucha a mí, no me ve, no existo. He visto la mentira en miles de presentaciones, pero nunca, nunca he visto la verdad.

(La Tejedora y El Sapo cargan a La Maga, la bajan de la nevera y empiezan a bailar los 3)

La Maga: Riamos, riamos porque si no reímos, la pena nos va a matar y debemos estar aquí, luchando, de pie, resistentes y bien informados de todo… Debemos reír, reír hasta el cansancio.

El Sapo: Ayer pelé una papa que tenía forma de nevera.

La Tejedora: Hace una semana pelé una papa con forma de foca.

La Maga: Hace un año pelé una papa que estaba muy podrida.

La Tejedora: Hace 3 años y 6 meses me corté pelando una papa muy grande.

Todos ríen

El Sapo: Esta ampolla cada día crece más.

La Maga: ¡Estamos convirtiendo esto un completo peladero!

El Sapo: La papa de la abuela estaba muy deforme.

La Tejedora: La verdad, me encanta lo que hago.

La Maga: No me vayan a dejar sola, por favor.

(Continúan bailando)

La Tejedora: Papito, vaya y meta los huevos a la nevera.

La Maga: Mamita, cuidado se vuelve a cortar, usted sabe que es peligroso.

El Sapo: Mamá, no olvide limpiar la nevera.

La Maga: Nunca.

La Tejedora: Ya los panes están seguros, los recuerdos también.

(Todos ríen. Paran de bailar. La luz de la luna ilumina el rostro de La Maga y La Tejedora. Se ilumina la nevera, sale una sombra y les extiende la mano y ellas van saliendo del escenario en busca de la mano. El joven queda en el escenario).

ESCENA II

AMOR DE SAPO

(Canción: Errante de un Amor de Trio la Rosa) La nevera se empieza a mover, luz de luna. El Sapo se acerca lentamente e intenta abrirla, forcejea. Mientras esto pasa empiezan a salir papas de dentro de la nevera, cuando la abre, vemos a La Abatida sentada, asustada. Se sienta junto a ella, la abraza y la besa, ella se acongoja y llora. Nuevamente la nevera se cierra. La nevera se mueve de manera brusca, se abre la puerta la mujer y el hombre intenta salir, pero el forcejeo no lo permite, se desesperan y se abrazan entre los dos metidos en ese espacio tan diminuto. Salen.

La Abatida: ¿Dónde?

El Sapo: Aquí.

La Abatida: *(Saca un bulto que está tras la nevera).*

El Sapo: Recuerdo la primera vez que la vi. En la esquina de la casa de sus papás comprando las cositas del almuerzo.

La Abatida: Mi mamá compraba lo del día porque decía que se ahorraba más dinero. El barro rojo bajaba por todas las calles en los días de invierno en la ciudad.

El Sapo: Los días de invierno bajaban las líneas de agua roja como caminos de guerras pasadas.

La Abatida: La primera vez que lo vi, venía corriendo calle abajo tras una pelota. Se la detuve y me miró a los ojos mientras escurría el agua de su cara.

El Sapo: Mientras levantaba la cabeza le veía esas piernitas tan lindas.

La Abatida: (*Ríe*) Lo recuerdo, quitó la mirada rápido porque lo pillé viéndome, coqueto.

El Sapo: ¿Quién no se enloquece con una mujer tan bella como usted?

La Abatida: Mi abuela comentaba que no me le acercara mucho porque decían que era un sapo.

El Sapo: Una vez su vieja se me acercó cuando estaba jugando futbol con los muchachos. Me dijo: "Aléjate de la niña malparido".

La Abatida: Esa noche llegó a la casa y me pegó con la chancla. Fue la última vez.

El Sapo: Ella no era mujer muy agradable.

La Abatida: Después de que mi papá no volviera ella se volvió un poco paranoica. Decía que lo veía corriendo cuesta arriba, hacia ese basurero de escombros.

El Sapo: Muchas personas afirman que ven sombras corriendo hacia allá… (*Cambio de semblante*) Estuve trabajando por dos semanas para poderla invitar a cine. Cuando le dije, no lo podía creer.

La Abatida: (*Lo abraza*) Quería ver la última película animada.

El Sapo: (*Se sientan en el tumulto de tierra y hacen como si fueran en carro. Los textos son apresurados y energéticos*) Tintico con pan, hamburguesa con gaseosa promoción 2x1, película, manoseada cautelosa en el cine, piquitos en el bus y la dejo en la puerta de la casa a las 9:00 en punto mi doña, se lo prometo.

La Abatida: ¿La película? Mala. ¿Hamburguesa? muy rica, pero mucho queso me sienta mal. Besa más rico cuando estamos en lo oscurito. No le alcanzó para el taxi y tocó bus desde el centro.

El Sapo: ¿Qué más le pedís a la vida?

La Abatida: ¿Rojo o azul?

El Sapo: Violeta.

La Abatida: ¿Cuántos hijos?

El Sapo: Los que usted quiera mi amor. (*Le pone la mano en la pierna*)

La Abatida: (*Golpeteándole la mano*) ¡Ay ocioso! A ver… déjame pensar ¿En qué querés trabajar más adelante?

El Sapo: Policía.

La Abatida: Tenaz.

El Sapo: ¿Por qué? Eso es lo que da plata.

La Abatida: ¿Estudiar o trabajar?

El Sapo: Trabajar.

La Abatida: De 1 a 10 ¿Cuánto te gusto?

El Sapo: 10.000.

La Abatida: ¿Querés llegar a viejito?

El Sapo: Pero claro, y si es con usted mejor.

La Abatida: Yo no alcanzo hasta allá. (*Pausa*)

El Sapo: Ábrela y tírala ahí (*La mujer abre el bulto y deja caer el barro rojo*) Dicen que están enterrados bajo este tumulto de tierra.

La Abatida: Los últimos jueves de cada mes subo la cuesta de la comuna para encontrar la montaña más y más grande.

El Sapo: Aquí solíamos jugar al escondite por la gran cantidad de lugares en los que nos podíamos meter, pero ahora se convirtió en un cementerio sin nombre.

La Abatida: El agua empantanada y roja baja de aquí. Nunca nos hemos preguntado si esa mezcla pertenece a la tierra o a la sangre que se derrama.

El Sapo: En las noches llegaban hombres preguntando por informantes, se metían a las casas, los agarraban y no se volvían a ver.

La Abatida: Los subían hasta la montaña de escombros y les disparaban para enterrarlos aquí mismito. Así no se sucumbía el miedo en la comuna, solo se iban y no volvían… a algunos los descuartizaban y lo tiraban a esos huecos.

El Sapo: (*Irónico*) Eran informantes.

La Abatida: Como usted… sapo.

Él agarra su brazo con mucha fuerza y ella se asusta, luz de luna, entran las mujeres. Y tocan las ollas como tambores. La Abatida Se desespera.

Mujeres: ¡Vertedero, basurero, muladar, estercolero, basural!

La Abatida intenta entrar a la nevera, El Sapo no la deja pretendiendo abrazarla. Las mujeres tocan más fuerte.

Mujeres: ¡Vertedero, basurero, muladar, estercolero, basural!

La Abatida logra zafarse y entra a la nevera, luz.

La Tejedora: ¿Trajo el pan?

El Sapo: Está en la nevera.

La Maga: ¿Compró los huevos?

La Tejedora: Están en la nevera. (*Todos paran su acción*)

Escena III

Tormenta de arena

La Maga abre la nevera y el espacio queda iluminado por la luz de esta, sujeta a la Abatida y la saca a la fuerza, se mete ella dejando la puerta abierta. Luz de luna. El árbol de aguacates se mueve por la fuerza del viento. Suena "Noches de Bocagrande del Trio

Martino". Aparece la proyección de una sombra que se posa tras ellos y maneja a los personajes, como si fueran marionetas, simultáneamente la Maga los observa y juguetea realizando los mismos movimientos de la sombra. Dichas acciones son desde todos los niveles corporales y en diferentes velocidades...

Todos, a partir de su acción buscan algo en medio de las cáscaras que están en el suelo del escenario... Cada personaje toma una de las ollas que está en el escenario y depositan en ellas cáscaras y tierra del bulto. Se desplazan hacia el proscenio, mientras la proyección y la canción desaparecen.

La Maga y el Sapo, golpean la nevera tirando papás. La Tejedora sube lentamente sobre la nevera se sienta y saca gran cantidad de fotos cosidas una sobre otra, haciendo un collage, sigue cosiendo fotos. El viento se convierte en ventarrón y lanzan con más fuerza las papas. La Maga grita de manera descomunal, cuando llegan al clímax, el grito de la Tejedora detiene las acciones de los demás.

La Abatida sube sobre la nevera y se sienta en las piernas de la Tejedora. En el suelo se sienten vibraciones y sonidos de excavadoras. Cae lluvia de tierra seca por todos lados. La Tejedora cubre a La Abatida con las fotos, El Sapo entra a la nevera. El sonido se hace cada vez más fuerte y los ensordece.

Sombras pasan tras ellos, primero unas pocas y aumenta el número. Cae más tierra, silencio. Lentamente deja de caer tierra. La Tejedora cuelga foto por foto en el árbol de aguacates. La Maga va a salir de la nevera poniendo un pie en el piso, y como un estruendo, caen papas del cielo volviendo una locura el recinto. La Maga vuelve a entrar y se tapa sus oídos, El Sapo hace lo mismo. La Abatida grita hasta que La Tejedora le tapa los oídos y canta (La Tejedora sigue colgando fotos), poco a poco todos se unen al canto, dejan de caer papas.

Escena IV

Recuerdo de un bolero de antaño

(Se encuentra en un extremo del escenario La Abatida y La Tejedora. En el otro extremo La Maga y El Sapo. Escena de conversaciones en simultáneo)

La Abatida: Abuela...

Le Tejedora: Mija.

La Maga: No puede faltar la arepita al desayuno.

La Abatida: ¿Por qué es tan difícil olvidar una persona?

Tejedora: Por que hacen parte de nosotros.

El Sapo: Bien asada.

La Abatida: Lo sé, a lo que me refiero es por qué es tan importante que lo recuerdos del pasado nos ataquen constantemente... ¿Por qué es tan difícil olvidar a una persona?

La Tejedora: Porque nunca se van, siguen aquí.

La Maga: O frita.

(Sapo y Maga salen de la nevera y van hacia el árbol de aguacates. Ayudan a la tejedora a envolver el árbol.)

La Tejedora: Recuerdo cuando toda la familia la estaba esperando. El viejo recién había desaparecido de la comuna. Aún me soñaba con él en las noches y en las siestas de la tarde. Sentía su osamenta fría al lado mío después de despertarme. En los sueños él se acostaba junto a mí, y yo no podía mover más que los ojos… siempre miraban su cuerpo de pies a cabeza.

La Abatida: ¿Y qué veía?

La Maga: A mí me gusta con guiso y calentado de fríjoles.

El Sapo: A mí me gusta ponerle el huevo encima.

La Tejedora: Que no tenía una pierna.

La Maga: Yo la hago con amor y ya.

La Abatida: ¿Siempre le faltaba un pie?

El Sapo: El maíz está muy caro.

La Tejedora: (*Sonríe*) No mijita, siempre que soñaba se le iba perdiendo una parte del cuerpo. Primero los pies, luego las piernas, torso y así y así. Las sábanas blancas de mi mundo onírico se volvían rojas, la sangre bajaba por las arrugas de las llanuras de mi cama como un río rojo.

El Sapo: Ahora toca comprarlas en la tienda *(Todos ríen)*.

La Maga: La arepita no le hace daño a nadie.

La Abatida: Igual que la sangre.

(Todos se detienen. El sapo ayuda a bajar la Abatida y la Maga a la Tejedora.)

La Tejedora: Me decía que caminara sobre el arenal, que quizás él podría mandarme una señal desde abajo. El último día que soñé con él me dijo…

Todos: ¡Es una niña!

(*Todos gritan de emoción, y a felicitarse mutuamente. Todos depositan papas en el fular de La Maga*)

La Tejedora: Que los zapatitos.

La Abatida: Que el vestidito.

La Maga: La arepa combina con todo.

El Sapo: Que con queso.

La Tejedora: Que la cunita.

La Abatida: Que el peluchito.

La Maga: Que hagamos migas.

El Sapo: Que con salchichita.

La Tejedora: Que La cintas para el cabello.

La Abatida: Que los aretes, esos primeros tienen que ser finos.

La Maga: Que mójela en la yema de huevo.

El Sapo: La arepa'e huevo.

La Tejedora: Que el tetero.

La Abatida: Que la pañalera.

La Maga: Que la arepa de maíz trillado.

El Sapo: Que la arepa mona.

La Tejedora: Que la pulsera roja para el bebé, para que no le dé mal de ojo.

La Abatida: Que no le tape la molleja, que lo ahoga.

La Maga: La arepa de chocolo.

El Sapo: Que no la deje podrir.

La Maga: Como a la niña.

(*La Maga se acerca a La Abatida, la agarra fuerte del cabello y la mete en la nevera. El resto de personajes se juntan en el proscenio del escenario, se miran y esparcen el barro rojo por todo el escenario. Hablan entre ellos*)

La Maga: El gobierno no nos ha querido dar respuesta de nada.

El Sapo: Rico que nos conozcan por esa operación.

La Tejedora: Pero no nos conocen lo suficiente.

La Maga: ¿Será que ellos también comen arepita en las mañanas?

La Tejedora: El señor de la moto.

La Maga: Ese se desmovilizó, pero para nada sirvió, porque por aquí no ha venido a comer arepita.

El Sapo: ¿Hablan de mi papá?

La Abatida: (*Dentro de la nevera*) Lo desaparecieron.

La Tejedora y la Maga: Igual que a usted… (*Lo miran. Él se queda congelado*)

La Abatida: ¡Sapo hijueputa! (*La Abatida sale de la nevera y se acerca al Sapo*) Ay mi amor. (*Lo abraza*) (*La Tejedora toma de la mano a La Abatida y la lleva al árbol. La Maga y El Sapo vuelven a su conversación*)

La Tejedora: Su abuelo cogía aguacates de ese palo y se iba a venderlos a la galería… el árbol siempre estaba dispuesto a alimentarnos, cuando se fue me tocó a mí empezar a venderlos y ver como hacía para sustentar a esa parranda de pelados.

La Maga: La pacificación de la comuna 13.

El Sapo: Bloque cacique Nutibara (Alias don Berna).

La Tejedora: El día que usted nació, su abuelo llevaba 1 mes desaparecido. Usted se quedaba viendo el techo y sonreía. Cuando de su boca salían las primeras palabras, corría tras la nada por toda la casa gritando "Hila". Los boleritos se escuchaban en las madrugadas desde el infinito de la escombrera… los boleritos que me cantaba mi viejo cuando me traía serenata a las tres de la mañana mientras intentaba conquistarme. Ahora, la arena cae sobre los recuerdos del tiple oxidado del viejo y de su voz que ahora se seca con la tierra roja… Usted se quedaba sentada en la ventana cantando los boleros entre sueños. Siempre sentí que él los cantaba para mí por medio de esa hermosa voz.

La Abatida: (*Canta. El Camino de la Vida de Trío América*).

(Luz de Luna)

Todos: ¡La fosa común más grande de Latinoamérica!

La Maga: (*Agarra al sapo y lo abraza con mucha fuerza*) Papito no vaya por allá, que miedo.

El Sapo: El que nada debe, nada teme. (*Forcejean*)

La Tejedora: (*Toma a La Abatida de los hombros*) Sé que está enterrado bajo toda la escombrera de arriba… como usted mi niña…

La Abatida: Si pelea con su amiga…

La Maga: Que siga pelando papas.

Todos: ¡La fosa común más grande de Latinoamérica!

El Sapo: GUERRILLERO. (*Busca por todo el escenario*)

La Maga: Estamos en toque de queda… no deje que le digan así papito, usted no es uno de esos.

El Sapo: Me dicen que voy a ser ejecutado.

La Tejedora: Enterrada Igual que él.

La Maga: Que siga recogiendo basura.

La Abatida: Si tiene rabia con su esposo…

El Sapo: ¿Será que aquí si hay una papa?

Todos: ¡La fosa común más grande de Latinoamérica!

La Tejedora: Así que si en la muerte se encuentra con su novio no lo deje ir.

La Abatida: Si pelea con su novio…

La Maga: Ponga un panfleto con su foto en un poste ¡Y listo!

La Tejedora: Enterrado, igual que ella.

Todos: ¡La fosa común más grande de Latinoamérica!

Escena V

Comuna 13

(*En escena se encuentra la Tejedora y el Sapo, mientras pelan papas*)

El Sapo: Oíste seño, yo creo que los vecinos ya nos critican de tanto estar pele que pele.

La tejedora: ¡Ay mijo! Pues no ve que ellos han hecho lo mismo durante todo este tiempo.

El sapo: Sólo que con cebollas.

La Tejedora: Y zanahorias.

(*Ambos ríen*)

La Tejedora: Papito, yo no quería que ustedes se estancaran… Cásense, estudien, hagan sus vidas…

El Sapo: Ay seño, para casarme con la flaca tengo mucho tiempo todavía… ¿O es que me está echando?

(Ambos ríen)

La Tejedora: ¿Papi, y no me iban a dar un bisnieto?

El Sapo: *(Con una sonrisa de ironía)* Seño no, todavía estoy muy niño para eso…

La Tejedora: *(Con astucia)* Es que necesitamos a alguien que vaya a hacer los mandados… Para que compre el pan, abra la nevera, compre los huevos, haga el agua de panela…

El Sapo: Está bien, estoy de acuerdo, hay que dejar un legado… Yo me sacrifico pues y tengo muchos hijos con la flaca…

La Tejedora: No ve que después, ¿Quién va a hacer lo que nosotros hacemos?

El Sapo: ¿Pelar?

(Risas)

La Tejedora: ¿Te sentís muy enamorado?

El Sapo: Abue, ¿le puedo decir abue?

La Tejedora: Pues claro…

El Sapo: Quien no se enamora de esos ojos, de esas piernas, de esa sonrisa…

La Tejedora: *(Interrumpe)* Tené cuidado que estás hablando de mi nieta.

El Sapo: Uff… y eso que no le hablé de…

La Tejedora: *(interrumpe tirándole una papa)*

El sapo: De su personalidad, abue…

La Tejedora: Menos mal me quedó ella… y usted, para reírme de sus ocurrencias.

El Sapo: Abue, la verdad me da miedo traer hijos al mundo, a este mundo que nos tocó…

(La tejedora mira al árbol de aguacates)

La Tejedora: Creo que ya es un mundo que elegimos y construimos.

El Sapo: Creo que mejor sigo pelando…

La Tejedora: Creo que mejor sigo tejiendo… Quiero tejer los sueños de toda una comuna, todavía conservo la esperanza de que pelar, nos servirá para algo… No quiero seguir escuchando a los medios de comunicación que sólo muestran lo que les conviene. Para que nadie se informe realmente, para que no nos conozcan por lo que realmente somos.

El Sapo: Creo que mejor seguimos pelando… Hace una semana pelé una papa que tenía forma de nevera.

La Tejedora: Hace un año pelaron una papa que estaba muy podrida.

El sapo: Hace 3 años y 6 meses lo cortaron por estar pelando una papa muy grande.

La Tejedora y El sapo: ¡Estamos convirtiendo esto un completo peladero!

El Sapo: La papa de la abuela estaba muy deforme.

(Ambos ríen)

La Tejedora: Papito, vaya y meta los huevos a la nevera.

El Sapo: Ojalá mi cucha nunca olvide limpiar la nevera.

La Tejedora: Su mamá nunca lo olvidaría.

El Sapo y la Tejedora: Ya los panes están seguros, los recuerdos también.

Escena VI

Arepas

Entran la Maga y La Abatida. Todos ponen las ollas en el piso y empiezan a amasar el barro con las cáscaras y a armar arepas de diferentes formas, simbolizando las diversas regiones de Colombia. Unos las arman grandes, otras pequeñas, otras muy redondas, otras deformes.

Mientras arman las arepas La Maga y La Abatida canta Noches de Boca Grande del Trío Martino, entre tanto El Sapo y La Tejedora hacen la melodía. Luego La Tejedora y El Sapo cantan, mientras La Maga y La Abatida hacen la melodía... Siguen armando arepas... Pasan las arepas de una mano a otra, muy lento. Con una mano pasan y con la otra reciben... Cada que uno recibe una arepa, la huele y palpa muy bien, tratando de reconocer a alguien en esa arepa.

La Maga guarda con mucho cuidado en su fular 3 arepas.

Paran su acción de pasar las arepas y la dejan en el proscenio. Vuelve a sonar "Noches de bocagrande" todos se levantan, se miran entre ellos, miran hacia el público y se abrazan. Todos desde el abrazo bailan la canción, como si fueran una pareja.

Paran de bailar y miran a la nevera.

Todos corren hacia la nevera, como si fuera un imán, la abrazan. El hombre se sube a la nevera, de pie. Las 3 mujeres palpan y huelen la nevera. Dan un fuerte grito.

Las tres danzan alrededor de la nevera, sin dejar de tener contacto con ella, desde las manos, los pies, la cabeza... Como si amaran dicho objeto.

El Sapo hala a La Maga y la ayuda a subir a la nevera. El Sapo baja y se une a la danza de las mujeres. El Sapo y la Abatida se quitan sus prendas, en el cuerpo de ambos se evidencian signos de tortura, disparos y cortadas. La Maga se pone una máscara que representa a la mujer en toda su magnitud, luego pone su mano entre la lana del árbol saca el aguacate.

La Maga: Que la luz de la luna siga iluminando a aquellos seres que buscan respuestas, que la arena rodee los sueños de los hombres y mujeres del mundo, que el aguacate sea la fortaleza para aquellos que casi resbalan en guerra, que la tierra nos siga sosteniendo y no se vaya, que el pasto seco le dé el último adiós a nuestros seres queridos, (*Saca una arepa del fular*) que sea Teresa la mujer más fuerte, (*Saca otra arepa*) Que María Elena dé más gritos de lucha (*Saca la tercera arepa y una papa*) Que hombres y mujeres se sigan amando día a día y que no que dejen que sus hijos se presten para cumplir funciones que los llevarán a la muerte, que el amor a la patria no los hagan hombres caídos, que Colombia ame sus ríos y sus árboles de aguacates, sus cafetales y cultivos de papas. Que la luz de luna nos siga iluminando...

La Maga cae lentamente sobre la superficie de la nevera. Luz de luna. Las mujeres y El Sapo siguen danzando alrededor, cada vez lo hacen más rápido. Se mezcla la música con la respiración agitada de ellos. La Maga cae totalmente. Ellos le bajan a la velocidad. La luz baja lentamente. Oscuro total.

Escena VII

Conversación incómoda

La maga se encuentra sobre la nevera con los ojos cerrados. La Abatida, se acerca a la Maga e intenta despertarla, después busca en su fular y saca el aguacate. La Maga se despierta de golpe y la agarra del cabello.

La Maga: ¡Te pillé!

La Abatida: No recordaba verla tan enojada como hace unos años.

La Maga: ¡Después de tantas cosas no hay tiempo para el enojo!

La Abatida: Entonces por qué lo está.

La Maga: No lo sé. (*La suelta y baja de la nevera*)

La Abatida: Ya llega la hora.

La Maga: Sí, quítate la ropa. (*La Abatida se mete a la nevera. Se escucha agua cayendo. La Maga mientras, agarra la ropa y empieza a ensuciarla con barro rojo y cáscaras de papa. La Abatida sale mojada, sin el aguacate y con una toalla envuelta. La Maga la tapa mientras se viste con los harapos sucios*).

La Abatida: (*Mientras se viste*) ¿Usted es la mamá del Sapo? Me acuerdo de usted, le decían La Maga y también recuerdo a su marido. Era un hombre alto, agraciado, tenía una revueltería subiendo por la loma. Una vez que fui me regaló unos bananos para mi abuela.

La Maga: Sus papás fueron los primeros en desaparecer ¿No?

La Abatida: Sí, y después de mis papás, mi tío, luego El Sapo, usted… yo. (*Termina de vestirse. La Maga se quita la ropa y entra a la nevera, se escucha la ducha. La Abatida ensucia la ropa. Sale de la nevera mojada y se pone la ropa*)

La Maga: Es raro, quedarse sentado, habitando… es raro ser ausente en donde se encuen…

La Abatida: Es raro.

La Maga: Su abuelo vendía aguacates en el centro, el viejo era buena gente, aunque si era coqueto, le encantaba ver mujeres pasando por todos lados. (*Toman la ropa del Sapo*). A mi hijo le encanta que le arreglen la ropita, así, con mucho cuidado.

La Abatida: Menos mal a mí me gusta arreglar la ropa, así, con mucho cuidado.

La Maga: Yo de su edad era muy verraca.

La Abatida: Yo espero de la suya, seguirlo siendo.

La Maga: Mi hijo es un hombre muy sensible.

La Abatida: Yo lo cuidaré siempre.

La Maga: Como yo…

La Abatida: (*Interrumpe*) Le amaré.

La Maga: Lo sé.

Abatida: Gracias.

La Maga: No permita que deje de pelar algún día.

Abatida: No lo haré.

La Maga: No permita que deje de amarme.

Abatida: No lo hará.

La Maga: ¿Rojo o azul?

Abatida: Violeta.

La Maga: Quisiera ir a buscar…

La Abatida: Shhh.

La Maga: ¿Me acompaña?

Abatida: Me da miedo.

La Maga: A mí no.

Abatida: La acompaño.

La Maga: Me encantaba verlo cuando era niño y corría por todas las calles de la comuna, era mágico ver esa sonrisa…

Abatida: Yo también jugaba mucho, tenía muchos edificios de tierra para mí… Era toda una arquitecta.

La Maga: El niño quiere que usted estudie.

Abatida: Yo quisie…

La Maga: (*interrumpe*) El problema, es…

La Abatida: Yo quisiera que él estudie, pero quiere ser policía.

La Maga: Jummm.

La Abatida: (*Sonríe*).

La Maga: Cuando yo falte, ¿le va a preparar los fríjoles que tanto le gustan?

La Abatida: ¡Claro! No tiene que decírmelo.

La Maga: Lo sé…

La Abatida: ¿Sabe?, fue muy difícil ganarme su confianza.

La Maga: Temo mucho que lo hagan sufrir, el amor siempre lastima.

La Abatida: Sí, pero también es necesario.

La Maga: Pero eso no quita el dolor…

(Las mujeres ensucian la ropa del Sapo, mientras El Sapo entra y se acuesta en el suelo. Luego extienden sobre su cuerpo la ropa y lo cubren de tierra y desechos, dejando solo su rostro descubierto).

La Abatida: Ha criado a un muy buen muchacho.

La Maga: Fue difícil, en este mundo es difícil.

La Abatida: Pues lo ha hecho muy bien.

La Maga: Gracias mamita.

La Abatida: Extraño muchas cosas.

La Maga: Sabe que la protejo. Yo no temo, ya no temo.

La Abatida: Usted me ha convertido en una mujer muy fuerte.

La Maga: Pero aún falta…

La Abatida: Son tiempos diferentes.

La Maga: Por lo mismo.

La Abatida: Siempre hablan mal de las suegras, menos mal yo tengo a la mejor de todas.

La Maga: Gracias. (*Ambas ríen*)

La Abatida: Usted ha sido como una madre. Una regañona.

La Maga: Y luchadora.

La Abatida: Siempre.

La Maga: No olvide meter los huevos a la nevera.

La Abatida: Nunca. No olvide limpiar la nevera.

La Maga: Nunca. Recuerde arreglar la ropa y pelar las papas siempre.

La Abatida: No, no lo olvido.

La Maga: Siempre estará protegida.

La Abatida: Y su hijo amado.

La Maga: Gracias…

La Abatida: Gracias.

(La maga entra a la Nevera)

Escena VIII

Luz de luna

Entra La Tejedora y se sube a la nevera. La luz de la luna ilumina su rostro… ella tararea Luz de luna de Javier Solís. El rostro de la mujer expresa una mirada de espera y melancolía.

La Abatida se posa tras La Tejedora, pone en sus manos un cuchillo y una papa, ella empieza a pelar mientras sigue tarareando la canción. La nevera se abre lentamente, de ella salen voces. Sale la mano de La Maga empuñando una papa, después saca su rostro.

La mujer que continúa tarareando la canción, con sus pies le da un fuerte golpe a la nevera imposibilitando la salida de La Maga, ambas sueltan las papas, La Maga vuelve al interior.

La Maga: Siempre protegí a mis hijos, hasta el último día. Fue muy sencillo para ellos, sabían mi dirección, mis ocupaciones, mis horarios. Sobre todo, mis horarios, yo realmente sólo quería proteger a mis hijos, a todos mis hijos, cuando hablo de hijos, me refiero a los de sangre y a los que elegí y adopté, hablo de todos los jóvenes de la comuna.

Nunca me quedé callada, siempre les quería llevar lo mejor… Buena cultura, música, teatro… Pero en un país en el que no importa la vida del feto después de que nace, es muy difícil lograr transformarlo. Sin embargo, yo continuaba en la lucha por ellos.

Un 17 de octubre del 2002, cuando las balas ya no hacían temer, salí hacia el centro en el transporte público, fue allí cuando sentí el rigor. El transporte frenó en seco y ahí estaban aquellos hombres. Me bajaron, me arrastraron hasta la escombrera. Dejé de sentir.

(Se dirige hacia el árbol y cuelga sobre este el fular).

El Sapo: Tin, la salida del colegio, tin que con los amigos, tin que un partidito antes de llegar a la casa. Ese día ganamos un 4 a 3 y les tocó pagar la gaseosa, el pancito invitamos nosotros, menos mal trabajé esa semana. Sentados todos en la esquina de la cancha llega mi amigo Ramón como un loco, "Viejo, lo pusieron en el poste" (*La Maga da un golpe en la nevera poniendo el cartel, con una foto de él. El cartel dice: "Sapo Guerrillero"*) ¿Qué? ¿¡Que guerrillero yo!? Santa Bárbara bendita, salí corriendo para la casa intentando ser una sombra por la loma, al llegar le dije a la madre: Vieja no crea lo que dicen esos afiches, usted no se preocupe, espéreme un ratic… Y suena la puerta, 1, 2, 3 veces y cada vez más fuerte, le hago señas a la mamá diciéndole que se quede calladita, se rompe una ventana fuerte y se cae la puerta. Entran y fue la última vez que vi a la vieja… lo que más recuerdo es estar subiendo esa loma hacia el basural, con los ojos encharcados; no podía ver más que la oscuridad de unos metros a distancia.

(La Abatida levanta la ropa del piso. Se dirige hacia el árbol y la cuelga sobre este. Simultáneamente La Maga se dirige hacia El Sapo y lo cubre nuevamente con tierra y desechos)

La Abatida: La abuela me manda a hacerle unas vueltas al centro porque ella ya está muy vieja. Me encuentro con unos amigos antes de tomar el transporte y les digo que me acompañen, "Claro mi amor, con usted hasta el cielo", "Claro linda, ni que estuviéramos bravos". Las calles de la ciudad se hacían grises y ese presentimiento oscuro me sacudió la espina, como un beso en el cuello, como una caricia entre las piernas, como un beso después del desayuno. Un frio enloquecedor y circular se posa en la nuca y una voz suave y dulce dice: "Te vas a bajar conmigo o te toteo la cabeza". Lentamente volteo a ver a mis amigos y los veo agarrados de sus sillas delanteras como gatos en cortina. Un hombre se levanta, hace detener el bus y nos hacen bajar a todos. Pude ver lo ojos del conductor hundidos en un mar de desesperación… vi como bajaba la cabeza para no ver mi cara mientras era llevada a una pila de carros negros con cortinilla.

(Empieza a sonar Luz de Luna. La Abatida abre la nevera y saca el aguacate, y se lo pasa a La Tejedora.)

La Maga: Dejé de sentir cuando perdí la cuenta de sus penetraciones.

El Sapo: Tin un balazo en la pierna, tin una ahogada.

La Abatida: Me arrancaron el pelo sin compasión.

La Maga: Un palo en medio de mis piernas.

El Sapo: 1, 2, 3. ¡Malparido! ¡Sapo!

La Maga: Un machetazo en la columna.

La Abatida: Una puñalada en mi abdomen.

El Sapo: Arrancaron mi piel con pinzas.

La Abatida: ¡Que pa ´qué nací!

La Maga: Que si consideraba a todos esos "mis hijos", una penetradita más no me haría daño.

El Sapo: Tin que no siento la mano, Tin que no la pierna, tin que no siento la sangre bajando por mi espalda.

La Abatida: Tras de huérfana difunta.

La Maga: ¡Que la brujería no le va a alcanzar!

El Sapo: ¡Que por estar en la lista lo vamos a matar!

La Abatida: ¡Que por estar metida con los que no son, todo se lo va a tragar!

El Sapo: ¡Que por estar hablando con la Policía se le va a fusilar!

La Maga: ¡Que por andar buscando a sus "Hijos" la vamos a degollar!

La Abatida: ¡Que por esa cara tan linda la vamos a rajar!

La Maga: Entre las sombras de la escombrera encuentro a mi marido y mi hijo, entre la brujería y las cartas se encuentran los reyes y las reinas bajo la tierra.

El Sapo: No puedo (*Respira*) No pue… (*Respira*) No… (*Deja de respirar*)

La Abatida: Ácido por aquí, ácido por allá.

La Maga: Había (*Respira*) había (*Respira*) hab… (*Deja de respirar*)

La Abatida: El calor me… (*Respira*) la cal… (*Respira*) el… (*Deja de Respirar*)

Todos: ¡La vida es solo una escombrera!

(La Tejedora canta Luz de Luna mientras pela el aguacate. Llora.)

Oscuro

Me llaman muerte

Por Julieta Hernández Zimbrón

Corren días de desolación por ahí de finales de la década de 1910, áridos paisajes de tristeza que dejó a su paso la Revolución son el marco de historias perdidas en los campos de esta tierra multicolor "El ombligo de la Luna", decían los ancestros, y que un día libre del yugo español, México se llamó.

En esa postal sepia a medio desaparecer, se esconden cientos de historias que aún cuentan los tatas, aquellos abuelos que vieron las locomotoras llenas de rieleras, pelones y revolucionarios que abandonaron los campos o que fueron arrebatados de sus hogares para luchar por la causa…de…¡de quien sabe quién!, pues a la hora de la hora el río se llevó revueltos todos los peces, más ahí quedaron las historias que cuentan todos y también las que nadie supo, pero que segura estoy en el murmullo del viento se resguardan para ser contadas en medio de la oscuridad de las noches de otoño, así merito como la historia de José Guadalupe.

Justo en los primeros días de noviembre, cuando el negro de la noche es más intenso, el frío corre seco como lengüetadas que da el viento y el sonido que con el aire hacen las pesadas ramas de los árboles llorones, sí, esos que están por todo el sendero de entrada al pueblo, los mismos en los que colgaron los cuerpos de los rebeldes ¡los condenados "pelones"! esos mismitos que murmuran historias escalofriantes como la de él buen "Lupe", como le decían de cariño el compadre Manuel, la abuela Cata y todos los del pueblo…Solo alguien llegaría a presentarse ante él llamándole por su nombre de pila: "José Guadalupe Melquiades del Sagrado Corazón San Juan López"…¡Válgame el bendito! Pues con buena razón solo le decían "Lupe".

Pues cuentan los sauces llorones que aún recuerdan como en esa oscuridad de una noche del 1 de noviembre poco pasada la Revolución, en el pueblo de "San José Del Puente" que había quedado desolado, pues a muchos se los habían llevado uno u otro ejército de tantos caudillos revolucionarios que por ahí pasaron, a otros la leva, unos al no poder trabajar la tierra migraron, otros en familia agarraron sus tiliches y se fueron con "la bola"…pocos volvieron. En tanto, los viejos se fueron quedando con sus raíces y sus recuerdos a esperar que nuevos vientos de progreso llegaran…aunque se quedaron esperando.

Uno de los que se quedó fue Lupe, quien justo en esa fría noche, una de las más heladas según recuerdan los sauces, apareció en medio de la oscuridad con el rostro pálido de pie sobre el puente que hace camino de la iglesia al campo santo, en un ensordecedor silencio sepulcral que solo pudo ser interrumpido por el sonido de las campanadas de duelo que secas parecían salir de todas partes.

Lupe se sorprendió, ¿un difunto a esta hora?, se preguntó, pero la duda se hizo certeza cuando a lo lejos vio avanzar un cortejo, algunos hombres encabezando el mismo con incensarios que envolvían de aromáticas nubes de copal todo el camino, detrás de ellos mujeres a las que no lograba verles el detalle del rostro, pero las miraba caminar en multitud, sus pies desnudos en los huaraches de cuero iban andando a paso lento arrastrando la tierra del camino con sus pesados faldones, se les miraba a media luz los blusones bordados y el rebozo de bolita cubriendo cabeza y cuello, con el rosario enredado en una mano, sostenían la vela de cera de animal, y con la otra abrazaban un ramo desbordante de flor de nube, terciopelo, gladiola o cempasúchil.

Unas rezaban apenas susurrantes: "Ora pronobis"… "Torre de Marfil…ruega por él… Arca de la Alianza…ruega por él" … en tanto, las plañideras todas vestidas de negro con un semblante de inmenso dolor se enredaban el rosario entre las manos, se acomodaban bien el oscuro rebozo, propio para la ocasión y que el aire juguetón les tumbaba una que otra vez de la cabeza al blusón, así en ese ir y venir se tomaban del brazo, una a otra y tal cual es su labor agarraban fuerza para estallar en llanto tendido para amacizar la intensión…y que nadie olvide con eso que lo que llevan es un muerto al panteón.

Los hombres llevaban en carretillas bastos gruesos de cempasúchil recién cortado o cirios para alumbrar el panteón, otros sin empacho ahí iban con el guaje bien lleno de pulque para brindar por el difunto que ya carga el cortejo envuelto en buen petate que se tejió con palma en el taller de la familia de "Los Simones", como les dicen en el pueblo. No podían faltar al fondo los cuenteros que de vez en vez hacían que se saltara el corazón con ese estallido en el cielo que de fondo tenía la melodía de los "Toques para difuntos" que solemne tocaba la banda de viento que de otro pueblo alguien llevó.

Ahí iban todos, las mujeres, los niños, los ancianos, los hombres, los cueteros y hasta uno que otro perro del pueblo que se les coló, pero nadie volteó a ver al buen Lupe que con asombro desde el puente hasta el campo santo sin darse cuenta los siguió. Deseaba poder verles los rostros, por lo menos distinguir alguno, pero era como si su vista estuviera nublada, "seguro será por la neblina de esta noche que sí que está helada", pensó Lupe. En un momento, él era parte de ese cuadro de vistosos colores que entre claro oscuros jugaban en medio de la noche, él entre la multitud, pero apenas considerado por alguna esquiva mirada. Nadie, nadie lo volteaba a ver, les llamaba, decía nombres familiares, pero era como si no lo escucharan, los trataba de tocar, pero sus manos se perdían como si solo fuera el etéreo de su cuerpo el que los quisiera alcanzar.

Cuando el cortejo llegó al lugar indicado yacía tremendo hueco en la tierra cavado, ahí a tres metros poco a poco, el petate bajaron. De una en una fueron cayendo las flores, cempasúchiles y nubes que al difunto cobijaron, como lluvia cayó el agua bendita que las rezanderas echaron y los labios entonces de oraciones se desbordaron…luego vinieron los hombres a echar la tierra, entonces prestas las plañideras de llantos desgarrados en sollozos quedaron.

De pronto apareció ella, abriéndose paso entre el cortejo, parecía que cantara con voces diferentes, pero todas igual de dolientes ¿quién era esa dama tan elegante que se había abierto el paso sin que pareciera familia doliente?... Lupe que no puede con el asombro, también avanza colándose entre los cuerpos, apenas puede ver huaraches de cuero, pantalones de manta, jorongos de lana y sombreros de palma que le hacen sombra a los rostros de los hombres que están al frente terminando de echar la tierra, haciendo la tumba para poner sobre ella las flores, los cirios y la cruz que envuelta en aromáticas flores de cempasúchil aquella dama elegante lleva.

La dama de fino vestido de negros encajes y sedas, sombrero francés con plumas de faisán y velo, mira su regazo que como si fuese niño de brazos sostiene la cruz que entrega al sepulturero, apenas las escarolas de sus mangas se miran entre la luz de las velas. Lupe que de pronto pareciera perdido ha llegado tan cerca que podría tocar si quisiera esas finas telas que lleva ella, la curiosidad está por traicionarlo cuando, se hace un silencio tajante y pesado entre la multitud, solo el sonido de las hojas de los árboles parece que acompañan el momento, atónito, Lupe voltea a ver a aquella figura femenina que levanta la mano como si pudiera tocar la luna con ella, entonces la suelta y un suave aire casi como un suspiro acaba con la luz de casi todas las velas…un escalofrío recorre al hombre de pies a cabeza y como encantamiento su vista es tan clara cuando le pone la mano sobre el hombro ella.

Como si fuese despertado de un letargo en ese silencio absoluto y esa tremenda oscuridad comienza el encuentro que ahora les voy a contar…

Lupe : ¡Eh! Pero… ¿qué es esto? ¿Qué hago yo aquí? ¡¡Ayy cielo santo mi cabeza!! es como si todo de pronto diera tantas vueltas.

Dama : José Guadalupe Melquiades del Sagrado Corazón San Juan López, ¡ayyy esta vieja costumbre de ponerle a la gente hasta el apodo en la fe de bautismo! — Dijo la dama mientras se arreglaba las escarolas de las mangas de gaza – Sí, tu José Guadalupe, el dueño de la nopalera y del maizal cerca del río… ¡Querido Lupe bienvenido! Pero si te estábamos esperando, tantos días para ti y para nosotros solo un instante. Como quien dice: ¡¡Ya moríamos de ganas por verte!! — voltea al cortejo quien asienta socarrón a todo lo que dice, mientras alguien le acerca a la fina dama un buen jarro de pulque.

Lupe : ¿Cómo? ¡No entiendo nada! ¿Por qué me habla así? ¿Y quiénes son ustedes?, ¿en dónde estoy?... — hace un silencio mirando a su alrededor y tratando de identificar el lugar— pero si esto es… ¡es el panteón del pueblo!, ¿por qué me han traído aquí? Y… ¿por qué estoy en medio de esta noche tan fría y oscura fuera de mi hogar? La neblina es muy densa y húmeda, apenas puedo distinguir que hay más allá de cinco pasos delante de mío.

Dama : Ja, Ja, ja…hasta te desconozco sí tu nunca fuiste de tanta preguntadera; si la noche no es la fría Lupe… y nadie te trajo… ¡solito llegaste! Ja, ja, ja ay mi querido José Guadalupe recuerda bien y encontrarás respuestas a todas tus preguntas. ¡EY! Pero ten cuidado al buscar claridad, porque estoy segura que no te gustará mucho lo que vas a encontrar.

Lupe : Bueno, estaba esta mañana allá en la milpa, preparando la pizca, cuando un viento helado de otoño movió el maizal, el escalofrío me recorrió desde la espalda, y casi sentí los cabellos erizados como pelos de gato cuando se arquea al ver un nahual; entonces vi pasar a una mujer que llamó mi atención porque no se le alcanzaba a mirar el rostro, parecía que ella trajera el viento, caminaba sin prisa, no supe de donde salió pero tampoco alcancé a ver como para donde mero se fue…solo se comenzó a perder entre el camino.

En una abrir y cerrar de ojos ¡ya no estaba!; pero como si algo dentro de mí me dijera que no traía buenas cosas, mi corazón latió tan aprisa que pareciera se me fuera a estallar todo el pecho y esa sensación de piel de gallina que no me dejaba… Mejor me jalé para mi casa, cuanto más, cuando al pasar por el camino pude ver que por donde había pasado la mujer ¡no había pisada alguna!, pero las flores que apenas había visto brillando de vida por la mañana…se había secado, estaban toditas marchitas.

Dama : (voltea a ver socarronamente al cortejo y ríen) ¿Y luego? ¿Qué más hay en tu memoria Lupe que responda a tu propia pregunta: "¿cómo fue que viniste a dar aquí?"

Lupe : (se quita el sombrero y se rasca la cabeza, confundido) eso, eso mero es lo que no sé… estaba yo en mi casa preparando el altar para mis difuntos que llegan hoy en la noche, su pan de muerto, fruta fresca: tejocotes, guayabas, cañas, plátanos, café, unos ramos bien chulos de cempasúchil haciendo el camino y encendiendo una a una las velas para que alumbren su llegada. Una luz a mi viejecita, otra a mi buena mujer, otra grande para mi niño Pablo – Lupe no puede evitar que la tristeza se le desborde al evocarlo y hace un silencio acompañado de un profundo suspiro —. Y otra junto a un buen jarro de pulque para el condenado de… —lo interrumpe la Dama—.

Dama : Para tu hermano José, ayyy pero si ese sí que tuvo de condenado pues por ahí bien regaditas le prenden más de tres velitas jajaja. Sí Lupe, cada año le has ido poniendo nombre a tus veladoras bien que lo sé.

¡AAAAY siempre lo he dicho quien pudiera agarrar camino en pleno otoño! cuando a los árboles se les caen las hojas que con el viento hacen esos ruiditos tan simpáticos, ¡parecieran murmurar! y ese sonido que hacen cuando los niños las pisan al jugar. ¡Kruck!... ¡Kruck! Me gustan estos días con sus olores a fruta, café de olla y copal. Es como si el corazón se prepara a la nostalgia del invierno.

Lupe : ¿Pero tu cómo sabes tanto? ¿Cómo sabes que mi hermano se llamaba José? ¿Y todo lo demás? ¿Es acaso que me sigues los pasos? ¡Eres muy extraña! Hablas raro, llena de acertijos ¿por qué no eres clara?

Dama : Ya quisiera no tener que saber cada nombre, que el tío Chinto, la abuela Cata, el compadre Manuel, tu hermana Bertha, Simón el petatero, José que quedó en la bola por allá por la sierra de Morelos revuelto entre los pelones, sus enemigos los carrancistas y que decir del pequeño Pablo — suspira mientras se acomoda en una tumba cerca a la de Lupe — que se fue cuando llegó la otra oleada de la tifo ¿recuerdas tu casa marcada?... ¡pero qué prácticas tan coloniales!... eso por mentar solo a algunos de los tuyos, pero me conozco a todos y cada uno de los habitantes de este pueblo y de todos los demás también.

Mi memoria no conoce ni el tiempo, ni las fronteras; para mí todos los nombres sin importar cuál sea su rostro, edad, tiempo o lugar en el que están, un día para mí todos son el mismo, todos pueden ser Juan o María.

Lupe : ¡¿Qué has de saber tú del pueblo?! Si a leguas se te miran los trajes finos. ¿Y qué es todo eso que dices y que aun no entiendo?

Dama : Primero he de decirte que del lugar que yo vengo los trapos nada valen, lo material es vano. Esto que miras es solo un artilugio, una fachada, las ropas no importan, el atuendo no me cambia.

Lupe : Pues entonces anda explícame que no te tengo miedo, cuantas veces he caminado solo en medio de la noche nomás con la sombra pisándome los talones, ¡hasta crees que una desconocida me va a dar miedo! ¡Bah! Seguro esto es solo un mal sueño y en unas horas me voy a despertar.

Dama : ja, ja, ja ¡iluso el hombre! ¿Qué de verdad no me reconoces? — Se acerca un poco a Lupe y cuando se va a levantar el velo, se detiene alumbrando su rostro mientras se aleja — Mírame bien hombre y busca mi andar en la penumbra de tus pensamientos.

Lupe : No, aunque… algo quiere mi mente recordar, tal vez en el mercado, o dejando flores en domingo de altar, no lo sé me siento confundido, lo intento aaahmmm pero no encuentro tú voz, no puedo siquiera toparme con tu mirada en ningún momento. ¿Quién eres mujer?

Dama : Ja, ja, ja, me has visto tantas veces, hemos caminado juntos ahí por el maizal, he velado tu delirio en la enfermedad, me he sentado bajo el huizache cientos de veces a verte trabajar, pero tú, ¡nada de nada! jamás te percatas de mi presencia… eso sí, nomás cuando te llega el dolor y la desesperanza o te ganan los pulques y el mezcal, en ese torbellino de emociones, ahí sí, lueguito me sueles evocar, después ya en calma nomás de pensar en mí, todo el cuerpo te comienza a temblar… Pero no te apures, es normal, de otra manera este encuentro hubiera sido ya tiempo atrás.

Lupe : ¡Ay madre del Carmen! Si te empiezo a recordar creo que te vi cuando fui por la leña para calentar el cuarto donde estaba mi madrecita santa tullida de frío en una noche invernal, poco antes de estallar la Revolución, ¡¡UUUY como recuerdo ese frío! hubo un invierno crudo y seco hasta dolían los huesos…sí, estoy seguro que eras tú a quién vi caminar hacia la milpa y cuando me acercaba para preguntarte que quien eras, desapareciste al tiempo que el grito de mi mujer ¡Lupe corre, corre! Me hizo regresar…apenas entré a esa habitación helada, la vi tendida y supe que se me había ido la santa.

Dama : ¡Vaya! Comienzas a recordar, esfuérzate un poco más y me habrás de encontrar entre los dolorosos recuerdos de tu corazón… Mira, como te veo lento te voy a ayudar, cuando el pequeño Pablo dejó de jugar una tarde de verano porque la fiebre no lo dejó más, me colé a tu casa en el preciso instante que la puerta se quedó abierta después de que trajeron las hierbas romero, ruda, cedrón, eucalipto y pedazos de ocote para meterlo a bañar. Nada sirvió, todo estaba listo, pues en el libro de la vida lo escrito… escrito está.

Pensaste que despiadadamente la vida te lo arrebató y a su último aliento lo tomaste entre tus brazos y con desesperación te aferraste a él mientras gritabas preguntando al cielo ¿por qué? y pedías que fuera a ti y no a él… los años han pasado y te he descubierto cientos de veces llorando en el maizal preguntándote qué sería de Pablo si no hubiera muerto, piensas sí sería tan fuerte como sus hermanos, sí lo verías hacerse hombre al calor de la labranza de la tierra… Pero tranquilo Lupe que el pequeño Pablo juega y ríe después de alimentarse del árbol de leche que cuida de él, allá en alguno de los cielos su alma ya no sabe de dolor ni de tiempo, corre entre nubes con los pies descalzos mientras vuela papalotes en el espacio infinito más allá de esta tierra.

Lupe : — Entre sollozos apenas puede hablar— ¡Mi pequeño Pablo! No te atrevas su nombre mentar, que aún es una herida que le duele mi alma, porque después que Pablo partió ya nada fue igual. Con su muerte entraron a mi hogar la tristeza, el llanto y la soledad… siempre pensé ¿Cómo es cabe tanta muerte en cuerpo tan pequeño?

Dama : ¿Y es que acaso algún día te preguntaste cómo es que cabe tanta vida en cuerpo tan pequeño Lupe?... ¡¡Assh!! … Pero te escucho enojado y ese tono me empieza a gustar, me dice que ya sabes que soy la misma que viste cuando murió tu madre, cuando Pablo y soy la misma que viste hoy en el maizal.

Lupe : ¡Sí la misma! Esa tu presencia tan profunda no tiene igual, fría y sin prisa, sí, tú fuiste quien estuvo hoy por la milpa, la misma que secó las flores sin siquiera pisarlas, la que se perdió en el maizal, eres la que trajo el viento.

Dama : Tal cual lo dices, más aún no encuentras en tu memoria un momento que te tendré que recordar. Fui ¡yo! Quien puso la última flor sobre el petate en que yacía inerte Aurelia, tu mujer.

¡Ay pobrecita! no pudo con la muerte del pequeño Pablo y tras meses de luto y de reprocharse cada noche, finalmente apenas entrando la primavera mientras tu arabas la tierra ella quedó junto al fogón, ahí se quedaron también el chiquigüite con las tortillas recién hechas y el cocido de gallina fresca con hierbas para el almuerzo… tu espera fue inútil ella ya no llegó más.

Lupe : — Pensativo y triste— es cierto… ese día me extrañó no verla llegar con su falda de manta, su blusa bordada de flores de colores, cubriéndose del sol con ese hermoso rebozo de bolita que apenas había comprado en el mercado y cargando como de costumbre la canasta con las cazuelas apenas quitadas del fogón y cubiertas con esas pulcras servilletas que le daba por bordan antes de la caída de la tarde… ¿Sabes? cuando Pablo se murió una parte de ella se quedó marchita, de nada sirvieron las palabras de consuelo, ni que mis hijos más grandes se acercaran para llenarla de cariños y le pidieran amor; simplemente ya nunca fue la misma… luego vino la leva, y a mis chamacos se los cargaron los pelones apenas vieron que eran varones, entonces, su corazón no pudo más…que iba ella a saber que regresarían Juan y Antonio a llenar de vida el jacal una vez más.

Cuando volvieron, cada cual traía ya su pequeña familia… Pero tu… ¿tu? Tú no eras la misma, no te recuerdo entonces así vestida.

Dama : En efecto mis ropas eran otras, aquel día llegué con las rezanderas del pueblo, condenadas plañideras, aquí entre nos, me aturden sus alaridos, pero se les agradece el dramatismo que le impregnan a mi frío. Ahí estaba yo, me quedé en el rincón viendo cómo te sentías solo y perdido, como una vez más huérfano, reclamándole a la vida tanta muerte sin entender que no son una sin la otra. Tal vez…son la misma.

Lupe : Eres malvada, ¡Quisiera!(se levanta abruptamente y camina hacia ella) quisiera arrancarte cada parte para ver si con eso logro quitarme tanto dolor, me has arrebatado lo más amado.

Dama : No es maldad lo que hay en mí, sino ley natura. No Lupe, no hay malicia en mi presencia, yo no arrebato la vida, ella y yo caminamos de la mano, somos como noche y día, dirían los ancestros sol y luna, pues no hay uno sin el otro.

Desde el principio de los tiempos cada uno tiene un momento escrito, pero no es de los hombres saberlo. Tarde o temprano la vida se despide de esos cuerpos; entonces sin ser invitada entro yo por cada puerta, llego a cada lecho el del rico y el del pobre.

Lupe : ¿Quieres decir que mi hora ha llegado? ¿Por eso me has traído hasta aquí?

Dama : Yo no te he traído…prendías tus veladoras iluminando el camino del altar…cuando…

Lupe : Cuando tocaron mi puerta… ¡Ya lo recuerdo! fui a abrir y al hacerlo como si fuera polvanera, un viento helado entró a cada rincón de la casa y entonces un torbellino de aire frío me atrapó como si amarrara mis pies al suelo y me recorrió en un instante hasta salir por mi cabeza, todo mi cuerpo se sintió contraído y apenas entre ese remolino de sensaciones la pude ver; ahí estaba ella en el quicio de la puerta una mujer con rebozo en la cabeza y ramo de flores me dijo: "no tengas miedo José Guadalupe" y entonces como si fuera yo un niño sentí como si me abrazara acunándome, apenas vi el rapacejo del rebozo…y caí en un sueño profundo…

Dama : ¡Así es Lupe! ¿Qué es la vida sino un sueño?... un breve y ligero sueño en que tenemos la posibilidad de ser quien elijamos, no importa que tan breve o longeva sea, allá de dónde vengo no hay tiempo, pero para ustedes los hombres si de morir se trata jamás se es lo suficientemente viejo para dejar este plano de tierra y flores.

Lupe : Esto significa que… ¿que hoy moriré?

Dama : Ja, ja, ja No Lupe, ¿acaso es que no alcanzas a leer? Mira bien la cruz y lee: "José Guadalupe Melquiades del Sagrado Corazón San Juan López" — señala una tumba— ¿A poco creías que me lo sabía de memoria? Ja, ja, ja es decir: ¡esta es tu tumba! Y Lupe todos los aquí presentes te hemos esperado. Tantos días con sus soles y sus lunas para los hombres y apenas un ratito para nosotros que gustosos estamos de verte…pero no te aflijas que estas almas ya no llevan prisa… Ja, ja, ja. (Todo el cortejo ríe, entre aroma de copal, flores y uno que otro traguito de pulque).

Lupe : No, no, este debe ser un error yo he sido bueno en esta vida, o bueno en la otra, o como sea ya no sé ni lo que digo, no puede ser que mi tiempo haya llegado cuando me faltan tantas cosas por hacer, tengo que llegar al tiempo de la pizca y he de enseñarles a mis nietos a trabajar la tierra…los tengo que ver crecer… y… y… ¡No será en vano que volvieron mis hijos!

José Guadalupe Melquiades del Sagrado Corazón San Juan López: A ver…sí que te estás confundiendo, la muerte te sienta mal, creo que te pones algo bruto ¿no entiendes? Ya no hay nada que hacer. ¿Qué te hace pensar que se necesita ser anciano o malo para morir? Ya te lo he explicado, el único requisito de la muerte es la vida y su única ley es que todos moriremos, esa es la certeza más grande que todos tenemos apenas respiramos vida, sí, conforme nacemos ya vamos muriendo.

Lupe : Tengo miedo, la angustia me abruma, siento que me iré sin hacer lo suficiente.

Dama : El miedo es natural, pero está dentro tuyo, fuera no hay miedo y, Lupe… es cierto no hiciste lo suficiente, pero lograste lo necesario. Imagínate sí solo al haber hecho lo suficiente todos partieran, esto sería un caos, tal vez nadie moriría, los mortales tienen obsesión por siempre tener algo que hacer, como si al hacerlo se anclaran al tiempo.

Lupe : ¿Por qué siempre ha de ser así? ¿Es que el sufrimiento persigue sin piedad al pueblo?

Dama : Ese cuerpo no puede ser eterno Lupe, solo un montón de carne y huesos, allá en donde están los muertos todos son pueblo, ¿no te das cuenta que al morir todos somos iguales? Eres Lupe, José, Juan, Pablo, Aurelia, Cata, María y Rosa, eres el hacendado y el caporal, el aguamielero y el campesino, el niño y la mujer. Porque después de este cuerpo ya no hay diferencia. No hay trapos, razas, clases, condiciones, solo almas que si de lo material se trata y el viaje inicia en fina caja o petate con flores al descalzar lo material que nos ata solo los puros huesos quedan.

Dama : ¿Ahora olvidas cuantas veces en tu desesperación, enojo o borrachera, clamaste mi presencia? Pero no era tu tiempo Lupe, no existo a complacencia. Muchas veces me senté a tu lado y te regalé un poco de sueño para que dejaras de atormentar a tu alma herida.

Lupe : Pero… es que…

Dama : ¿Qué pasa ahora? No que tenías tanta urgencia por que llegara, antes de tus nietos, antes que tus hijos volvieran todo era diferente, pero ya ves, no necesito invitación con tanta elocuencia, a mi cita llego a tiempo y sin prisa soy un viento frío que existe en toda tierra. Lupe nada se detiene, todo sigue su curso no hay minuto del día que no esté destinado a perecer antes de ser.

Lupe : ¿Es qué al morir ya nada queda? ¿Quiénes somos después de este cuerpo? ¿A dónde va el trabajo de nuestras manos y los cariños que guardamos en nuestro corazón? Es acaso que olvidaré todo, ¿A dónde irá mi alma?

Dama : Todo lo que hiciste aquí, aquí se queda, al morir somos recuerdo dentro de aquellos que bien nos quisieron ¿Qué es esta vida sino un camino de paso? ¿Es acaso que Pablo, Aurelia, o José ya no vivían en tu corazón? ¿No llorabas y reías cada que los recordabas?

Dama : ¡Sí! Cuando estaba triste recordaba a mi Aurelia con sus hermosas trenzas y parecía escuchar la risa de mi Pablo jugando en el río cuando llegaba el calor del verano y siento el abrazo de José cuando terminábamos de trabajar la tierra.

Dama : Entonces ¡regocíjate hombre! que ya habrás de vivir más allá de este cuerpo que ya fue, cuando tus hijos y tus nietos te recuerden, y cada año volverás un instante al hogar, envuelto en el camino de copal alumbrado de la luz de las candelas y la brillantez del cempasuchitl, solo en el etéreo convivirás, apenas un ratito baste para saber que vives aún en sus corazones cuando con amor te pongan coloridas flores, corten fruta para ti y digan con amor tu nombre en la novena. Solo esencia. Eso es lo de verdad somos... Solo eternos en el recuerdo de los que se quedan, trascendemos solo a través del amor y de lo que un día fuimos.

Lupe : (se pone su sombrero y se acomoda el gaba de lana) Cuanta razón hay en tus palabras y si es por amor, me voy con buena fe. Así que bueno, dime mujer, ya que de ir contigo...respóndeme, ¿cómo será ese camino? O por lo menos dime ¿cómo he de llamarte?

Dama : El camino será tan largo como un instante y tan breve como el aleteo de un colibrí, ¿Qué quién soy? Soy todos y ninguno, soy el tiempo que no existe, soy el lugar incierto. Soy todos tus antepasados y también tus raíces. Soy lo venidero, soy lo irremediable.

Soy lo único predecible impredecible...y siendo también vida...solo me llaman Muerte.

Así de pronto en medio de la oscuridad de la noche la Muerte que se había develado a Lupe, parecía una mujer del pueblo como Aurelia o su madre, era todas las mujeres y ninguna, con su faldón de manta, su blusa bordada con flores de colores y esa piel apenas morena a la que le hacían marco unas hermosas trenzas con listones de colores. Ese rostro dulce y familiar le llamó con una tierna mirada, como si fuera mariposa en aleteo, abrió desde el hermoso rapacejo el rebozo con los brazos y lo envolvió, lo acunó entonces en el regazo como si fuese un niño mientras le decía: "Descansa querido Lupe que esta vida es un instante al que venimos solo a soñar".

Mi primer muerto

Por Pedro Francisco Bernal Galvis

Cuartucho estrecho, con olor a alcohol y morfina.
Improvisado escritorio y sillas derruidas. Una mesita
Auxiliar en uno de los extremos.

Don Rosendo: ¿Sabe cómo se arreglan aquí las cosas?

José: Puedo aprender.

Don Rosendo: Es duro, pocos aguantan.

José: Usted… dijo que me hace un periodo de prueba.

Don Rosendo: Después de estar adentro ya no hay puerta de salida. ¿Con quién vive?

José: Con mi hermano.

Don Rosendo: Y que hace.

José. Pues me la he pasado pasando hojas de vida.

Don Rosendo: Le estoy preguntando por su hermano.

José: Perdón, mi hermano…en la casa.

Don Rosendo: ¿No hace nada, es un inútil?

José. No…él es…

Don Rosendo: ¿En estos papeles están sus antecedentes y los de su familia?

José: si…están todos…

Don Rosendo: Sí señor. Se demora más pero se expone menos.

José: Si señor.

Don Rosendo: ¿Usted es el mayor?

José: Si señor.

Don Rosendo: O sea que usted responde por su hermano.

José: Si…Sí señor.

Don Rosendo: O sea que usted estaría dispuesto a hacer lo que sea por su Hermano.

José: Si…sí señor.

Don Rosendo: Por qué suda tanto.

José: Es de familia, cuando tenía cinco años…

Don Rosendo: ¿Ha visto algún muerto?

José: No…

Don Rosendo: ¿Le tiene miedo a la sangre?

José: No…yo me imagine ser médico.

Don Rosendo: Se lo pregunto porque tengo amigos que trabajan con
Cuerpos…es decir con cuerpos de animales y a veces me piden el favor que les
Consiga gente…y usted ahí puede ganarse otros pesos.

José: No hay ningún problema Don Rosendo, yo le agradezco, yo puedo hacer
Esos oficios varios.

Don Rosendo: Póngase de pie.

José: De pie…

Don Rosendo: Sí de pie, al trote mar, de pie. Párese bien. Las manos
Atrás…hágase unas cuclillas…esas son de señorita, hágalas bien. Muéstreme
Las manos…manos de señorita. Siéntese. ¿A que le jala usted?

José. ¿Cómo así Don Rosendo?

Don Rosendo: ¿Que consume?

José: Discúlpeme no entiendo.

Don Rosendo: No nos hagamos los huevones.

José: Don Rosendo, discúlpeme no lo entiendo.

Don Rosendo: Drogas, que drogas chupa, que vicio mete.

José: No, No don Roncancio nada de eso va conmigo, yo no meto nada de
Eso, esas cochinadas no van conmigo.

Don Rosendo: Aquí ya no hay nadie que a su edad no consuma alguna basura
De esas.

José: Con esa gente a metros…deberían desaparecerla yo…

Don Rosendo: ¿Acabar con tanto consumidor?

José: Pues…a los que viven…

Don Rosendo: Con tanta gente de la calle… ¿cierto?

José: Pues todos tenemos derecho a vivir pero…

Don Rosendo: ¿Usted estaría dispuesto a hacer lo que sea por su hermano?

José: Si…Sí señor.

Don Rosendo: ¿Aquí está su teléfono?

José: Si, sí señor.

Don Rosendo: Me dijo que no tenía problemas por trabajar en la noche, ¿no?

José: No, no hay problema señor Rosendo.

Don Rosendo: Cualquier cosa lo estamos llamando.

JÒSE ECHADO SOBRE UNA SILLA. LE HABLA A PAQUITO, PERSONAJE

PRESENTE COMO INTERLOCUTOR, PERO AUSENTE EN LA ESCENA.

¿Qué cómo le ha ido? ¿Qué cómo le ha ido? ¿Bien? ¿Bien? ¿Por qué no

Chupo el sobre de leche? Si consigo el trabajo. Si consigo…si eso, compramos.

Compramos, la silla, la silla. Paquito…Paquito…míreme…míreme. APARTE.

Ya casi no escucha. Esta man no me escucha. Me fue bien…entregue diez, diez

Hojas de vida…diez. Estoy mamado. Si…correr…toco…Correr…en todas

Me dijeron, cualquier cosa lo llamamos…cualquier cosa lo llamamos. Pero

Cualquiera sale…si…eso…sale. Tranquilo. Nada. Nada de nervios. Pa lante

Como el elefante, elefante. APARTE. Que le hago de comer a esta man.

MISMO CUARTUCHO DEL INICIO

Don Rosendo: ¿Hasta ahora apareciendo?

José: (Descompuesto. Agitado,) Si…sí, señor…tuve que…

Don Rosendo: A mí no me importa, Fui Claro, después de hacer la tarea de

Una vez se reporta.

José: No vuelve a pasar.

Don Rosendo: Parece Reina de belleza en sauna.

José: ¿Cómo?

Don Rosendo: Señor. Se demora más pero se arriesga menos. Séquese ese

Sudor. Allá adentro hay papel higiénico… ¿cómo le fue con la vuelta?

José: Bien, don Rosendo.

Don Rosendo: ¿Tenemos nuevo material?

José: ¿Cómo don Rosendo?

Don Rosendo: Sí quiere le pongo parlantes. ¿Qué cómo le fue con la vuelta?

José: Bien, sí señor.

Don Rosendo: Pero solo me trajo un bicho.

José: Es que por ser la primera vez… mientras le cojo el tiro.

Don Rosendo: Yo le fui muy claro, aquí se gana es produciendo.

José: Como estoy empezando, tuve que buscar mucho.

Don Rosendo: Pues si quiero lo llevo de la mano y se los busco.

José: No…No, yo voy aprendiendo.

Don Rosendo: Pues la verdad yo lo veo muy afeminado para esto.

José: No, no, ahí voy *visajeando*.

Don Rosendo:(Riendo) Uyyyy, visajeando. Vamos aprendiendo. Para hoy ya

Serian tres: los dos de hoy y el que me debe de ayer… ¿ahí cómo hacemos?

José: Hoy yo trato de adelantarme.

Don Rosendo: Imagínese. Por otro lado me prometieron 4 de una sola mano, y usted hasta ahora solo lleva uno y mire la hora.

José: Pues yo voy de una vez.

Don Rosendo: ¿Sí? Todavía hay sol. ¿Y a esta hora donde va a conseguir?

Empezamos mal. Te veo mal Josecito.

José: Yo se los voy a reponer.

Don Rosendo:(Riendo) Antes no me dice que me los va a revivir.

José: Deme tiempo don Rosendo.

Don Rosendo: Aquí el tiempo no existe. Aquí somos como tumba sin visita y la

Plata no espera. Usted ya está en esto, cumple o se devuelve y ya sabe a

Dónde se devuelve.

José: Me pongo a buscarlos toda la noche y me le pongo al día.

Don Rosendo: Mire, no me joda, usted como que no ha entendido. Parece un cuchitril esa pieza donde vive, su hermano necesita tratamiento, pero le puede

Pasar algo… usted mismo puede ser uno de los que vendemos para reparar cuando hay desaparecidos. Por si piensa renunciar… se lo anuncio, es más fácil que se salga de su tumba uno de estos muertos a que usted se eche para

Atrás y no cumpla "cuatro puertas hay abiertas, al que no tiene dinero, el hospital y la cárcel, la iglesia y el cementerio". Tráigame a ver qué fue lo que

Hizo… Apúrele…pero no sea bruto… sáquelo derecho y que los pies queden

Hacia acá… Casi se le cae… por bestia. Acomódelo y lo saca de pies… se le

Va a enredar el muerto… con una mano…póngalo así…con tanto trajín se le va a revivir. Destápelo… Pero no le veo ni un rasguño, esta enterito, este verraco está bien puestecito… ¿Cómo le hizo? Tráigame la lonchera.

José: ¿Cómo?

Don Rosendo. Tráigame…tráigame la lonchera.

Don Rosendo: Que me traiga la lonchera

José: ¿La de su almuerzo?

Don Rosendo: Esa caja rosada que está encima del mesón y esos guantes de

Cirugía.

José: ¿Esta?

Don Rosendo: Colóquela en la mesa auxiliar. Arrímela para aquí. Alcánceme la base que dice número 3, para piel morena…ábrala.

José: Perdón, no sabía cómo abrirla.

Don Rosendo: No…Este huevo. Esta, ¿Que dice aquí? …pero tiene una

dentadura perfecta eso nos ayuda. Las manos…huesudas pero cuidadas. Esta

bonito, a este se le saca buen juguito. Acérquese. Quién sabe si lo llegue a ascender. Dese cuenta como lo empiezo a maquillar… Pero no tiene nada en la cabeza, esta preciso, certero ¿Cómo lo hizo?

José: Yo me le hice amigo.

Don Rosendo: Uyy me resultó psicólogo, como lo cogió.

José: Estaba echando vicio y yo…

Don Rosendo: O fue que le hizo otra cosa.

José: No, yo lo cogí...

Don Rosendo: No le dejo un rasguño… ¿y qué?

José: Aproveché que estaba echando vicio, hice como si fuera a orinar y m devolví y cuando estaba distraído pues…

Don Rosendo: Ni un moretón, ni una huella… ¿me está diciendo la verdad?

José: Si, sí, claro don Rosendo.

Don Rosendo: O se lo encontró…por ahí.

José: No, no, no yo lo conseguí.

Don Rosendo: Que no me vayan a salir con el cuento que fue que se lo robo.

José: No, estudié al tipo como usted me dijo, me lo hice amigo y…

Don Rosendo: Le cuento… los que se han pasado de inteligentes conmigo están en la tumba o en la cárcel.

José: Qué.

Don Rosendo: Don…don. Se demora más pero se arriesga menos.

José: Don Rosendo.

Don Rosendo: ¿Dónde lo encontró?

José: Estaba en el caño.

Don Rosendo: ¿Cual *caño*?

José: El de la avenida La Esperanza.

Don Rosendo: O sea que tenemos carne fina.

José: Estaba echando vicio.

Don Rosendo: Y usted se le acercó y él le dijo; Hágale le regalo mi pellejo y mansito se dejó quemar.

José: No. Yo lo llene de confianza y luego… le eche mano.

Don Rosendo: ¡el tipo no se dio ni cuenta!

José: Pues yo vi que se desplomo de una, y luego lo arrime a la camioneta.

Don Rosendo: ¿Se aseguraron que la camioneta no se viera?

José: Si, yo ahí mismo la tape con los costales y el trapo rojo.

Don Rosendo: Claro que por esta miseria no nos cobrarían.

Don Rosendo. Es que está bien hechecito…y la herramienta.

José: Está en la camioneta.

Don Rosendo. Como así que en la camioneta.

José: Pues hoy voy a…

Don Rosendo. Aquí nunca se deja tirada la herramienta y se deja guardada donde se debe dejar guardada ¿no fue capaz de guardar la herramienta? Tiene más ganas este muñeco que usted. A este, más bien lo voy a revivir, a ver si encuentro alguien que trabaje bien, y que haga las cosas bien. Pausa. Estos pómulos se ven bien…aquí le ponemos un poco de sombra…Esta mejilla necesita de más luz.

Don Rosendo:(Sonriendo) Llévelo para dentro. Asegúrese que quede bien tapado. Póngale el nombre…se lo pone amarrado al dedo derecho de la pierna derecha. Que quede bien puesto. Alcánceme la cuota.

José: ¿Cómo?

Don Rosendo: Esa botella con trago que me queda sobre el mesón, tráigalo. Recójame la caja de maquillaje…cierre bien cada pote…ya sabe dónde va cada instrumento ¡NO! …eso no es como recogiendo mierda, hágalo con cuidado, hay que amar lo que uno hace… PAUSA ¿se echa un trago?

José: No Don Rosendo, gracias.

Don Rosendo. ¿Le ofende que le exija en el trabajo?

José: No, No señor para nada.

Don Rosendo: Entonces vaya póngala en su sitio y se echa un trago.

José: No Don Rosendo...más bien...si yo ya me puedo ir…

Don Rosendo: Aquí no existe el tiempo, somos como tumba sin visita.

José: Es que tengo que ir a ver a mi hermano.

Don Rosendo: Usted lo que tiene por ahí es una mocita…a veces los muertos pagan para que les hagan la visita. Siéntese, coja bien ese vaso…Para el sexo y para el trago nunca hay una mala compañía…y el otro de donde lo saco.

José: Estaba tirado en medio de la calle, cuando se despertó me hizo escándalo, entonces le dije que se tomara un chocolate con pan, que yo era de una fundación, el tipo me creyó, cuando estaba probando el chocolate recibió el garrotazo...y ahí quedo.

Don Rosendo: Usted de donde inventa tanto cuento.

José: A mi gusta hablarles, echarles la parla primero.

Don Rosendo: Y como hace para acercarse, para que no se espanten.
que les hablo sin hablarles.

Don Rosendo: Me creyó ya borracho el *huevo*.

José: No, como se lo ocurre Don Rosendo. Yo a veces me las doy de sordo mudo, y eso les da confianza, como no hablo pues ellos me creen.

Don Rosendo: Cómo así.

José: Yo manejo lenguaje de señas, yo me hago el que no hablo y eso les da confianza.

Don Rosendo: Usted hace esas musarañas con las manos…

José: Lenguaje de señas don Rosendo. Lenguaje de señas.

Don Rosendo: ¿Qué es lo primero que les dice? …pero no, dígamelo con esas musarañas que usted dice que sabe…pues no le entendí nada pero si se nota que sabe.

José: Tranquilo, yo soy, un amigo de ustedes y quiero compartir un pan…Las manos son mágicas, eso es lo primero que les digo.

Don Rosendo: Dígame esta frase: Mamita, mamita quisiera ser cemento para hacerle su monumento.

José: ¿No entiendo?

Don Rosendo: Huevon, dígamela a mí.

José: Mamita, mamita quisiera ser cemento para hacerle su monumento.

Don Rosendo: Qué me la diga con las musarañas.

José: En el lenguaje de señas.

Don Rosendo: Sí esa joda…no, eso sí es muy jodido…venga enséñeme, enséñeme para dejar loca a una vieja…despacio…esta es la ¿Ah?…y la M cemennnnto, cemennn. Cemento. Con esto si la voy a dejar lela… Oiga, tómese ese cunchito…usted le pega muy bien…Cómo aprendió.

José: Corriendo detrás de las pelotas y bateando todo lo que a uno se le aparecía.

Don Rosendo: Usted fue…

José: Me quedé en el intento.

Don Rosendo: Yo me quedé de maquillador.

José: Me ha tocado batear otras cosas…Usted es muy bueno.

Don Rosendo: Me quedé de maquillador y por fuera de La compañía…bueno, pero no resulte marica.

José: ¿Cómo así? Don Rosendo.

Don Rosendo: ¿Oiga y como se dice marica?

José: Así… y maquillador así…

Don Rosendo: ¿Así?

José: No… así.

Don Rosendo: Somos buenos con las manos.

José: Uno nace con ganas de pegarle a le pelota.

Don Rosendo. Tinta sangre. Sangre tinta.

José: Como que a uno lo hacen… para vivir la vida a golpes.

Don Rosendo. Se me descascara el pellejo.

José: En vez de batéar debería…

Don Rosendo. Abriendo la sonrisa con un puñal.

José: Haber ganado en un nocaut.

Don Rosendo. Caigo en cuenta que mi suerte es lodazal.

José: Cuando usted corre parece que la miseria se va.

Don Rosendo. Soy la pared del basural a quien nada se arrima.

José: Yo también me arrugue.

Don Rosendo:

Se me pudrió el alma.

La horca lista en el alba.

Al condenado nadie lo mira,

La calle cambia de ojos y se retira.

José: Solo era dar un golpe y salir corriendo.

Don Rosendo.

Aquí está el malnacido,

Corramos a él con golpes

Y sin hacer ruido.

José: Si hubiera dado el golpe, Paquito seria…

Don Rosendo.

Nudo de la soga,

sobre la piel arrugada

el verdugo y el canalla,

alambre de púa y de muralla.

El verdugo y la muralla

el alambre de púa y el canalla

Don Rosendo: Venga, déjeme ver…usted tiene manos delicadas…tranquilas.

¿Cómo es que le pega?

José: ¿Qué?

Don Rosendo: Don, don, se demora más pero se arriesga menos.

José: Perdón, don Rosendo.

Don Rosendo: ¿Cómo es que usted le pega al palo?

José: Pues yo veo que este distraído, me aseguro que no se vaya a voltear.

Tomo la posición que me dé el frente exacto, después busco el lateral, que

nada me impida el giro, extiendo y sale el aire empujado por el bate.

Don Rosendo: Parece que conoce de golpes.

José: Un poquito nada más.

Don Rosendo: Vuelva a hacer como si bateara.

José: ¿Repito?

Don Rosendo: Pero vaya y coja el palo.

José: ¿Dónde me hago?

Don Rosendo: Pero espere yo me corro. Dele… ¡es magistral! Por eso es que

los deja perfectos. ¿Estuvo en alguna escuela?

José: No…me poncharon en primera base…cuando empezaba a correr.

Don Rosendo: Está dejando bien limpiecito el ganado. Está perfecto, sabe

pegar, justo donde es. Un milímetro aquí es milagroso o desastroso…no se me corra,

José: ¿Cómo?

Don Rosendo: Muéstreme su mano derecha…muévala así…pásemela.

José: Don Rosendo.

Don Rosendo: Por encima de la mía, No. Por encima, suave…tranquilo…no se me corra.

José: Voy a buscar mi…

Don Rosendo: Ahora mire…fíjese bien como le hago yo… ¿si ve? ¿Si lo

siente? ahora así como le hice en la cara…

José: Yo no tengo los suficientes cuerpos, me voy a trabajar.

Don Rosendo: Ahora hágame a mí…suda como una loca. Tranquilo, hágame

así…

José: Me voy a trabajar usted me dijo que…

Don Rosendo: Destape la lonchera…colóquela en la mesita…espere nos

echamos otrico.

José: Me faltan tres muñecos y aquí no estoy haciendo nada.

Don Rosendo: Colóquese los guantes…no les puede entrar aire…eso…mueva las manos un poco, aflójelas…es como ponerse la piel del muerto. Vaya y traiga el que está sin maquillar.

José: Necesito del trabajo y se me acabaron mis muertos.

Don Rosendo: Sí usted lo aprende bien ya no necesitara de sus muertos.

Acomódese bien en frente, siempre se comienza por la frente. Colóquese el

tapabocas. Hay que vender este producto, para que lo compren tiene que

quedar presentable. Tenemos que darle vida, escoja un color.

José: ¿Este?

Don Rosendo: Tiene que hacer juego con la piel. Mírele la piel…ese color no le sirve, hay que quitarle esa piel de muchacho que tiene, al que vamos a

remplazar era más viejo y de piel blanca, a este la indigencia hay que

borrársela de un solo brochazo. Coja el que dice fina piel…el número tres.

José: ¿Este? ¿Está bien?

Don Rosendo: Este, es un pomo o aplicador de base, así como me cogía la

cara, le va a ir pasando suave…empiece por la frente. Aplíquele haciendo un

poco de presión… tiene habilidad con las manos, bien…Luego vienen los

detalles…mire la foto. ¿Para qué se parezca que tendríamos que hacer?

José: ¿Cómo agrandarle esta parte?

Don Rosendo: ¿Si señor y como lo haría? Eso, muy bien… Aquí apliquémosle otra capa. *La luz alcanza la penumbra hasta hallar la muerte.*

José sentado. Tiene los pies metidos en un platón con agua.

Descansa. Le habla a Paquito, personaje presente como

Interlocutor, pero ausente en la escena.

Y ¿cómo le ha ido?… ¿qué cómo le ha ido? ¿Estuvo tranquilo? Paquito, Paquito…estaba trabajando, si, trabajando. Estoy mamado…no se ría mamado, no, no. Es que tengo que correr…caminar, mucho…para trabajar. ¿Quiere comer ya? ¿Qué si quiere comer ya? Comer… ¿Más tarde?

¿Listo? Estoy metiendo los pies en agua, para descansar…si, bañándome los

pies… ¿Esta mojado? ¿que si está mojado? ¿Se mojó? ¿Quiere cambiarse?

Uyyyyy no se ha mojado…Que chévere. Sí. Sí. Trabajo de…men…mensajero. PAUSA. Tengo que correr mucho, saltar. Así…y así…Bruto…bruto…no…no, yo, yo. Noooo. Yo bruto. Se me derramo el agua, no se ría, *¡jediondo!* APARTE.

Está más tranquilo. Desde que tengo trabajo está más tranquilo. Se comió los

dos sobres de leche en polvo…parece un mimo. Con tal que esté tranquilo voy a seguir trabajando. Me da vaina dejarlo solo, pero que más hago…Él está aprendiendo a matar el tiempo…aprovechar mientras el tiempo u otra cosa no me meta…Paquito. Paquito. Voy a arrimarle algo de almuerzo…me toca volverme a ir. Sí, no haga esa cara…yo no me demoro.

Mismo cuartucho del inicio

Don Rosendo: Contemos esto rapidito antes de que llegue alguien, uno no sabe. Padre eterno te debo unas salves y unas aves marías. Patroncitos del trabajo permite que este trabajito siga aumentado, protégeme a mí y a todos los que me rodean, ave María purísima guárdame en tu corazón. Uno, dos, tres, cuatro cinco, seis, siete…once y trece por este lado. Tres, cuatro, cinco y siete por este otro. Y aquí eran novecientos…rinde, rinde la plática… y lo que tenemos por recoger…

José: Don Rosendo…

Don Rosendo: Por donde entro que no lo escuche…y que es esa jeta, ¿que mira? ¿Es que no tiene que hacer? Vaya a arreglar ese cuarto… Ahora donde me guardo esto…Venga, venga para acá. Este es el próximo cliente. Grávese bien las facciones del rostro. Este era un pez gordo, pero no encontraron ni un rastro del cuerpo, si coronamos con este, lo pongo a dirigir el local de enfrente. Lo tenemos que entregar a las cinco en punto, pero no tenemos más cuerpos, nos tocaría buscar…este *huevon* se parece…oiga parece que me hubiera muerto.

José: Uyyyyy Don Rosendo se parece mucho a usted.

Don Rosendo: Y nosotros sin muerto.

José: Parece que el negocio es grande…

Don Rosendo: Por lo general los familiares de estos son muy jodidos y quieren hasta tomarse fotos con el muerto. Por eso necesitamos…mire y con gafas soy igualito. Usted porque me mira con ojos de apetito…

José: No, no es nada, solo miraba.

Don Rosendo: Empiece a buscar un tipo que se le parezca mucho. Por donde sea. Me llama cuando sepa algo. Con esto pague lo que sea, haga la que sea…esto es para que le compre un pantalón a su hermano.

José: Don Rosendo, no debía preocuparse. Muchas gracias.

Don Rosendo: Deje esa cara de nenita…me vuelve a mirar así y le pego su batazo.

José: Como dos gotas de agua, don Rosendo.

Don Rosendo: No se crea que por enseñarle y ser buena gente me va a confundir con un marica.

José: Como mirarse a un espejo.

Don Rosendo: Corra, corra consígase ese paciente.

José: La solución está en el espejo, lo verraco es no romperlo.

Don Rosendo: Usted se está poniendo como raro, lo espero en un abrir y cerrar de ojo.

José: Aquí le tengo al hombre.

Don Rosendo: Se está volviendo mago…y eso, ¿Dónde lo tiene?

José: Don Rosendo…usted…podría ser él…

Don Rosendo: Josecito, a usted me va tocar cortarle el vuelo.

José: No, no se preocupe don Rosendo sólo era una idea muy pendeja. Me voy a buscar el muerto. Tan pronto sepa algo lo llamo.

Don Rosendo: Espere… ¿Usted en que está pensando?

José: No…

Don Rosendo: Entonces se puso resabiada, ¿Que es la vaina?

José: Que…usted se hiciera pasar por el muerto.

Don Rosendo: ¿Y también me disfrazo de su mamá?

José: Don…Rosendo yo mejor voy por mi muerto.

Don Rosendo: Usted se *patrasea* y yo ya le estoy haciendo la vuelta.

José: Yo solo…

Don Rosendo: Y que… ¿Cómo me piensa emparedar?

José: Yo que lo voy a traicionar…lo que sí puedo es maquillarlo.

Don Rosendo: Listico y nadie se da cuenta. No sea huevon.

José: Pues usted como tiene tanto conocido, les paga su tajada y que pase

todo como si nada. Sale.

Don Rosendo: Váyase más bien a conseguir su muerto, tan pronto sepa algo

me llama…Un vivo maquillándose de muerto. Este huevon me salió general, la idea es muy buena, donde salga lo pongo a trabajar en otra cosa, el chino se lo merece. Echémonos un vinito, antes de posar de muerto.

Se me pudrió el alma.

La horca lista en el alba. Como es que tiene las patillas este tipo…a si…Pero las cejas son más pobladas.

Al condenado nadie lo mira, La calle cambia de ojos y se retira.

Espejito, espejito…Aquí hay que aplicar más sombra, con eso cuando le pegue la luz no dilate mucho el color y se note la piel de muerto. Me está cogiendo la noche y me faltan las manos…si me paso de muerto, la sacamos del estadio, como en el béisbol… quien lo creyera otra vez actuando.

Al condenado nadie lo mira, la calle cambia de ojos y se retira.

José: (agitado) Don Rosendo ya lo tengo.

Don Rosendo: ¿Usted que hace aquí tan rápido?, no me venga con cuentos.

José: Ya lo conseguí. Usted está igualito a ese señor.

Don Rosendo: ¿Y es que se los están trayendo a domicilio?

José: No. yo…estoy negociando. Que buen maquillaje don Rosendo.

Don Rosendo: ¿Usted se me está torciendo?

José: No, No don Rosendo. Usted me pidió con afán y estoy respondiéndole.

No le creería si no me hubiera dicho que estaba muerto.

Don Rosendo: ¿Cual muerto?

José: Usted…el muerto.

Don Rosendo: ¿Qué. Me da ya por muerto?

José: No…el otro muerto, o sea el que ya está muerto.

Don Rosendo: Y el sudorcito que… estuvo corriendo como siempre…cierto.

José: No, eso es de familia don Rosendo.

Don Rosendo: Usted suda igual que el entelerido de su hermano…cierto.

José: Mi hermano no es un entelerido don Rosendo.

Don Rosendo: ¿Si sabe cuál va a hacer nuestro próximo muerto?

José: Ahí está, ya debe venir. Está muy parecido a la foto don Rosendo, usted es muy inteligente.

Don Rosendo: No se me enrede, porque a su hermano de pronto lo coge un bate…Donde está lo que consiguió.

José: En un carro de Nacho ya me lo traen para acá.

Don Rosendo: Hay que colocarse en la piel del muerto.

José: Quedo exactico don Rosendo, usted está igualito.

Don Rosendo: ¡Nos ganamos la lotería!

José: ¿Y ahí cómo hacemos?

Don Rosendo: Ya hice un par de llamadas. Arregle al forense, al de la funeraria y a toda la gallada. Póngame cuidado. Me saca en la camioneta y me lleva para la morgue, allá está todo arreglado. De ahí le ponen el sello y me llevan a la sala. Ojo. Ojo. Estando en la sala, usted no se me despega, allá van estar dos tipos que están charlados, para que los familiares no jodan con el ataúd y si chillan que lo hagan lejos. Póngame atención, usted no se me despega, allá le van a dar un uniforme de la funeraria, con eso usted puede estar pendiente de todo. Cuando salgamos para el cementerio hacen el cambio, meten al otro muerto…oiga yo ya estoy hablando como muerto. Como es por la vía nueva, usted se mete hasta encontrar la estación de policía y coge por la derecha y se parquea donde Nacho y listo. Cuando vayan a salir para el cementerio, un tal Oscar, va a preguntar por usted, ahí usted se va para la oficina y con Karen, ojo grábese ese nombre Karen, le van a pasar toda la

plata. La guarda bien y cuando nos encontramos me la pasa… ¿Me entendió? ¿Todo le quedo claro?

José: Si, si, si todo quedo claro.

Don Rosendo: Me muero. Tiene que ir por una sabana bien buena y se va a traerme un vestido que encargue. Pregúnteme, pregúnteme si tiene dudas.

José: Y…la plata es mucha.

Don Rosendo: Tan poco es tanta pero…

José: Es que…es para saber por que con tanta inseguridad, toca mirar eso.

Don Rosendo: Eso es un pasito lo que hay que andar. Plata llama plata. La acaricia un momentico y vera que cuando le ponga el otro local ese si lo va a llenar de plata. Nada de nervios. ¿Me falta algo?

José: Para estar muerto está perfecto.

Don Rosendo: Y por qué suda tanto.

José: No, nada, nada.

Don Rosendo: Todo va a salir bien. Empiece a acomodar todo en la caja, todo bien recogidito… ¿Y para qué va a sacar el bate?

José: Para asegurar la vuelta… ¿No?

Don Rosendo: Se me pudrió el alma.

La horca lista en el alba.

Oscuro. Se escucha el impacto de un bate sobre una superficie sólida. Luego, el caer de un cuerpo sobre el piso.

Mis dendritas quieren dormir

Por Julián Esteban López Beltrán

Me levanto de nuevo para llenar mi rutina. Tomo mis interiores, me entró a bañar y pienso en los oscuros sueños que estoy teniendo últimamente, las gotas se tropiezan con mi cabellera y se parten entre miles de puntos, recorren una distancia tal, hasta llegar a su propio suicidio y añadirse al charco de sangre en la que ahora todas están descansando. No puedo dejar de pensar en mis sueños. Cierro la llave, tomó la toalla y salgo semidesnudo para seguir con la notoriedad de mi vida. Busco en mi armario la vestimenta que seleccionare para sentirme cómodo. Necesito más ropa, pero no me daría para mis transportes. Agarro mi chaqueta de color caqui, mis pantalones desteñidos y los mismos pares de zapatos negros que tengo desde mi graduación.

Abro la puerta, verifico en mi cabeza como en orden matemático que no me haga falta nada antes de cerrar. Tengo mi billetera, mis llaves, mi portátil, mis audífonos y lo que nunca hace falta, la manilla de la suerte que me regaló mi esposa cuando éramos aún chicos. Me dirijo hacia la avenida para tomar mi articulado. Espero alrededor de unos 30 minutos y sobre la acera a unos 500 metros logró divisar su color verde, me pongo en posición y cuando el conductor abre las puertas entro con velocidad para poder tomar un asiento, veo a las demás personas luchando por conseguir mí misma hazaña, es como la supervivencia del más sagaz y estratégico, nunca debes dejar que te cojan ventaja con los codos porque habrás perdido la batalla. Escudriño mis bolsillos y saco mis amigos más fieles, los adentro en mi celular y luego en mis oídos, suena *Inquietud Prejuiciosa* de Margarita Siempre Viva, y me entra una quemazón entre las entrañas, sentí como si el tendero de helados tomara el más frío de sus dulces y lo embutiera en mi estómago. Es una canción que contorsiona tu alma, es inevitable. Acomodo mi cabeza sobre la ventana, cruzo mis piernas y espero la parada en el Portal. No dejo de pensar en mis sueños.

Suena el estruendoso pitido de las puertas y me despierto con desazón y angustia. No puedo creer que me haya dormido, ya las ganas de vivir me piden que cierre los ojos. Por algún momento pensé que las puertas que se abrían no eran las del bus sino las del infierno. Afianzo mi maletín a la mano izquierda y salgo deprisa para cruzar el torniquete e ir en busca de mi segundo viaje matutino. Pasó mi tarjeta por el lector y no funciona, vuelvo a intentarlo 2 veces más pero dejo de hacerlo ante los gritos de la multitud que piden que deje pasar. Me devuelvo a recargar mi pasaje, saco 5.000 pesos que tengo en mi chaqueta y espero mi turno. Luego de 5 minutos de fila, llegó a la taquillera, veo a una mujer hermosa, con los pómulos casi que rosados y unos ojos tan expresivos como la música, están llenos de melodía y sutileza, parece de esas actrices de Hollywood que nadie cree que existen. Tenía un cabello ondulado y bien cuidado, venía enrollado por una peculiar cinta color azabache, denotaba un par de aretes plateados, no parecía muy arreglada, tal vez tuvo que salir con afán y no alcanzo a retocarse en su totalidad o simplemente aprecia su belleza natural y no es vanidosa. La damisela recarga mi tarjeta y vuelvo a mi melancólico camino. Ahora suena *Wish You Were Here* de Pink Floyd, y el día se pone nublado, es como si me estuviera hablando, él también está triste. No dejo de pensar en mis sueños.

Recorro el túnel que me llevará al carruaje oxidado y contaminante. Y ahí llega otra vez mi ruta, el G12, milagrosamente no hay empujones ni insultos, seguramente es por la manilla de la suerte que me regaló mi esposa, siempre tuvo efecto en mi "ser" su presencia. Cuando estoy sentado me gusta observar a las personas, analizarlas, pensar en sus vidas o problemas, es como tener delante de ti un escenario de personajes que podrían ser partícipes de una película, tal vez de drama o acción; sin embargo y paradójicamente también lo odio. Odio a las personas. Odio sus caras hipócritas. Odio que piensen que son felices. Odio que ya no hablen. Odio que hablen. Odio su presencia. Lo curioso y contraproducente de todo ello es que odio a la multitud porque me hacen sentir solo, pero la amo porque con la soledad he cultivado mi espíritu. Sigo pensando en mis sueños.

Me bajo en la cuarta parada, Calle 127. Salgo del carro viejo, trato de esquivar a las demás personas para agilizar mi paso y lo consigo. A medida que subo las escaleras, empiezo a sentir mi cuerpo pesado, los muslos se me hacen trizas con cada paso que doy, la cabeza me pide que le suministre oxígeno, los órganos se me inflan como un globo, estoy mareado y los ojos cada vez ven más oscuridad. Con lo poco que veo, un señor de casi un metro noventa se acerca de manera estrepitosa, la gente grita como si estuviera a punto de caer un meteorito al lado mío. Escucho tres disparos consecutivos como susurros en mis células. Todo está paralizado, no escucho, no siento, no me muevo, tampoco veo a nadie moverse. De segundo en segundo se va reproduciendo la vida como se reproduce un disco en el celular y me veo en un charco de suicidios como las gotas que caían sobre mi cabeza en el baño, sólo que está vez no es de un tono transparente casi invisible sino de un rojo vivo escarlata. Mis corrosivas neuronas intentan enviar señales pero las intercede las frívolas ganas de dormir para siempre. No siento dolor. No siento angustia ni preocupación, mi manilla ha caído por el borde del puente y ha sido aplastada por los coches invasores. Se me acabó la suerte. Es hora de tomar una siesta verdaderamente reconfortante, ningún ser vivo vino a brindarme ayuda y eso lo agradezco con mi corazón. Ahora ya sé porque me perseguían tantos mis sueños, era lo que venía buscando todo este tiempo.

Moldeado para matar

Por Gicela Sánchez.

1

Quizá la mejor forma de contar el proceso que me llevo al final de mi existir entre la humanidad ha de ser empezando por el momento en el que aún vivía. Ahí, antes de que sintiera como el mundo se caía como las boronas del pan, cada mañana, cada día. Lo recuerdo, esa pizca de vida, celebrábamos mi cumpleaños número 17, la familia, los amigos, el champagne, luego de muchos malos cumpleaños, ahí estaban mis personas favoritas, cada una celebrando mi vuelta al sol.

Hoy, con casi 40 años sé muy bien que ese momento me estaba preparando para el primer ataque de mi aun no tan conocida amiga, la muerte.

Ese día solo era el inicio de un largo funeral, mi funeral.

Cada una de esas personas fueron muriendo para mí, por sus actos, por cómo llegaron a tratarme, por sus palabras de desprecio, por sus "Yo sabía que Dios te cambiaria".

¿Cómo se atrevían, con qué derecho se creían ellos para meter su opinión en mis decisiones?

Y peor me sentía al saber que mí, en esas entonces, noble corazón era quien aún les veía con incredulidad, con bondad, creyendo que ellos tendrían un poco de humanidad y de empatía hacia su prójimo, al fin y al cabo eran los principios de su religión. Con la mirada vacía les veía, tan vacía como la de un animal muerto, vacía porque habría de ser mucho lo que aún me quedaba por ver, más ellos creían ver otro tipo de vacío y pretendían que su dios lo ocupara.

¡Ellos no sabían nada!

2

Añadiré, los presentes en aquella fiesta no solo celebraban mi cumpleaños, también que días atrás había nacido un nuevo hermano en Cristo, si, días atrás había tomado una decisión por ellos, por todos estos que hoy estaban felices de que fuera nueva criatura, había aceptado a su dios. A su dios opresor, a su dios genocida, a su dios ego centrista y narciso, al que enmascaraban como un dios de amor, que te da "libertad", que te ama tal y como eres porque tú, habías sido hecho a su imagen y semejanza pero que te condenaba a una eternidad de sufrimiento si no seguías tal cual sus mandamientos.

Ese era el falso y doctrinado dios, en el que creían y por ellos, por su "amor", por su aceptación familiar y social deje la vida desordenada que ellos decían que llevaba aparentemente, tenía que refugiarme en la apariencia a escondidas, ahora le sumaba a todos mis pecados, la hipocresía.

Veo esta película hacia atrás y parece que el universo sabía lo que hacía, pues cada acción que me hizo tomar me llevo a conocer y sentir gozo del sentido de la vida aun cuando estaba agonizando. Me encantaría describirles como siente este cuerpo la agonía pero basta decir que se siente como caer a aguas de temperatura helada con un cuerpo cálido.

Por ahora en el orden más sensato y menos paranoico que viene a mis memorias; habían pasado ya un par de años desde que había empezado con aquella mentira, nadie sospechaba, nadie sabía nada todo estaba en calma y viene a mí un día en el que caminábamos por las calles de algún barrio de la antigua Bogotá con ella de la mano, sin idea alguna de lo que pasaría con el amor que entre nosotras empezaba a nacer. Caminábamos y es una perfecta manera de contarles quien fue ella. Nos habíamos conocido en la secundaria, le había hecho promesas absurdas de esas de adolescentes que creen que el mundo está a sus pies. Me había olvidado quien era yo por vivir para ella, era mi primer amor, mi primer beso, mi primera inspiración.

Como es de traviesa mi colega, me recordó el día en que decidí guardarla al fondo del cajón y aparentar que estaba del lado de los opresores, como es de traviesa, se vengó. Como un niño envidioso que no comparte sus juguetes y prefiere dañarlos, ella, mi amiga, mi compañera eterna no por elección, ella, la muerte, me la arrebato.

Así que me había dado su primer golpe, recordándome quien sería yo en un futuro, se la llevo a ella para hacerme más fuerte, y mientras yo, sentía desvanecer.

¿Que si dolió? ¡Mierda, claro que dolió!

Lo sentía todo, el sufrimiento, la ausencia, el extraño, el anhelo de un último minuto a su lado, una última sonrisa, una última vez cogida de su mano, caminando sin decir nada, lo cual era hasta ahora el momento más significativo emocionalmente que había tenido.

4

Me llamaron M-2038, M de Muerte y el número es por la fecha en que empiezo a ser el verdadero yo.

Mientras imprimía, se podía ver cuál era el número de mi solicitud 6-3140, cuantos como yo habrían hecho en algún momento la misma solicitud que estaba a punto de entregar a los de arriba, aunque esto sea un decir, no había nada más arriba de donde se albergaban alrededor de unas 3mil Muertes, todas en diferentes rangos. Somos el Dios más odiado tanto en los cielos como en los infiernos y como culparlos, ambos mundos añoraban nuestra libertad, no seguimos dogmas, no fingimos, no sufrimos, somos seres sin alma. Rebeldes en su mayoría, lo único que reflejaba estos rostros es que en realidad se disfrutaba de ese letal trabajo, era el único momento en que se lograba divisar un gesto de sonrisa en estas caras pálidas.

¿Será que ninguno enloquece? ¿Será que alguno de mis colegas se le dificulta conciliar el sueño en las noches tranquilamente de saber que provoco todos esos desastres? ¿Qué la humanidad sufre cada que ellos les visitan? ¿Será que alguien más logra sentir esto que yo?

He ido a algo a lo que aquí le llaman bar, no sé porque le colocaron así a un salón opaco y neutral lleno de sillas que estaban siempre ubicadas de a dos y en de esa posición en la que quedabas de frente con alguien más, cuando bar en la tierra que era de donde había venido la palabra, era algo totalmente diferente. He ido y me he sentado frente a mi mentor, le he dicho todo esto que me está sucediendo y a este parece que le ha causado algo de gracia.

5

Habían pasado cinco años, desde que había enterrado a mi amor. En los cuales había conocido a una hermosa chica, conocía chicas constantemente, pero ella, ella era des complicada, con un rostro que cualquier empleado promedio y juvenil es dotado, ojerosa, despeinada, con ganas de llegar prontamente a casa, tomar un vaso de leche caliente, tirarse a la cama y despertar de nuevo al son de una horrenda alarma. En su cama, en esa casa con esa su también sin sentido y miserable vida, ¡Como yo! Ella era como yo.

Son tantas cosas las que habíamos vivido que tendría que durar la eternidad escribiendo sobre nosotras, son tantas cosas que si decidiera plasmarlas tendría dos ejemplares, el Tomo 1 y el Tomo 2. De todas formas, lo entiendo hoy todo muy claro, cada espacio compartido, cada noche con o sin ella a mi lado, cada lagrima, porque sí que hubo lágrimas, cada sonrisa, porque obvio, hubo más sonrisas, cada amanecer, cada te amo, todo. Todo esto me llevaría a entender por qué debía en algún momento de disfrutar de aquel horrible trabajo.

Pronto cumpliríamos 5 años juntas y a su vez yo cruzaría la edad de los 30. Había tenido un sueño tan extraño aquella noche de octubre de 2023. Un cementerio, esto no era extraño, siempre había tenido un gusto por estos sitios tan tranquilos y a su vez tan llenos de dolor, lo verdaderamente extraño del sueño era la persona con quien estaba al iniciar el sueño y con quienes lo termine.

6

Ahí estaba con ella, su nombre es lo que menos importa, la persona que reposaba a mi lado mientras yo soñaba era la misma con quien iniciaba este loco sueño, ella le tenía mucho miedo a los cementerios, y por eso no entendía que hacía ahí, decía que sentía que en algún momento ese lugar tendría a todos los que había amado, incluyéndose a sí misma; le aprisionaba un dolor inquietante, de esos que sientes en la vida real cuando debes decir adiós por última vez a un cuerpo y veía en sus ojos el mismo anhelo que años atrás yo había tenido, un último minuto a su lado, una última sonrisa, una última vez caminando cogidas de la mano. Todo se nublo y solo quedo guardada en mi mente la forma de su silueta a través de la niebla alejándose.

Por supuesto que era un sueño, estas cosas que pasarían a continuación no suceden en la vida real, había un banquete, de esos que salen en las películas de magia, una mesa de unos 50 metros de largo, oscura, de madera rustica aparentemente, pero estéticamente cómoda. Tenía cuatro sillas, dos a los laterales, compartidas a lo largo de la mesa y las otras dos a los extremo, forradas en telas tan suaves que sus materiales debían provenir de aquel lugar al que nosotros llamábamos cielo.

Me encontraba a un extremo de la mesa, pronto empezaron a ver mis ojos como se ocupaba silla a silla, empezando desde el extremo donde estaba yo y al llegar al otro extremo, hubo un silencio de esos que te colocan eriza la piel, tan característico de los cementerios; nadie tenía un rostro que recordar, nadie hablaba, nadie miraba nada, sus ropas en forma de capa no dejaban ver ni un rastro de cabello. ¿Quiénes eran todos ellos, de donde habían salido?

Ahora estaba sentada esperando a quién se sentaría frente de mí al otro extremo de la mesa aun en silencio, en ese momento decidí hablar, debía preguntar que estaba sucediendo, me abuchearon y fue hasta entonces que pude ver sus caras pálidas y sin gesto alguno de poder sentir cualquier cosa. Llena de pánico intenté salir de esa silla tan cómoda y aprisionan-te, tocaron mi hombro y esto me dio una sensación de calma, de esa tranquilidad tan inusual como cuando había una cena familiar, éste mismo hizo un ademan y empezamos a comer, nunca vi al extraño el cual nunca quito su mano de mi hombro, tampoco se sentó nadie del otro lado de la mesa, solo comimos. Terminé mi plato y desperté.

7

Ya no lo soportaba, ver desde aquí como los otros dioses hacían lo que querían con la humanidad, sobre poblando la tierra, llevándolos a la perdición, tenía que hacer algo, o al menos intentarlo.

En el bar, mi mentor empezaba a leer:

Solicitud Número 6-3140

Dirigido a:

Departamento de asignación Motivo:

Cambio de oficio

A penas había leído los seis primeros renglones, tomó la hoja, la arrugo y en el acto la hizo cenizas.

¿Qué ha hecho?

Evitar perder el tiempo. - lo dijo muy en calma y luego se alteró - ¿Por qué no quieres ser uno de nosotros? ¿Qué clase de Muerte eres? ¿Por qué no ansias empezar a ejercer tu trabajo?

¡De pronto me quedé asombrado!

¿Cómo, usted sabe lo que me sucede?

Aquel maestro, M-993, se levantó pronto de su silla y eufórico me dijo:

¡Vamos, hacedme unos instantes de la eternidad divertidos, te tengo una propuesta!

¿Que se traía este entre manos, acaso estaría tan aburrido después de casi un milenio?

Oíd, en vez de esa estúpida forma en que pretendes "Ayudar a la humanidad", yo te propongo lo siguiente…

8

Todo se estaba derrumbando en mi relación, las cosas con aquella chica a quien yo llamaba "Amor de mi vida", empezaba a tener esa sensación de arenas movedizas, después de tanto tiempo, el mismo tiempo se hizo nuestro enemigo.

Aquella mañana de diciembre había despertado y el amor de mi vida me había dejado desde temprano sola en cama y en la mesita de noche una nota, la chica más extraña, pues nunca había escrito ni una lista de mercar para mí, no le gustaba escribir, nunca entendí por qué, pues se le daba muy bien.

Soñé contigo y me he inspirado un poco…

Así iniciaba su nota y yo sonreí al imaginarlo. Esa fue mi última sonrisa al ir avanzando en aquella nota.

Hoy la muerte ha visitado mi cuarto, no venía por mí,

venia por aquella a quien di todo de mí.

Cuánto diera porque mi sonrisa le diera vida de nuevo, si hoy su corazón dejo de latir, tan solo con un beso, con un te amo lleno de tristeza, le di el adiós y di rienda suelta a quien venía por ti.

Tus fríos labios respondieron a mi adiós, Y así, entre la gente se perdió,

No volví a verla, pues murió.

Que miedo siento mi cielo, que miedo de perderte, de que me dejes por alguien más, prefiero ser yo quien se marche primero, a tener que quedarme plantada, viendo como

poco a poco te alejas, y me dejas… Por un pasado que fue…

9

La recuerdo, la recuerdo tanto…

Más de quince años y aún recuerdo perfectamente el momento en que nació nuestro amor basándose únicamente en la confianza.

Hoy, diez años desde que supe de ella por última vez, respondo a su carta:

Aquella noche en que realice el ritual personal de sacarte de una vez por todas de mi ser, apuñale uno que otro recuerdo, y lo eche al rio, el resto, lo que quedaba que no era poco, rebasaba cualquier intento por olvidar y dejar atrás, lo tome y lo oculte con la tierra, cada palada hacía el agujero, era testigo de nuestros recuerdos y de lo que yo fracasadamente estaba por enterrar...

Cada paso iba siendo para mí como la de un soldado en guerra, y veía alrededor por cada lugar en el que las memorias traían tu espíritu, como minas a punto de explotar y mis órganos, como si de algún modo sintieran aún amor por ti, se contraían fuerte, llevándome una vez más al momento exacto en el que ese espacio tuvo tú esencia material junto a la mía.

No puedo negarte cariño, diez años y aun te extraño. Nuestros días de video juego, las horas que compartimos haciendo deporte, los días en los que nos divertíamos tanto en la cocina, experimentando, aprendiendo, nos amábamos en pequeñas acciones y esto me hace añorar un último momento así, del modo en el que me sentía cuando estaba a tu lado, esa forma mágica de hacerme sonreír, eres esa felicidad inexplicable ante la sociedad y frente a la pregunta de muchos curiosos;

-"oye pero, ¿por qué?, si hacían tan linda pareja" - Les digo:

Los odio, los odio tanto cuando me atacan de este modo, ¡pero ellos, no lo saben! Solo yo sé y siento el dolor que me causa decir, no funciono, buscando que dejen de preguntar.

Pensé que esa noche había realizado un buen trabajo, sin evidencias, un asesinato limpio, y tiempo después me doy cuenta de lo mal que te enterré, de tus restos sobre las superficie, los recuerdos a los que había apuñalado, en su caída al río se encontraron con la locura del amor que tuvimos, escondida y asustada por mi insensatez, no pudo dejar morir aquellos lindos recuerdos, y ahí están, una vez más de vez en cuando aparecen en las noches, en los lugares, ahí están, sin estorbar, pero doliendo siempre un poco más, un poco menos...

Lo admito:

Ese nombre, Lejano muy lejano,

Hecho polvo a través de corrientes de aire, aun consigue destrozarme.

Considere éste el segundo ataque de aquella a la que yo inocentemente llamaba amiga, me había sentido herida, traicionada, me sentía sola en medio de tastas personas.

Hacía años que había dejado ese dios dogmático de mis allegados, los cuales ya no tenían mucho valor y respeto hacia mí, y había empezado a creer en ese Dios omnipresente que estaba conmigo donde yo fuera, sin leyes escritas los años de quien sabe cuándo "Antes de Cristo". Empecé a odiar la vida, a sentir que agonizaba, las sonrisas empezaron a ser menos frecuentes en mi rostro, y empezaba a sentir a la muerte como mi única amiga, como mi salvadora, la solución a todo, de todas formas, creía en que no había nada más después de morir.

<h2 style="text-align:center">10</h2>

¡No podía creer lo que estaba escuchando, mi mentor me permitiría ir a la tierra!

Los términos son muy claros, debes de estar de acuerdo con todos y cada uno,

¿Qué dices?

No sabía que decir, había quedado paralizado como si otro de nosotros me hubiera tocado. Acto que estaba prohibido entre los mismos y de ser irrespetado se condenaría con el sufrimiento de las muertes más atroces y dolientes, la de los niños.

Ok, - dijo él – piénsalo – y desapareció.

Fui a leer con calma a mi lugar favorito, el cementerio, los términos de lo que este me ofrecía.

Accede a hacerse mortal por 40 años y 9 meses de gestación.

Accede a perder:

El don de inmortalidad.

Poderes del inframundo.

Memoria de todo lo que conoce hasta ahora en su estancia en la eternidad, la cual recuperara al terminar el tiempo de estadía en la tierra como ser humano.

Al cumplir la edad de los 40 años en la tierra, deberá suicidarse.

Accede a elaborar un texto durante cinco años en el cual indique paso a paso su huella por la tierra al volver de la misma.

Si logra el cometido, será exonerado de todo cargo y su solicitud de "Cambio de oficio ser concedida. Pero si por el contrario, reconoce y entiende nuestro letal trabajo y el por qué somos él Dios más afortunado del inframundo, accederá voluntariamente a tocar a su mentor, M - 993 causando la extinción inmortal de éste y a su vez firmara su sentencia de condena con estas muertes a las que llaman atroces y dolientes.

Dígame, ¿Quién disfrutaría de matar niños?

<h2 style="text-align:center">11</h2>

Tenía 35 cuando recibí mi último golpe.

Al nacer, mis jóvenes padres decidieron que un hijo no era tan buena idea cuando su único plan era rodar en motocicletas por el mundo, luego de la dieta, mis padres me dejaron con una tía y emprendieron su viaje. Mi tía, quien había cuidado toda la vida de mí, prácticamente mi madrecita amada, había pillado un resfriado el cual mal cuidado termino siendo una neumonía, sus frágiles pulmones asmáticos no lo habían soportado y mientras tomaba una siesta, murió.

12

Ahí estaba de nuevo ese repetitivo y extraño sueño, el mismo sueño de los hombres de capuchón en aquel banquete, casi 10 años y continuaba eventualmente concurriendo el mismo sueño, de nuevo me sentía en calma, en familia. El sueño había tomado aquella noche de octubre de nuevo para volver a mi subconsciente, esta vez, por primera vez, alguien ceno sin palabra alguna al otro extremo de esa extensa y rustica mesa. Con temor a ser de nuevo abucheada, no di el último bocado y dije:

Me encantaría quedarme en este sueño por siempre, nunca me siento tan tranquila como cuando los veo en las noches cuando me visitan.

Desperté.

Aquí estoy, en 2033, el presente.

Tengo 39 años y desde el día en que murió mi tía no había vuelto a escribir, pero anoche cuando después de despertar del sueño a eso de las 2:30am, al ir a la cocina por un vaso de leche caliente, tuve la visita más extraña.

13

Decidí escribir porque después de todo resulta que después de morir si hay un más allá, no como ninguna religión o dogma, era un más allá del que nunca en mi humana vida había escuchado. ¡La verdadera verdad!

El hombre en capucha del otro extremo de la mesa resulto ser real, tan real como en mis sueños. Me basto mirarle a los ojos para ver en frente de mí una pantalla con todas aquellas memorias que había perdido antes de haber dicho que si a ese siniestro trato con M-993, mi mentor. Había llegado la hora de empezar a cumplir uno a uno los últimos términos del trato, en pocos días tendría que cumplir con el termino número 3.

Sonó el reloj, tres en punto, y di un brinco que me trajo de nuevo en sí.

¿Había sido todo eso real? Quizá estaba dormida y el subconsciente me había una vez más, engañado. ¿Y si era real, debía de suicidarme?

En cama a cuatro días de la fecha que me había estipulado M-993 en el Infra-contrato, no sabía aun si creerle a toda esta locura y aceptar mi destino como Dios del inframundo, no había cumplido el cometido así que todo sería como era hace un poco más de 40 años atrás. Claro, con todo el riesgo de que hayan sido solo sueños, ¿Como saberlo?

Día, noche… Día, noche…

Oye, 38, ¿Así piensas pasar tus últimos días, en cama? – dijo M-993

Fue cuando decidí que no necesitaba más pruebas, no sé si es la locura, la falta de sexo, no dormir, la comida chatarra o el hecho de que llevo meses sin querer salir de casa pero no necesitaba ninguna otra prueba para cumplir de una vez con aquel termino que de solo imaginarlo me ponía los pelos de punta. Decidí recordar un poco, dejar al mundo un gran trozo de mi alma así que escribí.

Esta noche completo mi ¨tiempo de estadía en la tierra¨. Son las 10:30 de una despejada y fría noche, prepare mi plato favorito, fue difícil escoger cuando toda la comida se me hace deliciosa. Tomé una botella de vino seco cosechado en el año en que nací 1993, la había comprado en una subasta de cosas sin sentido que vendían por el internet hacía un par de meses, la estaba guardando casualmente para estas fechas, mi cumpleaños número 40. Universo amado y sabio, había hecho la mejor compra y nunca lo había sospechado.

Embriagada, con la mente llena de humo y la nariz empolvada, la demencia ataco mi pánico, imagino mucho para escribir mientras agonizo, pero solo puedo decir que no se siente tan doloroso como estar vivo y a medida que pasa el tiempo siento que no logro escribir más.

<h2 style="text-align:center">14</h2>

Tengo tres preguntas sobre los términos, dije.

Te responderé las tres pero primero debes aceptar.

Luego de unos minutos de sabio silencio, firmé.

¡Primera!

¿De qué forma debo suicidarme?

Como tú decidas. ¡Segunda!

¿Porque quiere usted dejar de existir?

No quiero morir, me quiero divertir arriesgando mi propia existencia, además, luego de casi un milenio, después de todo lo que he visto, lo que he hecho, los rostros de todos aquellos a quienes les he arrebatado la vida, es un riesgo que merecemos todos nosotros y un toque tuyo será suficiente. ¡Tercera y última!

¡Claro, claro! ¿Cuál es el cometido?

Tendrás 40 años para que me entregues razones suficientes de que la humanidad merece ser ayudada, encontrando algo con tanto sentido moral que les dé a los seres humanos más oportunidades de entrar al paraíso. Así lograras tu libertad y esto solo será un recuerdo secreto entre nosotros. Pero recuerda que si por el contrario cambias de perspectiva frente a este mundo de sombras, asumirás el eterno castigo.

Al otro día una niña nació.

15

Accedí al trato con M-993 y aun debo realizar el termino número 4. Me encuentro en un lugar al que llaman la celda del pensamiento, tengo que concentrarme y salir de esto en cinco años a ejercer mi letal oficio.

Había tomado mí espíritu el de una niña, en el inframundo yo no tenía idea absoluta de la diferencia de género, ninguno era hombre ni mujer, éramos seres de caras pálidas. Había fingido una parte de su vida tal cual yo lo había estado haciendo, una niña que se hizo mujer, que desarrollo gusto hacia otras mujeres, que fue juzgada, que encontró pocos amigos, amigos excelentes pero que partían de su vida muy pronto, con padres aventureros y despreocupados, tan común en aquellos días noventeros del segundo milenio de la tierra. Vivió una vida en desamor, hoy entiendo porque llamaba amiga a la muerte, porque en el fondo sabía que siempre había estado con ella, como ella, como yo, muerta.

Llevo una semana en esta celda y esto es lo único que he escrito sobre la vida de esta chica cuyo cuerpo siempre estuve ocupando con el cual disfruté, amé, sonreí, conocí, no, sentí el placer, había escrito poco, todo se resumía en palabras sin sentido. La cabeza me daba vueltas y vueltas sobre esa vida humana que había vivido y que había terminado con una sobredosis.

¿Serian así cada uno de los días que quedan de los próximos cinco años?

Lo único que en realidad importa de todo esto es que a pesar de que jamás se cohibió a vivir, jamás logro sus altas expectativas de sentido de vida, tanto ella como yo nunca habíamos logrado sentir la vida en su totalidad, y esto se debía a que ninguna Muerte puede sentirse viva porque sin más rodeos debe aceptar que siempre ha estado así, muerta.

Fin

Monólogo de un muerto

Por Natalia Londoño Cendales

I

¿Qué será de los hombres desdichados? No importa cuál sea la razón, un hombre con el corazón roto pierde el rumbo. Puede que para algunos eso dure solo un momento en el que logren coser de nuevo las heridas y volver a continuar; pero, para otros, ese proceso se vuelve tortuoso, ¡puede incluso llegar a cegarlos! Pero eso yo no lo sabía, no, hasta que pude verlo.

No puedo acordarme con exactitud la fecha en la que mi alma se resbaló, yéndose por el desagüe y perdiéndose para siempre. Estaba sentado en el único sillón de mi sala, simplemente mirando el horizonte. Empecé a sentirme vació, ansioso, con miedo; miré de reojo a mi costado y vi cómo me abandonaba de la manera más descarada. Abrí la casa de pies a cabeza, inspeccioné cada rincón y cada tubería, para darme cuenta de que esa maldita alma se había atrevido a abandonarme. No tuve tiempo para pensar cómo responder a tal situación, actué impulsivamente, me precipité a hacer lo más sensato para un hombre en mí posición; salí a la oscura noche con el fin de buscarla y encontrarla.

No sé cuánto tiempo pasó hasta desesperarme, no la veía por ningún lado, así que decidí despejar mi mente caminando sin rumbo. Las personas me fastidiaban, los niños me alteraban y los gatos me desquiciaban. No toleraba esa ciudad y probablemente ninguna otra. Al darme cuenta de que una señora gorda y con tacones desesperantes caminaba cerca de mí, sobre la misma acera, se acercaba cada vez más, traté de apoyarme en la pared más cercana, de repente caí de bruces en el suelo, no me había percatado de que aquella pared era realmente una puerta; me levanté murmurando todo tipo de infortunios hasta que quedé perplejo al ver el lugar allí adentro, había luces rojas, rosadas y blancas, la música sonaba fuerte y se mezclaba con las risas, silbidos y conversaciones. Inspeccioné todo, incluso la pintura de las paredes, la cual se encontraba desgastada y húmeda; no obstante, todo dejó de importarme cuando me fijé en el ladrón de mi alma. ¡Estaba allí! Era un mamarracho alto y elegante con bigote estilo italiano. Sonreía con perfectos dientes a las señoritas bailando en el escenario, podía sentirlo, era un indicio, sabía de algún modo misterioso e inexplicable que era él, quien la tenía escondida y secuestrada en algún lugar. Me senté en la mesa diagonal a él para planear cómo y cuándo tomaría mi alma de vuelta. Durante un tiempo estuve concentrado en el ladronzuelo, hasta que frente mío pasó una cantante hermosísima, ella pasó de largo; esperé que pudiera mirarme, prestarme algo de atención, pero fue inútil, no tuvo ni la iniciativa de mirarme de reojo. Por el contrario, yo no pude quitarle la vista de encima desde que había subido a la tarima, era inútil, estaba embelesado con las notas que procedían de esos labios tan maravillosos.

Cuando salió del escenario para esconderse en 4 paredes que solían llamar "camerino", volví a la realidad. Miré fijamente al ladrón sonriente; estaba aplaudiendo bruscamente mientras sonreía de oreja a oreja. Me pareció tan repugnante. Inmediatamente me empecé a sentir enojado, pero conmigo mismo, tenía ansiedad. Me paré rápidamente dirigiéndome al baño. Una vez allí observé mi reflejo, pude notar lo vacío que me encontraba. Una ira inmediata invadió mi ser y provocó dentro de mí otro instinto aún más feroz que el causante de mi huida. Golpeé el espejo con la fuerza necesaria para agrietarlo, pero no para romperlo.

Me sentí inútil, pero me dispuse a intentar recuperar mi alma. Era lo único que podía hacer en ese momento. Salí tratando de enfocar mi mirada hacia donde estaba el elegante señor.

Cuando logré encontrar la mesa, un escalofrío recorrió toda mi columna vertebral y un frio agudo tensó mis manos, la mesa se encontraba vacía, yo había dejado que el ladrón se escapara, que se escabullera entre las masas y se fuera. Corrí fuera del lugar lo más rápido posible. Allí, en la calle, no había más que soledad decorada con un faro parpadeante. Estaba más que desesperado, escuché risas a la vuelta de la esquina y sin dudarlo procedí a acercarme. Para mi grata sorpresa era el ladrón, pero por desgracia se encontraba besando y abrazando a la mujer que pocos minutos atrás me había cautivado plenamente. En ese preciso instante sentí que algo terminaba por desgarrarse dentro de mí. Era obvio, ese hombre se burlaba de mí, de todos modos, debo reconocerlo, mi atención se encontraba enfocada principalmente en la mujer, me miraba asustada, nerviosa, desconcertada; ella podía ver en mi cara tristeza profunda mezclada con angustia, odio y enojo. ¿Qué era yo? ¿Acaso era un chiste? De nuevo no sabía qué hacer, ¡Estaba de luto! Ambos habían asesinado mi alma, la habían masacrado. Pensaron que no lo sabría, que probablemente nunca me daría cuenta, pero no, detrás de ellos estaba ese pedazo de mí regado por el suelo, sin vida. Saqué de mi abrigo una pequeña arma, no muy ostentosa. Disparé al pecho del mamarracho, dos tiros certeros que terminaron matándolo en un segundo. La muchacha ahogó un grito y me miró aterrorizada, traté de explicarle que eso era su culpa, que se habían metido con el alma equivocada, pero ella no paraba de gritar. Disparé de nuevo, no quise hacerlo más tortuoso, debía ser rápido, la cantante se desplomó como un pequeño pájaro víctima de cacería. La miré por última vez, realmente era hermosa, pero esa belleza se extinguía con el paso de los segundos, hasta que, terminada la noche acabaría siendo solo un cadáver frío y olvidado, para siempre.

No había ya mucho que pudiera hacer, había llegado tarde para salvar a mi alma y probablemente para ser yo quien hubiese conquistado a la mujer. Sentí que tenía un gran hoyo dentro de mi cuerpo, lo cual me convertía en un ser hueco.

Deseé que hubiese tiendas de almas, para arreglártelas si la tuya se pierde o en su defecto es asesinada por una pareja indecente, pero no, no había, cerré los ojos por varios segundos, quizá horas. Cuando los abrí, estaba en mi sillón, quise sentirme a salvo, en paz, pero era inútil. Sin un alma dentro de mí, esos deseos eran en vano. La pequeña arma empezaba a sentirse incómoda y pesada en mi mano, sin embargo, no la solté, me esmeraba en aferrarme a ella. Mi vista empezó a teñirse de rojo y, en consecuencia, era complicado mantener los ojos abiertos, mi cara estaba húmeda, tenía frío y mi cuerpo no respondía. Puedo asegurar que soporté sin problemas el dolor, porque ya había convivido con él mucho antes de esa noche, cerré los ojos lentamente y con dificultad. Fue en los últimos segundos que me relajé, solté todo el peso de mi cuerpo y pude aceptar el pasado. No obstante, el hecho de aceptarlo no logró que mis heridas sanaran, que me levantara y empezara de cero. Ya no podía cambiar mi realidad, ni tampoco había objeto que me ayudara a llenarme por dentro. Cuando intenté abrir mis ojos de nuevo, ya no pude, ya estaba ciego.

II

No sé si después de todo, ese día fui consciente de lo que haría. Es la única manera en la que se me ocurre empezar, hacer esta carta ha sido una de las labores más difíciles que me he impuesto; sin embargo no quiero que pienses que voy a mentirte, no espero terminar las cosas de este modo, de hecho, espero ser lo más sincero posible, ahora que no tengo nada más que perder.

Vuelvo y recalco, aquella mañana me desperté y realmente creo que no tenía planeado concretar de esa manera mi vida, debo reconocer que sí, la idea venía seduciéndome hace ya mucho tiempo; se volvía cada vez más pesada, hasta que, cuando quise aligerar el peso me di cuenta de que era ya muy tarde, estaba totalmente consumido por esa idea, pero sería muy injusto culparla, o siquiera teñirla de perversa o desgraciada. No, a fin de cuentas fue la única que estuvo ahí para mí hablándome constantemente, susurrándome al oído fantasma e historias en las que al fin yo me sentía satisfecho de mí mismo. Supongo que algunos habrán sufrido, otros ni se habrían enterado, no creo que haya sido una tragedia, tal como quisieron pintarlo los medios, yo lo veo más como mi último performance, donde el sentimiento era más real que en cualquier otro escenario sucio que haya tenido la oportunidad de tenerme en su suelo.

Esa idea, esa sensual idea que rechacé en mi juventud un par de veces, para que al final muy irónicamente me terminara casando con ella. Pensaba que había otras mejores, unas que me ofrecían más; de hecho, me di la opción de conocerlas, de follármelas a tal punto de terminar aún peor que cuando las buscaba por alivio, la primera fue suave, fue el impulso de todo, me acarició el alma y me hizo sentir libre por un tiempo. Estar con ella era convertirse en ave y volar, volar muy muy lejos, pero todo se fue complicando bastante porque cada vez alcanzar ese vuelo y esa felicidad era más difícil, así que la boté, me dediqué a buscar amantes que supieran complacerme por siempre. La siguiente me hizo ver mi interior, ¡literalmente! Veía mi sangre correr, mientras cambiaba de color, sentía mi corazón palpitar con fuerza, tanto que pensé que se saldría del pecho rompiendo mis huesos; veía mis articulaciones moverse y girar como pequeñas tuercas bien engranadas. Al mismo tiempo estuve con otra, una quizás más abstracta. Le gustaba la geometría, así que no le vio problema a crear formas en mi cabeza, formas de todo tipo, tamaño y color; ¡me volvió un desorden! Cuando pude librarme de ella aún veía algunos rostros desfigurados, confusos, como si estuviera inmerso en un infernal laberinto, de esos que no tienen y nunca tendrán salida. Luego llegaron las que me hacían ver color en los sonidos y ondas en el aire; todas me cantaban cosas diferentes al oído, pero con el paso del tiempo, se volvieron en contra mía, dejé de agradarles y alejarlas ya no era una opción. Eran muchas, todas se juntaron y estuvieron de acuerdo en hacerme pedazos. Me gritaron todo aquello que en el fondo sabía: mis errores, mis defectos, mi pasado, la gente que se fue y no volvería, mis culpas como para resumir. No quisiera juzgarlas, pues finalmente me refugié en ellas durante muchísimo tiempo; sin embargo, todas llevan consigo una letra pequeña estampada en su espalda; la cual, nadie lee, no hasta que está botado en el suelo, humillado, así el ángulo favorece su lectura. Pero eso parece no importar, ellas te quieren siempre de su lado, así te estén matando de a poco, por eso primero te enamoran para luego mostrarte que tú eres un ser ordinario, simple, en lo absoluto especial, un cobarde más en la sociedad.

Me encantaría decirte que me logré zafar de ellas, que me liberé; pero no, te engañaría, siempre me acompañaron hasta el último momento; porque por más que me decidiera y propusiera alejarlas por completo, terminaba buscándolas de nuevo, ahí botado a sus pies, besándolas de arriba para abajo, rogándoles que calmaran mi sufrimiento. A la larga, sí aceptaron, me escucharon, terminaron presentándome a esta idea de la que te hablaba, muy guapa, más que todas ellas. Cada noche que transcurría se volvía más atractiva, se presentaba a mi cama con menos ropa hasta que entró completamente desnuda, esa noche hicimos el amor por única y última vez, porque así es con ella, no puedes volver a tenerla.

Una vez terminamos se transformó abruptamente, con el poco aliento que me quedaba logré volver a mirarla y fijarme en cada detalle de su cuerpo. Era más huesuda, más alta, los ojos que te hipnotizan habían desparecido, me miraba con frío y compasión, terminó señalándote a ti, aunque no me creas, señaló esa foto que posaba en mi escritorio, la que miraba todos los días al llegar y que me hacía sentir más inestable y vacío, pero se dio cuenta de mi infinita soledad y me abrazó, me dijo que por fin estaba conmigo y que ya no tendría nada que temer, porque ella había vencido mi dolor y me había dado la solución final al tormento que dejaste, tampoco te culpo a ti, incluso eres menos culpable que todos los que conocí, porque tu veías mis demonios de manera diferente, me tenías fe, y esas eran mis fuerzas diarias, para salir, convivir, ser, pero dime ¿Qué esperabas que hiciera cuándo ya no estuvieras, si tú eras mi única razón para vivir? No puedes pedirle a un pobre diablo que sobreviva en este mundo de miseria, soledad y penumbra sin luz, ¡tú eras mi luz!

Lamentablemente te escribo esta carta desde el infierno, porque es aquí mi lugar. Quizás mi dolor no ha desparecido, nunca se va a ir, pero el ambiente hace que se sobrelleve muchísimo mejor. Tú estarás allá, posando para los santos y bailando con ángeles, porque así eres tú, y ese es tu lugar; te amo mi dulce Angelina. Volveré a escribir cuando termine de barrer carbones y afilar lanzas; o cuando pueda comprar un escritorio decente, porque aquí crucificado, ensucio las cartas de sangre y el sonido del golpe del látigo contra mi piel hace que mis ideas vuelvan a salir de mi cabeza, corran y causen estragos.

<h3 style="text-align:center">III</h3>

Volví a sentir que me seguía, pensé que por fin me había librado de su presencia, pero no, era de nuevo esa sombra detrás de mío, persiguiéndome, acosándome, mirando cada pequeño movimiento que hacía. Lo peor de todo era que no le importaba que supiera de sus intenciones; no disimulaba en lo absoluto, me seguía sin ningún respeto a mi espacio, sin embargo yo solo alcanzaba a ver una silueta negra en la pared, en la calle, a lo lejos, pero nunca de cerca, esta vez no estaba dispuesto a hacerme frente tan rápidamente.

Cualquiera pensaría que me sería grata su presencia; que cualquiera con una soledad tan abrumadora como en la que vivía yo, ya se hubiese alegrado de una presencia tan persistente; pero no, no era así, de hecho era todo lo contrario. No diré que me era del todo cómodo no querer hablar con nadie, aunque también fuese mi decisión me había acostumbrado a que la gente me ignorara, incluso aquellos que en algún tiempo fueron los más cercanos a mi vida, un buen día decidieron enojarse conmigo, llorarme en la cara e ignorarme. Qué desleales, que desagradecidos, que malditos que salieron todos… "familia" y "amigos".

Muy pocos aún me saludaban, los que parecían igual de destruidos que yo; pero me había cansado de ellos también, porque cada que lo hacían, me tocaban el hombro, con un aire de pesar y desdén, luego solo seguían su camino, allá donde jamás los volvería a ver; nunca me decían nada, a pesar de que las primeras veces intentara entablar una conversación con ellos. Era inútil, así que ya no lo intentaba, también los ignoraba.

Pero esa silueta seguía allí, ese personaje tan peculiar que no caminaba con los demás. Insistía en quedarse allí conmigo. Entonces me cansé, cerré el puño con fuerza y lo estrellé contra la pared. Estaba harta. ¡NO MÁS, BASTA DE SEGUIRME! Allá en el rincón, dentro de la penumbra me habló una voz gruesa, fría y dura… ¿Aún seguirás insistiendo en que no has muerto?

<h3 style="text-align:center">IV</h3>

Empecé a entreabrir mis ojos. Un pequeño rayo de luz se filtró por mis pupilas y me hizo estremecer por el brillo del día, tenía una botella de vino en mis manos, vacía… al igual que las otras tres que estaban tiradas en el granero.

Me levanté tambaleante, mareado, perdido, no podía recordar en qué momento llegué a esa choza. Los corrales estaban todos abiertos, pero vacíos y sucios, demasiado sucios, el olor era insoportable… Empujé la puerta y de pronto pude observar ese lago verdoso que posaba ante mis ojos, iluminado por la claridad de la mañana. Siempre me había gustado.

La tranquilidad del paisaje fue interrumpida de la forma más abrupta, escuchaba gritos, el dolor de su voz rasgada, oía golpes y cristales quebrarse, no podía ver su rostro, pero la escuchaba con la claridad de siempre, la cabeza me iba a explotar y a pesar de todo ese ruido un pequeño pitido sobresalía amenazando con dejarme sordo, luego todo quedó en silencio, volví la vista hacia el lago y se equilibraron mis cinco sentidos, junto al granero estaba una casa, mi casa, esa casa tan familiar. La puerta estaba de par en par, había cuadros rotos, fragmentos de vidrios por todo el suelo, todos daban un reflejo de mí, una faceta distinta, un ángulo diferente, otra perspectiva… Recogí el desastre y volví a observar su foto, siempre había sido hermosa, en ese retrato no observaba a la cámara, parecía obstinada, miraba hacia el horizonte como si aquello que estuviese analizando fuera más lejos que lo que a simple vista se puede ver.

En la cocina reposaban sus flores favoritas, todas marchitas. Nada en esa casa volvió a tener vida desde el momento en que todo pareció quebrarse entre nosotros; sin embargo yo mantenía sus flores ahí, tal cual ella las había dejado. Fui a nuestra habitación, durante un tiempo allí me había sentido como en casa, pero ese calor de hogar se había disipado, algo entre nosotros simplemente era irreparable, pero no parecía ser lo suficientemente nocivo para alejarnos, por el contrario, algo siempre nos mantuvo unidos. Incluso mucho antes de conocernos ya nos estábamos buscando con un desespero que solamente ella y yo entenderíamos.

Allí postrado en el colchón que en algún tiempo nos vio amándonos envueltos en una nube de pasión y frenesí, allí empecé a desangrarme; sentí mi cuerpo húmedo, un olor fuerte a sangre invadió toda la casa, toqué mi torso y justo en el lado derecho empezó a formarse una herida, se abría cada vez más y parecía hacerse más profunda, intenté taparla con mi mano pero la sangre rebosaba, fluía con una intensidad impresionante, no parecía querer parar. Entonces empecé a sentir pulsadas en mi espalda, estaba agachado cubriéndome de algo, no sé de qué, pero la vi a ella, estaba furiosa, estaba incontrolable, y hundía con más fuerza el cuchillo en mí, con rabia. Salí de la casa, empapado en sangre y con la mirada perdida. Sentía mi cabeza envuelta en muchos sentimientos y llena de confusión, cuando me di vuelta la casa se podría con rapidez; las ventanas se agrietaban y rompían; los ladrillos tomaban años en segundos; el moho solo requirió de medio minuto para invadir cada rincón, cada espacio de lo que antes pudo llamarse hogar; el tejado de madera se deshacía con el viento y en cada ventarrón la mitad del techo se iba en corrientes de aire para desaparecer por siempre. Adentro no había nada, pero seguían las margaritas, rojas, con sangre fresca que las tinturaban por completo, me percaté de que no la veía a ella, no la encontraba, gritaba su nombre y no recibía respuesta. Pero la vi, entonces la vi, mirando hacia el lago, sumida en sus pensamientos, aún tenía el cuchillo en sus manos, escurriendo gotas de mi vida, corrí hacia ella y la abracé con fuerza, quise besarla pero no podía encontrar sus labios, a pesar de saber que estaban allí. Su cuerpo se iba de mis brazos, se esfumaba como el humo, no lograba retenerla. Estaba al otro lado del lago, parecía desorientada, enferma y… POOM, un sonido ensordecedor, un disparo; entonces la vi nuevamente, tan bella, posando para mi foto, sin mirar a la cámara… obstinada, veía el paisaje, me señalaba todo tipo de cosas, sonreía de ese modo que por mucho tiempo había amado, pero yo ya no la amaba, amaba a otra, mi corazón era de otra persona, hacía muchas noches yo dormía pensando en otros labios y me levantaba recordando otro cuerpo.

Haberme guardado todo ese tiempo tantos sentimientos, verdades y mentiras, era la razón por la que nuestra relación se había fragmentado, quizás al final era mi culpa que ella acumulara tanta ira en su interior, luego la vi, sentada en nuestra habitación, leyendo cartas ajenas, cartas que no llevaban su nombre, cartas con palabras y promesas que no le pertenecían, vi sus lágrimas mojar cada centímetro de sus mejillas y luego mirarme con ira, con desesperación, de repente todo se puso en negro, pero el disparo se disipó, el sonido se tornó en silencio, ella estaba parada al otro lado del lago, convirtiendo los segundos en horas. Empezó a desplomarse como un ave; lentamente cayó en el lago y se hundió con ese bonito vestido que se ponía solo en eventos importantes, corrí hacia allí, la saqué y la abracé en mis besos, estaba hecho un cadáver, y jamás la había amado tanto, junté nuestras frentes y cerré mis ojos, toda una vida estaba transcurriendo en el paso de unos vanos segundos; cuando los volví a abrir estaba en ese mal oliente granero, tirado, borracho como de costumbre, pero ya no pude levantarme, miré mi cuerpo… podrido, asqueroso. Solo hasta ese momento me vi con sus ojos.

V

¡Vengan a mí todas esas ingratas flores! Todas para que las arranqué y las despojé de sus vestiduras, a todas para que en cuestión de segundos les quite su color y las desprenda de todos sus pétalos. Malditas todas, todas solo se merecen blasfemias, malditas todas esas que no se atrevan a mirarme, a no compartirme un poco de su belleza ¡Ay ingratas! Como ha sufrido mi corazón a cusa de sus desprecios y sus pésimas contestaciones. Pero ya está, todas han sido castigadas, recibieron lo que merecían.

A una Margarita le he seccionado su belleza impura, un clavel perdió todo ese vino rojo, fuerte y amargo que guardaba en su interior y que embriagaba sin tener que tomarlo, un alto girasol posa ahora como decoración que da placer a mi vista y entrega solo sus más divinos dotes a mí. ¿Cómo olvidarse de Rosa y de Hortensia? A quienes he enterrado en mi jardín y riego toda la mañana, pero no se confundan por favor, que lo último que quiero es verlas florecer, a un hermoso Tulipán le he dado toda la luz necesaria para que brillara como tanto alardeaba, al final solo se ha ido con el viento permeando el aire con el rojo que alguna vez fue. Me acuerdo de una Dalia, bailaba rosada preciosa con las ondas del viento, ahora ya no baila y está morada, hubo muchos Nenúfares y a todas les permití vivir en mi lago, a Bella Narciso se le ha hecho añicos la garganta quizás a causa del insecticida, una orquídea tenía la maña de mirarme fijamente, me tentaba, me seducía, entonces también le seguí el juego y ahora la observo cada vez que puedo y quiero, pero no creo que sea capaz ella de mirarme, ¡ya no puede! No pretendo aburrirlos con esta lista, es solo que me deleito recordando tan bello jardín que he construido con mis propias manos, vi tantas Lantanas, Lirios, Narcisos y Acacias que normal estar tan perturbado de tan exuberante belleza. Es imposible conformarse con una sola flor en un jardín; si Dios mío nuestro nos las ha regalado, ¿quién soy yo para no aceptarlas en mis terrenos? De todos modos hay muchas, ¿por qué no podría tomar algunas para mí? Estoy salvando a todos, me estoy sacrificando si es que no me creen. Ellas son bellas, sí, pero están malditas, detrás de cada una de las nombradas había un mal terrible que atenta contra cada hombre, y lo tienen todas, no se confíen, ahora somos solo unos pobres diablos que nada se proponen a hacer. En la inquisición no fueron tontos, no claro que no, prendieron fuego hasta extinguir su belleza, pues ahora yo me propongo hacer lo mismo. ¡Que mueran todas o que sean mías! No hay tregua, aunque… de todos modos salgo ganando, porque en todos los posibles casos me pertenecen y no hay nada que puedan hacer, todos los hombres deberían hacer lo mismo, todos manos a la obra y a tomar lo que les pertenece, aunque sean solo 7 como dicta la ley. ¡Que desgraciados que somos!

Mis bellas flores, pero si han engañado a tantos. ¿Cuántos poetas y artistas no han caído ante sus deseos? ¿Cuántos no han perdido la cordura intentando observarlas sin tocarlas? Pero si han sido tan egoístas, y me reclaman cada que pueden, desgraciadas altanera, pero me conformo con verlas tan bellas danzando en el jardín, todas tan amigas y sonriéndome al pasar. Amo sus besos y sus caricias pero es culpa de ustedes no verme satisfecho nunca, todas surgen como arte, porque quizás eso es lo que son. ¿Culparían a un hombre por amar el arte? Si las he tratado como se merecen, solo quiero inmortalizarlas. Ay malditas, pero ya me tienen, uno más de ustedes.

Necrópolis

Por Liyibeth Moreno Palomeque

La necrópolis es la tierra de los muertos, no es el inframundo o el cielo, tampoco el limbo, es todos ellos en uno solo, ya que las cosas y seres muertos viven en un solo lugar, pero estratificados, de tal manera que algunos rebozan de dicha y otros de olvido. Sean todos bienvenidos a la ciudad de lo no vivo, de la energía, de los espíritus, de la muerte.

Capítulo I
Los bienaventurados

Todo debe comenzar por la dicha, por el júbilo, por eso llamado éxito, de modo que comencemos por ellos, los bienaventurados, los enaltecidos en altares, los recordados a diario o simplemente esos que de vez en cuando aparecen como un rayo fugaz en tus pensamientos, alejándote de lo cotidiano.

Ellos no se van a otro lugar, solo se quedan allí como un ser invisible que guarda tus espaldas y te acompaña a todos lados. He podido ver a personas que llevan una gran fila de estos seres tras ellos y Bienaventurados que yacen en diferentes filas, al parecer se han ido dejando asuntos pendientes por doquier.

Los he visto y los he oído hablando de tan gran hazaña, no puedo negar que ha sido inquietante lo escuchado, tan inquietante como las mentes que han poseído. Ya que los he visto permanecer en la invisibilidad de los ojos ajenos, pero siempre presentes en el pensamiento visible del que lo ha conocido.

Los Bienaventurados han muerto y siguen vivos y lo que es peor aún, siguen ocasionando vulnerabilidad en algunos cuerpos. Cuanto diera por ser un Bienaventurado, aquél inmortalizado en recuerdos o en éxitos fugaces o perpetuos.

Bien aventurados los Bienaventurados que han disfrutado de la gracia omnipresente.

Capítulo II
Los ausentes en la memoria

Memoria es todo ello que está presente y que habita en esa parte límbica del subconsciente, aquello que se niega a desaparecer y se mantiene en un vaivén titilante. Yo no estoy allí, estoy en la otra parte del subconsciente, esa parte que existe, pero no tiene presencia en nuestro presente, pero que alguna vez hizo parte bien sea de nuestro pasado o de nuestro futuro. Estoy en esa parte llamada el "San alejo de Dios" porqué ni siquiera soy energía o materia oscura, soy simplemente olvido.

Estoy en ese lugar en donde han ido a morir las ideas, los sueños y las almas de las personas que hemos olvidado. Es un cementerio como cualquier otro, con tumbas prominentes y exuberantes y otras más modestas, todo depende del tamaño de las ideas muertas y de los sentimientos sentidos por las personas que ya no viven.

Siempre tuve miedo de estar aquí, de pasar por este lugar y percatarme que soy una idea olvidada, un sueño dejado de lado, un alma no amada, que vago varios años por el mundo de los vivos sin ningún propósito o justificación para estar allí.

Sin embargo, una vez aquí, notas que todos estos cachivaches se las han ingeniado para escribir la palabra "Renacer", ellos aún tienen esperanza, aún creen en la posibilidad de habitar en un cuerpo que no los deje morir y les provea la vida con la cual siempre han soñado.

Pero… ¿y esas almas no amadas?, ellas no hacen parte de ese letrero, de hecho, puedo verlas juntas al final del cementerio, porqué solo aquél que conoce lo quejumbroso del olvido, se une con sus pares no recordados para hacerse compañía y mantenerse vivo ante sus semejantes, así estén muertos.

Capítulo III
El paraíso de la necrópolis

Así como todo debe iniciar con júbilo, asimismo, debe terminar no con regocijo sino con exaltación. Toda necrópolis tiene su edén, su paraíso compuesto por los que han sido Bienaventurados algún día y han terminado en un lugar cercano a "los ausentes en la memoria", porqué aun permaneciendo en la memoria son recordados con dolor, con esa tristeza que deja la labor mal hecha o la terminación de un sueño, aquello que llamamos "lo finito de la existencia".

Esos edenes no están aislados unos de otros, se comportan como los oasis en el desierto, como pequeños milagros desbordantes de gozo, ellos están alejados de la población humana, pero no se encuentra aislado, este en particular, al cual me refiero está justo al lado de otro de mayor extensión.

El primero del cual les hablo es de un cementerio de barcos, ferris, canoas, en fin, de embarcaciones que han surcado algunos de los cuerpos de agua más grandes del país. Allí se pudren en el olvido un sin número de historias, mitos y sucesos particulares que han contribuido de alguna forma a avances tecnológicos en muchas ciudades, pero que con el tiempo se han desgastado y han sido reemplazados por lo nuevo, lo llamativo, lo actual. Las personas suelen dejar de lado lo que ya no les sirve para la infinidad de una vida que desde siempre hemos sabido que es finita, pero que solo lo asimilamos cuando estamos a las puertas de la muerte.

El otro cementerio, ese de mayor extensión, es el de lo ruin, el de la vergüenza, el del "desarrollo" inquietante, el de lo naturalmente feo de nosotros, en ese cementerio no solamente yacen historias, ideas de progreso, sino tristeza, hambre, zozobra; es la muestra clara de obrar mal, de obrar sin ningún interés en el prójimo… ese cementerio es la "tristeza en el paraíso", porque es el edén que algunas personas han formado para llegar a la felicidad particular de la realidad de cada Yo viviente.

Fin…

Dicen que toda historia debe tener un fin, pero estamos hablando de una ciudad, las cuales solo se limitan por cuestiones territoriales, administrativas y de gobierno, pero ¿Y en esta ciudad hay una cabeza visible que lo controla todo?, la respuesta es no, no es posible gobernar un lugar infinito, un lugar en donde lo vivido antes de morir ya ha definido tu lugar en ella. Además, ni los bienaventurados con todo y su grandeza son lo suficientemente buenos como para decidir y mandar entre todo lo que viene a parar aquí.

Lo realmente finito en este lugar son las historias, todas son parecidas, aunque con autores diferentes. La vida es muy básica se desliza entre el éxito o el fracaso, la felicidad o la tristeza, el amor o el odio, lo real o lo irreal, no hay punto neutro, todo se mueve entre esos límites, a veces al filo de los bordes y luego caemos al vacío o en otras palabras en la necrópolis.

Nueve breves cuentos sobre muerte y otras cosas sin sentido

Por Daniel Velásquez Calle

"Uno es una trayectoria que erra tratando de recoger las migajas de lo que un día fueron nuestras fuerzas, dejadas por allí de la manera más vil, quién sabe en dónde o recomendadas (y nunca volver por ellas) a quien no merecía tenerlas"
Andrés Caicedo

"Por consiguiente, en ti, preguntón insensato, que desconoces tu propia esencia y te pareces a la hoja del árbol cuando, marchitándose en otoño pensando en que ha de caer, se lamenta de su caída, y no queriendo consolarse a la vista del fresco verdor con que se engalanará el árbol en la primavera, dice gimiendo: "No seré yo, serán otras hojas"
Arthur Schopenhauer.

"¡Apágate, llama fugaz! la vida
Es sólo una sombra errante, un burdo actor
Que apenas un momento se pavonea y agita
Sobre el escenario, y nunca vuelve a ser oído."
W. Shakespeare

Mary

Mary se había encerrado varios meses en su alcoba. Dedicaba los días a leer libros de filosofía y teoría política. Se había olvidado del mundo exterior, inclusive, de su familia; de vez en cuando su madre tocaba la puerta de su habitación para saber de ella, más esto no le importaba, por lo cual no respondía; la madre de Mary era una hermosa bailarina que andaba entre delicados y coloridos escenarios, donde concurrían varoniles abejorros y tipos muy avispados, por lo cual, cansada, desistía rápidamente de la esperar a un gesto gentil de su hija, y se iba a descansar. Mary odiaba el trabajo de su madre, por ello, e influenciada por el periodo de la Ilustración, quería convertirse en una brillante luciérnaga. Un día, en su cuarto, hizo un impresionante giro para evitar una caída, sintió tanto placer en sus movimientos, que se dedicó a bailar todo el día, así comprendió la realidad de su esencia, y la de su familia, danzar en los aires llenando el mundo de belleza, hasta morir.

Z

Noviembre 7

Los diarios locales habían relatado algunos eventos inusuales que han generado terror: *"Masacre en Halloween"*, *"Locos disfrazados asesinan y devoran cadáveres"*, *"La policía está imposibilitada para emergencias"*, *"Industria y Metro de Medellín cierran sus puertas"*, *"Pandemia azota a Medellín"*, *"Ciudad en ruina"*… Pero desde hace tres días los medios de comunicación físicos y digitales han dejado de funcionar, el pánico se ha apoderado de todos, especialmente de las personas que vivimos en la casa de doña Teresa López, en el doce cuarenta del barrio Boston; una casa enorme y antigua donde se rentan cuartos, donde yo vivo desde hace un par de años.

La noche de Halloween vi salir la señora Eugenia con sus hijos disfrazados, no presté mucha atención, esas cosas no son de mi agrado. También vi salir la chica del catorce vestida de ramera, quizá fue el único día que no ocultó su identidad. La mañana del primero de noviembre todo andaba normal, salvo la prensa. Eso creía yo, hasta escuchar los estallidos y las nuevas noticias: "Pandemia Zombie ataca la ciudad, fuerzas armadas no pueden controlarla"… poco se sabe de la realidad, el miedo ha impedido abandonar la casa. De los veintiún inquilinos solo quedamos nueve, bueno, siete, ayer Alberto Moreno tomo la decisión de ir a ver qué ocurría movido por el hambre, como los otros, no volvió. El hijo menor de doña Eugenia murió de inanición, la depresión la está matando a ella. De los cuartos sacamos todos los víveres, para ponerlos en común, pero hay poco que se pueda aprovechar, ¿que es peor, el hambre, esa muerte lenta que quema las entrañas y hace desvariar, o servir de comida para entes autómatas que ya están muertos?... Dejaré de existir, quizá la mejor respuesta es ser como ellos.

Adiós.

Atte.: Z

Nisuspiro

Nisuspiro es el único pueblo de Colombia donde nunca pasa nada. Pareciera que su historia se remontara exclusivamente a la inexistencia, y la gente, que continuamente no tenía nada que hacer, gastaba su tiempo pensando en el "ser", que, paradójicamente, nunca era; aparte de esto, a las personas de Nisuspiro les gustaba bastante leer la prensa local, en la cual, constantemente, se escribían largos artículos que denunciaban que en el municipio jamás había de que hablar. Generalmente las personas en Nisuspiro morían de aburrimiento, más de ello nunca hubo gran acontecimiento, pues la gente que moría nunca había hecho nada memorable.

Un día, un increíble y extraño día, algo insólito pasó en Nisuspiro; se habían robado la estatua que adornaba el centro del parque, acto demasiado grave y de tanta trascendencia, que hizo que los *nisuspirianos* se dieran cuenta de que había alguna vez una estatua en su pueblo, y todas las personas, perturbadas, hablaban del suceso, y decían:

— ¿Quién será el maldito ladrón que se robó la preciosa estatua?

— Seguro que no fue nadie del pueblo, pues la gente de aquí, jamás ha hecho nada.

— ¿Sería algún forastero?

— No, no creo que pueda ser, pues a Nisuspiro jamás viene nadie.

— Lo que sí, es que ese robo es un sacrilegio, sin la estatua el pueblo será un caos y perderá el sentido.

— Vaya que la estatua es muy significativa, pero ¿qué o a quién representa?

— No sé, nadie lo sabe, pero debe ser algo muy importante, por algo fue robada…

Desde el más chico hasta el más viejo habitante del pueblo buscó la valiosa estatua, pero nunca apareció. Lo que sí brotó fue la tristeza, el desespero y la angustia. Luego surgió la paranoia, el temor, la falta de sentido. Después llegó el caos, la violencia, la ausencia de razón y las innumerables muertes, por lo cual el pueblo se derrumbaba. Finalmente vino la ruina y el desplazamiento de Nisuspiro, un pueblo donde nunca hubo nada.

Volver

Gabriel desciende del taxi y observa alrededor tratando de reconocer los cambios en el lugar. Entra, y va directo al café junto a la sala de abordaje. Ordena un carajillo y echa un vistazo al reloj, es la una y cuarto; a las dos treinta llegaría de viaje su esposa. Estaba muy ansioso, pensó en que el tiempo debería correr más rápido, y que, por el contrario, se hacía lento, pausado. Una mosca cruza el cafetín y Gabriel se hunde aún más en sus pensamientos; quizá el tiempo no exista, solo sea una trampa del espacio modificado por las cosas que acontecen o que dejan de acontecer... sin embargo la humanidad ha intentado medir el tiempo; ¿Cuántas veces bate sus alas una mosca cada minuto? Un minuto más rumbo a la muerte y, sin embargo, es necesario volar; la mente vuela sola sin linealidades temporales de un lugar a otro, sin clara diferencia entre lo real y lo irreal.

Mira de nuevo el reloj, faltan ocho minutos para las dos. Paga su cuenta, se levanta de la silla y camina por el lugar. Por el costado del aeropuerto que da a la Terminal del sur ve entrar una joven pareja sonriente; Gabriel se conmueve ante la tierna escena; escucha que el muchacho le dice a su esposa: *"Te voy a extrañar demasiado Victoria"*, mientras le hace entrega del equipaje. ¡Victoria!... susurra el hombre, mientras los jóvenes van por su lado sin percatarse de su presencia, como si no existiera, más él no se pierde ningún detalle. Los dos se abrazan fuerte, como para uno llevarse consigo la esencia del otro, se miran dulcemente, la chica hace la fila para abordar, mientras él sale por la puerta principal del aeropuerto. Semanas después volverá a esperar a su esposa... dos y cuarto, Gabriel empezaba a sentir el agua de mar que su mujer traería para él en un recipiente brillante; no había podido acompañarla a causa de su trabajo en una fábrica de telas, trabajo tan arduo, que sólo le había dado el tiempo para acompañarla al aeropuerto a tomar el avión y, de nuevo, a recogerla. Su sueño más profundo, como el de todo provinciano criado entre las montañas de Antioquia era conocer el mar, al igual que su esposa. Recordaba cómo se bañaba con ella antes de casarse en los charcos de la vereda El Cielito, donde el padre de Gabriel le había dejado un pequeño pedazo de tierra sembrada con mangos y aguacates, la misma de la cual tuvo que huir años después, cuando llegaron arcángeles comandados de doce apóstoles con sus fúsiles y motosierras aniquilando campesinos en nombre del señor. Una madrugada les toco huir dejando todo atrás, y empezar, a las malas, a conocer otro mundo en la ciudad. No tenían hijos, no porque no quisieran; entablaron varias cruzadas maritales con este fin, más no alcanzaron jamás la victoria; se habían acostumbrado a estar solos los dos, luego uno, y llegaría el tiempo que ninguno.

Aún faltan cinco para las dos y treinta. Gabriel comienza a oír una música lejana, muy lejana:

"Volver, con la frente marchita, las nieves del tiempo, platearon mi sien. Sentir, que es un soplo la vida, que veinte años no es nada, que febril la mirada, errante en las sombras, te busca y te nombra. Vivir, con el alma aferrada, aun dulce recuerdo, que lloro otra vez"

La voz lejana de Gardel, que provenía de lo más profundo de su corazón, recordando el día en que su bella Victoria partió. Carlos Gardel, quien una tarde de junio fallece en el mismo aeropuerto.

Dos, treinta y cinco. El reloj no se detiene, un minuto pasa a ser veinte años, Victoria no llega, ni llegará jamás, pero Gabriel prometió esperarla; siente de nuevo el sabor a mar, el mismo sabor en el que se ha ahogado durante noches, y que, sin embargo, dista mucho del que Victoria no regresó, el mar azul que se confunde con el cielo en el horizonte; un cielo de avioncitos de papel, donde el gaucho Gardel, canta *"Volver"*.

Árbol de muerte

Sus ojos miraban melancólicamente el suelo como perdidos, como si mirara sin mirar, como si el suelo no existiera, como si no existiera nada. Algunas veces, en el pasado, esos mismos ojos brillaban de gran alegría, su enamoramiento, el nacimiento de su único hijo, los reconocimientos en su trabajo, placidas tardes en el billar con sus amigos; todas estas habían sido ocasiones de regocijo, pero ahora, en el suelo, estaba viendo como la vida se le escapaba, como fallecían aquellos sueños que no pudo alcanzar, las ilusiones sencillas perdidas en el ocaso. En su cara, demacrada y pálida, no quedaba ni un solo rasgo de lo que un día fue, se había perdido la jovialidad que lo caracterizaba, quedaban aquellas facciones de sufrimiento, tanto dolor sentía, no obstante, en ese momento, parecía sentir la paz espeluznante de los muertos. Sus ojos colmados de lágrimas; se veía ya ausente ante sus seres queridos; alcanzó a sentarse en el borde de la cama como era costumbre, más sus piernas estaban entumidas, sudaba demasiado, como abrazado por una fuerte fiebre, pero de igual modo, todo su cuerpo era palpado por un fuerte escalofrío que lo hacía temblar.

Era la hora de dejar atrás la pesadumbre, el medicamento que tanto le molestaba, esos tratamientos tormentosos de los cuales salía hondamente deprimido. Tenía la garganta inflamada, tuvo que dejar de comer varios días a causa de la dificultad y el insoportable dolor; añoraba, con melancolía, el poder comer en abundancia; algunos días la abuela le migaba galletas en el chocolate para que las pudiera tragar; recibía las gelatinas y los jugos, sin embargo, añorara otras cosas que no podía comer. Hacía ya varios meses que el dolor no lo dejaba dormir, entonces, le disolvían algunas gotas de morfina en su bebida antes de las nueve de la noche, y así, disfrazaban sus padecimientos.

Ese día lo volvía a atacar la tos seca que tantas noches lo desesperó, pero ya sabía que sería la última vez; alzó la mirada lentamente del suelo, y la fijó en la fotografía de su nieta, sus ojos suspendidos en el delicado rostro de la niña, en la imagen pausada que no volvería a ver de aquella florecilla de nueva primavera, inocente ante las atrocidades del mundo, con sus ojos vivos y su sonrisa cálida, pero de igual modo condenada.

El cuerpo destruido, la mente turbia de tantos pensamientos, la profunda sensatez... no hacía falta más que nacer, para que los hilos de la vida fuesen pisoteados por los cascos del caballo oscuro de la muerte. No había más que pensar, lo que acontece después de la vida es desconocido; se sentía excesivamente cansado, dejó caer su cabeza lentamente como retenida por el aire mortecino.

No se atrevió a moverse más, quizá sentía la poderosa presencia de la fantasía que le arrebataría la vida, la Parca, aquella sombra negra que desgarraría todo lo que él era, los anhelos de ser mejor, de ver crecer a su nieta, de contemplar la aurora mientras caminaba descalzo por la verde hierba mojada, de todo lo despojaría la muerte, pero... ¿de qué serviría pensar esto en el momento mismo de su angustia?, de nada, como siempre de nada, siempre gana la nada, en eso se convertiría, para eso había nacido, para eso había ido a la escuela, había trabajado y se había llenado de sueños, para reposar eternamente en la fría nada incomprensible. Se notaba ahogado, le costaba trabajo respirar, en su pecho, los frágiles latidos del corazón dictaban su sentencia; el hombre moribundo, abrió sus labios lentamente y trató de humedecerlos con su lengua seca, en sus ojos vidriosos se advertía el deseo de decir algo, sin embargo, antes de que pudiera decir alguna cosa, la muerte mezquina toca su espalda.

La muerte es un árbol frondoso que da sombra al mundo, todas las civilizaciones han pasado a su lado, algunos la admiran, otros desechan sus frutos, pero todos, alguna vez cansados, reposan a su sombra, y el árbol, compasivo e inescrupuloso, no hace más que abrazar entre sus ramas, a quien dormirá eternamente.

Entre mí y sol

Da capo. El director alzó la batuta, con finos movimientos parecía que recreara la suave melodía de la orquesta: negra de La con staccato ligada a negra de Re, negra de Re nuevamente, corchea de Si, negra de La, corchea de Fa ligada a una blanca de Do con puntillo, semicorchea de Mi, semicorchea de Sol, Mi y Sol, de nuevo Mi y Sol, silencio de un tiempo… Las notas saltaban alegres contra las paredes del teatro; el delicado sonido de las maderas, el rugido fortísimo de los bronces, la tenacidad de la percusión, la dulce flauta traversa, y la flautista, la bella flautista de cabello rubio a quien no podía quitarle los ojos de encima; tanto así llegó a llamarme la atención, y sin embargo no era su cabello, ni su escultural figura, ni su rostro de ángel lo que llegó a inquietarme, era, más bien, su actitud apartada de las cosas a su alrededor, y que tocaba la flauta como si entregara a la música todo de sí, como si ese pedazo de metal fuese su exilio.

Fue así como conocí a Marisol, aunque nunca pensé que la vida se me enredaría por su causa. De lo primero que hablé fue de Tchaikovski, más ella no dejaba de resaltar la superioridad de Mozart, cuando se encontraba ansiosa tarareaba el *Concierto para Flauta N. 2 in D Mayor.* Esa noche era difícil pensar que después de haber hablado de Tchaikovski, Mozart y Chopin, termináramos en un bar escuchando a Héctor Lavoe, bailando y tomando ron; bueno, bailando Marisol con unos amigos de la orquesta, yo nunca había podido dar un sólo paso, pues el baile se me negaba.

Esa fue la primera de tantas noches que pasé al lado de Marisol, algunas veces la veía bailar o cantar, otras veces la hallaba triste y sin ganas de decir una sola palabra. Un día me contó de la experiencia que había tenido con los hongos, decía que eran algo místico, que sintió como sus dedos se hundían en la corteza de un árbol como si fuera flexible, dijo que percibía todo el mundo irreal, salvo la música, y que el canto de los pájaros era tan melódico, que sólo el viento chocando con las hojas podía tener la armonía para acompañarlo; luego, terminó por preguntarse con gran asombro ¿cómo del estiércol de la vaca puede salir algo con tanta magia? Con ella probé el LSD, los colores vivos que iban y venían, una energía increíble que me hacía creer que el mundo no seguiría sin mí, un momento de iluminación, omnipresencia. Fue el ácido, la cerveza, la música rock, el cabello dorado de Marisol o una fuerza natural la que produjo en nosotros el deseo, los besos, la excitación irresistible que nos llevó a correr hasta mi casa. Entramos al pequeño cuarto que tenía rentado cerca de la Universidad del Valle con ardor, los besos desenfrenados, la lengua suave como anfibio, seductora y letal como un reptil, como una mamba rosada y dulce que se desenvolvía en mi boca para hacerme desvariar, los sexos encendidos, vivos, atrapados por las prendas pero frotándose con anhelo, lujuria desbordante, mis labios bebiendo el veneno en su cuello al tiempo que suprimía botones y aparecían sus senos cálidos, y en su espalda... Sol, clave de sol, Marisol, fuego... ¡un tatuaje lleno de formas y colores vivos!, pentagramas con notas musicales, rosas blancas, el sol, la luna, el universo entero asentado allí; mis dedos recorrieron su marca como si fuese yo quien la dibujara, posterior a eso, la desnudez, los movimientos que iban y venían en un abrazo profundo entre besos y gemidos, la erupción, un volcán que se apaga, cenizas, humo, un cigarrillo… Marisol y yo permanecimos un tiempo acostados en total mutismo, tenía deseo de preguntarle ¿cómo se había sentido?, pero sabía que en estas situaciones era mejor callar, fue ella la que rompió el ambiente silencioso, tomó un libro dentro del montón y leyó el título: *¡Que viva la música!,* lo abrió emocionada, quizá por la palabra música, y empezó a leer en voz alta: "*Uno es una* *trayectoria que erra tratando de recoger las migajas de lo que un día fueron nuestras fuerzas, dejadas por allí de la manera más vil, quién sabe en dónde o recomendadas (y nunca volver por ellas) a quien no merecía tenerlas"*, al terminar de leer la emoción se había perdido por completo, me miro de manera profunda, dijo que jamás dirigiera las fuerzas de mi vida hacia ella... nos quedamos en silencio un momento, nuevamente tomó otro libro, *Antología de León de Greiff*, con alegre tono dijo que le parecía hermoso el apellido de Greiff, que le hubiera gustado llamarse Marisol de Greiff y no Marisol Caicedo. Yo estaba asombrado de ver como cualquier nimiedad hacía cambiar rotundamente el estado anímico de Marisol, sin embargo, no imaginaba que esto la pudiera llevar a la muerte.

Cuando cumplió veinticinco años se empezó a sentir vieja y fracasada, decía que la música era lo único que tenía en la vida, y sin embargo ya no podía más. Una noche estaba bebiendo con Joaquín, un mansito que le tenía ganas, de lo cual ella se aprovechó para llevar acabo su catastrófico plan, muy ebrios fueron a parar al apartamento de él, en el onceavo piso de la torre Manrique, desde allí fue donde Marisol saltó; en momentos creo que yo debía impedir que eso pasara, pero ¿cómo luchar contra lo que una persona ya ha decidido?, sería mejor... salgo de mis pensamientos por el choque que me produce la música: *"Sueña con su melena, y viene el viento y se la lleva, y desde entonces su cabeza, solo quiere alzar el vuelo, bebe rubia la cerveza, para acordarse de su pelo. Sueña que sueña la estrella, siempre en estado de espera, vuelve a coger la botella, pasa las noches en vela. Sueña que sueña con ella, si en el infierno lo espera, quiero fundirme en tú fuego, como si fuese de cera..."*, Era la voz de Roberto Iniesta, el profeta de Extra madura, que describe mi vida; tomé del suelo la cerveza y brindé, a cada sorbo retornaba de nuevo a mis pensamientos; acaso ¿era la música?, ¿la noche?, ¿la poesía de Silva?, ¿el éxtasis?, ¿Marisol?... o simplemente el mundo que me enloquecía.

La guerra en don Diego

Tal vez nadie recuerde porqué empezó la guerra en Don Diego, pueblo olvidado de Dios, sin embargo, la sangre mancha la memoria, y nosotros, los viejos, pareciera que sólo vivimos para recordar. En ese entonces yo podía trabajar, me iba desde las cuatro de la mañana para la finca de Cardenio a arrancar tomate de árbol; en las tardes, después de ganar el jornal, pasaba a la finca de doña Edilia por la botellita de leche; ella siempre me recibía con agua panela caliente y algún pedazo de parva que pa' que tuviera el estómago lleno mientras volvía al pueblo. Un día bajé de la finca como de costumbre, y antes de llegar a la plaza, me encontré Pedro López que iba para la casa espantado:

— *Que más home Pedro, ¿pa' onde va corriendo?*, le pregunté yo.

— *Será pa' la casa Juan, es que en este pueblo se nos entró el diablo.*

— *¡El diablo!, ¿Cómo así?*

— *Si señor, supiste que uno desos Arangos mató a Carlitos el hijo de Leónidas en el Bubalú, quizque porque le había quitao la novia.*

— *¡Como así Pedro!*

— *Si, dizque le pegó siete puñaladas en pleno bailadero, yo mejor me voy pa' la casa Juan, este pueblo se putió.*

Al igual que Pedro, y como espantado por las últimas noticias, decidí irme para la casa. De camino, en las angostas calles, percibí pequeños grupos de habitantes de Don Diego que hablaban de lo sucedido en las aceras, rotándose algunos por los diferentes grupos, para escoger los mejores chismes, se escuchaban varias versiones:

— *Que no era la novia, era una putica que venía de Medellín.*

— *Es que Carlos le debía plata, ¡como era de mala paga!*

— *Es que vieron a la novia de ese Arango por ese peladero de atrás del cementerio con el tal Carlos, dizque por allá se van las parejitas a hacer sus cosas.*

Llegué a la casa, hablé con Berta a ver si sabía alguna cosa, pero no, no sabía nada, yo fui el primero en contarle. Esa noche no pude dormir, pasé todo el tiempo con los ojos en un punto fijo de la habitación oscura, como si mirara alguna cosa, tratando de imaginar lo que pudo haber ocurrido, intentaba recrear el espacio del Bubalú, taberna que yo antes frecuentaba continuamente: tras las puertas lo primero que había era un pequeño puente con barandal, que cruzaba una fuente que simulaba un diminuto río, las luces verdes debajo del agua hacían la fuente muy llamativa, cosa que ayudaba el motor que le ponían para que produjese espuma, era tan grande el esplendor de la fuente, que los borrachos la tomaban por mágica y lanzaban allí sus monedas, más los niños siempre trataban de recuperarlas. Después de la fuente quedaban un montón de sillas y mesas de roble; en el fondo estaba la barra y, a un lado, la pista de baile; la taberna era demasiado oscura, por todas las luces se podían contar solo cinco, la de la fachada, un letrero que decía EL BUBALÚ en letras verdes; las dos de la fuente, también verdes; una adentro de la barra y la de la pista de baile, la más fuerte de todas, que iba a parar a una bola con espejos cuadrados de colores que recorrían el bailadero.

Imaginaba ver a Carlos bailando *amasisao*... ¿quién sería la muchacha?; un hombre muerto, otro con sangre en las manos, una mujer deshonrada... quizá la vida me premio al no darme hijos, aunque Berta se aflija y piense lo contrario. ¿Será que Rubén Arango estaba borracho?, no sé, borracho o no lo imagino levantándose de la mesa, buscando a la mujer que estaba con él, la ve con Carlos, los insulta, la muchacha se acerca a él para tratar de calmarlo, él la golpea fuertemente en el rostro y Carlos trata de evitar que la maltrate; Rubén saca el puñal y lo ataca, una puñalada en el estómago, otra en el pecho, otra más, una nueva en la garganta, en el rostro, en el alma; el calor, la adrenalina, el puñal cortando el aire y entrando en el cuerpo del pobre muchacho despedazándolo; los gritos alrededor, la pista encerada tornándose cenagosa. Rubén se da cuenta tarde de lo que ha hecho, con el mismo puñal se abre paso entre las personas amenazándolos de muerte, ya a punto de salir, sobre el puente de la entrada arroja el puñal a la fuente y huye.

Los días en el pueblo siguieron siendo malos, el hermano mayor de Carlos, Antonio, buscaba a Rubén desesperado con ganas de vengarse; los Arangos temían lo peor y el pueblo mismo estaba atónito, ya se sabía que algo trágico había de ocurrir. Habían pasado ya veintitrés días de la muerte de Carlos cuando, un domingo, bajaron de la finca que los Arangos tenían en el picacho a don Luis Arango; traían su cuerpo en una barbacoa de largos palos y su cabeza en un costal; las veredas, las trochas, los caminos, las calles por donde pasaba la barbacoa se tiñeron de carmesí. Dicen que don Luis salió de su casa temprano a ordeñar con Felipe, el menor, no se dio cuenta pero tras el morrito de donde tenía las vacas estaba Antonio agachado, cubierto con la ruana; pasaron treinta y cinco minutos, Antonio seguía al acecho con la mano en el machete expectante, buscando la oportunidad de que estuviera solo uno de los Arangos para evitar el escándalo, el momento llegó, don Luis mandó a Felipe por una caneca a la casa, estando ya solos, Antonio salió del pequeño morro y sin ninguna palabra mandó un machetazo al cuello de Luis, dos veces más hasta que el machete se clavó en la tierra. Como describir el dolor de Felipe cuando volvió donde su padre, ese machete lo ha de tener aun hiriendo su corazón.

Los Arangos estaban abatidos, doña Arelis no paraba de llorar y estaba al borde de la locura; Alberto, el hijo mayor, trataba de organizar las cosas en la casa. Rubén, el segundo, había huido y nadie sabía para dónde; Chucho, el tercero, quería sacarse la espinita, y a Felipe, el último, lo mandaron a estudiar a Manizales a un seminario; toda una familia destruida. En la plaza de Don Diego mataron a Alberto cuando salió de la farmacia de don Pascual, estaba comprando una droga para llevarle a su madre a la finca, dos tiros en la cabeza, el miedo del pueblo... no recuerdo haber escuchado antes ningún tiro en Don Diego, pero a todo uno se acostumbra.

Sandro, el hermano menor de Carlos, apareció colgado en los baños del colegio con un alambre de púas alrededor del cuello, no se sabe que pasó. De los Arangos solo quedaba uno en el pueblo, Chucho y su madre Arelis, toda la culpa calló sobre ellos. Yo vivía desconcertado en aquellos tiempos, un día que subía como de costumbre a trabajar en la finca de Cardenio por la trocha del *bolao,* me encontré un bulto cubierto de gallinazos, era Tulio, uno de los mellizos de la casa de Carlos que le habían rajado la barriga, caí tembloroso al suelo, desesperado recordando las palabras de Pedro: *"En este pueblo se nos entró el diablo".* Omar, el otro mellizo, no pudo resistir esa muerte y mató días después a doña Arelis, la bajó desde la finca en el picacho hasta el pueblo arrastrándola en su mula, estaba realmente loco, trastornado; Omar fue el único de esta guerra a quien metieron preso.

Pedro López me contó que había visto a Chucho en la plaza del pueblo y que le saltaban chispas en los ojos, su mirada se había convertido en la del mismo patas, así fue que ese tempestuoso día, después de pegarle seis balazos a Antonio en el billar, subió hasta la casa del padre de éste, donde ya todos dormían. Tocó bruscamente la puerta, don Leónidas y doña Socorro se levantaron a abrir angustiados, pensaban que era Antonio que le había pasado algo, pero no, al abrir lo primero que vieron fue el cañón de un revolver, y tras él, la mirada infernal de Chucho. El revólver señalaba a Leónidas, el ruido en la sala despertó a Irene, hermana de Carlos de tan sólo nueve años, que al ver lo que pasaba se interpuso entre el arma y su padre, pretendía cubrirlo con su pequeño cuerpo, era imposible, Chucho disparo, el proyectil se detuvo el cráneo de Leónidas y el pequeño espíritu de Irene se tatuó con sangre...

¿Qué pasó con Chucho?, no sé, no lo recuerdo, algunos viejos deseamos olvidar, restregar con fuerza la memoria, dejarla limpia; sin embargo, es difícil, todos los días son el mismo día, el día de la guerra en Don Diego, todavía veo el pueblo manchado de carmesí y oigo estruendos en mi cabeza.

Bajo el signo de cáncer

Creo que morí ayer. Realmente no lo recuerdo. Es verdad, el ser humano puede morir muchas más veces, que la suma de todos los días que ha vivido. Se muere de angustia, de sed, de desolación, de desesperanza, de desasosiego, de duda, de desconfianza... En el último mes he sentido de manera más fuerte esta clase de aflicciones, por lo mismo, he tratado de meditar un poco sobre esto. Pensará usted que es una simple "crisis existencial" o un estado metafísico, quizá causado por una mujer inalcanzable, o dirá, que tal vez, como la leve conversación entre Babieca y Rocinante, que la cuestión es de hambre.

Debo confesar que sí hubo una mujer, más ella no tiene nada que ver con la causa de mi abatimiento. Se llamaba Manuela, y aún sin que ella lo supiera, se convirtió para mí en un agradable recuerdo. Cuando la veía pasar, sentía que algo de mí se iba tras ella, talvez sólo era mi mirada fija en cada uno de sus movimientos, con el deseo de no perderla de vista un instante; sin embargo, algo de ella también se quedaba en mí, su presencia, la misma que se desplazaba y se desvanecía entre mis ojos sin ni siquiera lograr que se enterase de mi existencia.

Macabro es tener tatuados los párpados con el rostro de alguien que nunca nos ha visto, y que, aun siendo invisibles, podamos cerrar los ojos y describir con detalle a aquella persona para la cual no somos nadie, no somos nada. Quizá no logres entenderme, pero existe una línea muy frágil entre el ser y la nada; para mí, Manuela es, existe, y aunque hace mucho no la veo, logro perseguir de nuevo sus movimientos en la acera hasta que cruza la esquina y desaparece; más, puedo hacer que suceda una y otra vez, incontables veces. Sin embargo, para ella no significo nada, lo cual es totalmente traumático, pues ella sin mí no podría existir, ¿quién podría imaginarla caminando distraídamente por las calles otra vez?, ¿otra persona?, pues no, no sería mi acera, ni mi calle, ni mi esquina, ni mi Manuela, aunque jamás vaya a ser mía.

Más fatigoso que hacerse un tatuaje es poder borrarlo, eliminar cada línea hasta que no quede mancha alguna, y si acaso nos hemos atrevido a grabarlo detrás de los párpados, no bastan océanos de lágrimas para anular la marca, pues aún con los ojos sumergidos, borrosa, aparecerá la figura de quien hemos osado llevar trazada en nuestro recuerdo siempre. Pero hasta con amores imposibles se puede seguir, es más, pueden servir de fuerza y apoyo para navegar un poco más pacientes en los mares de la vida. Por eso declaro que el hecho de no tener a Manuela, más aún, de serle totalmente indiferente, no era algo que me desconcertara tanto; para mí, era suficiente ganancia verla pasar con su aire superior, con su bella complexión mítica; con su vestido negro culebreando al viento; sus labios teñidos del rojo más vivo; su cabello ondulado coloreado descuidadamente, llameante, como sí hubiese utilizado de tinte los rayos del sol; y sus ojos, ópalos de fuego, enmarcados por unos lentes que le daban un aire interesante. La percibía hermosa y delicada, como si fuese labrada en cristal de Bohemia, pero lo que más me atraía, era su apariencia inexpresiva, como si fuese dueña de algún misterio.

Seguramente me preguntarás, ¿si nunca ella te vio, si ni siquiera supo de tu existencia, como sabes su nombre mi querido Sherlock Holmes?, pues bien, después de quedar fascinado al verla, durante un tiempo, frecuentaba el mismo lugar que habían recorrido sus pasos, con lo cual, me pude dar cuenta de tres cosas: primero, que su abuela vivía cerca, lo cual me daba la esperanza de encontrarla más seguido; segundo, que se llamaba Manuela: una tarde de abril, en la cual realmente fue una fortuna que ella nunca me hubiera visto, pase por la casa de su abuela sudoroso, tras una larga caminata bajo el sol del trópico, cuando de repente, se abrió la puerta y se dibujó su silueta que, antes de aparecer del todo, fue interrumpida por un llamado del interior, Munuelaaa; Manuela, Manuela, Manuela, como si fuera inyectado su nombre corría agitadamente entre mis venas; la tercera cosa de la cual me enteré, es que su abuela, tras un tiempo, dejó de vivir allí, y no me dejo más que un recuerdo, un nombre, y la vergüenza de reconocerme a mí mismo como un cobarde.

¿Pero qué tal que hubiese llegado a ser un valiente?, ¿qué tal que mis labios hubiesen roto el silencio y me enfrentara a interactuar con ella?, lógicamente abrían dos caminos, podría interesarse en mí, brotar una bella simpatía que llenara mi deshabitada alma con lo más significativo del amor idílico; o, por el contrario, podría desdeñarme, no lo sé, nunca lo llegaré a saber. Para un guerrero samurái, antes de perder la vida de manera deshonrosa, es más adecuado practicarse el harakiri. Su muerte es una decisión consiente, se toma el tiempo para escribir su zeppitzu, poema de despedida, bebe algunos tragos de sake, desenvaina la aguda katana, la sitúa frente a él, se concentra, toma una bocanada de aire y se cercena el vientre. Lo mismo sería, quizá, acercarme a Manuela, pues, en la modernidad, la mujer ha reemplazado al sable, y muchos son los que, apelando a las guerras del afecto, han cometido suicidio.

¡No me pongas esa cara!, me podrías llamar cobarde, si quieres, pero es gracias a esa cobardía, que mi catastrófica congoja no tiene nada que ver con ella. Ahora, seguramente, pensarás que si esa no es la causa, en verdad la cuestión es de hambre, quizá lo fue en algún momento, pero ahora no. Naturalmente, el hombre centra gran parte de su atención en la comida, por cuestiones fisiológicas, en principio, pero más como símbolo de opulencia. Esto nace a partir del pensamiento de la propiedad privada, de la lucha entre los poderosos y los oprimidos, del querer expresar una fuerza vital por medio de la abundancia, de recurrir al ego para buscar reconocimiento, pues éste, según "la dialéctica del amo y esclavo" de Hegel, afirma el ser.

¿Por qué hablo de filosofía?, ¿Cómo no hablar de ella?, ¿Crees que no tiene nada que ver con el asunto en cuestión?, claro que sí, el amor, el hambre y el pensamiento, son una analogía perfecta, y causa suficiente para que cualquier sujeto luche hasta la muerte. Quién unificó estas tres causas fue Platón, discípulo de Sócrates, en "El Banquete", donde se plantea desde la filosofía el problema del amor, pero no un amor cualquiera, sino el que proveniente de "Ágape". Para los griegos existían tres clases de amor, el "Eros", que era el tipo de amor que sentía por Manuela, donde predominaba el sueño de rozar su piel, de besarla, de tenerla bajo mis brazos en la noche sosegada; por otro lado estaba el "Fileo", el amor fiel y fraternal, cuyos afectos se servirían de honrar una amistad sincera; pero es el "Ágape" el amor que trasciende lo terreno, puesto que es el amor espiritual que deviene del compartir. ¿A qué voy con esto?, pues a que es, por medio del ágape, que el amor, el pensamiento y hambre se convierten en una sola cosa movida por el deseo, más el deseo no logra aplacarse nunca sino es cernido por la muerte. Tener hambre de saber es la peor de todas las hambres, mucho más sino se precisa que se quiere saber, a donde se quiere llegar; quizá recibamos de la vida una limosna que nos haga entender una nimiedad de la realidad, y con ello, sintamos gran placer y alegría, como que el pensamiento se apacigua un poco; sin embargo, esto no dura mucho, y el hambre que se sintió satisfacer, se ha incrementado ahora más, con nuevos enigmas, nuevas preguntas, y el deseo se hace mucho latente.

El conocimiento es algo de nunca acabar, más fácil es que Prometeo descendiese del Cáucaso donde fue encadenado por Hefestos para que un águila le devorara el hígado cada día, mientras, en la noche, este se regeneraba para alargar su castigo. Triste ser inmortal, y dilatar el sufrimiento sin poder morir, ¿Cuándo se apaciguará la cólera de Zeus?, ¿Será que el águila termine cansada de engullir diariamente el mismo festín?, ¿Prometeo podría algún día romper las cadenas forjadas por Hefestos?, ¿se habrá arrepentido de haberle entregado el fuego a los hombres, y habrá perdido perdón ante su casta celestial?; ser inmortal es hallarse perpetuamente en el sin sentido, ser mortal también lo es, aunque al menos existe la esperanza de un final. ¿Por qué entonces tanto miedo de la muerte?, si lo que realmente ha de ser temible es la eternidad, pero la eternidad no puede evitarse, nos alimentamos de la tierra y alimentamos la tierra con un cadáver, y el ciclo no termina nunca.

¿A qué se debe esa mirada?, ¿crees que estoy loco?, pues no, no lo estoy; muchas historias, tanto en la vida como en el teatro, terminan con la muerte, más la muerte en sí no es un final. La madre tierra, bajo el dominio de contracciones y gran dolor toma en su vientre al pequeño sauce que retoña; del mismo modo la fértil mujer lucha contra sí misma para dar a luz a una nueva vida que nace a morir, y que, aun no siendo taxativamente, ha matado a su madre. Ella, tendida sobre sabanas ensangrentadas, agotada y con débil respiración, reconoce entre sus brazos a quien sería su pequeña víctima y su cruel asesino, fuerte relación forjada bajo los designios de Thanatos…

¿Por qué todos creen que la muerte física es la única forma de morir?, si por el contrario es la más difícil, la materia no se agota, se transforma, sin embargo, en cada cambio queda un chispa nostálgica de lo que un día fue. La carne se pudre, brota de ella una legión de gusanos hambrientos que descomponen lo que hay a su paso; carne, gusanos y estiércol alimentan el suelo devolviéndole los favores prestados en vida, haciendo que algo nuevo germine. Aún el pequeño Hamlet cruza cabalgando sobre el viento entre las tumbas preguntándose por "el ser y el no ser".

¿Ya me has entendido un poco?, ¿ya has de saber que me pasa?, es la muerte, sí, la muerte, la misma muerte que me consume a diario como el águila al hígado del titánico 23 Prometeo, aun sin poder morir definitivamente; es la muerte que me agota, me cansa, me fastidia y me aburre tanto, que deseo que mueran mis múltiples muertes, para no ser eterno, para simplemente desaparecer.

A Lucy

Medellín, noviembre, 2016

Cierro los ojos, los ojos cafés que un día miraste, los cierro como si estuviera muerto, como si muriera, pero, ¿de verdad muero?… sí, es verdad, estoy muriendo, no como los muertos que mueren desde el cuerpo, sino como los que mueren del alma, del *anima*, del ánimo, que ya no quieren ni desean hacer nada. Desde que te conocí he muerto muchas veces, y cambiado tanto, la vida ha de vivirse cada segundo; ya no soy quien subía al quinto piso botella en mano, ni quien sonreía jovialmente ante las tonterías de los amigos; la tormenta ha sido fuerte, pero los relámpagos hacen que distinga el camino. No sabía yo que en aquel lugar oscuro iba a conocerte, no iba con intención de conocer a nadie, y cuando te vi, te miré como se mira a cualquiera, como se mira a todos, como se mira a nadie, sin embargo, al cabo de un momento, del vino, la oscuridad, las palabras… quizá haya habido un interés mutuo, un magnetismo, química, física, trigonometría, biología… tu mirada de esmeralda se clavó en la mía, y aunque todo fue superfluo esa noche, yo, valiente titán de la casta de Atlas, cargué con tu imagen todo el tiempo desde ese momento.

Los días siguientes tuve mucho deseo de verte, de escucharte, de saber de ti. Ya estaba el pretexto trenzado, conseguí tu número y pude oírte, concretamos una cita, al saber que te vería mi alma enardecida saltaba de mi cuerpo y me dejaba convertido en un simple ente;

tanto sentimiento estaba asesinando la filosofía, pero con la filosofía muerta renace el mito y la poesía.

El día que te iba a ver, el corazón no me cabía en el pecho, se revolucionaba a más de 24 quinientos kilómetros por hora. Te vi, y estabas tan linda… yo no niego las cosas, yo no niego lo que siento o lo que pienso, no suelo ser egoísta con nadie, menos conmigo, yo no apago la llama que se enciende en mí, la atizo para que crezca, para que arrase cuanto encuentre a su paso, y no importa si quien termina calcinado sea yo, pues, como el fénix, como el ave mítica se consumía así misma en el fuego, de las cenizas resurgiré. Y de verdad me quemé, me consumí en la llama de tus besos, poco importaba el frío y la lluvia, poco llegó a importar el mundo, pues desde ahí, desde que probé sus labios, morí.

Se muere para que algo nuevo surja, para que una florecilla brote de la tierra, o de nuestro interior; se muere para vivir, y se vive para morir. Después de eso te pienso más, te quiero más, y yo… yo me he perdido, no existo, morí. Un día me dijiste que no volverías a besarme, sin embargo, lo hiciste de nuevo, ¿acaso no sabes que con cada beso me devolvías a la vida ya perdida?, creo que no, no lo sabes, por ello decidiste arrebatarlo todo por completo, arrancar la flor que brotaba de mi alma, esfumarte como el aire que exhalo, perderte querida mía, perderte, y perderme, que no es igual que perdernos; perdernos era cuando juntos mirábamos las nubes, perdernos cuando naufragaba en tu mirada, o cuando me entregaba a la eternidad de un abrazo.

Eternamente estoy en ese jardín sumergido en la lluvia, hundido en tu calor, en un beso profundo; sin embargo la tormenta es más fuerte, más devastadora, la tormenta está dentro de mí, es un vendaval de sentimientos que destruye todo lo que soy, todo lo que he sido, he de naufragar. No queda más que irme, perderme, perder la razón, y tenerte en mi vida como un buen recuerdo, púes, como el agua, te fugaste entre mis manos dejándome con sed.

Espero que estés bien, espero te cuides, y no hayas sacrificado en vano lo que te ofrecía.

Adiós.

Perder

Por Anguie Cortés

Este escrito lo hice tiempo después de la muerte de mi amigo de la infancia y primer amor, por varias razones nos distanciamos por más de un año, después de ese tiempo, decidimos volver a vernos en determinada fecha, lo que ninguno de los dos sabía, era que él iba a morir dos días antes de esto en un accidente de parapente en un pueblito donde crecimos juntos.

Dos sílabas de dolor, negación, fracaso y pena. Perder suena tan inofensivo e insignificante hasta que sucede. Para mí nunca estuviste en la posibilidad de la pérdida, pensé perder cosas, personas, incluso habilidades, pero jamás tú, eras mi pedazo de cielo, mi paraíso prohibido, la negación de mi yo. Fuiste quien ganó mi corazón desde aquel día sobre el césped de la adolescencia, eras mi protector, mi amigo, mi refrigerio en medio del dolor de la imposibilidad, por eso tal vez nunca contemplé la idea de perderte. Siempre fuiste más allá de lo que muchos pensaron, incluyéndome. Los últimos tiempos sin ti se han vuelto la loca aventura de desconcierto y soledad, cierro los ojos y allí estás con tu exasperante positivismo con el que vivías.

Golpeaste con tanta pasión la tierra que te robó el último aliento de vida mientras una fila de personas buscaba tu aventura entre las ramas quebradas por la insolencia para luego flotar entre las nubes del desconcierto de un día frío. Lágrimas cayeron en tierra confundiéndose con la lluvia pesada que trae el tardío agosto mientras gritos de dolor fueron silenciados por la pena, te habías ido, te fuiste con palabras escondidas en un pesado baúl de antaño.

Dejaste pequeñas marcas de un tesoro jamás buscado en muchos y te llevaste la única llave que podía abrir mi alma, no atreviste a decir adiós, solo me dejaste atrás mientras caminabas hacia otro destino donde tus pensamientos estuvieran lejos de los míos. Lo merezco, merecí tu olvido. Merecí partir en ese tren para no verte más, llegué a creer que amarte como lo hacía era asunto de débiles, me resistí a mí para sentirme libre pero lo que hice fue aferrarme más a ti. Cerramos las puertas de la ilusión y nos volvimos un par de extraños que a la distancia se divisan.

Con el tiempo y los años no se va el dolor, no se va tu recuerdo. Podría recolectar mis pensamientos diarios y enviártelos en cajas de flores donde estás si lo supiera, navegaría sola en un barco de papel y atravesaría los océanos de mis lágrimas solo para hacerte saber que te amé aunque nunca tuve la valentía de decirlo porque no quería verme débil. Hoy mis fuerzas menguan porque ya no estás, mis años anteriores fueron gloriosos porque te encontraba en medio de las sombras del día a día, ahora solo espero poder verte algún día de nuevo y compartir mis memorias contigo fundidos en un abrazo eterno y puro.

Espero encontrar la llave de ese viejo baúl y encontrar las palabras que nunca nos dijimos y quitar el odioso guardián del orgullo juvenil para solo caminar juntos como la última noche que transitamos juntos por la única avenida que fue testigo de nuestro no declarado amor.

Para Álex.

Piña

Por Jorge Eduardo González Herrera

Piña refleja la muerte psicológica de un personaje que habita las calles de Manizales. El no sentirse nunca en un hogar, tener el alcohol como una bendición.

Ver morir a sus amigos, la muerte de sus *padres y con ellos las culpas con las que piña caminó toda su vida. Morir para ver nacer a su niño interior.*

I

Al entre abrir los ojos veía a piña acostado en la cama del lado izquierdo, tenía las zapatillas de charol rotas, el pantalón negro bien planchado de dril y el esqueleto blanco, bueno blanco era un decir, ahora era amarillo y con las tirillas de los hombros rotas, inmediatamente y con suavidad yo me observaba con la misma ropa, lo único además de todo lo roto era que mi pantalón era de algún tipo de lana que jamás dejaría sus arrugas, susurré hasta donde la fuerza me lo daba: piña hijueputa.

Los rayos del sol se iban abriendo por la ventana y caían sobre el piso de madera, al que ya se notaba que no aplicaban cera desde hacía varios años. Estábamos en la habitación esquinera, lo sabía por el ángulo que se formaba al fondo después de la cama del negro; me pregunté cuanta historia tenía ese bendito lugar, no pude responderme, pero sabía que era mucho lo que esas camas habían visto. Poco a poco iba percatándome que todo estuviera en su lugar, lo primero: mi guitarra, segundo: la guitarra del negro, tercero que el negro estuviera respirando. Al observar hacia la puerta veía tres botellas de no sé qué que nos habíamos tomado, seguramente las habíamos dejado allí para que nos avisaran si alguien entraba, eso era lo cuarto por revisar: el licor y su bendición. Calculaba que eran las 8 de la mañana por el ruido de la ciudad un día como hoy, decidí dormir un poco más, no sin antes verificar el contenido de esas botellas bebiendo un poco, como lo pensaba, guaro… ya que hijueputas, me bebí todo lo que quedaba en esa botella, y resumí el contenido de las otras dos en una sola para más tarde. Volví a caer en profundos sueños hasta que la voz del negro me despertó: ¡Hey! Marica, nos cogió la tarde hijueputa! ¡Son las once! Yo sin decir nada me levante asustado, busqué mi camisa y blazer, me mire al espejo, pensé: hoy hace 20 años… pero menos mal el negro insistió en que saliéramos, dejamos lo de costumbre, diez mil pesos y listo, otro día, otro día como hoy.

II

Llamaba otra día a este día, los demás la verdad se disipaban, salimos hacia la 23… nada, ya todo ocupado, bajamos a la 22 y antes de subir a bellas artes a mano izquierda don Joaquín, un amigo piña que vino a parar a estas tierras siendo del chocó, siempre pensaba que estos que llamaban esclavos eran gente peculiar, tenían una magia integra de sabiduría para llevar una buena vida sin preocupaciones, no como los "blancos", yo me sentía como un mulato, siempre me decían que era como un pintadito y los sobrenombres no me faltaban, pero que hijueputas, a mí me caía bien todo el mundo y no peleaba con nadie, quizá por eso tenía tantas peleas internas conmigo mismo, la verdad piña peleaba por los dos. Don Joaquín nos había guardado lugar en su restaurante en donde sólo vendía comida de mar, el lugar estaba lleno, el negro y yo nos miramos y sin titubear, pienso que eso en lenguaje del músico quiere decir, sin afinar y presentar ni mierda, empezamos a tocar. Había que romper ese silencio que a la gente le molesta sin saberlo, iniciamos con "no necesito que sea el mes de mayo" la gente se sorprendía al escuchar al negro, tenía una voz que podía llenar cualquier escenario sin amplificación. Cada uno tenía sus propias canciones, yo realmente cantaba poco y más bien me dedicaba a realizar punteos o segundas, solo me deleitaba con mi guitarra. La serenata iba avanzando y entre canciones por ese estilo… bueno realmente nombraba "otro día" al día de la madre, era un día en que nos iba bien pero realmente, y es algo que no había narrado cuando estábamos en la habitación, para mí era despertar con una presión en el pecho, un desgane pleno, un sin sabor, pero ese día se ganaba buen billete, siempre se tomaba en la noche un buen whiskey y para terminar, por falta de plata, con guaro o lo que resultara, el negro me seguía los caprichos. Continuaba aquella parte de cualquier serenata en donde temerosos siempre solicitábamos a la gente que pidiera canciones, una señora a la mitad del restaurante acompañada por los que se veían sus hijos y nietos, grito: ¡Las acacias! Solo desde el nombre se me movía el pecho, el negro me miró y los dos acentuamos, él sabía por qué; afinamos… ¡por fin!, esta señora se la sabía completa y parecía dedicársela a toda la mesa con profundo dolor, mientras el resto, sentados a su alrededor no paraban de terminar de almorzar sin verla a los ojos, yo empezaba a lagrimear y se me entrecortaba la voz mientras cantaba "se marchaban para siempre de la casa" y ya terminando sentí que alguien me agarraba fuertemente del hombro derecho, al girarme vi un artefacto negro del cual escuche salir tres ruidos fuertes que me ensordecieron, como reacción todos gritamos y nos agachamos, al dirigir la mirada al frente siguiendo aquel ruido, veía caer al fondo a don Joaquín.

III

Piña estaba paila, lo veía temblar, yo solo le bombeaba el guaro que había guardado de la habitación, habíamos salido de ahí sin cobrar nada, sin un solo peso aquel día en el que se suponía, ganábamos más en el año. Piña sabía que don Joaquín estaba lleno de deudas de gota a gota y quien sabe qué hacía con el dinero que producía en el restaurante, yo hacía mucho tiempo había dejado de juzgar a la gente, era un remedio imaginario para sentir que no me juzgaban en este pueblo grande. El negro vomitó y ahí entendí que debíamos parar por hoy, fuimos a comer algo al asadero de pollos llegando al club Manizales, allí nos fiaban, no se podría tener desconfianza en un par que ya hacían parte del paisaje. Piña mientras comía ala tomó fuerzas y me dijo que siguiéramos, que hoy no aguantaba parar, yo sin decirle nada terminé de comer y seguimos buscando algún lugar para presentarnos, cogimos la 23, quisimos entrar a la suiza sin saber la oligarquía de estos conservadores tradicionalistas, lo negaron, alguien gritó desde dentro que nos dejaran pasar pero fue inútil; a la final empezamos a tocar en la calle a sombrero como decimos, yo puse sin dudarlo de una vez el blazer, piña no hablaba, simplemente empezaba a cantar. Nos dimos cuenta que las calles eran nuestro seguro, y allí nadie nos podría quebrantar más, allí lo tendríamos todo, allí sin temor nos podríamos arriesgar a preguntar algo que quisieran escuchar porque allí nos enteraríamos del verdadero corazón del ser humano.

IV

Yo estudiaba música en bellas artes, ahí en el barrio Chipre; no sabría decir si era bueno o malo y realmente no sé si importa mucho, básicamente le dedicaba mucho tiempo desde que estaba en el colegio. Existía un ambiente de competencia en el conservatorio que me hacía sentir falto de disciplina y creer que por más que estudiara no tocaba un culo. Había empezado en la música a la edad justa, sin un ambiente musical en la familia más que el gusto por escuchar baladas, realmente nunca comprendí a qué edad era bueno iniciar algo, siempre tenía la sensación de que no había tiempo de iniciar o dejar algo. Cuando estaba en el colegio tuve mi primer sueño de ir a estudiar a Bogotá, pero eso se derrumbó, "Cómo me iba a mantener, quien iba a cuidar de mí, las comidas, el que es bueno es bueno en cualquier parte" lo mismo pasó cuando empecé a recibir invitaciones a estudiar fuera del país, a esas respuestas que mencioné, se le sumaron "como va a dejar los trabajos, usted se va, vuelve y ya no tiene nada". Así a lo largo de mi vida empecé a cargar culpas, cosas que no tenían nada que ver conmigo y las hice propias. Pero la ventaja era que mis etiquetas fueron siempre de niño educado, juicioso, disciplinado, responsable y otras más por el estilo; que más logro en la vida que tener una buena opinión de los demás. Mis padres estaban de viaje un día como hoy hace 20 años, regresaban para celebrar juntos el día de las madres, no sé por qué si nunca fue suficientemente bueno para la homenajeada de la casa. Entre la Felisa y Manizales después del túnel, a mano izquierda el rio Cauca y a la derecha una pared de rocas que se derrumbaba justo y únicamente sobre ese vehículo, la vida de mis padres llegaba a su fin… como ellos siempre lo decían: "El que se va a morir un lunes no se muere un martes".

V

Piña y yo seguíamos tocando, estábamos al frente de la inmaculada, por el parque Caldas. Nos daban las cuatro de la tarde y ya el repertorio para ese día se había acabado, tocábamos de todo, los "chirris" del lugar ya repartían las primeras copas, nosotros ya almorzados recibíamos por los lados y se empezaba a sentir una euforia particular, una sensación extraña para mí, un presentimiento que me alivianaba el cuerpo, terminamos de tocar el muy solicitado tema "El *aguardentero*" y le dije piña que me esperara. Me dirigí hacia la 21 casi corriendo bajando por el pasaje de la beneficencia y saludando a par amigos que jugaban ajedrez, les dije: ahora les caemos, refiriéndome al negro y a mí, uno de ellos levantó una botella envuelta en una bolsa de parva, yo sabía que no íbamos a caer. Me dirigía al café y salón de billares *Portugal,* estaba casi vacío y le dije a Flor que me dejara poner unos temitas, Flor casi de grito me respondió: ¡Hey Pero salude mijo! Yo le sonreí le di un pico en la boca, le pedí un tinto envenenado, esto era un café con aguardiente, saqué una memoria y la conecté al equipo, Flor exclamó: Otra vez esa hijueputa música, cuando yo giré a verla, ella estaba sonriendo, sabía que le gustaba. En esa memoria solo guardaba cuatro obras, iniciaba con la pasión según San Juan de Bach, el cuarto movimiento de la cuarta sinfonía de Tchaikovsky, el cuarteto de cuerdas en do menor de Shostakovich y finalizaba con Gymnopedia No1 de Erick Satie, Flor no me sirvió el tinto, me sirvió una copa de *güaro*, no sé qué veía en mi rostro pero le atinó a lo que necesitaba, tenía los ojos aguados y un taco en el pecho hasta la garganta. Al terminar, me despedí con un fuerte abrazo de Flor, ella me abrazo fuerte también y me dijo que no tuviera miedo, desde el trago Flor le atinaba a cada acto ese día. Yo salí del café a paso lento hacia la plaza bolívar para evitar a los del ajedrez, cuando llegué donde el negro, él ya estaba ebrio, lo sabía por la sonrisa que le brotaba, nos abrazamos dejando caer las guitarras y seguimos bebiendo, hasta que solo estábamos los dos solos, sin frio, cada uno abrazado a la botella mirando al cielo, yo me dirigí hacia él mientras sentía que todo mi cuerpo se desangraba, pero piña ya no estaba, solo podía ver la silueta de un niño triste en el cual yo me reflejaba, caí moribundo sobre su hombro diciéndole que todo iba a estar bien, los dos entre lágrimas sonreíamos.

Prólogo y epílogo de la muerte

Por Ana Isabel Vélez Puerta

Prólogo

Estoy sentado en un bar cualquiera tomándome todo el licor que puedo para retomar los segundos de vida que me quedan por gastar.

Antes fui alguien.

Ahora soy la sombra de ese alguien que es lo mismo que ser un don nadie que piensa en lo que ya no existe, en lo que nunca existió, en lo que hizo, en lo que no hizo y en lo que pudo haber hecho.

Me gusta estar solo lidiando con el pasado, con la nada, con la vida a la espera de la muerte.

Aunque confieso que no estoy solo del todo.

Acaban de irse mis amigos de infancia, esos de los que me alejé y jamás volví a ver por qué se fueron con ella.

Aquí también está mi madre que vino a interrumpir mi soledad para amargarla reprochándome esto o aquello. La acabo de mandar al baño para que se retocara su peinado. Estos catorce años de muerta le han aplastado bastante el cabello.

Mi padre la acompaña, pero solo está aquí para mostrarme nuevamente su mueca de risa irónica. Me felicita dándome palmaditas en la espalda por haberme convertido en lo que soy, en lo que pude ser, en lo que no soy y en lo que ya no seré.

Aquí sigo. Evito mirarlo. Desvío la mirada para concentrarme en el cigarrillo que dejé olvidado en el cenicero y que se consume como yo.

Serían sus últimas caladas, como las últimas caladas de respiración que tengo yo.

Y así, enceguecido con lágrimas de acusaciones y culpas insanas, siento otra presencia.

Miro a la puerta del bar y aparece ella. La he estado esperando por años, la llevo esperando toda una vida.

Viene vestida de nada, desnuda.

Así se presenta caminando hacia mí, sigilosa, dejando un rastro como los que dejan los reptiles en las dunas.

No me quita la mirada de encima, parece como si se pudiera meter entre mis huesos.

En cada parpadeo me trae recuerdos de despedidas que duelen.

La he mirado muchos días a los ojos, la conozco bien.

He pasado noches enteras en la cama tratando de golpearla, de deformarla, de transformarla como quien pelea con una almohada ajena.

Esta noche, tal como las otras noches, trata de seducirme y hoy lo logra.

Yo no lo evito.

Para ser sincero me gusta el dolor que en mi provoca. La quiero conmigo.

Siempre trae con ella mis recuerdos del pasado al presente y de eso ahora yo vivo y de eso ahora muero yo.

Ya lo dije, soy un don nadie, soy un don nadie sin ella.

Y esta noche como en las noches anteriores se para frente a mí y me dice: Sé que me extrañas. Tarde o temprano terminarás estando conmigo. No puedes vivir sin mí, acéptalo de una vez. Me quieres contigo como quien anhela recuperar el alma que le ha vendido al diablo.

Resignado me entrego a ella y a contemplar cómo juega con las formas del humo que salen del cigarrillo.

Te acompaño, yo pago los tragos— me dice.

Se las presento. Su nombre: La muerte.

Epílogo

Si de vivir se tratara, no nos estaría preocupando y espantando la muerte a cada segundo.

Agonizar no es el acto previo a morir porque ya lo ha sido nacer, y entre el afán de vivir y perdurar solo nos estamos recordando que, a menos de un paso, en un castillo, en una humilde casa, en la cama, en la esquina o en el día más en calma, la muerte siempre está acechando.

Un año más de vida en realidad es un año menos, y en cada uno de ellos está la muerte expectante, aguardando a veces con la serenidad de quien recuerda su vida ya entrada en años, a veces con la premura de quien intenta vivirlo todo en un solo día.

Esperando el momento preciso para encarnar su acto en una mera coincidencia o aguantando hasta que el hastío de una vida le venga a bien y decir 'no más'.

Siempre espera el momento perfecto para tomar lo que desde antes de nacer le corresponde o a veces, el momento más inesperado como cuando llega un invitado no deseado.

No es como la fe, no es como la felicidad que de repente sentimos cuando aparece y después se va.

No.

La muerte es un constante estar y no estar, es esa cuestión de ser o no ser que el aclamado Shakespeare al leerlo nos hace preguntar, no es más que la vida misma llevándose por delante los recuerdos y a quienes nos recordarán, es el miedo que nos oprime el estómago en el peligro, la alerta que se enciende al enfermar, las cremas y cirugías para no envejecer, el sexto sentido de los latidos de un corazón que por más que no quiera, deberá parar. Es el cuerpo que aunque luche por permanecer intacto, al viento, al mar o a la tierra sí o sí algún día volverá.

Quién sabe si morimos para vivir, lo cierto es que vivimos para morir. Lo paradójico aquí viene siendo que la muerte, aunque en verdad es una vencedora sin igual, no es una victoriosa que pueda lucir ningún rédito tras cada escena mortal.

Al final, es una pobre y desolada que a través de los tiempos no ha hecho más que vagar preguntándose cómo contar ganancias, cuando la garantía del alma nunca va a poder reclamar.

Reflexiones del yo

Por Jorge Mario Fernández Pizarro

Nos preguntamos cada mañana, cada tarde, cada noche, por qué pasa todo lo que acontece a nuestro alrededor. Es muy curioso que esas preguntas solo fluyan cuando algo malo sucede, pero mientras todo va bien, no le restamos importancia a lo importante.

Y es en esos instantes donde la mente se acalla y da paso a la lucidez, que experimente un momento íntimo con mi YO interior y reflexione sobre lo efímera que es la vida y lo irónica que es la muerte

la muerte es venidera, un inefable verdugo, una condena, es toda una epidemia, con sus momentos trágicos, logra hacer que un mundo táctico, se quede estático, perplejo por el pánico, siendo tan irónico que el ser "más superior" sea vulnerado por un virus, cuando en realidad somos nosotros la peste más grande que el mundo ha tenido.

Hoy el tiempo pasa sin darnos cuenta, perturba los murmullos y calla los muros, dañando la palabra de sabios, equivocándose los magos y llorando los tartaasos y recordé tantos, cientos de personas que olvidaron reír, que recorren las calles tristes pero sin querer morir.

Y ahí estaba Yo, loco e incomprendido, observando grandes imperios caer, y los "más fuertes, depender de los más débiles" un beso y un abrazo ser armas letales, carros y lujos que no sirven de nada, almas abrumadas con el sonar de las ocultas melodías que lleva la muerte a su paso, sobre ese cielo azul que hoy perece en el ocaso.

Me pregunté: Y entonces ¿qué es la vida? Para muchos un castigo, pero para mí es toda una experiencia, que hay que vivir al máximo, con sus momentos buenos y no tan buenos, disfrutar de la soledad para luego valorar la compañía, y llore porque las lágrimas purifican el alma, y disfrute de la tristeza porque es la manera de agradecer por la alegría, y agradecí por la crisis, porque son tiempos de oportunidad y de reflexión.

Y experimente un sentimiento único era una mezcla de mucha tristeza pero con alegría, triste por las miles de vidas que se perdieron en los tiempos de crisis pero feliz porque La tierra por fin respira y se vuelve más verde, las aguas más cristalinas, los animales salen de sus escondites, cual libres son mientras nos observan en nuestras jaulas. Haciendo que la realidad sea diferente, solo los que tienen en su corazón esperanza ven en el soplo del viento y un estrellado cielo su inspiración.

Así logré llegar a esta conclusión: *El ser humano está tocando fondo y el universo y la tierra nos está recordando que solo somos invitados, ya que sin nosotros, ella florece y se preserva igual o mejor.*

Relatos de una Bogotá oculta

Por María Fernanda Mendoza

'Point me to the sky above. I can't get there on my own. Walk me to the graveyard, dig up her bones'. (Misfits).

Un cilindro estalló en El Santafé.

Eran las tres de la tarde de un domingo cualquiera. El cielo estaba despejado y en las casas todos planchaban la ropa del día siguiente, alistaban las tareas y los almuerzos correspondientes a la semana que estaba a punto de empezar. En el barrio Santafé, en el centro de Bogotá, todo era tranquilidad a esa hora, pese al ambiente que se vivía de lunes a sábado, en el que la música a todo volumen, las peleas y los gritos de una cuadra a otra eran pan de cada día.

Camilo López y Juan Angarita se habían reunido en casa de Camilo con el fin de armar un dispositivo explosivo que usarían al siguiente día en un reconocido sector comercial. A esa hora, en el edificio de apartamentos donde vivía Camilo casi todos habían salido a almorzar, a pasear o a hacer las compras de la semana. Solo quedaban el par de amigos y dos hermanos que atendían la carnicería del primer piso.

Camilo y Juan se habían conocido en la Universidad y formaron parte de un reconocido semillero de investigación. Ambos eran estudiantes excelentes y disciplinados, más sus principios, tildados constantemente de revolucionarios, eran a menudo cuestionados por sus padres, compañeros y profesores. Esto, sin embargo, no fue motivo para detenerlos. Es más, les dio fuerzas e ideas, muchas ideas. A la perfección lograron llevar a cabo todas y cada una de ellas. Hasta este domingo en la tarde.

Tres pisos más abajo, los hermanos Hernández recordaban lo mejor de su último viaje juntos: Santa Marta, Barranquilla y Cartagena. Las vacaciones con las que habían soñado por tantos años y por las que habían trabajado durante los últimos dos años. Huérfanos de padres a causa de la violencia, Pedro y Luis Hernández llegaron del Putumayo con una mano adelante y la otra atrás, y gracias a unas cuantas almas caritativas, lograron hacerse a la administración y atención de una carnicería en un barrio popular del centro de Bogotá. Allí eran queridos por todos los vecinos y clientes, quienes los reconocían como jóvenes "verracos y alegres". Pues bien, mientras Pedro y Luis arreglaban con delicadeza los cortes de carne, cerdo y pollo de las neveras, Camilo y Juan sellaban, con mucho cuidado también, la sentencia de ellos cuatro.

La explosión duró apenas cinco segundos, cinco segundos en los que bastaron para sellar el precoz destino de los jóvenes. Cinco segundos después, en aquel edificio de apartamentos ubicado a unas pocas cuadras del Cementerio Central de Bogotá, no quedó en pie ni un solo vidrio en las ventanas. Cada puerta de madera de cada apartamento quedó convertida en astillas, al igual que los muebles y los espejos. Una nube de polvo y ceniza cubrió los cinco pisos, las calles y las casas aproximadamente un kilómetro a la redonda. Los sueños, ideales y proyectos de Camilo y Juan se esfumaron y volaron en múltiples partículas, haciéndole honor al similar destino que sufrieron sus cuerpos. Al escuchar el estallido, los vecinos que almorzaban tranquilos en sus casas, corrieron para descifrar lo que había acabado de suceder. Minuto a minuto, decenas de personas se fueron arremolinando frente al edificio, detenidos únicamente por una cinta de Peligro que habían instalado los policías de una patrulla que, casualmente, hacía ronda a unas pocas cuadras, cuando el artefacto hechizo explotó.

De Camilo y Juan no se encontró nada, salvo sus libretas de notas guardadas en sus maletas. Allí, en esas hojas ahora a medio quemar, reposaba detallada el plan que llevarían a cabo el día siguiente, confiando en que todo saldría bien. Afuera, dos vecinos hablaban acaloradamente y trataban de identificar las causas del siniestro. Una tercera se unió a la conversación y les reveló lo escuchado hace unos segundos a los agentes de policía: la cabeza de Luis Hernández había sido separada de su cuerpo y volado por los aires a causa de la explosión. Una cuarta vecina, que estaba parando oreja a la conversación de las otras tres, se les unió soltando una pregunta:

— ¿Y se murió?

Lately I been, I been losing sleep / Dreaming about the things that we could be

(One Republic)

'Amores perros'

A Juliana solo le importaban tres cosas en la vida: su familia, su perro y graduarse del colegio. Desde muy pequeña manifestó querer dedicarse de lleno al estudio de la medicina una vez terminara su bachillerato. Año tras año, sacó las mejores notas y ocupó los primeros puestos en su curso. A medida que iba creciendo, sus papás y su hermano mayor se sentían más asombrados con su desarrollo y orgullosos de sus triunfos. Juliana tenía un inmenso amor por los animales, en especial por Lucky, el french poodle que llegó a su vida como regalo por su décimo cumpleaños. Tanto así, que cada día lo sacaba a hacer una caminata de dos horas. Juntos recorrían calles y parques de un barrio popular en la localidad de Engativá.

Juliana se jactaba de no tener ni el más mínimo problema de visión ni de audición, a pesar de que, en sus tiempos libres, escuchaba música y veía películas a todo volumen y sentada muy cerca del televisor. Siempre era la misma rutina: llegar del colegio, sacar a Lucky, sentarse a ver las novelas de la tarde, el noticiero de las siete de la noche y luego, sentarse con la familia a comer.

Todo era siempre lo mismo, hasta esa tarde lluviosa de octubre en la que su hermano decidió ir a recogerla al colegio con Lucky. Juliana se puso tan contenta de verlos, que le dio a cada uno un beso y juntos emprendieron el camino de regreso. Lucky no había sentido ganas de orinar durante toda la mañana ni parte de la tarde. Solo hasta cuando vio a Juliana y ella lo abrazó tierna y fugazmente en sus brazos. Dos cuadras más adelante del colegio de Juliana estaba la Avenida Boyacá, una de las más concurridas de Bogotá. En la intersección de esa avenida con la avenida 63, o más conocida como la Mutis, se paró Juliana a esperar el cambio de semáforo para seguir su camino a casa.

Con lo que no contaban ella, ni mucho menos su hermano, era con el afán incontrolable de Lucky por volver a casa. Tanto así que se le soltó a Juliana de las manos y corrió hacia la avenida. La niña, al ver al perro correr, salió detrás de él tan rápido que no se dio cuenta de que el semáforo aún estaba en verde para los carros. Juliana no vio nada ni oyó nada por aproximadamente 10 segundos, que fue cuando por fin se dio cuenta de que yacía en la mitad de la calle con la mitad del cuerpo destruido, de la cintura hacia abajo. La llanta trasera mantenía unido su último aliento de vida. Lucky, al ver a Juliana, y quien había tenido un destino similar al de la niña, se arrastró jadeando hasta llegar a los brazos de ella para poder morir allí, juntos, abrazados. Minutos después, mientras el personal de aseo se disponía a limpiar la sangre de Juliana y de su perro, pasó una motocicleta a toda velocidad, salpicando a los transeúntes con la sangre de los dos. El hermano de Juliana, luego de presenciar tal escena y de verla a ella reducida a la mitad de lo que era, enloqueció allí mismo.

Las directivas del colegio fueron avisadas de inmediato respecto del terrible suceso y todas las estudiantes del plantel ofrecieron una sentida eucaristía en su memoria. Días después, todo volvió a la normalidad y las estudiantes fueron llamadas curso por curso a tomarse las fotos para el anuario. A finales de noviembre, cuando les entregaron los dichosos libros, las niñas de 1103 sintieron un escalofrío que las heló de pies a cabeza luego de ver la foto grupal. Aparecía en ella una compañera que no había estado el día de la toma de la foto con ellas. Una compañera que simplemente no tendría por qué aparecer allí, tan cerca de ellas. Era Juliana. Sonriendo. Sosteniendo a Lucky en sus brazos.

Every breath you take and every move you make / Every bond you break, every step you take, I'll be watching you

(The Police) Pasión, sexo y sangre

Patricia Caicedo llegó a Bogotá luego de una acalorada, pero corta discusión que tuvo con sus padres. Oriunda de Buga, Valle del Cauca, vivió siempre convencida de que había nacido para grandes cosas. Con el sabor del Pacífico en su sangre y el empuje del que se ufanan quienes están muy seguros de sí mismos, se despidió de beso de sus viejos y se fue, no sin antes pedirles la bendición. Una vez en la Terminal de Transportes, compró un pasaje en categoría económica en el primer bus que salía con destino a "la Capital", como le decían en su tierra a Bogotá. Esa ciudad que siempre sintió tan ajena, pero que le daría las puertas y la abrazaría hasta su último soplo de vida.

Luego de casi 12 horas de viaje, y con las extremidades medio dormidas, llegó Patricia a su destino soñado. Allí la recibieron un frío glacial y una multitud de personas que iban de un lado para otro siempre con afán. Con dificultad logró llegar a un sector conocido como la zona roja de la ciudad, esa zona sería la única que frecuentaría gracias a una conocida que se había instalado allí meses atrás, quien la recibió con un abrazo y un conjunto brillante de ropa interior. Dicho conjunto sería su uniforme en su nuevo sitio de trabajo, en el que empezaría esa misma noche.

Patricia, de estatura notable, formas delicadas y piel trigueña, logró captar la atención de todos los clientes del famoso club nocturno desde el primer momento. Noche tras noche acumuló dinero suficiente en servicios y propinas como para arrendar un cuarto para ella sola. Una humilde y sencilla habitación allá arriba de la Caracas con 22; fuera del bullicio, pero lo suficientemente cerca como para llegar a pie a su trabajo.

Así pasaron un par de años y Patricia cada semana les enviaba a sus padres una suma considerable de dinero para que pudieran comprar un buen mercado y pagar los recibos de la casa. Cada semana ellos le preguntaban cuándo volvería, pero la verdad es que ni ella sabía la respuesta. Estaba tan metida en ese mundo que incluso su apariencia había cambiado. La falta de una rutina alimenticia saludable y los turnos laborales la habían reducido casi a los 45 kilos, aun cuando estaba cerca de medir los 1.80 metros de estatura. También, a pedido de la clientela y del administrador del club, había aumentado su busto en dos tallas, con lo cual había alcanzado un número aún más notable de propina. Patricia sabía que no era la misma que alguna vez había salido de casa. Más allá de un notable cambio físico, su interior era distinto y eso se reflejaba en sus ojos. Ojos que sabían leer con exactitud sus padres y a quienes temía enfrentarse.

Luego de mucho pensarlo, decidió que volvería a su adorada Buga, al regazo de sus viejos. Los llamó desde un teléfono público y les dijo que volaría hacia allá el próximo mes. Eso le daría el tiempo suficiente para ganar al menos unos cuantos kilos y mejorar el aspecto de su cara. "Me tengo que deshacer de estas ojeras", se dijo a sí misma mientras lanzaba un prolongado suspiro. Pero, ni Patricia ni sus padres contaban con que esa sería la última vez que iban a hablar.

Patricia se vistió para un nuevo turno y se dirigió a su trabajo. Mientras caminaba entre las casonas viejas, notó que en una de ellas habían puesto una cobija gris pesada a modo de cortina. "Qué mal gusto", pensó, y siguió caminando. La noche transcurrió como de costumbre: lidiando con clientes ebrios por aquí, recibiendo propinas favorables por allá. A eso de las dos de la madrugada se vestía nuevamente para atraer un nuevo cliente. La cama gastada y vieja, los espejos en techo y paredes y la alfombra púrpura la hicieron soltar un suspiro de nostalgia. Por primera vez en los dos años que llevaba en Bogotá pensó en retomar el bachillerato y estudiar una carrera. Siempre quiso aprender a peinar, maquillar y arreglar a las personas. Sentada en ese colchón se vio a sí misma como dueña de un lujoso salón de belleza en el norte de la Capital.

Eso fue lo último que pasó por su mente, pues de un momento a otro salió un hombre acuerpado de debajo de la cama. Llevaba atrincherado allí dos horas, esperando... Esperando a la mujer que años atrás rechazó su propuesta amorosa en una cálida tarde vallecaucana. Armado con una tabla, golpeó a Patricia en repetidas ocasiones hasta dejarla inconsciente. Minutos más tarde, la pobre humanidad de Patricia estaba repartida en varias bolsas de basura, que sacaron con cuidado del club nocturno. A la mañana siguiente, algunos vecinos encontraron a Patricia regada por el barrio. Irónicamente, algunas partes de ella estaban envueltas en la cobija que había llamado la atención la tarde anterior.

Los diarios sensacionalistas lo encasillaron en un crimen pasional, mientras que los vecinos del barrio lo tildaron como ajuste de cuentas. Unas cuadras más abajo, un investigador forense sostenía con su mano derecha la cabeza de Patricia, mientras una mujer observaba detenidamente con unos binóculos desde la terraza de su casa. El investigador volvió a dejar la cabeza en el suelo y con la misma mano encendió el cigarrillo que sostenía firmemente en sus labios.

I know that you're gonna have it your way or nothing at all / But I think you're moving too fast

(TLC)

Una llamada perdida

Ese día el sol se asomó a las 6 de la mañana, como es costumbre en Bogotá. Liz se despertó al segundo aviso de su alarma, se paró de la cama y se fue a la cocina a preparar un café. Estaba sola en su apartamento, ubicado en el cuarto piso de un edificio con vistas a un parque natural. Después del primer sorbo de tinto descafeinado con azúcar light, suspiró y se devolvió a su cuarto. Allí le esperaba una montaña de documentos del trabajo aún por clasificar y organizar. Tan sumergida estaba en su tarea que no escuchó el sonido agudo que provenía de otra parte del apartamento, sino hasta el segundo timbre.

Sobresaltada y algo intrigada, se paró del escritorio y empezó a mover todos los papeles para descubrir el origen de aquel sonido confuso y destartalado. Al no dar con éste, se fue a la sala y rebuscó entre los cojines y los muebles. Nada. Fue a la cocina y al baño, pero tampoco encontró lo que fuera que estuviera produciendo el sonido. Ese pito intermitente estaba a punto de causarle una crisis nerviosa.

Se fue a la habitación y se terminó el café, intentando olvidar la búsqueda que había acabado de emprender. '¡Blip, blip, blip!', era ese jodido timbre una vez más. Pero, ¿de dónde salía?

Liz tomó fuerzas y se dirigió a un cuarto que había evitado inspeccionar: el de su hija. Abrió la puerta y tuvo que esperar unos segundos antes de entrar, pues el rayo del sol entraba tan directa e intensamente que la cegó por un breve instante. El timbre volvió a sonar, pero esta vez lo sentía mucho más cerca y, por tanto, más fuerte. En otras circunstancias, habría preferido dejar todo como lo había encontrado, pero ésta era una situación desesperada.

Abrió uno a uno los cajones y movió con delicadeza, pero con prisa, ropa y papeles, hasta que, en el último cajón de la cómoda lo encontró. Era un celular antiguo, pero en buen estado aparentemente. Lo cogió en sus manos y se puso de pie. 'Blip, blip, blip'. La pantalla estaba apagada, pero el celular emitía ese timbre, acompañado de una muy leve vibración. No había duda de que había resuelto el misterio. Pero, ¿cómo es posible que un celular sonara sin siquiera prenderse? Cerró el cajón de donde lo había sacado y salió del cuarto con paso apresurado. Se sentó en el sofá de la sala y llamó a su hijo para contarle la insólita experiencia mientras detallaba el aparato.

—Mamá— le dijo él, con la voz a punto de quebrarse— ese es el celular de mi hermana, lleva seis meses sin funcionar, desde aquella noche que ella se lanzó al vacío desde la ventana de su cuarto.

Hide in yourself / Crawl in yourself / You'll have your time

(Metallica)

El ingrediente secreto

En la esquina de la Séptima con 45 abrieron ayer un nuevo restaurante. El lugar, lleno de anuncios fosforescentes, muebles exóticos y un olor a comida caliente, atrajo a todos los habitantes del sector. La inauguración fue todo un éxito: varios de mis conocidos se acercaron al lugar y me contaron maravillas de éste, pero yo tenía mis reservas al respecto.

Desde aquella mañana de la apertura me asomaba y veía a las personas entrar y salir de dichoso restaurante, desde la ventana principal de mi apartamento en el cuarto piso de un edificio a medio pintar. "El ingrediente secreto" era su nombre, o al menos, eso era lo que rezaba un aviso sugestivo colgado encima de la doble puerta de vidrio designada como entrada y salida de los clientes. Recuerdo que una tarde bajé a dar un paseo por el vecindario y aproveché para rodear el lugar procurando no ser notado. Encontré en la parte posterior una puerta que conducía a un pequeño cuarto, del cual salía un olor bastante peculiar que, por más intentos que hice, no logré identificar.

Una noche de noviembre, apenas un par de meses después de la inauguración, escuché un grito de terror y corrí a asomarme por la ventana. Curiosamente, provenía del restaurante, pues toda la manzana se asomó por la ventana más cercana para lograr descifrar qué sucedía, lo que sugería que de ninguna de esas casas había salido aquel sonido desgarrador, y el único lugar que había permanecido sin alterarse era aquel.

A partir del siguiente día noté que la clientela se había empezado a ver considerablemente reducida, pero, por alguna misteriosa razón, aquellos que lo seguían frecuentando salían más satisfechos que de costumbre. Luego de una semana, noté que no era que las personas hubiesen dejado de visitar al restaurante, sino que simplemente no estaban: las plazas, las calles y los parques estaban cada vez más vacíos. El barrio tomó un aspecto lúgubre y los locales comerciales que rodeaban el restaurante al menos dos manzanas a la redonda estaban a punto de quebrar por la ausencia de clientes.

Una mañana cálida de diciembre me desperté con un escalofrío aterrador, me vestí y salí a la calle, pero no vi a nadie. Ni un alma vagaba por ahí. Desesperado, recorrí entonces cada calle, cada plaza, cada parque y cada local. Nada. Silencio total. No sabía qué hacer y lo único que se me ocurrió fue asomarme al restaurante, en caso de que todos estuvieran allá y yo lo hubiese ignorado gracias a mi ataque de pánico.

Corrí entonces al lugar y empujé las pesadas puertas de vidrio. No había nadie allí. Me quedé parado sin entender lo que estaba sucediendo, hasta que recordé aquel cuarto trasero que había descubierto tiempo atrás y me dirigí hacia allá en cuestión de segundos.

Entré con cuidado y vi una cantidad enorme de cajones rodeados por bloques de hielo, cada cajón tenía un rótulo con nombres de ingredientes culinarios y como no le vi mayor misterio, me atreví a abrir el primero. Grave error. Casi caigo sobre otros cubos al ver lo que contenía: manos y pies humanos. Cerré de inmediato y abrí otro cajón, revelando su contenido: globos oculares y piezas dentales. Seguí abriendo uno a uno los cajones y vi que en cada uno había restos de lo que alguna vez había sido un depósito de carne humana.

No quise devolverme a cerrar esos cajones, tan solo me limité a salir de allí lo más rápido que pude, corrí a mi apartamento y empaqué en una pequeña maleta todo lo necesario. Acto seguido, salí con mi escaso equipaje a buscar un taxi que me sacara de allí, pero no lo logré antes de caminar tres kilómetros hacia el norte. Una vez me subí al auto, le pedí al conductor que me llevara al aeropuerto en el menor tiempo posible y así fue, aunque el trayecto fue bastante incómodo, ya que el conductor no dejaba de verme por el espejo retrovisor. Apuesto a que olía mi miedo y mi profundo deseo de escapar. Una vez llegamos a mi destino le pagué al hombre lo indicado, me bajé de su vehículo y corrí a tomar el próximo avión que estuviese a punto de despegar.

Luego de ocho horas de vuelo, llegué al que sería mi nuevo hogar. Alquilé una casa pequeña y las cosas no podían estar mejor… Vivía y respiraba paz. Ahora esa pesadilla culinaria había quedado atrás, no era más que un mal recuerdo. Incluso adopté un perro y lo sacaba a pasear cada tarde.

Una mañana de junio cualquiera, luego de bañarme y tomar mi desayuno como de costumbre, escuché una suave melodía que venía de la acera de enfrente. Me asomé por la ventana de mi habitación, ubicada en el segundo piso de la casa, y sentí de nuevo aquel escalofrío. En el espacio en el que hasta el día anterior había una casa abandonada,

Ahora reposaba imponente una lujosa construcción, era un llamativo restaurante. ¿El nombre? Ya se podrán imaginar…

Sofía en la ventana

Por Luz Marina Aristizábal García

A penas si eran las siete treinta de la mañana, cuando Sofía ya comenzaba a asomarse a la ventana de su alcoba para ver pasar la gente presurosa hacia su trabajo. Hacía unos treinta y tantos años que tenía esta costumbre. Se sentía vieja y triste y no se atrevía a salir a la calle por temor a que la confundieran con su madre, que había muerto al lado de su padre (cuando ella era una niña) en una de esas tardes sangrientas en que se llevaban del pueblo a varias personas para asesinarlas, tan solo por pertenecer a un color político.

Vivía en aquella vieja casona de paredes altas, color de tumba, que emanaba por las tardes de sus rincones viejos olores que recordaban los años. Parecía que el tiempo se hubiese detenido. En la sala donde otrora se sentaba de niña al lado de sus padres y abuelos a escuchar conversaciones sin ton ni son; allí, en esa misma sala, ella había dispuesto un altar con la foto de sus viejos, que más parecía una ofrenda solemne a los dioses, para jamás sentirse sola, pero de nada le servía. Aunque todos los días les disponía un florero lleno de claveles blancos, aun así, estaba sola, sin más compañía que la de los canarios que no cesaban de cantar; salvo aquella vez que se llevaron a sus padres. Ese día había en el ambiente un olor a osario y lo único que recuerda es el grito estupefacto de Eloísa su tía al enterarse de la noticia. Eso le dijo todo y ahora, en este día en que los recordaba, sentía el mismo olor y escuchaba el mismo grito y la desolación que nunca la habían dejado en paz.

Bajo a la cocina tras dos horas de paciente espera en la ventana. Comió algo ligero que le sacó un poco el hambre y notó como se le acababan poco a poco las provisiones que le trajo la última vez Don Benancio, el tendero del pueblo. Cada veinte días ella recibía de manos de él provisiones que le duraban más de la cuenta. Sofía entonces le pagaba con cartuchos de colores que ella construía para vender y los que sobraban en la tienda de Don Benancio, la gente los compraba para envolver "tontería de regalos" como Sofía alguna vez le dijo, quien sabe a quién.

Por su parte Don Benancio, le guardaba las ganancias y Sofía muy agradecida solo atinaba a decir "hoy se hizo más o tal vez menos" con esto se pagaba sus otros gastos y así sobrevivía cómodamente.

Este día era muy extraño para ella, sentía un alborozo en el alma, pero también sentía miedo y no entendía por qué. De pronto le llegó a la mente la imagen de Arturo, un joven que había conocido cuando tenía dieciocho años y con el que no se quiso casar, porque él era del mismo partido político que su padre y no quería volver a pasar por otra muerte, otra despedida, otra desolación. Su tía Eloísa le aconsejaba que no lo rechazara, pero el día de la última visita, ella se escondió bajo la cama y no quiso salir hasta que el joven se cansó de esperar y no volvió jamás. Luego se enteró que se había ido para el ejército y que de allí desapareció en la selva sin dejar rastro.

Que día tan extraño para Sofía, sentía su cuerpo encogido hasta el punto de ahogarse en cualquiera de los cuartos de la casona, solamente se atrevía a abrir la ventana de su habitación como siempre, pero ni así calmaba su ansiedad.

La intensa luz del mediodía que se colaba por las hendijas de las ventanas de la sala, llegaba hasta los viejos muebles Luis XV que solo eran sacudidos una vez por semana. En una de aquellas sillas estaba Sofía preguntándose por su vida a los cincuenta y un años y no descubría nada nuevo, solo su cara envejecida por la soledad y la amargura.

Cuando se disponía a levantarse tocaron a su puerta con tres golpes que a cualquiera le hubiera puesto la piel helada, pero que ella reconocía perfectamente. Era Don Benancio que le traía sus víveres. Con paso lento y cansado fue a abrir la pesada puerta de su casa; hoy le pesaba más que nunca y sentía como si la puerta se hubiese puesto de acuerdo con los recuerdos para mortificarla. Al abrir, no reconoció a Don Benencio, hoy le veía más viejo, con más arrugas en las manos y en su cara, como si en veinte días la vida se convirtiera en un presagio de muerte.

Buen día tenga Sofía, hoy como siempre…… si Don Benancio, como siempre. – ¿se siente bien? Últimamente no, he tenido achaques, de esos de viejos, usted comprende. – Sí, comprendo, ¿tiene algo para mí? …. Espere un momento. Sofía hoy se demora más de la cuenta para traer sus cartuchos y cuando al fin aparece en la puerta, Don Benancio esta asombrado, mirándola. –sabe Sofía, cada vez se me parece más a su madre…… cómo? – ah! Lo siento, no me acordaba que a usted le molesta esto... Sofía con manos temblorosas le entrega los cartuchos rápidamente, sin advertir la mirada insistente de Don Benancio. Sin apenas pronunciar palabra cierra la puerta y la asegura con aldabas y barras que la hacen sentir segura. Jamás esperaba que Don Benancio se atreviera a tanto; ahora que iba a hacer sin sus servicios, pues había decidido que no le abriría de nuevo después de lo sucedido. Apareció entonces el temor como única justificación del momento, se dirige a su alcoba donde cierra la ventana y lo hace despacio, lo único que quería era recibir sus víveres y nada más.

Esa tarde, la inquietud no abandona a Sofía sigue sintiendo el olor a osario y la casona que antes le parecía grande, ahora se reduce como cuando escucho gritar a Eloísa su tía, en el día del asesinato de sus padres.

Desea que Eloísa le diga que hacer, pero hace treinta y tres años que murió, recuerda y desde entonces no sale de la casa. Ahora se siente desconsolada y no quiere bajar al primer piso de la casa porque la asustan los recuerdos y ese maldito olor a muerto que no la deja sentirse cómoda.

Cuando despierta de la siesta, todo está en calma, la cortina pesada y polvorienta de su ventana no se agita, aun somnolienta baja a la sala y advierte que los canarios no cantan, sube corriendo a su cuarto y empieza a sudar frio, se da cuenta de su soledad, de su misterio, de su oscuridad, de su temor a ser reconocida en la calle, de sus desvaríos nocturnos, de su vivir… pero ya es tarde, hoy se dice – el día muere con la quietud y Sofía se sienta en uno de los rincones aunque sea para mirar el cuarto en penumbras; piensa en sus padres, sus abuelos, en Don Benancio, en Arturo, en los canarios y sonríe; lo hace porque ya parece que los viera a su alrededor, llamándola en coro. Ellos gritan Sofía pero ella solo quiere irse con sus recuerdos lejos de allí, sin temores.

El día en que llamo a Don Benancio para que la auxiliara, Eloísa estaba en el baño, cuando llamo a Sofía a decirle algo que hacía días quería comunicarle, pero no hubo tiempo; apenas Sofía abrió la puerta se encontró con su tía tendida en el piso del baño, mojada y desnuda. Había muerto de un paro respiratorio y esto sucedió a causa de su gordura, cuando saltó a la calle a llamar a Don Benancio, lo hizo tan de prisa que se le olvido cerrar la puerta; los curiosos se amontonaban fuera de la casa y Don Benancio sin rastro de dolor salió a decirles que Eloísa se había muerto, a pesar de que a él le lloraba el alma por su vecina de toda la vida.

Sofía no fue al entierro, solo se quedó mirando hacia la calle por la ventana de su cuarto, como se llevaban a su tía en un carro tirado por un caballo, que era algo así como la carroza fúnebre del pueblo.

Los cartuchos se vendieron muy rápido y Don Benancio decide ir a ver a Sofía cuatro días después de la última visita al medio día como siempre, pero hoy no le abren rápido, espera hasta el cansancio y decide tirar la puerta abajo con la ayuda de algunos curiosos, presagia algo malo. Busca a Sofía en la sala, la cocina, la llama por su nombre y nadie responde. Los canarios están en su jaula, sedientos y lentos por el hambre; sube a todas las habitaciones y por último a la de Sofía, hay un olor en el ambiente, el aire esta enrarecido y Don Benancio comprueba que Sofía está muerta, cuando la ve en un rincón de su alcoba sentada y con el vestido de la última vez.

Si tan solo le hubiera dicho que la amaba, no hubiera muerto sola. Ese gran amor de Don Benancio por Sofía era oculto y no se lo dijo hasta que la vio en el suelo sentado, frío y demacrado.

Aunque ella en realidad hubiera muerto treinta y tres años antes, jamás lo supo, solo conoció la oscuridad y el destierro y no el instante luminoso que vivía Don Benancio ese día en que le declaro su amor...a la muerte.

Sentado en el sanitario

Por Leonardo Fabio Benavides Castillo

Un dolor agudo que no da espacio al grito, una angustia ciega que acalla el clamor ante la sorpresa de lo inesperado. Nadie lo prevé, porque es percibido sólo en el momento y lugar preciso. No quieres sufrir ni padecer, y mucho menos que lo noten otros y se alarmen. No quieres que cunda el pánico. Confías en que es un dolor pasajero, que es algún aire por haberte agachado a recoger los huevos en el patio; confías en que eres un hombre fuerte y en que ya se te pasará. Te diriges al baño sin decir nada. Observas a uno de tus hijos aún dormir y roncar en su alcoba, sí, ese roncar propio de todos tus hijos. Con ese pensar en tu mente y con ese dolor oprimiendo tu pecho, corres la cortina, entras al baño, te bajas los pantalones y te sientas en el sanitario deseando que todo ese dolor se vaya por ahí o que todo simplemente pase con el menor sufrimiento posible.

Ahí, sentado en el sanitario, demasiado tarde buscas el sentido de todas las cosas que pasaron antes de este momento. Piensas, por ejemplo, en el motivo por el cual te levantaste hoy tan temprano y te atormenta, además del dolor que sientes, la idea de que para no seguir padeciéndolo, sería mejor no despertar uno de estos días y seguir durmiendo para siempre. Sientes el olor de las arepas que tu esposa está preparando en la cocina y la exquisitez de esos huevos criollos que los pájaros y tú se disputan todas las mañanas, compitiendo a ver quién madruga más y llega primero a recogerlos.

De repente todo pasa sin que tú lo notes: ya no hay dolor, te levantas del sanitario, sientes la presencia de alguien detrás de ti, volteas a ver quién es y eres tú mismo, tú mismo ahí, sentado en el sanitario y aún con una mueca en tu rostro como una sombra del dolor ante una luz ya apagada. Tratas de correr la cortina y te das cuenta de que ya no es necesario: las atraviesas y simplemente sales de baño. Tu hijo, el que duerme y ronca como tú, aún duerme. Deambulas por toda la casa, llegas a la misma cocina donde estuviste segundos antes de ir al baño. Aún están allí en la mesa los huevos que recogiste en el patio antes de que los pájaros se los comieran. Observas ahora a tu esposa preparar el desayuno y le hablas, le comentas todo lo que hay que comprar para preparar ese sancocho tan prometido y esperado para ese día a la hora del almuerzo. Ella, indiferente y totalmente abstraída en su tarea de preparar el desayuno, nada te contesta. Reflexionas y haces un esfuerzo por entender por qué ella no es como tú, como tú que la podías sentir moverse por toda la casa o la oías llamarte incluso cuando ella no estaba.

Permaneces allí, justo detrás de ella, tu mano temblorosa pretende deslizarse por su ahora corta y entrecana cabellera para luego continuar su recorrido hasta su hombro. Permaneces justo allí, ahora junto a ella, observándola, queriendo entender por qué Dios, el destino, la suerte, la divina providencia, y todo aquello a lo que los seres humanos atribuyen el poder sobrenatural de decidir o permitir en cuanto a sus vidas, no quiso dejarte ir a cobrar el dinero de tu tercer subsidio de adulto mayor con el que comprarías lo del sancocho y otras víveres necesarios para sobrellevar la cuarentena y el quédate en casa decretado por el gobierno nacional para enfrentar la pandemia.

Era tu día permitido para salir, era un hermoso día, todo estaba dado; pero hasta lo dado a veces nos es esquivo.

– Estoy seguro de que cuando mueras vas a penar por toda la casa y me llamaras a cada rato, por eso es que mejor quiero morir yo primero y mejor aún si es en abril, y en plena semana santa para que mi muerte esté a tono con la paz, la tranquilidad y el recogimiento del momento. – solías decirle.

– Canta, gallito, canta que dentro de poco ya no lo harás porque vas es para la olla – le dijiste a un hermano que alegremente había departido contigo el día anterior. En ese momento, mientras jugaban dominó, el gallo había cantado; y justo ahora, allí en la cocina, junto a tu esposa que prepara el desayuno, mientras intentas entenderlo todo; el gallo vuelve a cantar.

– Entonces, Eduardo… ¿ya llenaste de cervezas el enfriador?, parece que ya pronto vamos a ganarle la pelea a ese hijo de puta virus – le habías dicho jocosamente también ayer a un vecino que te encontraste en la tienda.

– Está repleto de cervezas, y espero que no sea mentira lo de un sancocho que alguien prometió por allí – te habían contestado.

De repente tu esposa te llama y te hace volver a la cocina, en el ahora, junto a ella:

– ¡Boncho!, ¡Boncho! ¡Alfonso Benavides!, ¡Vente, mijo!, ¡Ya está listo el desayuno! ¡Aprovecha ahora que está calientico!

– Si tan sólo hubiera tenido la oportunidad de llamarte, de gritar, de pedirte que me ayudaras, pero todo fue tan, pero tan de repente, Leo, que nada pude hacer – le dices.

Tu esposa ahora te busca y te llama por toda la casa, no te encuentra, le contestas pero no te escucha y por eso ella se imagina que has salido, que ya te fuiste, y efectivamente ya ido estás.

– ¡Bueno!, éste de lo desesperado que estaba por cobrar su subsidio no quiso esperar su desayuno. Bueno, será entonces desayunar yo sola – te dice ella mientras tapa tu desayuno con un plato de peltre para evitar que lo corrompan las moscas.

Y decide sentarse a desayunar ahí sentada junto a la ventana que da hacia la calle, en espera de verte regresar pronto a lo lejos, antes de que tu desayuno se enfríe del todo. Tú, a su lado, solamente la ves comer sus arepas con huevo en perico y suero. Contemplas cómo ella come como siempre le gusta comer: con las manos, deleitándose y relamiéndose sus dedos artríticos chorreados de suero; ese suero costeño que ella tanto evita que tú comas en exceso por recomendaciones de tu doctor de cabecera, pero que tú a escondidas, y cuando ella no está, te sigues comiendo como siempre: agregándole cebolla picada.

Termina ella de comer su desayuno, la ves levantarse e ir nuevamente a la cocina donde te vio por última vez. Tú la sigues y estás a su lado mientras ella lava los platos. De repente sientes que eructa y se queja de un leve dolor en su estómago, sale de la cocina y crees saber ya hacia donde se dirige.

Te preguntas si ese dolor que ella siente es el mismo que tú sentiste después de dejar los huevos en la mesa de la cocina. Ese dolor que quisiste ver si se te calmaba por si sólo para no preocupar innecesariamente a nadie. Y es precisamente el recuerdo de ese dolor lo que te hace recordar — ¡Maldito seas, alzhéimer! — que estás es sentado en el sanitario y debes regresar ahora a ese lugar donde tarde o temprano te tienen que encontrar. Te le adelantas y decides hacerle frente a la terrible realidad: el lugar y el momento ha llegado.

Ruegas, segundos antes de ese momento, que ese dolor y esa sorpresa que llegó por ti no tengan los tentáculos suficientes para llevarse también a quien ahora corre la cortina y cree que estás dormido, ahí, sentado en el sanitario y con la cabeza recostada sobre la mesa junto a éste. Ella grita intentando despertarte, suplicando que le respondas. Tu hijo, el roncador, también se despierta sobresaltado a ver qué pasó y carga tu cuerpo inerte en la misma cama donde segundos antes dormía. Los vecinos también empiezan a llegar corriendo y alarmados a la casa alertados por los gritos de tu esposa que te llama y le pide a todos los santos que te ayuden a despertar. Tú, impotente, sí que lo haces, le contestas pero ella, a diferencia tuya, no puede escucharte cuando tú ya te has ido.

Alam

Por Harlinson Hely Olea Arteaga.

En un almanaque corroído por la humedad, se denota un círculo rojo marcado con tinta el día primero de noviembre, una leve brisa fría se filtra por una pequeña hendidura de la oxidada ventana de la habitación de Frank, la vela que está encendida iluminando el altar de la Santa Muerte, se apagó, la mirada de Frank se proyecta sobre el espejo del ventanal, sus pensamientos son más fríos que la misma brisa que congela poco a poco la habitación, no parece importarle nada, su cuerpo pareciera ser una parte independiente de sus pensamiento o sentimientos, lleva horas o días anclado a una silla sin comer, ni dormir sigue divagando sentado frente a su computadora, las horas pasan y pasan marcadas por el sonido del tic tac del reloj heredado de su abuelo que está en un rincón de la habitación como un gran tesoro que nadie quiso heredar, sigue buscando pistas o señales que le puedan revelar quien es en verdad Alam Sisi, una misteriosa joven que ha revolucionado las redes sociales con su belleza y su irreverente personalidad, en su perfil ha alcanzado en muy poco tiempo más de un millón de like, ella, una desconocida que consiguió gran popularidad y un sinnúmero de seguidores por sus increíbles publicaciones, en las cuales deja ver todo el esplendor de su belleza física, en contraste con los lugares exóticos y desconocidos donde desarrolla las fotografías, la combinación perfecta, pareciera que hubiese recorrido el mundo en ocho días para lograr esas imponentes imágenes en las que se resalta la diversidad de paisajes desde desiertos, selvas, playas deslumbrantes, hasta castillos de la antigüedad de todo el mundo, "Alam Sisi, la misteriosa mujer de quien todos los medios hablan, la que muchas marcas reconocidas han tratado de contactarla para que sea la imagen de sus productos y nadie ha obtenido resultado, es como si fuera un fantasma o una bella aparición, que solo quiere descrestar con su hermosura o generar algún tipo de envidia entre las mortales", estas líneas fueron escritas por Frank, en su blog personal

Frank, un joven que ha intentado perseguir su sueño de ser fotógrafo profesional, pero la suerte no lo ha acompañado, siempre que tiene la oportunidad de dar a conocer su trabajo un incidente inoportuno lo rodea, sus modelos desaparecen sin dejar ningún rastro y en los archivos fotográficos los rostros de sus modelos se borran misteriosamente, cansado de insistir y de luchar contra su mala suerte decide entregar su tiempo a la internet, creando un blog para que alguna persona pueda algún día ayudarlo a encontrar respuestas y así terminar

con esa racha; su obsesión e intriga de buscar respuesta lo conecta con Alam Sisi y más aún con el misterioso fotógrafo detrás de esas impresionantes fotos hace que el joven analice milimétricamente cada detalle en las fotografías, despertando su curiosidad una firma muy particular en marca de agua.

"S. Kwakon", esta firma está impresa en cada foto de Alam, detalle que le llama la atención. Frank copia la palabra "S.Kwakon", en el buscador de internet, la palabra no lo direcciona a ninguna página solo muestra un error de búsqueda, intenta nuevamente escribir la palabra pero esta vez suprime las letras que están al inicio de la palabra y consigue el objetivo porque el buscador lo redirecciona a un página de una compañía de cámaras fotográficas, que resalta la importancia de esta cámara, la cual fue impulsada por la compañía en el año 1934, siendo la primera cámara fotográfica telémetro de 35 mm, pero el intento de conseguirla fue un fracaso. Frank toma lápiz y papel transcribe la información que observó en la página de internet, cierra su computadora y sale de su habitación, dirigiéndose a la puerta de salida con una vieja bicicleta en su mano. Entre pedalazo y pedalazo Frank piensa en Alam Sisi, por un instante pierde la concentración porque su mirada se desvía hasta un árbol frondoso que está en un parque al lado de la ruta por la cual va transitando, debajo del árbol observa la figura de una mujer, Frank cae al suelo y a la distancia alcanza a observa a la mujer de las redes sociales (su obsesión). Al levantarse del suelo enfoca nuevamente la mirada al sitio y no observa a nadie, es como si fuera un espejismo o alguna visión. Frank emprende nuevamente su recorrido y llega a su destino una casa a las afueras del pueblo, sale a su encuentro Agustín un anciano señor de aspecto delgado, quien lo recibe con un estrechón de manos, ambos se abrazan e ingresan a la casa, Frank saca del bolsillo el papel y se lo entrega al anciano su mejor amigo, su maestro fotógrafo, el anciano señor se levanta del mueble donde están sentados y se dirige a una habitación, al instante sale con una cámara fotográfica antigua en la mano.

- Esta es una de las dos cámaras Kwakon prototipo que nunca fue lanzada al mercado.

Frank toma la cámara, la observa detenidamente, el anciano nuevamente se dirige a la habitación y sale con un recorte de periódico viejo en sus manos y se lo entrega a Frank. Éste inicia la lectura del periódico mencionando una fecha, en 1934, la compañía keiki-mogaku pretendió revolucionar el mundo de la fotografía con la llegada de la nueva cámara Kwakon,

más económica del mercado, pero un incidente fortuito dentro de la compañía terminó con los sueños de revolucionar el mercado fotográfico con esta nueva cámara.

Frank detiene su lectura, se denota confundido, el anciano baja su mirada al piso y nostálgico le expresa a Frank:

-En ese periódico hablan de un caso fortuito y lo que realmente sucedió jamás salió a luz pública.

Mi amigo Steven y yo hacíamos parte de la compañía keiki-mogaku, éramos los fotógrafos encargados de probar los prototipos de las nuevas cámaras fotográficas que la compañía lanzaba, esta cámara en particular no fue fabricada por la compañía; se encargó su fabricación a un japonés llamado Yoshima y éste llamó a la cámara Kwakon, quizás en honor a una diosa budista o egipcia, los dos prototipos fueron entregados a la compañía, como es lo usual, a Steven le entregan la primera cámara, el segundo prototipo me lo enviaron a mi residencia, yo estaba ausente de la compañía en esos días, por una virosis, recuerdo muy bien la fecha, dos de noviembre de 1934, mi teléfono sonó varias veces, mi esposa contestó y fue hasta la habitación y me informó que llamaban urgente de la compañía que algo grave había sucedido que me necesitaban urgente, me sorprendí con la noticia, hice mi mayor esfuerzo y me puse en pie, al llegar a la compañía encontré a muchos de mis compañeros tristes en la puerta de entrada de la oficina de Steven, me imagine lo peor, imagine a Steven muerto, triste y temeroso abro la puerta de su oficina, cierro mis ojos para no impresionarme con esa cruel escena, pero al abrirlos no veo nada inusual, todo está en su lugar, salgo de la oficina a un más confundido, el dueño de la compañía se me acerca, toca mi hombro y entra conmigo nuevamente a la oficina de Steven y me señala la cámara prototipo que está encima de la mesa.

Con voz entre cortada me dice:

- No sé qué paso, Steven recibió el prototipo y entró a su oficina ayer por la tarde nadie lo ha visto salir, desapareció misteriosamente, como si la tierra se lo hubiese tragado, nadie se ha atrevido a manipular esa cámara todos dicen que ella tiene que ver con la desaparición de Steven.

Temeroso tomé la cámara en mis manos la examiné, no vi nada inusual y la dejé nuevamente en su lugar, cerré la puerta de la oficina y me dirigí a mi oficina a pensar un poco de la desgracia ocurrida, la noticia corrió tan rápida que al instante la compañía estaba llena de periodistas que querían saber las circunstancia de lo ocurrido.

Me levanté de mi oficina y me dirigí nuevamente a la de Steven y al ingresar un escalofrío se apoderó de mi cuerpo, por un instante quedé paralizado, sentí la presencia de algo en la habitación no sabría describir esa sensación, por un segundo vi la figura fantasmal de una mujer joven caminando hasta el lugar donde estaba la cámara, no sentí temor más bien me sentí a gusto y en confianza con esa aparición, ella tomó la cámara en sus manos me sonrió y se evaporo del lugar atravesando la pared de la oficina, me reincorporé y corrí hasta la recepción a indagar si alguien había entrado a la oficina de Steven, a ver si había sido la policía o alguien investigando, nadie había ingresado, solo el dueño de la compañía y yo.

La compañía fue cerrada a los días, Yoshima abandonó la empresa y poco después pasó a producir una cámara creada mediante la colaboración con una empresa militar de equipos ópticos y fundaron una compañía de cámaras fotográficas muy reconocidas hoy en el mercado.

El anciano, toma la cámara que tiene Frank en sus manos, el recorte de periódico y se dirige nuevamente a la habitación de donde lo habían sacado.

-Es muy duro para mi hablar de estas cosas, Steven, tenía más o menos tu edad expresó el anciano mientras caminaba hasta la habitación, Frank se levanta del mueble sale de casa, toma la bicicleta que había dejado parqueada y recostada a un árbol, emprende su camino por la misma ruta, pero en sentido contrario por donde venía.

Frank sentado frente a su computadora revisando notificaciones de correo del día anterior, centra su atención en uno particular, de alguien que se hace llamar Evelin@. "hola Frank estoy interesada en tu trabajo, hace mucho tiempo estoy buscando nuevas inspiraciones, mi fotógrafo personal ya está viejo y cansado, ya es hora que descanse, te espero mañana a las 12 del mediodía en el edificio Micerino oficina cero seis, es importante que vengas.

Frank mira su reloj 11:30 am, apaga su computadora, toma la bicicleta en sus manos y sale de la casa a toda prisa. Micerino es un viejo edificio donde alguna vez funcionó una empresa fotográfica, actualmente fue remodelado para convertirla en un centro de negocios. Las campanas del reloj de la iglesia marcan once campanadas, al sonar la última en sincronía Frank toca la puerta del lugar de encuentro, la puerta se abre Frank ingresa saludando, pero nadie responde a su saludo, observa que no hay nadie dentro de la oficina solo una mesa, dos sillas en el centro de habitación y un espejo recostado a un lado de la habitación una cámara antigua en el centro de la mesa, Frank camina hasta la mesa inquietado por la cámara, una semejante a la que el anciano le había mostrado, Frank toma la cámara y un *dejavú* lo llevó a experimentar la idea de haber estado en ese sitio en otra circunstancia hacía muchos años, impresionado por lo vivido, deja la cámara en el lugar donde la tomó y se dispone a salir de la habitación cuando inexplicablemente la puerta se cierra, y detrás de él se escucha la voz de una joven mujer

- Perdón por hacerte esperar

Frank, gira su cuerpo para observar quien es la mujer que le habla, se sorprende al ver a Alan Sisi, que semidesnuda le extiende la mano para saludarlo, él tembloroso y sorprendido responde al saludo Alam Sisi, toma la cámara fotográfica en sus manos.

-Si logras captar mi esencia real con esta cámara y logras hacerme sentir viva en cada fotografía tienes el puesto para ser mi fotógrafo personal. ¿Aceptas el desafío?, Frank responde un sí con un leve movimiento de la cabeza. Alam, le entrega la cámara.

-Cómo puedes ver, contamos con pocos recursos en este espacio y menos contamos con la más moderna cámara fotográfica, ¡y no me interesa!, quiero las fotografías con esta cámara.

Alam, camina hacia el espejo que está en la habitación, se posa frente a él, Frank alista la cámara para su primera fotografía, un sueño cumplido, una obsesión camino a una tentación, por fin Alam Sisi posa frente a su lente, ella sonríe esperando ser fotografiada, Frank acerca lentamente el dedo al obturador de la cámara, muy lentamente tomándose el tiempo adecuado para disfrutar el momento, en el instante en que el dedo obtura el disparador, una luz intensa ilumina la habitación, todo queda en silencio, el tiempo se detuvo por un instante y al disiparse la luz solo se observa la mesa las sillas y el espejo, Alam Sisi y Frank han desaparecido misteriosamente.

Sentado en una tumba del viejo cementerio del pueblo vemos a Agustín escribiendo un texto con mucha dificultad.

"Las leyes de la física resultan ser más que fórmulas, teorías, razones y comprobaciones, las improbabilidades resultan en ocasiones probabilidades no experimentadas y aún existen negaciones, límites y enigmas que resultar ser equilibrio entre lo real y lo imaginario lo que llamamos fantasía, contradecir lo tangible, es desafiar la condición esclavista del ser humano, somos perfectamente moldeados, manipulados y adoctrinados y no nos permiten ver que existe un mundo intangible en una dimensión paralela resguardadas por seres cósmicos, seres de luz o espíritus deseosos de reencarnar desde el más allá, guardianes que observan a diario nuestros errores.

Han pasado tres años desde la desaparición de Frank y el mundo no lo ha extrañado, soy el único ser humano que lo ha llorado y ha sentido el frio de su ausencia, y ciertamente soy el único responsable de su desaparición y la de Steven, el día dos de noviembre, el mismo día que Frank desapareció encontré el cuerpo de Steven en este mismo lugar, en esta fecha vengo a visitar la tumba donde reposa el cuerpo de Rossi mi hija, ya no puedo seguir con este gran secreto que me atormenta por muchos años y he decidido escribir esta nota por si llega a manos del cura del pueblo perdone mis pecados, si la encuentra el inspector de policía cierre el caso de la desaparición de Frank y Steven, y si la encuentra un periodista difunda esta historia y los terrenales entiendan que el alma de los muertos de deben dejan descansar en paz dejándolos que sigan su camino a la purificación y perdón y soló deben ser recordados por las cosas buenas. Jamás acepté la perdida de mi hija Rossy, era solo una niña que cumplía sus quince años cuando el destino me la quitó de mis manos, fue una noche del treinta y uno de octubre, se celebraba la fiesta de noche de brujas, le había pedido el favor a Steven mi colega fotógrafo y mi amigo que le realizara una sesión fotográfica a Rossy, esa noche estaba más hermosa que siempre, con su madre Mercedes durante semanas, habían confeccionado el traje de princesa egipcia para esa noche, Rossy había sido escogida como modelo de la nueva cámara de la compañía para la cual trabajaba Steven y yo.

No alcance a llegar ese día al pueblo, el vuelo aterrizo de forma urgente en el aeropuerto de Haití por las malas condiciones atmosféricas en Haití, me hospedé en un hotel local logré informarle a Mercedes de lo acontecido durante el vuelo, pasada una hora tocan a mi puerta, una mujer morena que de manera amable me informa que en la recepción del hotel tenía una llamada de una mujer llamada Mercedes, me levanté de la cama y con pasos agigantados llegué a la recepción, tomé el teléfono en mis manos, Mercedes en la línea lloraba desconsolada entre lágrimas de dolor me contó que Rossy había sido asesinada cuando iba llegando a la casa de Steven, él la auxilió y la alcanzó a llevar al hospital, pero murió en sus brazos.

Sentí tanta rabia con Steven, porque él me prometió recoger a Rossy en mi casa y llevarla hasta el estudio fotográfico en la empresa donde trabajábamos, colgué la llamada, me dispuse regresar a la habitación, pero mis piernas no me respondieron y caí al suelo, dándome un fuerte golpe en la cabeza, la mujer que me había informado de la llamada logró auxiliarme y con la ayuda de algunos trabajadores del hotel lograron llevarme y acostarme en la habitación, ella se quedó conmigo, Maruja me dijo que se llamaba con una voz suave y casi murmurando me dijo:

- Se lo que se siente perder un hijo, me disculpa por ser entrometida en estos asuntos tan íntimos, pero le puedo ayudar para que su hija no se valla al otro mundo totalmente, su cuerpo quedará en esta tierra, pero su alma y espíritu podrá quedarse entre ustedes los mortales, esta noche, a las 12:00 invocaremos a una de las deidades poderosas.

Maruja salió de la habitación y en la mesa de noche me dejo una nota con una dirección anotada en ella, al salir me levante mire el reloj las once de la noche, arrojé la nota al piso y me senté nuevamente en la cama, recordaba todo lo que había vivido con Rossy, quien a sus cortos años de vida, la película de sus recuerdos volaron en minutos por mi cabeza, recogí la nota que había aventado al piso y me puse en pie, fue la decisión más difícil que me había tocado en la vida, pero cada frase de Maruja resonaba en mi cabeza y si no podía tener a Rossy en cuerpo y alma nuevamente y si no podría hacer nada para retroceder el tiempo me conformaba con poderla verla como el destino o sus deidades lo permitieran. Tomé el bolso y lo llevé conmigo en él llevaba las dos cámaras prototipo que me habían mandado a recoger y por miedo de perderlas, no quise correr el riesgo de dejarlas en el hotel, faltaban diez minutos para las doce cuando llegué el lugar, Maruja me esperaba en la puerta, me llevó a una habitación en la cual habían tambores, velas y cuadros de deidades, al instante ingresan tres personas, un anciano con un bastón de madera el cual tenía tallada una figura que no logré reconocer, a lo lejos se escuchó el canto agudo de un gallo, el anciano me pidió que me sentará frente a él me pidió una fotografía de Rossy, por suerte cargaba una, la última fotografía que logré tomarla unos días antes de salir, la fotografía con la que se había ganado el concurso para ser la marca de la nueva cámara, le entregué la fotografía en sus manos, el anciano señor sacó de un cesto de mimbre una serpiente muerta y varios racimos de plantas con las plantas frotaba la fotografía y frente a mis ojos la imagen de Rossy se fue desapareciendo misteriosamente de la foto, hasta quedar el papel totalmente en blanco, me miró fijamente a los ojos me dijo:

- Estás seguro de dar este paso, ya no hay vuelta atrás las deidades han permitido que el espíritu de tu hija se mueva en otra dimensión, ya no se llama Rossy y se alimentará de lo que más le gustaba hacer en vida.

- Los dos elementos que llevas en tu bolso serán el canal adecuado para que ella pueda seguir en conexión contigo, es un elemento para que las imágenes de las personas queden inmortalizadas para siempre.

Con sentimientos encontrados, logré entregarle las cámaras fotográficas, las conjuró o no sé qué tipo de hechizo realizó en ellas, me dijo que cada veintiún años debería sacrificar a una persona muy querida para que reemplazara al fotógrafo que mantendría con vida por siempre el espíritu de su hija, la verdad todo me pareció muy confuso y fantasioso, siempre supe que de la muerte nadie regresaba, pero con tal de ver nuevamente, así fuera por una sola vez a mi hija correría el riesgo, al día siguiente, logré retomar mi vuelo, mis compañeros de trabajo y los más allegados del pueblo estaban reunidos para el sepelio.

Al día siguiente hice entrega de las dos cámaras al gerente de la compañía, no quise quedarme en casa para que el sufrimiento no fuera mayor, no podría ver la casa sin la presencia de Rossy, ella era la alegría del hogar, los días pasaron y enfermé repentinamente, me fue necesario buscar reposo en mi hogar, allá llegó la cámara prototipo después del respectivo papeleo de entrega de la empresa y la otra le fue entregada a Steven. Al día a que pasó el percance, entendí que lo que habían hecho en aquel lugar, resultó cierto, y la presencia que sentí fue la de mi Rossy, por eso no sentí miedo, porque ya esperaba que eso pasaría. Después del altercado llegué a mi casa, me encerré en mi estudio fotográfico, noté que en la cámara

que tenía en mi casa, la cual había mandado la compañía, estaba el rollo lleno, como si alguien la hubiese usado, me pareció imposible, solo yo tenía acceso a esa cámara, tomé el rollo, lo llevé al cuarto de revelado y me llevo la sorpresa de que todas las fotos son de Rossy, cada año pasaba lo mismo para la fecha en que fue asesinada, pasaron los años y con la llegada del internet y las redes sociales quise cumplir el sueño de Rossy, convertirla en una famosa modelo, subí las fotos en redes sociales, diseñé perfiles falsos, pero jamás subí números telefónicos para que nunca fuera contactada y en homenaje a Steven, marqué todas sus fotografías con su inicial y la marca de la cámara, con tan mala fortuna que él fue el primero en oprimir el obturador, y porque así el destino lo quiso, que él fuera su fotógrafo y cumpliera con lo que no cumplió a Rossy la noche en que ella falleció.

Los años pasaban y me sentía feliz y recordé que cada veintiún años tenía que remplazar a Steven mi pobre amigo que quedó atrapado en esta maldición, así fue como conocí a Frank un niño de calle, que crie como si fuera mío, le enseñe todo el conocimiento sobre la fotografía, le compré un apartamento en la ciudad donde montó su estudio fotográfico, pero después de un tiempo, nadie quiso buscarlo por la mala fama de que su cámara estaba maldita porque todas las que se tomaban fotos con él, desaparecían misteriosamente, su soledad le dio la motivación de descubrir quién era Alam Sisi, yo pienso que logró descubrir el gran secreto, por eso accedió a cumplir la cita que yo mismo le había mandando en un mensaje haciéndome pasar por otra persona. Frank era muy inteligente y su mayor anhelo era convertirse en un gran fotógrafo personal y su marca ser muy reconocido y logró porque en la redes sociales ha aparecido una nueva figura y yo en el block de Frank he escrito lo siguiente "Alam Sisi, la misteriosa mujer que todos los medios hablan, aquella que muchas marcas reconocidas han tratado de contactarla para que sea la imagen de sus productos y nadie ha obtenido resultado es como si fuera un fantasma o una belleza aparición que solo quiere descrestar con su hermosura o generar algún tipo de envidia entre las mortales ha desaparecido misteriosamente sus cuentas en redes sociales fueron bloqueadas yo pienso que siento envidia por la aparición repentina de una nueva misteriosa mujer que ha revolucionado las redes sociales su nombre es Alma Isis y su fotógrafo F.kwakon que han decretados a todo el mundo por su impresionantes fotografías".

El mausoleo de nuestro corazón

Por Lyda Rosa Muñoz Acosta

En los tiempos prehispánicos, cuando la cultura Inca predominaba con gran esplendor en esta parte del continente, sucedió una historia que viejas tradiciones indígenas lograron conservar, para los hombres de nuestro tiempo. Tal historia puede ser hoy, un gran referente en esta sociedad que teme las consecuencias loables de una muerte inminente para parte de esta, y creo yo, que en estos momentos de gran estupor, la lección de vida de este cuento puede apaciguar la incertidumbre que muchos tenemos en nuestro corazón.

La historia narra, que en aquellos tiempos, en una tribu de este majestuoso imperio, Vivía el gran jefe Tupac Sinchi (Hijo de la Sabiduría) con su nieta Killari (luz de luna). La niña guardaba desde hace poco una cierta melancolía, pues su Madre Asiri (sonriente) había partido al valle de los espíritus. Este lugar era un mausoleo lleno de gran vegetación silvestre y colorido follaje; en donde, retornaban todos los espíritus que infundían luz y calor al corazón de los hombres, y habitaron un cuerpo en este mundo. Ellos, volvían nuevamente a la presencia del dios Inti (Sol) que era la fuente de todo lo viviente.

Tupac Sinchi tenía la edad de los cabellos plateados; lo cual, significaba, que su experiencia de vida eran un referente para todos en la aldea; debido a ello, Killari le expresó el dolor que sentía al no ver más a su mamá. El viejo escuchó pacientemente a su nieta, con la paz que solo trae la sabiduría que dan los años; Después, Tupac Sinchi, levantó la mirada al cielo e hizo una oración a los espíritus del Águila (Anca) y la Serpiente (Amaru), y le contestó: Mi pequeña niña, tú sabes que desde lo alto de este valle es visible gran parte de nuestra

comarca y mucho más allá, por ello dime, ¿que ves en ese pequeño Bosque que ves allí? El viejo sabio señalaba el lugar; en donde, los despojos mortales de todos los que habían partido al valle de los Espíritus reposaban; y luego, por la acción del tiempo, estos cuerpos, hacían parte de los nutrientes que alimentaban la robustez de los árboles y la majestuosidad de toda flor del mausoleo.

La niña se asustó al observar el lugar en donde habían sepultado a su madre; y dijo a Tupac Sinchi, ¿pero allá llevaron a mi madre?, es cierto, respondió el viejo, ¿pero qué es lo que ves?

Killari tomó un tiempo para reflexionar y dijo: Veo árboles de diferentes tamaños, flores, y rosas de varios colores.

! Tienes toda la razón, eso es lo que hay allí ¡, contestó Tupac Sinchi. Después de eso, tomó a la niña de la mano y le señaló un lugar desértico y estéril, que también era visible desde lo alto del valle, y nuevamente le pregunto.¿que ves allí? la niña contestó: Pues solo veo arena, piedras y nada de flores.

¡Correcto, eso es lo que hay allí!; Ahora dime, ¿qué recuerdos tienes de tu madre? Ella, al escuchar la pregunta, se le aguaron los ojos, pero sacó valor y dijo: Recuerdo muchos sus caricias, sus consejos, las palabra de sabiduría que me decía, y todos los momentos felices que compartimos, cuando me cuidaba y estaba enferma. Pero también, recuerdo las veces en que le falle, cuando no le hacía caso, y muchas veces que la ignore, por estar ocupada en mis cosas.

Cuando Tupac Sinchi término de escuchar a la niña, levantó la mirada al cielo y dijo: Los recuerdos de los hombres son como la tierra fértil de los sepulcros, y como tierra estéril de los desiertos, porque , cada vez, que nosotros alimentamos los recuerdos que nos causan tristeza, nuestro corazón comienza a llenarse de las arenas de las amarguras y las piedras del dolor.

Pero, cuando recordamos las cosas importantes que vivimos con nuestros seres queridos como, las alegrías, los consejos, los detalles de amor y demás actos que hicieron que nuestros seres queridos fueran felices. El corazón comienza a nutrirse, crecer y reverdecer, como los bosques de nuestros mausoleos; y aunque, tu madre, ya no está con nosotros en cuerpo presente, sus buenos recuerdos son el alimento que necesita nuestros corazón para florecer en el desierto, que a veces permitimos que se arraigue en nuestro interior.

Memento Mori

Por Leidy Lorena Arango Pérez

Miras desorbitado las columnas que sostienen el único techo de tu cordura. Te levantas sin mesura, casi rabioso; la sensación te supera y el mareo es imperioso, caes notando la presencia de algo más y te repones. Observas seis efigies como sarcófagos atestados en su interior. Te incriminan, te señalan, te observan, te gritan; sin voz, sin miradas, sin manos, sin razón.

Te mueves entre ellos, abres la puerta y sales encontrando un exterior descampado, un continuo de casas y edificaciones sin nadie en sus interiores. Te remueve la duda, no sabes hacia dónde dirigirte; gritas con la esperanza de ser escuchado, lo haces una vez más en dirección contraria. No hay nadie, la desgracia está por emerger. La duda se vuelve palpable, retornas al cuarto y las efigies ya no están, no sabes si estás volviéndote loco o delirando. Empiezas a desconfiar de tu sombra, la duda se trastorna en pánico y tus pies emprenden a correr.

Corres sin juicio, adviertes que la locura está por alcanzarte, pasas todas las calles sin encontrar sombra que dé un indicio de vida. El asfalto desaparece y la superficie es cada vez más térrea, húmeda, pantanosa. Dejas la ciudad; corres mientras el contorno se transfigura arbóreo y boscoso, corres sin saber el camino; piensas en los acantilados y su abismo. Cada paso que das es perder la noción de tus pies, ya no son tuyos. Corres por el pánico y no por ti. Te reconoces liviano, volátil, percibes que vas a volar en cualquier instante, no eres tú quien huye.

Llegas a un cementerio, hallas algunas personas, te das cuenta que has llegado a un velorio, experimentas un breve alivio, irónicamente nunca pensaste en alegrarte por ello. Te diriges hacia el sepelio; todos con sus trajes neutros, negros y una que otra corbata… una fiesta de aflicción; lagunas de lágrimas hasta en la boca; pañuelos para evitar los desbordes del alma en duelo. De repente, reconoces los rostros melancólicos de la escena: padres, madres, hermanos; amigos, amores pasados; vecinos, conocidos. Incluso aquellos que lloraste en sus entierros y otros que nunca habías visto. Preguntas por el fallecido del lugar, eres consciente de no ser observado por nadie, cavilas confundido hasta acercarte al ataúd, sientes miedo, una pesadilla encarnada, cada paso es ser menos tú, asimilas el riesgo de desvanecer.

Encuentras seis ojos, reaccionas a tu funesta expresión reflectada en cada pupila, iluminando todo lo que has sido y no serás más. Lentamente dejas de ser trazado por la vista de los ojos, desvaneces, cada vez menos nítido, te retiras sin vacilación; hablas a los otros, no hay respuesta; los empujas, no hay reacción. Gritas con desesperación y la insania se bifurca en tu interior volviendo por más; maldices al infierno y el cielo, todo lo que queda a tu paso.

Sellan el ataúd, es momento de enterrarlo. Te cuestionas por los demás y lo que vieron dentro: Caras míseras, semblantes aliquebrados, aspectos macerados, caras, caras, caras… las repasas cada una cual manifiesto. Ya no son. El féretro baja, llega dos metros al fondo. Todos rodean la fosa, te derrumbas arrodillado por no saber qué hacer, la muerte te ve consumado y la tierra se hace débil sin ser capaz de sostenerte. Caes al agujero, te sientes con una pesadez blanda y no puedes salir. La tierra empieza a caer, las palas pardas se rebelan contra ti, una después de la otra, moviéndote menos.

En el cielo, lo último que vez, donde se enmarca un día gris, reaparecen los sarcófagos quienes te acompañaban en aquel cuarto, se abren emanando una luz dejándote huérfano de ver. Blanco. Absoluto blanco. Escuchas las siguientes porciones terrosas sobre ti, quedas solo, con frío en lo profundo, en un olvido incontestable; con un ataúd que es para ti y no estás dentro, tampoco afuera…

Recuerdas el pacto inmerecido de las efigies contigo…

No estás…
Y cae el último bloque de tierra.

Christian Mora Arango

Leche y huevos

Por Laura José Almazo

Y a nadie he querido más en la vida que a mi Robe, si he querido de mejor manera a otros y por mayor tiempo, pero no tanto como a él, aunque Robe nunca me quiso. Ahora que lo pienso, él nunca quiso a nadie, bueno tal vez a ese animal obeso que decía que era un perro pero a mí se me hacía que era una vaca confundida de especie, que dizque era heredera de la realeza canina de los Duques de Edimburgo me decía Robe. Como si yo supiera donde queda Edimburgo.

Hay días en que puedo jurar por la memoria de mi difunta abuelita, Tomasa Ceferina, que me dolían las articulaciones de tanto quererlo. Yo creo que hasta pecado es, querer así. Con los huesos y las entrañas de una. Yo me desvivía en atenciones, yo dejé de soñar por mí, para soñar por él y para él. Y moría con el cada vez que me lo mataban. Al Robe me lo mataron 10 veces en el pueblo. Se regaba el chisme, como se riega el hambre en la guerra de que me lo habían matado. Un día por defender a la bola de grasa, de Edimburgo, que se agarró con el perro bravo de la policía. Otro día dijeron que se había caído por el acantilado de la loma de Las Brujas por andar pescando nubes. Ese era otro martirio. A ese hombre bendito se le metió en la cabeza que las nubes se podían pescar como un pez en el mar y dele con ese invento un año entero y así con cada ensoñación mal engendrada venía un nuevo tormento para mí. Así 8 veces más me dejaron con el corazón en la boca creyéndolo muerto. La última vez que lo mataron fue ese día de noviembre.

Yo nunca pude decirle que no y así me hizo 8 hijos. Yo le alcahueteaba sus disparates y era lo más de juiciosa con cada peso que me, ganaba en la panadería de Don Salvatore, para financiar cada empresa delirante que a mi Robe se le ocurría. Don Salvatore era italiano o eso decía el, que había aprendido a hacer panes con arena y cualquier otro material impensado allá en su país. En el pueblo decían que había estado en la guerra, que ni siquiera conocía Italia y que era tan criollo como el perro de Robe y las varices de mi abuela Tomasa.

Por allá a finales de noviembre llovía mucho y a Robe se le había incrustado en los sesos que calculando la luz de los truenos y el sonido, podía saber dónde había guacas y dele con esa obstinación, que según él nos iba a poner a comer manjares a los ocho críos, al perro obeso de la realeza y a mí. Que nunca más iba a aguantarme a Don Salvatore pidiéndome cambiar arrumacos por panes añejos. Bien sabía, yo, que no era así. Que habíamos nacido miserables y así mismo nos moriríamos. Que los ricos ya estaban completos y que por mucho que trabajáramos y hasta encontrando la mentada guaca llena de huevos de oro, nos íbamos a podrir pobres hasta los tuétanos, muy pobres, más pobres que mi abuela y nuestros hijos también serían pobres y desgraciados. Lo sabía porque así es el mundo y un mundo tan viejo no iba a cambiar porque Robe desafiara la naturaleza haciéndose un hueco entre los ricos a punta de guacas escondidas en la tierra. Yo lo sabía muy bien y el mismo Robe lo sabía bien, pero es que en el mundo hay dos clases de personas, los que no se resignan a vivirlo como es y los que nos resignamos, Robe era de los primeros, de los tercos, de los que sufren porque la vida no puede ser tal y como ellos se la imaginan. Y yo sufría con Robe, sufría con el hambre de mis hijos y la tristeza suya cada vez que sus ideas naufragaban, pero desde ese día no sufrí más.

Ese día fue diferente. Robe amaneció mal encarado porque lo de las guacas no daba resultado y para acabar de ajustar descubrió que las gallinas que ganó en la feria de San Benito no darían leche nunca, por más que las alimentara con pasto como a las vacas. Salomón Esparza, el cuñado de Don Salvatore, se había recibido recién de veterinario y daba consultas gratis. Fue el quien le dio la mala noticia al Robe. Le dijo lo que yo ya sabía; que las gallinas no daban leche, pero como yo no soy estudiada a mí nunca me escuchó y oírlo de un doctor de los de verdad le partió el alma. Ese día Robe se fue vestido de pantalones caquis, de los de ir a misa, con su camisa almidonada celeste. Yo misma se la almidoné. Se fue a eso de las 11 de la mañana, se fue sin desayuno.

Habló un rato conmigo de cómo se había cegado con lo de las gallinas. Me prometió que ya no inventaría más cosas y trabajaría como Dios manda, de sol a sol, sin buscar fortuna ligera. Ese día le creí y todavía le creo. A las 10 me dijo que me quería, que no tanto como yo a él, pero que me quería, que los verdaderos amores eran así, desproporcionados. Uno tenía que dar la vida entera y el otro dejarse querer y que él no tenía culpa que le tocara dejarse querer y le creí y todavía le creo.

No pasaron 2 horas de haberse ido cuando llegaron con la noticia de que lo habían matado en la gallera, que se peleó con el capataz de la finca de los Dalmazo y ese animal, le destrozó la cabeza a machetazos. Yo lo fui a ver y lo vi. Supe que no era Robe, tenía su misma ropa pero no era él. No dije nada, lo dejé morir en paz y enterré ese muerto ajeno como si fuera mío, lo lloré y me vestí de luto. Hace 24 años que le llevo trinitarias de mi jardín todos los domingos y un día hasta lo vi llorando su propia tumba, pero no le dije nada y el tampoco. Creo que ahora es feliz pero sigue siendo pobre. Los noviembres de lluvia lo recuerdo y cuando mis hijos me preguntan por el Robe, les digo que se fue a comprar leche y huevos.

Prólogo y epílogo de la muerte

Por Ana Isabel Vélez Puerta

Prólogo

Estoy sentado en un bar cualquiera tomándome todo el licor que puedo para retomar los segundos de vida que me quedan por gastar.

Antes fui alguien.

Ahora soy la sombra de ese alguien que es lo mismo que ser un don nadie que piensa en lo que ya no existe, en lo que nunca existió, en lo que hizo, en lo que no hizo y en lo que pudo haber hecho.

Me gusta estar solo lidiando con el pasado, con la nada, con la vida a la espera de la muerte.

Aunque confieso que no estoy solo del todo.

Acaban de irse mis amigos de infancia, esos de los que me alejé y jamás volví a ver por qué se fueron con ella.

Aquí también está mi madre que vino a interrumpir mi soledad para amargarla reprochándome esto o aquello. La acabo de mandar al baño para que se retocara su peinado. Estos catorce años de muerta le han aplastado bastante el cabello.

Mi padre la acompaña, pero solo está aquí para mostrarme nuevamente su mueca de risa irónica. Me felicita dándome palmaditas en la espalda por haberme convertido en lo que soy, en lo que pude ser, en lo que no soy y en lo que ya no seré.

Aquí sigo. Evito mirarlo. Desvío la mirada para concentrarme en el cigarrillo que dejé olvidado en el cenicero y que se consume como yo.

Serían sus últimas caladas, como las últimas caladas de respiración que tengo yo.

Y así, enceguecido con lágrimas de acusaciones y culpas insanas, siento otra presencia.

Miro a la puerta del bar y aparece ella. La he estado esperando por años, la llevo esperando toda una vida.

Viene vestida de nada, desnuda.

Así se presenta caminando hacia mí, sigilosa, dejando un rastro como los que dejan los reptiles en las dunas.

No me quita la mirada de encima, parece como si se pudiera meter entre mis huesos.

En cada parpadeo me trae recuerdos de despedidas que duelen.

La he mirado muchos días a los ojos, la conozco bien.

He pasado noches enteras en la cama tratando de golpearla, de deformarla, de transformarla como quien pelea con una almohada ajena.

Esta noche, tal como las otras noches, trata de seducirme y hoy lo logra.

Yo no lo evito.

Para ser sincero me gusta el dolor que en mi provoca. La quiero conmigo.

Siempre trae con ella mis recuerdos del pasado al presente y de eso ahora yo vivo y de eso ahora muero yo.

Ya lo dije, soy un don nadie, soy un don nadie sin ella.

Y esta noche como en las noches anteriores se para frente a mí y me dice: Sé que me extrañas. Tarde o temprano terminarás estando conmigo. No puedes vivir sin mí, acéptalo de una vez. Me quieres contigo como quien anhela recuperar el alma que le ha vendido al diablo.

Resignado me entrego a ella y a contemplar cómo juega con las formas del humo que salen del cigarrillo.

Te acompaño, yo pago los tragos- me dice.

Se las presento. Su nombre: La muerte.

Epílogo

Si de vivir se tratara, no nos estaría preocupando y espantando la muerte a cada segundo. Agonizar no es el acto previo a morir porque ya lo ha sido nacer, y entre el afán de vivir y perdurar solo nos estamos recordando que, a menos de un paso, en un castillo, en una humilde casa, en la cama, en la esquina o en el día más en calma, la muerte siempre está acechando.

Un año más de vida en realidad es un año menos, y en cada uno de ellos está la muerte expectante, aguardando a veces con la serenidad de quien recuerda su vida ya entrada en años, a veces con la premura de quien intenta vivirlo todo en un solo día.

Esperando el momento preciso para encarnar su acto en una mera coincidencia o aguantando hasta que el hastío de una vida le venga a bien y decir 'no más'.

Siempre espera el momento perfecto para tomar lo que desde antes de nacer le corresponde o a veces, el momento más inesperado como cuando llega un invitado no deseado.

No es como la fe, no es como la felicidad que de repente sentimos cuando aparece y después se va.

No.

La muerte es un constante estar y no estar, es esa cuestión de ser o no ser que el aclamado Shakespeare al leerlo nos hace preguntar, no es más que la vida misma llevándose por delante los recuerdos y a quienes nos recordarán, es el miedo que nos oprime el estómago en el peligro, la alerta que se enciende al enfermar, las cremas y cirugías para no envejecer, el sexto sentido de los latidos de un corazón que por más que no quiera, deberá parar. Es el cuerpo que aunque luche por permanecer intacto, al viento, al mar o a la tierra sí o sí algún día volverá.

Quién sabe si morimos para vivir, lo cierto es que vivimos para morir. Lo paradójico aquí viene siendo que la muerte, aunque en verdad es una vencedora sin igual, no es una victoriosa que pueda lucir ningún rédito tras cada escena mortal.

Al final, es una pobre y desolada que a través de los tiempos no ha hecho más que vagar preguntándose cómo contar ganancias, cuando la garantía del alma nunca va a poder reclamar.